KB046919

Les
Chants
de
Maldoror

이 도서의 국립중앙도서관 출판예정도서목록(CIP)은 서지정보유통지원시스템 홈페이지
(http://seoji.nl.go.kr)와 국가자료공동목록시스템(http://www.nl.go.kr/kolisnet)에서
이용하실 수 있습니다. (CIP제어번호: CIP2018017026)

Les

말도로르의 노래

Chants

Le comte de Lautréamont

de

로트레아몽 지음 · 황현산 옮김

Maldoror

문학동네

일러두기

1. 이 책은 갈리마르 출판사의 플레이아드판 로트레아몽 전집을 번역 대본으로 삼았다.(Lautréamont, *Œuvres complètes*, Paris: Gallimard, 2009)
2. 원서의 이탤릭체는 *이탤릭체*로, 대문자는 **고딕체**로 표시했다.
3. 본문의 주는 모두 옮긴이 주다.

첫번째 노래

두번째 노래

세번째 노래

네번째 노래

다섯번째 노래

여섯번째 노래

첫번째 노래

[1] 하늘*의 뜻이 다르지 않아, 독자는 부디 제가 읽는 글처럼 대담해지고 별안간 사나워져서, 방향을 잃지 말고, 이 음울하고 독이 가득한 페이지들의 황량한 늪을 가로질러, 가파르고 황무한 제 길을 찾아내야 할지니, 이는 그가 제 독서에 엄혹한 논리와 적어도 제 의혹에 비견할 정신의 긴장을 바치지 않는 한, 마치 물이 설탕에 젖어들듯이 책이 뿜어내는 치명적인 독기가 그 영혼에 젖어들 것이기 때문이다. 뒤이어지는 페이지들을 모든 사람이 다 읽는 것은 좋지 않다. 오직 몇몇 사람만이 이 쓰디쓴 열매를 위험 없이 맛볼 수 있으리라. 그런고로, 소심한 영혼이여, 이와 같은 미개척의 황야로 더 깊이 파고들기 전에, 그대의 발꿈치를 앞이 아니라 뒤로 돌리라. 내가 그대에게 하는 말을 잘 들으라, 그대의 발꿈치를 앞이 아니라 뒤로 돌리라, 마치 어머니의 얼굴이 쏘는 근엄한 응시를 공손하게 피하는 아이의 눈처럼, 아니, 그보다는, 명상을 많이 하는 저 추위 타는 두루미들, 겨울 동안, 돛폭을 활짝 펼

---

* '하늘ciel'은 원문에서 두문자를 대문자로 쓰지 않았다. 그리스·로마의 고전 서사시를 모방했을 이 표현에서 '하늘'은 신이 아니라 삼라만상을 관통하는 자연의 이치 정도로 이해해야 할 것이다.

치고, 수평선의 고정된 한 점을 향하여, 침묵을 가로질러 힘차게 날아가는 저 두루미들의 까마득한 각처럼, 발걸음을 돌려야 할진대, 저 수평선에서는 태풍의 전조인 낯설고 거센 바람이 한줄기 느닷없이 불어온다.* 가장 늙은 두루미, 제 몸 하나로 전위부대를 이루는 그가, 그 낌새를 채고, 이성을 지닌 사람처럼 고개를 흔들면서, 결과적으로, 맞부딪쳐 딸그락거리는 그 부리도 흔들면서, 마음을 놓지 못하는 터에(나도 역시 그의 입장이라면 그럴 것이다), 그의 늙은 목은, 두루미들의 삼대들과 같이 살아오며 깃털이 다 빠졌으나, 격앙된 파동으로 구불거리며, 점점 더 가까워지는 뇌우를 예고한다. 경험을 두루 갖춘 눈으로 사방팔방을 냉정하게 여러 번 살핀 다음, 신중하게 그 우두머리 (지능이 열등한 다른 두루미들에게 제 꽁지깃을 보여줄 특권을 지닌 것이 바로 그인지라) 두루미는 우울한 파수병의 기민한 외침을 내지르며, 공동의 적을 물리치려고, 기하학적 도형의 (그것은 필경 삼각형이지만, 이 신기한 철새들이 허공에 그리는 세번째 변은 보이지 않는다) 꼭짓점을, 때로는 좌현으로, 때로는 우현으로, 노련한 선장처럼 유연하게 틀며, 바보가 아니기 때문에, 참새의 날개보다 더 커 보이지 않는 날개를 조종하여, 철학적이며 더욱 확실한 또하나의 길로 이렇게 들어선다.

[2] 독자여, 이 작품의 어귀에서 내가 무슨 영감을 기원한다면, 그것이 증오의 영감이기를 그대는 필경 바라지 않겠는가! 그대가

---

* 동물의 비유는 『말도로르의 노래』에 셀 수 없이 많다. 특히 이 두루미의 비유는 호메로스의 『일리아드』 제3장에서 그 전거가 발견된다. "이렇듯 하늘의 전면에 두루미들의 외침소리가 올라올 때, 겨울과 점점 거세지는 비를 피하기 위해 이 새들은 대양의 물을 향해 방향을 튼다."

이루 헤아릴 수 없는 관능에 빠져서, 아름답고 검은 대기 속에서, 한 마리 상어처럼 배를 뒤집으며, 그 오만한, 넓고도 깡마른 콧구멍으로, 그대가 원하는 만큼, 마치 그대가 이 행위의 중요성과 그에 못지않은 그 정당한 식욕의 중요성을 이해하기라도 한다는 듯이, 천천히 그리고 장엄하게, 저 증오의 붉은 독기를 냄새 맡지 않으리라고 누가 그대에게 말하는가? 내 장담하건대, 그 붉은 독기는 그대의 흉측한 콧방울의 못생긴 두 구멍을 즐겁게 해줄 것이로되, 오, 괴물이여, 다만 그대가 저 영원한 자*에게 저주받은 양심을 삼천 번 연달아 들이마시는 일에 먼저 몰두해야 하리라! 형언할 수 없는 만족감과 움직일 수 없는 황홀감으로 엄청나게 팽창한 그대의 콧구멍은 향수와 훈향을 뿌린 듯 향기로워진 공간보다 더 나은 어떤 것을 달라고 하지는 않을 것이다. 그 콧구멍은, 쾌적한 하늘나라의 화려함과 평화 속에서 살고 있는 천사들처럼, 완전한 행복을 포만하게 누릴 것이기 때문이다.

[3] 나는 말도로르†가 어린 시절 얼마나 착했던가를 몇 줄에 걸쳐 밝히려 하는데, 그 시절 그는 행복하게 살았다. 그것은 끝난 일이다. 이윽고 그는 자신이 악하게 태어났음을 깨달았다. 이상야릇한 숙명이로다! 그는 아주 여러 해 동안, 가능한 한 자신의 성격을 숨겼지만, 그러나, 결국은 그에게 자연스럽지 않은 이 집중 때문에, 매일 피가 머리까지 오르곤 했으며, 그와 같은 삶을 더는 참을

---

* 『말도로르의 노래』에서 신을 부르는 말은 여러 가지다. 신, 섭리, 영원한 자, 전능한 자, 위대한 전체 등. 로트레아몽은 이들 호칭을 대문자로 썼고, 번역에서는 이를 고딕체로 표시했다.

† '말도로르Maldoror'라는 이름이 처음 등장한다. 이 이름을 풀어서 'Mal d'aurore(여명의 악)'으로 해석하거나 '공포'를 뜻하는 라틴어 'horror'에 연결시키려는 등 여러 시도가 있으나 이 이름이 무엇을 뜻하는지는 확실하게 밝혀지지 않았다.

수 없어서, 그는 끝내 악의 길에…… 그 감미로운 환경에 결정적으로 몸을 던졌던 것이다! 누가 그렇게 되리라고 말할 수 있었을까! 그가 어린아이를, 장밋빛 얼굴의 어린아이를 껴안을 때면, 면도날로 그 뺨을 도려내고 싶어할 것이라고, 또 만일 법이 징벌의 긴 나열로 번번이 그를 막지만 않았더라면, 매우 자주 그 일을 저지르고 말았을 것이라고. 그는 거짓말쟁이가 아니어서, 진실을 고백했으며, 자신이 잔혹하다고 말하곤 하였다. 인간들이여, 들었는가? 그가 떨리는 이 펜으로 감히 그 말을 다시 하는구나!* 그러니까, 의지보다 더 강한 어떤 힘이 있는 것이다…… 바로 저주! 돌이 중력의 법칙에서 벗어나려 할 것인가? 불가능하다. 불가능하다, 악이 선과 결합하고 싶어하더라도. 내가 위에서 말했던 바가 이것이다.

[4] 사람들의 박수갈채를 끌어내고 싶어서, 상상력이 꾸며내는 것이건 실제로 지닐 수 있는 것이건 간에 감정의 고귀한 품성들을 이용하여 글을 쓰는 자들이 있다. 나로서는, 잔혹함의 더없는 열락을 그리기 위해 내 천재를 봉사케 한다! 일시적인 것도, 인공적인 것도 아닌, 그러나, 인간과 함께 시작되었고 인간과 함께 끝날 열락. 천재성은 섭리의 은밀한 안배 속에서 잔인성과 결합하는 것이 아닐까? 혹은 잔인하기 때문에, 천재성을 지닐 수 있는 것이 아닐까? 나의 말 속에서 그 증거를 보게 되리라. 당신들이 정말 그 증거를 보고 싶다면, 내 말을 듣기만 하면 된다…… 용서하라, 내 머리카락이 내 머리 위로 곤두서 있는 것만 같았다. 그러나

---

* 말도로르는 한 문단 안에서, 때로는 한 문장 안에서, 삼인칭이 되기도 하고 일인칭이 되기도 한다. 말도로르는 주인공으로 행동하는 존재인 동시에 이 글을 쓰는 존재다.

그거야 별거 아니다. 나는 내 손으로 머리카락을 처음 상태로 어렵지 않게 되돌려놓기에 이르렀으니 말이다. 노래하는 자는 제 카바티나가 들어보지 못한 것이라고 주장하지 않는다. 반대로, 그는 제 주인공의 오만하고 사악한 생각들이 모든 사람들에게 깃들어 있다는 점을 자랑스럽게 여긴다.

[5] 나는 살아오는 동안 내내 단 하나의 예외도 없이, 인간들이, 어깨도 좁은 것들이, 어리석은 행동을 무수히 저지르고, 제 동류들을 바보로 만들고, 온갖 방법으로 영혼들을 타락시키는 것을 보아왔다. 그들은 제 행동의 동기를 영예라고 부른다. 이런 광경을 보면서, 나는 다른 사람들처럼 웃고 싶었으나, 그게 익숙하지 않은 모방이라서 불가능했다. 나는 날이 예리한 창칼을 집어들고, 위아래 입술이 연결되는 양 아귀의 살을 찢었다.* 잠시 나는 내 목적이 달성되었다고 생각했다. 나는 거울에서 나 자신의 의지에 따라 상처 입은 그 입을 들여다보지 않았던가! 실수였구나! 두 군데 상처에서 피가 넘쳐흐르는 바람에 그게 정말 다른 사람들의 웃음인지 아닌지 분간할 수 없었다. 그러나 잠시 동안 비교하고 나니, 내 웃음이 인간들의 웃음과 닮지 않았다는 것이, 다시 말해서 내가 웃고 있지 않다는 것이 내 눈에 분명히 드러났다. 나는 추한 머리에, 무서운 눈을 어두운 눈구멍에 쑤셔박은 인간들이 바위의 단단함을, 주조된 강철의 견고함을, 상어의 잔인함을, 젊음의 건방짐을, 범죄자들의 지각없는 분노를, 위선자의 배반을, 가장 야릇

---

* 이 끔찍한 행위는 흔히 콤프라치코스comprachicos라고 불리는 아동유괴범들이나 인신매매자들이 아이들을 거지나 흥행 괴물로 만들기 위해 사용하던 방법으로 알려져 있다. 위고의 『웃는 남자』(1869)에 콤프라치코스에 대한 설명이 있고, 랭보가 드므니에게 보냈던 『투시자의 편지』(1871)에도 이에 대한 언급이 있지만, 이 두 텍스트는 모두 로트레아몽이 이 글을 쓴 이후에 출간되었다.

한 희극배우들을, 사제들의 강인한 성질머리를, 외부에 더할 나위 없이 잘 은폐된, 천지간에 가장 차가운 존재들을 능가하고, 자기들의 심장을 찾아내려는 모랄리스트*들을 지치게 하고, 저 높은 곳에서 달랠 길 없는 분노가 자기들에게 떨어지게 하는 것을 보았다. 나는 그들 모두를 동시에 보았으니, 때로는 벌써 비뚤어진 아이가 제 어머니에 맞서 주먹을 휘두르듯, 아마도 지옥의 어느 악령한테 부추김을 받아, 하늘을 향해 가장 단단한 주먹을 내지르며, 혹독한 동시에 앙심 깊은 회한으로 가득찬 눈을 들고, 얼음 같은 침묵 속에서, 제 가슴이 숨기고 있는, 그만큼 불의와 공포로 가득찬, 광막하고 배은망덕한 명상을 감히 토로하지 못한 채, 자비로운 신을 동정심으로 슬프게 하고, 때로는 하루의 어느 순간을 막론하고, 어린 날의 시작부터 노년의 끝까지, 숨쉬는 모든 것에, 자기 자신과 섭리에, 상식이라고는 찾아볼 수 없는, 믿기도 어려운 저주를 내뿜으면서, 여자들과 아이들의 몸을 팔아, 부끄러움에 바쳐져야 할 신체의 부분†을 이렇듯 능욕하는 것이었다. 그러자 바다가 물결을 들어올려, 그 심연 속으로 널판자들을 집어삼키고, 태풍이, 지진이 집들을 뒤엎고, 페스트가, 가지가지 질병들이 기도하는 가족들을 열 명에 한 명꼴로 죽인다. 그러나 사람들은 알아차리지 못한다. 나는 또한 저들이 이 땅에서 자기들이 저지른 행위에 대한 부끄러움으로 얼굴이 붉어지고 창백해지는 것도, 드물게는, 보았다. 태풍의 자매, 폭풍우여, 그 아름다움을 나로서는 인정하지 않는 푸르스름한 창공이여, 내 마음의 영상, 위선자 바

---

* 프랑스어의 '모랄리스트'는 도덕주의자를 뜻하는 영어의 '모럴리스트'와 달리, '인간 연구자'에 더 가까운 말이다. 이를 구별하기 위해 이 책에서는 '모랄리스트'로 표기한다.
† "부끄러움에 바쳐져야 할 신체의 부분"은 라틴어 'pudenda' 곧 '치부'를 풀어쓴 말이다.

다여, 신비스러운 젖가슴의 대지여, 천체들의 주민들이여, 전 우주여, 저 우주를 웅장하게 창조한 신이여, 내 그대에게 기원하나니, 선량한 인간을 하나 보여주시라!…… 그러나, 먼저 그대의 은총으로 내 타고난 힘이 열 배로 늘어나야 하리라. 그 괴물을 보고, 내가 놀라 죽을 수도 있기 때문이다. 사람은 그보다 더 사소한 일로도 죽는다.

[6] 보름 동안 손톱을 길러야 한다. 오! 윗입술 위에 아직 아무것도 나지 않은 아이 하나를 침대에서 거칠게 끌어내어, 눈을 아주 크게 뜨고, 그 이마 위를 다정하게 손으로 쓰다듬으며, 그 아름다운 머리칼을 뒤로 쓸어주는 척하면 즐겁지 않은가! 그러다 갑자기, 아이가 가장 예기치 않은 순간에, 긴 손톱을 그의 부드러운 가슴팍에 쑤셔박되,* 죽지는 않을 정도로 박아야 할 것이니, 만약 아이가 죽는다면, 나중에 그의 비참한 몰골을 구경하지 못할 것이기 때문이다. 이어서 상처를 핥으면서 피를 마시는데, 영겁이 지속되는 것만큼이나 지속될 것이 분명한 그 시간 내내, 아이는 운다. 소금처럼 씁쓸한 아이의 눈물이 아니라면, 내가 방금 말한 것처럼 뽑아낸, 아직도 제법 뜨뜻한 그의 피만큼 맛있는 것은 아무것도 없다. 사람아, 네가 우연히 손가락을 베었을 때, 네 피의 맛을 본 적이 한 번도 없었는가? 얼마나 맛있는가, 그렇지 않은가. 왠가 하니 그것은 아무런 맛도 없기 때문이다. 그리고 또, 너는 어느 날, 네 음울한 상념에 빠져, 두 눈에서 떨어지는 것으로 인해

---

* 뒤카스는 이 구절을 쓰면서 보들레르의 시 「축복」(『악의 꽃』)을 염두에 두었을 것이다. 이 시에서 시인을 학대하는 시인의 아내는 이렇게 말한다: "그러나 이 불경한 장난에도 싫증이 나면,/ 내 가냘프고도 억센 손을 그에게 얹어,/ 하르퓌아의 발톱 같은 내 손톱으로/ 그의 심장까지 길을 낼 수 있으리."

젖어 있는 네 병약한 얼굴에, 바닥이 움푹한 손을 가져다 대니, 그 손이 곧 숙명적으로 입을 향해 내려가고, 자신의 숨통을 조이려고 이 세상에 태어난 자를 곁눈질로 바라보는 초등학생의 이처럼 떨리는 그 잔에서, 그 입이 눈물을 길게 들이켰던 일이 생각나지 않는가? 얼마나 맛있는가, 그렇지 않은가. 왠가 하니 그것은 식초의 맛이기 때문이다. 혹간은 누군가를 가장 사랑하는 여인*의 눈물을 말할 터이지만, 아이의 눈물이 미각에는 더 좋다. 아이는, 아직 악을 알지 못하기에, 배반하지 않는다. 가장 사랑하는 여인은 빠르게건 늦게건 배반한다고…… 우정이 무엇인지, 사랑이 무엇인지 내가 비록 알지 못하나, 나는 유추에 의해 그러리라고 짐작한다(적어도, 인간 족속의 편에서라면, 내가 결코 우정이나 사랑을 받아들이지 않을 공산이 크다). 따라서, 너의 피와 너의 눈물이 너에게 역겹지 않으니, 섭취해라, 그 소년의 피와 눈물을 안심하고 섭취해라. 네가 그의 파닥거리는 살을 찢는 동안, 그의 눈을 붕대로 가려라, 그리고 전장에서 죽어가는 부상병의 목구멍이 내지르는 날카로운 헐떡임과도 방불한 그의 진진한 비명을 오랜 시간 듣고 난 다음, 눈사태처럼 비켜났다가, 옆방에서 서둘러 달려나오며, 그를 구조하러 온 척해라. 신경과 혈관이 부어오른 그의 손을 풀어주고, 그의 눈물과 그의 피를 다시 핥기 시작하면서, 그의 넋빠진 눈에 시력을 되돌려주어라. 그때 후회는 얼마나 진실한 것인가! 우리 안에 있으면서도, 드물게만 나타나는 신성한 불꽃이 그때 모습을 드러낼 것이다, 너무 늦게! 악행을 당한 그 죄 없는 자를 위로할 수 있으니 얼마나 가슴이 벅차오르는지: "소년이여, 끔

---

* 어머니이거나 애인일 텐데, 여기서는 거짓으로 사랑하는 여인을 가리킨다는 것이 뒤따르는 두 문장으로 밝혀진다.

찍한 고통을 겪었구나, 무어라 이름 붙여야 할지 모를 이런 범죄를 도대체 누가 그대에게 저지를 수 있더란 말이냐! 그대는 참으로 불행하구나! 얼마나 고통스럽겠느냐! 그대의 어머니가 이 일을 안다 해도, 죄 많은 자들이 그렇게도 두려워하는 저 죽음에 지금의 나보다 더 가까이 있지는 않을 것이다. 슬프다! 선과 악은 도대체 무엇인가! 그것은 어느 쪽이나 우리의 무력함을, 그리고 무모하기 짝이 없는 방법으로라도 무한에 이르려는 열망을 맹렬하게 증명하게 해주는 동일한 것인가? 아니면, 그것은 두 가지 서로 다른 것인가? 그렇지…… 그것은 어쨌든 동일한 것이어야 하리라…… 그렇지 않다면, 심판의 날에 내가 어찌 될 것인가! 소년이여, 나를 용서하라. 네 뼈를 부수고 네 몸의 서로 다른 부위에 달려 있는 살을 찢은 녀석은, 바로 고결하고 성스러운 네 얼굴 앞에 있는 인간이란다. 이런 죄악을 저지르도록 나를 부추긴 것은, 내 병든 이성의 착란인가, 자신의 먹이를 찢는 독수리의 본능이 그렇듯, 나의 이성적 사유로는 제어할 수 없는 어떤 은밀한 본능인가, 그렇지만, 내 희생자만큼, 나는 고통스러웠노라! 소년이여, 나를 용서하라. 덧없는 이생을 일단 벗어나면, 나는 우리가 영원토록 서로 얽혀 있기를 바라노라, 내 입을 네 입에 붙이고, 오직 하나의 존재를 이루어. 그렇더라도, 그런 방법으로도, 나의 징벌이 완전하지는 않으리라. 그러니, 너는 나를 찢을지어다, 동시에 이빨과 손톱으로, 결코 멈추지 말고. 나는 이 속죄의 희생제의를 위해 내 몸을 향기로운 꽃줄로 장식할 것이니, 우리 두 사람 모두가 고통스러워하리라, 나는 찢기며, 너는 나를 찢으며…… 네 입에 내 입을 붙이고. 오, 금발머리에, 그렇게도 부드러운 눈을 가진 소년이여, 내가 너에게 권고하는 것을 지금 하겠는가? 네 뜻이야 어떻든, 나는 네가 그렇게 하기를 바라는 바이고, 너는 내 양심을 행복하게 해주리라." 이렇게 말하고 나면, 너는 한 인간 존재에게 악행을 저질러놓고, 같은 시간에, 같은 존재에게서 사랑을 받을 것이다. 이야말로 인간이 생각해낼 수 있는 가장 큰 행복이다. 후에, 너는 그 아이를 병원에 넣을 수 있을 것이다. 그 움직이지 못하는 불구자는 밥벌이를 할 수 없을 테니까 말이다. 사람들은 너를 선인이라고 부를 것이고, 월계관과 금메달이 모습도 낡은 거대한 무덤 위에 너부러진 네 벌거벗은 발을 숨겨줄 것이다. 오, 너, 죄행의 성스러움을 기리는 이 페이지에 네 이름을 쓰고 싶지 않은 너,* 나는 너의 용서가 우주처럼 무한했음을 알고 있다. 그러나, 나로 말하면, 나는 아직 존재한다!

[7] 나는 가족들 속에 무질서를 씨뿌리기 위해 매음과 협정을 맺었다. 나는 이 위험한 관계를 맺기 전날의 밤을 회상한다. 내 앞에 무덤 하나가 보였다. 나는 집채만큼이나 큰 반딧불이 한 마리가 나한테 말하는 소리를 들었다: "내가 네 앞을 밝혀주겠다. 저 비문을 읽어라. 이 지상명령이 내려오는 것은 나로부터가 아니다." 핏빛의 광막한 빛 한줄기가 공중에 퍼져 지평선까지 이르렀으며, 그 모습에 내 턱이 덜그럭거리고 내 팔이 힘없이 늘어졌다. 나는 넘어질 것 같아, 폐허가 된 벽에 기대어, 읽었다: "여기 폐병으로 죽은 한 젊은이가 누워 있다. 왜 그런지 그대는 알고 있다.† 그를 위해 기도하지 말라." 아마도 나만큼 담대한 사람이 많지는 않았으리라. 그러는 동안 한 아름다운 여인이 발가벗은 몸으

---

* 로트레아몽이 프랑스에 들어와 타르브 리세에서 공부할 때, 그의 후견인이었던 공증인 장 다제를 가리키는 것으로 추정된다. 장 다제는 1864년에 세상을 떠났다.
† 당시 폐병은 방탕이나 야행성 활동을 비롯한 무절제한 생활에서 기인하는 것으로 여겨졌다.

로 내 발치에 와서 누웠다. 내가 그녀에게, 슬픈 얼굴로: "일어나도 좋다." 나는 형제살해범이라면 제 누이의 목을 벨 그 손을 그녀에게 내밀었다. 반딧불이가 내게: "너는, 돌을 들어 그 여자를 죽여라." "왜?" 그에게 내가 말했다. 그가 내게: "가장 약한 자여, 조심해라, 나는 가장 강한 자이니라. 그 여자는 *매음*이라 불린다." 눈에서는 눈물이 나고, 가슴속에서는 분노가 차오르면서, 나는 내 안에 어떤 알 수 없는 힘이 생겨나는 것을 느꼈다. 나는 커다란 돌덩이 하나를 들어, 자못 애를 쓴 끝에, 어렵사리 가슴께까지 끌어올렸다가, 두 팔로 그것을 어깨 위에 얹었다. 나는 어느 산의 꼭대기까지 기어올랐다. 거기에서, 나는 반딧불이를 박살냈다. 그의 머리가 땅속으로 인간의 키만큼 깊이 처박혔고, 돌덩이가 여섯 교회를 쌓아놓은 높이까지 튀어올랐다. 돌덩이가 다시 호수 안으로 떨어지니, 그 물이 한순간 낮아져, 소용돌이치며, 거대한 원추가 뒤집힌 모양으로 파였다. 수면에 고요가 다시 깃들고, 핏빛 반딧불이 더이상 빛나지 않았다. "오호라! 오호라! 네가 무슨 짓을 한 것이냐?" 그 아름다운 나체의 여인이 외쳤다. 내가 그녀에게: "나는 그 녀석보다 너를 더 좋아한다. 나는 불행한 자들을 가엾게 여기기 때문이다. 영원한 정의가 너를 창조하였다면, 그것은 네 잘못이 아니다." 그녀가 나에게: "어느 날인가는, 사람들이 나의 정당함을 알아줄 것이다. 그 얘길 너에게 더는 하지 않겠다. 내 끝없는 슬픔을 바다 깊숙이 감추러 가려 하니, 나를 보내달라. 나를 멸시하지 않는 것은 너와 저 검은 심연 속에서 우글거리는 흉측한 괴물들밖에 없다. 너는 착하다. 안녕히, 나를 사랑한 너!" 내가 그녀에게: "안녕히!" 다시 한번: "안녕히! 나는 너를 언제까지나 사랑하리라!⋯⋯ 오늘부터, 나는 미덕을 포기한다." 그런 까닭으로, 오, 사람의 무리여, 너희들이 바다에서 그리고 해안 가까이에서, 또는 오래전부터 나를 위해 상복을 입어온 큰 도시들 위에서, 또는 추운 극지방을 가로질러, 겨울바람이 신음하는 소리를 들을 때면, 말하라: "지나가는 것은 신의 정신이 아니라, 몬테비데오 사람의 묵직한 신음소리와 하나된 매음의 날카로운 한숨소리일 뿐이다." 아이들아, 너희들에게 이 말을 하는 자는 바로 나다. 그러니, 자비로 가득차서, 무릎을 꿇어라. 그리고 이들보다도 더 수가 많은 어른들은 긴 기도를 읊을지어다.

[8] 달빛 아래서, 바닷가에서, 벌판의 외진 곳에서, 쓰라린 상념에 잠겨 있으면, 모든 사물이 노랗고, 아리송하고, 환상적인 형태를 띠어 보인다. 나무들의 그림자가, 때로는 빠르게, 때로는 느리게, 오고 다시 오며, 모양도 가지가지로, 납작하게 땅에 붙어 달린다. 그 시절, 내가 젊음의 날개에 실려갈 때는, 그것이 나를 꿈꾸게 했고, 기묘하게만 보였는데, 이제는 길이 들었다. 바람은 나뭇잎들 사이로 빠져나오며 나른한 음으로 신음하고, 부엉이는 그 장중한 한탄가를 노래하여, 듣는 자들의 머리털을 곤두서게 한다. 그때, 개들이 발광을 하며, 사슬을 끊고, 먼 농가에서 도망쳐나온다.* 놈들은 광기에 사로잡혀 이리저리 벌판을 내달린다. 갑자기, 놈들은 멈춰 서서, 불덩이 같은 눈으로, 사납게 파고드는 불안에 싸여, 사방을 둘러보고는, 마치 코끼리들이 죽기 전에 사막에서 그 긴 코를 절망적으로 들어올리고, 무기력한 귀를 내려뜨리며, 마지막 시선을 하늘에 던지듯이, 그와 마찬가지로 개들은 무기력한 귀를 내려뜨리고, 고개를 쳐들고, 무서운 목구멍을 부풀리어, 때로

---

* 뒤카스가 어린 시절을 보낸 남미의 우루과이와 아르헨티나에는 당시 떠돌아다니는 개떼들이 많았다고 한다.

는 배고파 울어대는 아이처럼, 때로는 배에 상처 입은 지붕 위의 고양이처럼, 때로는 아이를 낳으려는 여인처럼, 때로는 페스트에 걸려 병원에서 죽어가는 환자처럼, 때로는 숭고한 곡조를 노래하는 처녀처럼, 번갈아가며 짖기 시작한다, 북쪽의 별들을 향하여, 동쪽의 별들을 향하여, 남쪽의 별들을 향하여, 서쪽의 별들을 향하여, 달을 향하여, 멀리서 보면 거대한 바위들과 비슷한, 어둠 속에 누워 있는 산들을 향하여, 저희들이 폐부 가득 들이마시는, 저희들의 콧구멍 내부를 붉게 타오르게 하는 차가운 대기를 향하여, 밤의 정적을 향하여, 부리에 쥐나 개구리를, 새끼들에게 줄 맛있는 산 먹이를 물고, 비스듬히 날아 저희들의 콧등을 스치는 올빼미들을 향하여, 눈 깜짝할 사이에 사라지는 산토끼들을 향하여, 범죄를 저지르고 말을 달려 달아나는 도둑을 향하여,* 히스 덤불을 휘저으며, 저희들의 피부를 떨게 하고 이빨을 갈게 하는 뱀들을 향하여, 저희들 자신마저 두렵게 하는 저희들의 짖음 소리를 향하여, 저희들이 턱을 한 번 거칠게 놀려 으스러뜨리는 두꺼비들을 향하여(왜 두꺼비들은 늪에서 멀리 나왔을까?), 부드럽게 흔들리는 이파리 하나하나가 모두 저희들로서는 이해하지 못할, 그 영리한 눈을 고정시켜 알아내고 싶은 신비일 뿐인 나무들을 향하여, 그 긴 다리 사이의 줄에 매달린, 달아나려고 나무 위로 기어오르는 거미들을 향하여, 낮 동안 먹을 것을 찾아내지 못하고, 지친 날개로 둥지로 돌아오는 까마귀들을 향하여, 바닷가의 바위들을 향하여, 보이지 않는 선박들의 돛대에서 비치는 불빛을 향하여, 어렴풋한 파도소리를 향하여, 헤엄을 치며 그 검은 등을 보이고는

* 이 말 탄 도둑들 역시 우루과이의 추억과 연결될 것이다. '가우초 몬테로gaucho montero'라고 불리는, 원래 산악지대의 목동들이었던 이 도둑들은 미국의 서부극에도 자주 등장한다.

이내 심연 속으로 가라앉는 커다란 물고기들을 향하여, 그리고 저희들을 노예로 만드는 인간을 향하여. 그러고 나서, 놈들은 저희들의 피투성이 다리로, 도랑을, 길을, 밭을, 풀과 가파른 돌무더기를 뛰어넘어, 다시 벌판을 달리기 시작한다. 마치 공수병에 걸려, 그 목마름을 가라앉히려고 드넓은 못을 찾는 것만 같다. 놈들의 길어지는 울부짖음은 자연을 무섭게 한다. 지체된 여행자에게 불행이 있으리라! 묘지의 친구들이 그에게 달려들어, 그를 찢고, 피가 흘러내리는 그 입으로 그를 먹을 것이다. 왜냐하면 놈들은 이빨이 망가지지 않았으니까. 야생동물들은 감히 놈들에게 다가가 그 인육의 식사에 끼어들지 못하고, 몸을 떨며, 까마득하게 달아난다. 몇 시간 후, 이리저리 뛰어다니느라 기진맥진한, 초주검이 된 개들은, 혀를 입 밖으로 늘어뜨리고, 자신들이 무슨 짓을 하는지도 모르고, 이놈 저놈이 서로 덮쳐들어, 믿을 수 없는 속도로, 서로 천 조각으로 찢어발긴다. 놈들은 잔인해서 그렇게 행동하는 것이 아니다. 어느 날, 흐릿한 눈으로, 어머니가 내게 말했다. "네가 침대에 누웠을 때, 벌판에서 개들이 울부짖는 소리가 들리면, 이불 속에 몸을 숨기고, 녀석들이 하는 짓을 가소롭게 여기지 말라. 너처럼, 나처럼, 얼굴이 창백하고 길쭉한 그 밖의 다른 인간들처럼, 녀석들한테도 무한에의 채울 길 없는 갈증이 있단다. 그렇더라도, 네가 창 앞에 서서, 제법 장엄한 그 광경을 관상하는 것은 허락하마." 그 시간 이후, 나는 죽은 여인의 소망을 존중한다. 나는 개들처럼 무한에의 욕구를 느낀다…… 나는 채울 길이 없구나, 이 욕구를 채울 길이 없구나! 들은 바에 따르면, 나는 남자와 여자의 아들이다. 놀라운 일이다…… 그 이상이라고 믿었건만! 그런데, 내가 어디서 왔건, 그게 무슨 상관이랴? 그게 내 뜻대로 되는 일이었다면, 나로서는 차라리 그 배고픔이 태풍에 버금하는 상어 암컷과, 잔인성을 인정받은 호랑이 수컷의 아들이 되고 싶었으리라. 이렇게 악독하지는 않을 테니까. 나를 바라보는 너희들아, 나에게서 멀어지라. 내 숨결은 독기 서린 입김을 발산한다. 내 이마의 초록빛 주름을 본 사람은 아직 아무도 없다. 어떤 큰 물고기의 등 가시와 비슷한, 또는 해안을 덮은 바위와 비슷한, 또는 내가 머리에 다른 색깔의 머리칼을 이고 있었을 때, 내가 자주 훑고 다녔던 알프스의 가파른 산악과 비슷한, 내 앙상한 얼굴의 불거진 뼈를 본 사람도 없다. 그리고 나는 뇌우가 치는 밤중에, 두 눈을 이글거리며, 머리칼에 폭풍의 채찍을 맞으며, 길 한복판의 돌멩이처럼 외톨이가 되어, 인간들의 거주지 주위를 배회할 때, 굴뚝의 내부를 가득 채운 그을음처럼 새까만 비로드 한 조각으로, 내 낙인 찍힌 얼굴을 가린다. 지고의 존재가 강력한 증오의 미소를 띠며 나에게 찍은 그 추악함을 눈들이 목격하게 할 수는 없다. 매일 아침, 태양이 온 누리 자연에 건강에 좋은 환희와 열기를 퍼뜨리며, 남들을 위해 떠오를 때, 내 표정은 미동도 없는데, 나는 사랑하는 내 동굴의 안쪽을 향해 쭈그리고 앉아, 어둠이 가득한 공간을 뚫어지게 바라보면서, 포도주처럼 나를 취하게 하는 절망에 빠져, 내 강한 손으로 내 가슴을 해하여 갈기갈기 찢는다. 그렇지만, 나는 느끼겠다, 내가 공수병에 걸린 것이 아니구나! 그렇지만, 나는 느끼겠다, 나만 유일하게 고통받는 자가 아니구나! 그렇지만, 나는 느끼겠다, 내가 숨을 쉬고 있구나! 제 근육들을 시험하며, 그것들의 운명을 생각하다, 이윽고 단두대에 오를 사형수처럼, 나는 내 밀짚 침대 위에 서서 눈을 감고는, 몇 시간을 고스란히 바쳐, 고개를 천천히 오른쪽에서 왼쪽으로, 왼쪽에서 오른쪽으로 돌린다. 나는 곧장 꺼꾸러져 죽지 않는다. 시시때때로, 나의 목이 같은 방향으로 더는 계속해서 돌아갈 수 없을 때, 다시 반대 방향으로 돌아가려고 멈출 때, 나는 동굴 입구를 덮고 있는 두터운 가시덤불이 어쩌다 드물게 남겨놓은 틈 사이로 삽시간에 지평선을 바라본다.* 아무것도 보이지 않는구나! 아무것도…… 나무들이랑, 길게 줄지어 공중을 지나가는 새들이랑 소용돌이치며 춤추는 벌판 말고는. 그것이 나를 어지럽게 한다, 피와 뇌수를…… 도대체 누가, 모루를 치는 망치처럼, 내 머리 위에 쇠막대를 박아대는가?

[9] 나는 이제 너희들이 듣게 될, 진지하고도 냉정한 한 문단을, 흥분하지 않고, 큰 소리로 낭송할 생각이다. 너희들은 이 문단이 담고 있는 바에 주의를 기울이고, 그것이 너희들의 혼란스러운 상상력에 마치 낙인처럼 어김없이 남기게 될 고통스러운 인상을 조심하라. 내가 지금 죽음에 임하였다고 생각하지 말아야 할 것이니, 나는 아직 해골이 아니며, 늙음이 나의 이마에 붙어 있지 않기 때문이다. 따라서 제 존재가 날아가버리는 순간의 백조와 비교하려는 일체의 생각은 배제하자, 너희들은 오직 눈앞에 있는 괴물 하나만을 보아라, 그 얼굴을 너희들이 알아볼 수 없을 터이니 나로서는 행복하다만, 그러나 그 얼굴이 그의 영혼보다는 덜 끔찍하다.† 그렇다고 해서 내가 범죄자는 아니고…… 그 얘기는 이 정도로 충분하다. 내가 바다를 다시 보고 배들의 갑판을 밟은 것은 오래전 일이 아니어서, 바로 어제 내가 바다를 떠나기나 한 것처럼 내 기억은 생생하다. 너희들은 그럼에도 불구하고, 내가 벌써 후회하며 너희들에게 베푸는 이 낭독중에, 그럴 수 있다면, 나만큼

* 동굴 속에 갇힌 '나'의 행태는 플라톤이 동굴 신화로 표현하는 인간의 지적 조건에 대한 알레고리일 것이다.
† 로트레아몽은 여기서 수업시간에 학생들에게 추론하는 법을 가르치는 교사의 말투를 비틀어 사용하고 있다. 말도로르는 좋은 선생과 나쁜 선생, 착한 학생과 불량한 학생 사이를 자주 오간다.

침착해져서, 인간의 마음이란 것을 생각하며 얼굴을 붉히지 말라. 오, 문어야,* 시선이 비단 같구나! 그 영혼이 내 영혼과 떨어질 수 없는 너, 지구의 주민들 중에서 가장 아름다운 자이며, 사백 개 흡반이 달린 터키 궁전을 호령하는 너, 마음을 여는 아리따운 미덕과 신성한 매력들이, 파괴할 수 없는 끈으로, 만장일치하여, 자기들이 태어난 거주지라도 되는 듯, 네 안에 고상하게 깃들어 있거늘, 너는 왜 나와 함께, 네 수은의 배를 내 알루미늄 가슴에 맞붙이고, 둘이 모두 해변의 어느 바위에 앉아, 내가 찬미하는 이 광경을 관상하려 하지 않는가!

늙은 대양아, 수정의 파도 일렁이는 너는 소년 수부들의 멍든 등에 보이는 그 하늘빛 자국의 비례 닮은꼴이다. 그대는 지구의 몸 위에 찍혀 있는 한 개 무변한 푸른 멍이다. 나는 이 비유가 마음에 든다. 그렇기에, 너의 모습을 처음 보는 순간, 네 감미로운 미풍의 속삭임이라 믿고 싶을, 한줄기 슬픔의 긴 숨결이, 깊이 동요하는 영혼 위로, 지울 수 없는 흔적들을 남기며 지나가고, 너는 너를 사랑하는 자들의 추억에, 그들이 항상 알아차리는 것은 아니지만, 인간의 첫걸음을, 자신에게서 끝내 떠나지 않는 고통과 낯을 익혀가는 인간의 험난한 첫걸음을 떠오르게 한다. 나는 너에게 경례한다, 늙은 대양아!

늙은 대양아, 기하학의 근엄한 얼굴을 유쾌하게 만드는, 너의 조화롭게 둥근 형태는 인간의 작은 눈을 너무 많이 떠오르게 한다만, 그 눈이란 것이 왜소하기로는 멧돼지의 그것과 같고, 동그

---

* 이 '문어'는 초판에서 '다제'였다. 조르주 다제는 로트레아몽이 타르브 리세에서 수학할 때 그의 동기생 가운데 하나로 그의 후견인 장 다제의 아들이다. 로트레아몽과 우정이 돈독했던 조르주 다제는 「첫번째 노래」로만 구성된 1868년판 『말도로르의 노래』에 여러 번 등장했으나, 이후 판에서 이 이름은 두문자로 축약되었으며, 여기서는 말도로르의 동맹세력 가운데 하나인 문어가 되어 있다.

란 윤곽의 완벽함으로는 밤새들의 그것과 같다. 그런데도, 인간은 어느 세기에나 자신이 아름답다고 믿어왔다. 나로 말하면, 인간은 오직 자기애 때문에 자신의 아름다움을 믿지만, 실제로는 아름답지 않으며, 스스로도 그 점을 미심쩍어 하리라고 추측한다. 인간이 제 동류의 얼굴을 왜 그렇게 경멸하며 바라보겠는가? 나는 너에게 경례한다, 늙은 대양아!

늙은 대양아, 너는 자기동일성의 상징, 언제나 네 자신과 동일하다. 너는 본질적인 방식으로는 변하지 않으니, 너의 파도가 어느 곳에서는 노호하고 있다 해도, 더 멀리, 어느 다른 해역에서는, 가장 완전한 정적 속에 들어 있다. 너는 인간과 같지 않으니, 두 마리 불도그가 서로 목을 물어뜯는 것을 보기 위해서는 길을 가다 멈춰 서면서도, 장례행렬이 지나갈 때는 멈추지 않는 것이 인간이며, 아침에는 사귀기 쉽다가도 저녁에는 언짢은 기색을 하는 것이, 오늘은 웃고 내일은 우는 것이 인간이다. 나는 너에게 경례한다, 늙은 대양아!

늙은 대양아, 네가 그 가슴속에 내장한 것에서, 인간을 위한 미래적 유용성에 해당 불가한 것은 추호도 없으리라. 너는 이미 인간에게 고래를 주었다. 너는 자연과학의 탐욕스러운 눈에 네 내부 조직의 수천 가지 비밀을 쉽게 알아차릴 수 없게 하니, 너는 겸손하다. 인간은 끊임없이 자랑거리를 늘어놓는데, 대수롭지 않은 것들이다. 나는 너에게 경례한다, 늙은 대양아!

늙은 대양아, 네가 기르는 가지가지 어종들은 서로 간에 우애를 맹세한 적이 없다. 어종은 제각기 자기들끼리 산다. 각각의 종에 따라 다른 기질과 형태구조를 보면 처음에는 변태로밖에 보이지 않는 것도 충분히 설명된다. 인간도 이와 같은데, 이와 동일한 이유로 해명이 되는 것은 아니다. 한 뙈기 땅이 삼천만 인간 존재의 차지가 되었을 때, 그들은 인접한 땅뙈기에 뿌리를 내린 듯 붙박여 있는 자기 이웃 사람들의 삶에는 끼어들지 말아야 한다고 믿는다. 큰 덩어리에서 작은 덩어리로 내려와도, 인간은 저마다 야만인처럼 자기 소굴에서 살며, 거기서 빠져나와 또하나의 소굴에서 똑같이 웅크리고 있는 제 동류를 찾아가는 일은 흔치 않다. 인류의 세계 대가족이란 것은 가장 빈약한 논리에나 어울리는 한 개 유토피아이다. 또한, 네 풍요로운 젖가슴을 보노라면, 배은망덕의 개념이 스스로 드러난다. 창조주에게 배은망덕하기가 자신들의 가련한 결합의 열매를 내버리고도 남을 정도인, 수많은 부모들이 금방 생각나기 때문이다. 나는 너에게 경례한다, 늙은 대양아!

늙은 대양아, 너의 물질적 거대함과 비교할 수 있는 것은 네 부피 전체를 생성하기 위해 필요했으리라 측량되는 그 활력의 크기밖에는 없다. 너를 한눈에 끌어담을 수는 없다. 너를 관찰하기 위해서는, 시선이 수평선의 사방 네 점을 향해 연속동작으로 저의 망원경을 돌리지 않을 수 없으니, 이는 수학자가 대수방정식을 풀기 위해, 난제를 척결하기 전에 가능한 여러 경우를 분리해서 검토해야 하는 것과 마찬가지이다. 인간은 비대해 보이려고, 영양가 있는 음식물을 먹고, 보다 나은 운명을 가져다줄 여러 가지 다른 노력을 한다. 이 존경할 만한 개구리가 원하는 만큼 몸을 부풀리게 하라. 너는 안심하라, 개구리가 비대함으로 너와 겨룰 수는 없으리라. 아무튼, 내가 추측하기로는 그렇다. 나는 너에게 경례한다, 늙은 대양아!

늙은 대양아, 너의 물은 쓰다. 그것은 비평이 미술에, 과학에, 모든 것에 떨어뜨리는 쓸개즙과 정확하게 같은 맛이다. 천재성을 지닌 어떤 사람이 있다면, 그를 바보로 통하게 하고, 또 어떤 사람의 육체가 아름다우면, 그는 흉측한 꼽추가 된다. 분명코, 인간이 이렇게 불완전함을 비판하려면, 자신의 불완전함을 강하게 느껴야 할 터인데, 더구나 그 사분의 삼이 오직 자기 자신에게서 기인하지 않는가! 나는 너에게 경례한다, 늙은 대양아!

늙은 대양아, 인간들은, 그들의 방법이 뛰어나다 하지만, 과학적 탐사 수단의 도움을 받고도, 네 심연의 현기증나는 깊이를 측정하는 데는 아직 이르지 못했다. 가장 긴, 가장 무거운 측심기가 가닿을 수 없다고 확인된 심연들을, 너는 지니고 있다. 물고기들에게는…… 접근이 허용되나, 인간에게는 아니다. 종종, 나는 어느 쪽이 더 알기 쉬울지 나 자신에게 물어보았다, 대양의 깊이일까, 인간 마음의 깊이일까! 종종, 달이 돛대들 사이에서 불규칙적으로 흔들리는 동안, 문득 깨닫고 보면, 나는 이마에 손을 얹고 배 위에 서서, 추구하는 목표가 아닌 모든 것을 생각에서 몰아내고, 이 어려운 문제를 해결하려고 애쓰고 있지 않던가! 그렇다, 대양과 인간의 마음, 이 둘 중에 어느 것이 더 깊고, 더 꿰뚫을 수 없는 것인가? 삼십 년의 인생 경험으로 이 해답의 저울대를 이쪽이나 저쪽으로 어느 정도까지 기울일 수 있다면,* 대양은 그 깊이에도 불구하고, 이런 특성의 비교에 관해서라면, 인간 마음의 깊이와는 같은 줄에 설 수 없다고 말하는 것이 내게 허용되리라. 나는 고결한 사람들과 관계를 맺어왔다. 그들이 육십 세가 되어 죽으면, 사람들은 저마다 잊지 않고 외쳤다: "그들은 이 땅에서 선행을 베풀었다. 다시 말해서 자비를 실천했다. 그게 전부다. 어려울 게 없는 일이고, 누구나 그만큼은 할 수 있다." 전날 밤에 뜨겁게 사랑하던

---

* 뒤카스가 이 글을 쓸 당시 그의 나이는 스물셋이었다. 여기서 서른 살은 인간의 성숙기를 어림잡아 가리키는 나이일 것이다.

두 연인이 왜 말 한마디의 오해로, 증오의, 복수심의, 사랑과 후회의 가시를 세우고, 한 사람은 동방으로, 한 사람은 서방으로 갈라서서, 제각기 제 고독한 오기에 휩싸여, 더는 다시 만나지 않는지 누가 이해할 것인가. 그것은 날마다 되풀이해 일어나는 기적이지만, 그렇다고 덜 기적적인 것은 아니다. 왜 인간이 자기 동류의 보편적인 불운뿐만 아니라, 가장 귀중한 친구들의 개인적인 불운까지 즐기면서, 동시에 그 불운 때문에 마음 아파하는지 누가 이해할 것인가. 이 시리즈를 막음하기에 의론의 여지 없는 예가 하나 있으니, 인간은 위선적으로 그렇다고 말하면서 그렇지 않다고 생각한다는 것이다. 인류라는 새끼 멧돼지들이 그토록 서로 신뢰하며 이기주의적이지 않은 것은 바로 이 때문이다. 심리학에는 이루어야 할 진보가 많이 남아 있다. 나는 너에게 경례한다, 늙은 대양아!

늙은 대양아, 너는 하 강력해서, 인간들은 제 대가를 치르고서야 그것을 알았다. 그들은 저희들이 지닌 재능의 모든 자원을 다 사용해도 헛일이니…… 너를 지배할 수 없다. 그들은 저희들의 스승을 발견했다. 그들이 저희들보다 더 강력한 어떤 것을 발견했다는 말이다. 이 어떤 것은 이름을 지니고 있다. 그 이름은 바로 대양이다! 네가 그들에게 불러일으키는 두려움이 그만하니 그들은 너를 존경한다. 그럼에도 불구하고, 너는 그들의 가장 육중한 기계들을 아리땁고 우아하게 수월수월 춤추게 한다. 너는 그 기계들이 하늘까지 곡예 도약을 하게 하고, 네 영역의 밑바닥까지 멋진 잠수를 하게 하니, 곡예사가 부러워하리라. 기계들은 복이 있나니, 네가 부글부글 거품 이는 네 주름 속으로 기계들을 결정적으로 휘감아들이지만 않는다면, 그것들은 네 물로 된 내장 속으로 철도도 없이 들어가, 물고기들이 어떠한지, 무엇보다도 자기들 자신이 어떠한지 보게 되리라. 인간은 말한다: "나는 대양보다 더 영리하다." 가능한 일이고, 자못 진실이기도 하지만, 그러나 인간이 대양에게 끼치는 두려움보다 대양이 인간에게 끼치는 두려움이 더 크다. 이는 증명할 필요조차 없는 일이다. 허공에 떠 있는 우리 구체의 태고 시절과 동갑내기인 이 관람객 족장이 국가들의 해상 전투를 목격할 때, 그는 안쓰러워 미소짓는다. 저게 바로 인류의 손에서 나온 백여 마리 레비아탕이로구나. 상관들의 과장된 명령, 부상자들의 비명, 포격, 저거야 몇 초를 소일하기에 안성맞춤인 소음이로구나. 드라마가 끝나고, 대양이 모든 것을 제 뱃속에 집어넣은 것 같다. 그 아가리는 무시무시하다. 그것은 분명 아래쪽이, 미지의 방향이 크나클 것이다! 마침내 그 어리석고 재미도 없는 굿판의 끝을 장식하려고, 하늘 한복판에 보인다, 피로로 뒤처진 어떤 두루미가, 활짝 펼친 비상의 날개를 멈추지도 않고, 외치기 시작한다: "저런!…… 굿판이 시시하구나! 아래에 검은 점들이 몇 개 있더니, 눈을 감았다 뜨니, 사라져버렸네." 나는 너에게 경례한다, 늙은 대양아!

늙은 대양아, 오 위대한 홀아비야, 네가 그 냉정한 왕국의 장엄한 황야를 답사할 때, 네 타고난 장려함과, 내가 너에게 서둘러 바치는 진정한 찬사를 너는 떳떳이 뽐내는구나. 지고의 힘이 너에게 베푼 속성들 가운데 가장 웅혼한 것인 네 장려한 느림의 부드러운 활기로 쾌락하게 흔들리는 너는, 어두운 신비 한가운데에, 네 숭고한 수면에 고루고루, 어디에도 비할 수 없는 네 파도를, 네 영원한 힘의 차분한 느낌과 함께 펼친다. 파도는 짧은 간격을 두고, 평행하게 연이어 일어난다. 하나의 파도가 잦아들자마자, 곧바로 또하나의 파도가 솟아올라 그 파도를 따라잡거니와, 녹아드는 거품의 우수 어린 소리를 동반하여, 우리에게 모든 것이 거품일 뿐임을 일깨운다. (이와 같이, 인간 존재들은, 이 살아 있는 파도들은, 하나하나, 단조롭게, 그러나 거품소리를 남기지는 않고, 죽는다.) 철새는 신뢰감을 가지고 파도 위에서 쉬며, 제 날개뼈가 공중의 순례를 계속하기 위해 일상의 원기를 회복할 때까지, 오만한 매력으로 가득한 파도의 움직임에 제 몸을 맡긴다. 나는 인간의 위엄이 네 위엄을 반사하는 그림자의 화신이기만 바랄 뿐이다. 내 요구가 많긴 한데, 이 진지한 희망이 너에게는 영예롭다. 무한의 이미지인 네 정신적 위대함은, 철학자의 성찰처럼, 여인의 사랑처럼, 새의 신성한 아름다움처럼, 시인의 명상처럼 무한하다. 너는 밤보다 더 아름답다. 대답하라, 대양아, 너는 내 형제가 되겠는가? 내가 너를 신에 대한 복수심과 비교하기를 바란다면, 네 몸을 흔들어라, 맹렬하게…… 더…… 더욱 맹렬하게, 네 납빛 발톱을 펴고, 네 자신의 가슴 위로 길을 내고…… 좋다. 네 가공할 파도를 펼쳐라, 오직 나에게서만 이해받는, 무시무시한 대양이여, 그 앞에 나는 넘어져 네 무릎에 엎드린다. 인간의 위엄은 짐짓 꾸민 것이어서, 나를 위압하지 못할 것이나, 너는 다르다. 오! 네가 높은 물마루를 무섭게 세우고, 조신들에 둘러싸이듯 구불구불한 네 주름에 둘러싸여, 자기최면磁氣催眠*을 걸며 악착스럽게, 자신이 어떤 자인지 자각하면서, 한 층 위에 또 한 층 파도를 굴리며 다가올 때, 인간들이 안전한 상태로 해안에서 떨며 너를 관상할 때조차도 그렇게 두려워하는, 그 끝날 줄 모르는 둔탁한 포효를, 내가 발견할 수 없는 어떤 강렬한 회한에 짓눌린 것처럼, 네가 그 가슴속 깊은 곳에서 내지르는 동안, 내가 너의 맞수라고 말할 수 있는 비

---

* 자기유체磁氣流體가 인간과 동물의 심리활동에 영향을 미친다는 이론에 따른 최면술로 18세기부터 20세기 초까지 시술되던 정신요법.

범한 권리가 내 것이 아님을 그때 알아차린다. 바로 그 때문에, 너와 가장 아이러니한 대조를 이루고, 삼라만상에서 이제까지 보아온 것 가운데 가장 우스꽝스러운 반대명제를 형성하는 나의 동류들을 네가 생각나게 하여 나를 고통스럽게 하지만 않는다면, 너의 우월성과 대치한 나는 너에게 나의 사랑을 고스란히 바치련만(그런데 아름다움을 향한 나의 갈망에 담긴 사랑의 양은 아무도 모른다). 나는 너를 사랑할 수 없다, 나는 너를 증오한다. 왜 나는 천 번이나 다시 네게 돌아와, 내 불타는 이마를 쓰다듬기 위해 살며시 열리는 그 우정 어린 팔, 한 번 접촉하면 이마의 열이 사라지는 그 팔에 안기는 것인가! 나는 네 감춰진 운명을 알지 못하건만, 너와 관련된 모든 것이 내게는 흥미롭다. 그러니 네가 암흑세계 왕자의 거처는 아닌지 내게 말해달라. 내게 말해달라…… 말해달라, 대양이여(아직 환상밖에는 경험하지 못한 사람들을 슬프게 하지 않으려면, 오직 나 혼자에게만), 그리고 사탄의 입김이 폭풍우를 만들어 네 짠 물을 구름에까지 들어올리는 것은 아닌지 내게 말해달라. 네가 나에게 그 말을 해줘야 하는 것이, 지옥이 그렇게도 인간 가까이 있음을 알고 나는 즐거워할 것이기 때문이다. 나는 이 문단이 내 기원祈願을 담은 마지막 문단이 되기를 바란다. 따라서, 한 번만 더, 나는 너에게 경례를 올리고 작별을 하고 싶구나! 늙은 대양아, 수정의 파도 일렁이는…… 나의 눈은 넘치는 눈물로 젖어들고, 나는 더이상 계속할 힘이 없다. 야수의 모습을 한 인간들 사이로 돌아갈 때가 왔음을 내 느끼기 때문이다. 그러나…… 용기를! 크게 힘을 쏟자, 그리고 의무감을 가지고, 이 지상에서 우리의 운명을 완수하자. 나는 너에게 경례한다, 늙은 대양아!

[10] 나는 내 마지막 순간에(나는 내 죽음의 침상에서 이 글을

쓴다), 사제들에 둘러싸인 모습이 아닐 것이다. 내가 바라는 죽음
은, 폭풍 이는 바다의 파도에 흔들리거나, 산 위에 서서…… 눈은
높은 곳을 바라보며, 아니다, 나는 나의 적멸이 완벽하리라는 것
을 안다. 게다가, 나는 희망을 품을 처지가 아니리라. 내 빈소의 문
을 여는 자 누구인가? 아무도 들어오지 말라고 내 말했거늘. 당신
이 누구이든, 물러가라. 하지만, 당신이 내 하이에나의 얼굴에서
(하이에나가 나보다 더 아름답고, 보기에 더 쾌적하다고는 하나,
나는 이 비유를 사용한다) 고통이나 두려움의 어떤 흔적이 보인
다고 믿는다면, 착각하지 말라. 가까이 와서 볼지어다. 지금은 겨
울밤이고, 바야흐로 원소들이 도처에서 충돌하고, 인간은 두려워
하며, 젊은 아이는, 그가 청춘 시절의 나였던 그 아이라면, 자기 친
구들 중의 하나에게 저지를 범죄를 궁리하고 있다. 바람이 존재하
고, 인류가 존재한 이래로, 그 구슬픈 휘파람소리로 인류를 슬프
게 하는 바람이, 마지막 단말마의 고통을 맞이하기 전 몇 순간 동
안, 나를 그 날개뼈에 태우고, 내 죽음을 안달하며 기다리는 이 세
상을 가로지를지어다. 나는 여전히, 은밀하게, 인간의 사악함을
말해주는 수많은 예들을 즐길 것이다(한 형제는 제 모습을 드러
내지 않고, 자기 형제들의 행위를 보며 좋아한다). 독수리, 까마귀,
불멸의 펠리컨, 들오리, 나그네 두루미는, 잠에서 깨어나, 추위에
떨며, 내가, 무시무시하면서도 기쁨에 겨운 유령인 내가 지나가는
것을 번갯불에 볼 것이다. 그들은 그것이 의미하는 바를 알지 못
할 것이다. 땅 위에서는, 살무사, 두꺼비의 큰 눈, 호랑이, 코끼리
가, 바다에서는, 고래, 상어, 귀상어, 모양새 없는 가오리, 북극 바
다표범의 이빨이, 이 자연법칙의 위반에 대해 어찌 된 일인지 생
각해볼 것이다, 인간은, 떨며, 제가 지르는 신음소리에 싸여, 땅에
제 이마를 붙일 것이다. "그렇다, 나의 타고난 잔인성, 내가 없애고

말고 할 수 없었던 그 잔인성으로 나는 너희들 모두를 능가한다. 너희들이 내 앞에 엎드려 있음은 그 이유 때문인가? 아니면, 무시무시한 혜성처럼, 피투성이 허공을 떠돌아다니는 나를, 이 새로운 현상을 보기 때문인가? (폭풍이 제 앞으로 몰고 가는 검은 구름장과도 같은, 내 거대한 육체에서 피비가 떨어져내린다.) 아이들아, 두려워하지 말라, 나는 너희들을 저주하려는 것이 아니다. 악이 의도적인 것이라고 하기에는, 너희들이 내게 행한 악이 너무 크고, 내가 너희들에게 행한 악이 너무 크다. 너희들은 너희들의 길을 걸었고, 나는 내 길을 걸었건만, 두 길이 모두 같은 길이었고, 두 길이 모두 타락한 길이었다. 이 성격의 유사성 때문에, 필연적으로 우리는 만날 수밖에 없었으니, 거기에서 비롯된 충격은 우리들 상호 간에 치명적이었다." 이때, 사람들은 용기를 되찾아 달팽이처럼 목을 늘이며, 이렇게 말하는 자를 보기 위해, 머리를 조금씩 다시 들어올릴 것이다. 갑자기, 열이 올라 일그러진 그들의 얼굴이 가장 끔찍한 정염을 드러내며, 이리들이 무서워할 정도로 험악해질 것이다. 그들은 거대한 용수철처럼 동시에 몸을 일으킬 것이다. 그 엄청난 저주들! 그 찢어지는 목소리들! 그들은 나를 알아보았다. 바야흐로 지상의 동물들이 인간들과 합류하여, 기괴한 아우성을 내지른다. 그들 서로 간의 증오는 이제 끝나고, 그 두 증오가 공동의 적, 나에게 돌려진다. 그들은 만장일치 투합하여 한데 뭉친다. 나를 떠받드는 바람이여, 나를 더 높이 올려다오. 나는 배신이 두렵다. 그렇다, 그들의 눈에서 차츰차츰 사라지자, 정염의 결과에 대해, 다시 한번, 완전히 만족한 증인이 되어…… 오, 박쥐여, 네 날갯짓으로 나를 깨워준 것이 고맙구나, 코 위에 말편자 모양으로 도가머리가 솟은 너. 나는 사실 그것이 불행하게도 일시적인 병에 지나지 않았음을 깨달으며, 역겹게도 내 생명이 소생하는 것을 느낀다. 어떤 사람들은 네가 내 몸 속에 있는 많지도 않은 피를 빨려고 내 쪽으로 왔다고 말한다. 이 가설이 왜 사실이 아니겠는가!

[11] 한 가족이 탁자 위에 놓여 있는 램프를 둘러싼다.

— 아들아, 그 의자 위에 있는 가위를 내게 다오.

— 가위가 없는데요, 어머니.

— 그럼 다른 방에 가서 찾아보렴. 여보, 우리를 다시 태어나게 해주고, 우리 노후의 버팀목이 되어줄, 아이를 갖게 해달라고 기도하던 그 시절이 기억나나요?

— 기억나지, 하느님이 우리의 소원을 들어주셨지. 우리는 이 땅 위에서 우리 몫으로 떨어진 운명을 놓고 불평할 것이 없소. 날마다 우리는 섭리를 찬양하여 그 은혜를 기리지요. 우리 에두아르는 제 어머니의 매력을 고스란히 물려받았소.

— 그리고 제 아버지의 남자다운 자질도.

— 여기 가위 있어요, 어머니, 제가 마침내 찾아냈어요,

그는 제가 하던 일을 계속한다…… 그런데, 누군가가 출입문에 나타나서, 제 눈앞에 펼쳐지는 장면을, 잠시 동안, 살펴본다.

— 이게 뭘 하자는 장면이야! 이들만큼 행복하지 못한 사람들이 널려 있지. 어떤 식으로 사유를 하기에 이들은 삶을 사랑하는 것인가? 말도로르여, 이 평온한 가정에서 멀리 떨어져라. 너의 자리는 여기가 아니다.

그는 물러섰다!

— 이게 어찌 된 일인지 모르겠지만, 인간의 온갖 능력들이 내 마음속에서 전투를 벌이는 것만 같아요. 마음이 불안하고, 왠지 모르게, 공기가 무겁군요.

—여보, 나도 당신과 똑같은 느낌이오. 우리한테 무슨 불행이 닥치지 않을까 마음이 떨리오. 신을 믿읍시다. 마지막 희망은 그분께 있소.

—어머니, 저는 숨쉬기가 힘들고, 머리가 아파요.

—너도 그러니, 아들아! 식초로 네 이마와 관자놀이를 적셔주마.

—아니요, 어머니……

보시라, 그는 맥이 빠져, 의자 등받이에 몸을 기댄다.

—무언가 제 몸속에서 뒤집히고 있는데, 설명할 수가 없어요. 이제는 가장 작은 물건까지 거슬려요.

—왜 그렇게 창백하냐! 무슨 불길한 사건이 우리 셋 모두를 절망의 호수에 빠뜨리지 않고는 이 저녁이 끝나지 않을 것 같구나!

나는 멀리서 가장 처절한 고통의 길어지는 비명소리를 듣는다.

—아들아!

—아! 어머니!…… 무서워요!

—아프면 어서 말을 해라.

—어머니, 아프지는 않아요…… 사실대로 말할 수 없어요.

아버지는 놀라움에서 깨어나지 않는다.

—저게 바로 별이 없는 밤의 정적 속에서, 가끔 들려오는 그 비명이로구나. 우리가 저 비명을 듣기는 하지만, 그런데도, 그 소리를 지르는 자가 여기 가까이 있는 것은 아니란다. 저 비명은, 이 도시에서 저 도시로 바람에 실려다녀서, 삼십 리 밖에서도 들을 수 있기 때문이지. 이 현상에 대해 자주 이야기를 들었지만, 나 자신이 그 진실성을 판단할 기회는 한 번도 없었다. 여보, 당신은 내 앞에서 불행이란 말을 입에 담곤 했지요. 그보다 더 실제적인 불행이 시간의 긴 나선 속에 존재했다면, 그것은 지금 제 동류들의

잠을 어지럽히고 있는 저자의 불행이오……

나는 멀리서 가장 처절한 고통의 길어지는 비명소리를 듣는다.

—하늘의 뜻이 다르지 않아, 저자의 탄생이 그를 품에서 몰아 낸 그의 고향에 재앙이 되지 말아야 하련만. 그는 이 고장 저 고장 으로 떠돌아다니며, 어디에서나 미움을 받는다오. 어떤 사람들은 그가 어린 시절부터, 일종의 본원적 광기에 시달리고 있다고 말하 지요. 또 어떤 사람들은 그가 극단적이고 본능적인 잔인성을 지니 고 있어서, 자신도 그걸 부끄러워하고, 그의 부모가 그 때문에 고 통을 못 이기고 죽은 것으로 알고 있다고 믿지요. 그의 젊은 시절 에 그에게 별명이 하나 붙어 치욕의 낙인이 찍혔고, 그 바람에 그 가 나머지 생애를 절망에 빠져 지낸다고 주장하는 사람들도 있다 오. 그의 상처 입은 위엄이 거기에서 인간들의 사악함, 초년기에 나타나 갈수록 불어나는 그 사악함의 명백한 증거를 보았기 때문 이라는 것이지요. 그 별명이 바로 흡혈귀였다오!……

나는 멀리서 가장 처절한 고통의 길어지는 비명소리를 듣는다.

—그들은 이런 말도 하더군요, 낮에도 밤에도, 중단도 휴식도 없이, 끔찍한 악몽이 그의 입과 귀로 피가 흘러나오게 하고, 또 유 령들이 그의 침대 맡에 앉아, 자기들도 어쩔 수 없이 미지의 어떤 힘에 떠밀려서, 때로는 부드러운 목소리로, 때로는 전투의 포효와 도 같은 목소리로, 우주가 소멸하지 않는 한 소멸하지 않을, 언제 까지나 끈질기고, 언제까지나 추악할 그 별명을, 누그러뜨릴 수 없이 완강하게, 그의 얼굴에 던진다는 거요. 몇몇 사람들은 사랑 이 그를 홀려 그런 상태로 끌고 갔다거나, 그 비명이 그의 불가해 한 과거의 어둠 속에 묻힌 어떤 범죄에 대한 회한을 증언하는 것 이라고 단언하기까지 하더군요. 그러나 대부분의 사람들은, 측량 할 길 없는 오만이 그를 괴롭히고, 옛날 사탄처럼 말이오, 그가 신

과 대적하려는 것 같다고 생각하지요……

나는 멀리서 가장 처절한 고통의 길어지는 비명소리를 듣는다.

—아들아, 이것은 예외적인 속내 이야기다. 네 나이에 이런 이
야기를 들어야 하는 것이 안됐다만, 그 사람을 결코 본받지 말기
바란다.

—말해라, 오, 나의 에두아르야, 그 사람을 결코 본받지 않겠다
고 대답해라.

—오, 어머니, 제게 빛을 주신, 사랑하는 어머니, 아이의 경건한
약속이 어떤 가치가 있는 것이라면, 저는 결코 그 사람을 본받지
않겠다고 어머니께 약속합니다.

—훌륭하다, 아들아. 무슨 일이든지 자기 어머니에게 복종해야
한다.

더이상 그 신음소리가 들리지 않는다.

—여보, 당신 일을 끝냈소?

—이 셔츠를 몇 바늘 더 꿰매야 해요, 밤이 많이 늦어지기는 했
지만.

—나도 역시 읽기 시작한 장을 끝내지 못했소. 램프의 마지막
불빛을 이용합시다. 기름이 거의 남아 있지 않아서 하는 말이오.
우리 각자 자기 일을 마칩시다.

아이가 외쳤다.

—하느님이 우리를 살려주신다면!

—빛나는 천사야, 내게로 오너라. 너는, 아침부터 저녁까지, 초
원에서 산책할 것이고, 전혀 노동하지 않을 것이다. 나의 장려한
궁전은 은 벽과, 황금 기둥과 다이아몬드 문들로 지어졌다. 너는
네가 자고 싶을 때, 천상의 음악소리를 들으며, 기도도 하지 않고,
잠자리에 눕게 되리라. 아침에, 태양이 그 반짝이는 햇살을 펼쳐

보이고, 명랑한 종달새가 저 허공으로 까마득하게 제 노랫소리를 실어갈 때에도, 지겹지만 않다면, 너는 여전히 침대에 누워 있을 수 있으리라. 너는 가장 값진 양탄자 위를 걸을 것이고, 가장 내음이 좋은 꽃들의 향기로운 정수로 이루어진 대기에 줄곧 감싸여 있을 것이다.

—이제 몸과 마음을 쉬게 할 시간이오. 가족의 어머니인 당신, 그 실팍한 발목을 딛고 일어서시오. 당신의 굳어진 손가락이 이제 그 과도한 노동의 바늘을 내려놓아야 마땅하오. 극단은 하등 좋을 것이 없소.

—오! 너의 삶은 얼마나 달콤할 것인가! 내 너에게 마술 반지를 하나 줄 터이니, 네가 그 반지의 루비를 돌리면 너는 선녀 이야기 속의 왕자들처럼 보이지 않게 되리라.

—당신의 일상 용구들을 안전한 장롱 안에 다시 넣어두도록 하오. 그동안 나는 내 물건들을 정돈하리다.

—네가 루비를 원래의 위치로 다시 돌려놓으면, 너는 자연이 너를 빚어준 그 모습으로 다시 나타날 것이다, 오, 소년 마법사여. 이는, 너를 사랑하고 너를 행복하게 해주는 것이 나의 열망이기 때문이다.

—네가 누구이든, 사라져라. 내 어깨를 잡지 말라.

—아들아, 너는 어린 시절의 꿈에 잠기어, 잠들지 마라. 우리가 함께하는 기도가 시작되지 않았고, 네 옷은 아직 의자 위에 정성스럽게 놓여 있지 않구나…… 무릎을 꿇자! 우주의 영원한 창조주여, 당신은 가장 사소한 일에까지 당신의 무궁무진한 선의를 보여주십니다.

—너는 수천 마리 붉은, 푸른, 은빛 나는 작은 물고기들이 미끄러지는 맑은 시내가 그래 싫다는 말이냐? 너는 그물이 가득찰 때

까지, 하도 아름다워서 물고기들이 저절로 끌려들어올 그 그물로 물고기들을 잡을 것이다. 수면에서, 너는 대리석보다 더 반들반들한, 빛나는 조약돌들을 볼 것이다.

—어머니, 이 발톱들을 보세요. 저는 그를 경계하고 있지만, 제 의식은 평온합니다. 추호도 자책할 일이 없으니까요.

—당신은 우리가 당신의 위대함에 대한 감정에 압도되어, 당신의 발치에 엎드려 있는 것을 보고 계십니다. 만약 어떤 오만한 생각이 우리의 상상 속에 끼어든다면, 우리는 즉시 그 생각을 경멸의 침에 섞어 뱉어내어 그것을 용서받을 수 없는 희생제물로 삼아 당신께 바칠 겁니다.

—너는 거기서 소녀들과 목욕을 할 것이고, 소녀들은 두 팔로 너를 끌어안을 것이다. 한 번 목욕을 하고 나오기만 하면, 소녀들은 너에게 장미와 카네이션으로 화관을 엮어줄 것이다. 소녀들은 나비의 투명한 날개를 지녔을 것이며, 굽이치는 긴 머리칼이 그 사랑스러운 이마를 감싸고 나부낄 것이다.

—너의 궁전이 수정보다 더 아름답다 할지라도, 나는 너를 따라가려고 이 집을 나서지는 않을 것이다. 네 목소리가 들릴까 두려워 네가 그렇게도 조용하게 속삭이는 것으로 보아, 나는 네가 사기꾼에 지나지 않는다고 생각한다. 제 부모를 버리는 것은 못된 행동이다. 배은망덕한 아들이 될 사람은 내가 아니다. 네가 말한 소녀들에 관해서라면, 그녀들은 내 어머니의 눈만큼 아름답지 않다.

—우리의 모든 생명은 당신의 영광을 노래하는 찬송가 속에서 소진하였습니다. 이날까지 우리는 그러했으며, 이 땅을 떠나라는 당신의 명령을 받는 순간까지, 그러할 것입니다.

—소녀들은 네 가장 미미한 신호에도 너에게 복종할 것이고

너를 즐겁게 하는 것밖에는 다른 생각을 하지 않을 것이다. 만약 네가 결코 쉬지 않는 새를 원한다면, 소녀들은 네게 그 새를 가져다줄 것이다. 만약 네가, 눈 깜짝할 사이에 태양까지 실어다줄 백설의 마차를 원한다면 소녀들은 너에게 그 마차를 가져다줄 것이다. 그 소녀들이 무엇인들 너에게 가져다주지 못할까보냐! 꼬리에 가지가지 새들을 비단 끈으로 매달아 달 속에 감추어둔, 탑만큼이나 큰 연이라도 소녀들은 너에게 가져다줄 것이다. 너 조심해라…… 내 충고를 들어라.

―너 하고 싶은 대로 해라. 나는 구조를 청하느라고 기도를 중단시키고 싶지는 않다. 내가 네 몸을 떨쳐버리려 할 때, 네 몸이 감쪽같이 사라진다 해도, 내가 너를 두려워하지 않는다는 것을 알아라.

―당신 앞에서는, 순수한 마음에서 발산하는 불꽃이 아니라면, 위대한 것은 아무것도 없습니다.

―후회하고 싶지 않거든, 내가 너에게 말한 것을 잘 생각해보아라.

―하늘에 계신 아버지시여, 막아주소서, 우리 가족을 덮칠지 모를 불행을 막아주소서.

―악령아, 그래 물러나지 못하겠느냐?

―낙담에 빠진 나를 위로해주었던 이 사랑하는 아내를 지켜주소서……

―네가 나를 거부하니, 내 너를 목 매달린 자처럼 울며 이를 갈게 하리라.

―그리고 또 이 다정한 아들을 지켜주소서, 아이의 순결한 입술은 삶의 여명이 내미는 입맞춤에 이제 겨우 방긋이 열리고 있습니다.

―어머니, 그자가 내 목을 졸라요…… 아버지, 저를 구해주세요…… 더는 숨을 쉴 수가 없어요…… 축도를 해주세요!

공중에서 한줄기 거대한 야유의 고함소리가 일어났다. 바야흐로 독수리들이 문자 그대로 바람기둥에 벼락을 맞고, 혼이 빠져, 구름 꼭대기로부터 서로 뒤엉켜 굴러떨어진다.

―애의 심장이 이제 뛰지 않는구나…… 그리고 아내도, 자기 태내의 결실, 내가 이제 알아볼 수 없을 정도로 모습이 흉하게 변해버린 그 결실과 함께 죽었구나…… 내 아내여!…… 내 아들아!…… 나는 내가 남편이었고 아버지였던 머나먼 한 시절을 회상한다.

그는, 자기 눈에 펼쳐지는 그 장면 앞에서, 자신이라도 이 부당함을 견디지 못하리라고 생각하고 있었다. 지옥의 정령들이 자신에게 준, 아니, 오히려 스스로 자신에게서 끌어낸 그 권능이 효력을 지닌 것이라면, 그 아이는, 밤이 다 흘러가기 전에, 더는 존재하지 않아야 했던 것이다.

[12] 울 줄 모르는 그 사내는 (그는 항상 고통을 안으로 억눌러왔기에) 자신이 노르웨이에 가 있음을 깨달았다. 페로제도에서, 그는 깎아지른 절벽의 바위틈에서 바닷새 둥지 찾기에 참여했는데, 벼랑의 탐색자를 지탱해주는 줄 삼백 미터가, 그렇게 건실한 것으로 선택된 것을 보고 놀랐다. 누가 무어라고 하든, 그는 거기에서 인간의 선량함을 말하는 충격적인 예를 보고, 자신의 눈을 믿을 수 없었다. 줄을 준비해야 하는 사람이 자기였다면, 그는 줄이 끊어지도록 여러 군데에 홈을 파서, 채취자를 바닷속에 떨어뜨렸으련만! 어느 날 저녁, 그는 어떤 묘지를 향해 갔는데, 죽은 지 얼마 되지 않은 아름다운 여인들의 시체를 강간하는 데서 쾌락을

발견하는 청년들은,* 그들이 원하기만 했다면, 동시에 전개될 어떤 행위의 장면 속에 파묻혀버렸을, 다음의 대화를 들을 수 있었다.

—여보게, 무덤 파는 인부, 자네는 나와 이야기하고 싶지 않은가? 향유고래 한 마리가 바다 밑바닥에서 서서히 올라와, 이 고독한 해역을 지나가는 배를 보려고, 물 위로 머리를 내밀고 있네. 호기심은 우주와 함께 생겨났지.

—여보게, 친구, 내가 자네와 생각을 같이 나눈다는 것은 불가능한 일이네. 부드러운 달빛이 무덤의 대리석에 빛을 뿌린 지 벌써 오래되었네. 한둘이 아닌 인간 존재들의 꿈속에, 사슬에 매인 여인들이 별로 덮인 검은 하늘처럼 핏자국으로 덮인 제 수의를 끌며 나타나는 고요한 시간일세. 잠자는 사람은 사형수의 신음소리와도 같은 신음소리를 내지르지. 마침내 잠에서 깨어나 현실이 꿈보다 세 배는 더 나쁘다는 것을 깨달을 때까지 말일세. 내일 아침 묏자리가 마련되게 하려면, 지칠 줄 모르는 내 삽으로 이 구덩이 파는 일을 끝마쳐야 하네, 중대한 작업을 하려면, 두 가지 일을 한꺼번에 해서는 안 되지.

—이 사람은 구덩이 하나를 파면서 중대한 작업이라고 생각하고 있구나! 자네는 구덩이 하나를 파면서 중대한 작업이라고 생각하고 있구먼!

—야생 펠리컨이, 제 새끼들에게 제 가슴을 뜯어먹도록 내어주기로 결심하며, 그와 같은 사랑을 창조할 줄 알았던 존재만을 증인으로 삼아, 인간들을 부끄럽게 할 때, 그 희생이 아무리 크다 해

* 1848년 여름부터 이듬해 봄까지 파리의 여러 공동묘지에서 시체를 파내어 훼손한 사건이 일어났다. 범인인 프랑스 육군 소속 베르트랑 하사는 체포되어, 시체강간죄가 아닌 묘지훼손죄로 1년 징역형을 받았다. 그는 '시간 하사' '몽파르나스의 흡혈귀' 등의 별칭으로도 불렸다.

도, 그 행위를 이해할 수 없는 것은 아니지. 한 젊은이가 말일세, 제가 사랑해 마지않던 여인을 제 친구의 품에서 보게 될 때, 그는 시가를 피우기 시작하고, 집 밖으로 나가는 일 없이, 고통과 끊을 수 없는 우정을 맺을 터인데, 그 행위를 이해할 수 없는 것은 아니지. 리세에서, 한 기숙학생이, 몇 세기나 다름없는 몇 년 동안, 아침에서 저녁까지 그리고 저녁에서 그 이튿날까지, 줄곧 그에게서 눈을 떼지 않는 문명의 천민에 의해 통제될 때, 그는 생생한 증오의 소란스러운 물결이 두터운 연기처럼 머리꼭대기로 솟구치는 것을 느끼며, 뇌수가 거의 터져나가는 것만 같을 걸세. 그가 감옥에 처박힌 순간부터, 하루하루 다가오는 출옥의 순간까지, 강렬한 열이 그의 얼굴을 누렇게 뜨게 하고, 미간을 좁혀놓고, 눈을 움푹 꺼지게 하겠지. 밤이면, 녀석은 잠을 자고 싶지 않기에, 깊이깊이 생각에 빠질 것이네. 낮이면, 녀석이 탈옥을 하거나, 페스트에 걸린 환자처럼 그 영원한 수도원 밖으로 내던져지는 순간까지, 그의 생각은 그 바보 만들기 관청의 담장 너머로 내달릴 텐데, 그 행위를 이해할 수 없는 것은 아니지. 구덩이를 파는 일은 종종 자연의 힘을 능가한다네. 여보게, 이방인, 대지는 우선 우리를 길러주고, 그다음은 우리에게 편안한 잠자리를 마련해주어, 이 추운 고장에서 미친 듯이 불어대는 겨울바람을 막아주는데, 곡괭이가 이 대지를 파헤치기를 자네가 어찌 바라겠는가만, 그때 떨리는 손으로, 곡괭이를 든 자는, 자신의 왕국으로 돌아오는 옛 산 자들의 뺨을 하루종일 경련이라도 일어난 듯 매만진 다음, 저녁이면, 인류가 아직 해결하지 못한 문제, 영혼이 사멸하느냐 불멸하느냐를 묻는 저 살벌한 질문이, 나무 십자가 하나하나 위에 화염의 문자로 쓰인 것을 보게 되지. 우주의 창조자, 그에게 나는 항상 내 사랑을 간직했었네. 그러나 만약 죽은 후에는 우리가 더이상 존재하지 않는 것이 틀림없다면, 왜 거의 모든 밤에, 무덤이 저마다 열리고, 그 주민들이 신선한 공기를 마시러 가려고 납 뚜껑을 조용히 들어올리는 것을 내 눈으로 보게 되는 것인지?

—자네 작업을 멈추게. 흥분이 자네에게서 힘을 빼앗아가는구면. 자네는 내 눈에 갈대처럼 약해 보이네. 계속한다면 큰 망동이 될 걸세. 나는 강하니 내가 자네를 대신하겠네. 자네는 비켜서서, 내가 제대로 하지 못하면, 충고를 해주게.

—그의 팔은 얼마나 튼실한지, 저리도 쉽게 땅에 삽질하는 것을 보니 마음이 즐겁구나.

—쓸데없는 의심으로 자네의 생각을 어지럽힐 필요가 없네. 진실이 결여된 비유이지만, 목장에 핀 꽃들처럼, 묘지에 흩어져 있는 이 모든 무덤들은 철학자의 평온한 컴퍼스로 재는 것이 마땅하네. 위험한 환각은 낮에 나타날 수도 있지만, 특히 밤에 나타나지. 따라서 자네의 눈에 보이는 것 같은 위험한 환영에 놀라지 말게. 낮 동안, 영혼이 쉬고 있을 때, 자네의 양심에게 물어보게. 그러면 자네의 양심은 자기 지성의 한 조각으로 인간을 창조한 신이 무한한 선의를 지녔으며, 지상의 죽음 이후에, 이 걸작을 그 품 안에 받아들일 것이라고, 확실하게, 말해줄 것이네. 여보게, 무덤 파는 인부, 자네는 왜 눈물을, 여인이나 흘릴 그 눈물을 흘리는가? 부디 잊지 말게, 우리가 이 돛대 꺾인 배에 타고 있는 것은 고통받기 위하여서가 아닌가. 그것은 인간에게 좋은 점이지, 인간에게는 가장 심각한 고통이라도 극복할 능력이 있다고 신이 그렇게 판단하였다는 것이니까 말일세. 자네의 가장 귀중한 청원에 따라, 인간이 고통을 받지 않게 된다 치면, 저마다 도달하려고 애쓰는 이상인 저 미덕이 무엇으로 이루어질지, 말해보게. 자네의 혀가 다른 사람들의 혀처럼 만들어져 있다면 어디 말해보게.

—내가 지금 어디에 와 있는가? 내 성격이 바뀐 게 아닐까? 봄날의 미풍이 늙은이들의 희망을 되살리듯이, 한줄기 강력한 위안의 숨결이 내 맑아진 이마를 스치는 것만 같구나. 이 사람이 도대체 어떤 사람이기에, 그 숭고한 언어로 아무나 발설할 수는 없을 것들을 말하는가? 그 목소리의 비할 데 없는 멜로디에는 정말 아름다운 음악이 있구나! 다른 사람들이 노래하는 것을 듣느니보다, 그가 말하는 것을 듣고 싶구나. 그렇지만, 내가 그를 관찰하면 할수록, 그의 얼굴이 점점 더 솔직해 보이지 않는구나. 그의 얼굴의 전체 표정은 오직 신의 사랑만이 불어넣을 수 있던 그 말과는 이상하게 대조를 이루는구나. 주름이 몇 줄 패여 있는 그의 이마에는 지워지지 않을 자국이 하나 찍혀 있다. 나이도 들기 전에 그를 늙게 만든 이 자국은 영예로운 것인가 수치스러운 것인가? 그의 주름은 존경심을 가지고 바라보아야 할 것인가? 나는 모르겠으며, 알게 될까봐 두렵다. 그가 비록 자신이 생각하지 않는 것을 말한다 할지라도, 자기 마음속에서 파괴된 자비심의 갈가리 찢어진 잔해에 자극을 받았다면, 그가 행동했던 것처럼 행동할 이유가 있다고 나는 생각한다. 그는 나로서는 알 수 없는 명상에 잠겨 있고, 또 해볼 생각도 하지 않았던 그 험한 작업을 하느라 더 열심히 움직인다. 땀이 그의 피부를 적시는데, 그는 그것을 알아채지도 못한다. 그는 요람의 아이를 바라볼 때 생겨나는 감정보다 더 슬퍼하고 있다. 오! 그는 얼마나 침울한가!…… 자네는 어디 출신인가?…… 이방인이여, 내가 자네를 만지도록, 그리고 산 자들의 손을 잡는 일이 드문 나의 손이 그대의 고결한 육체 위에 놓이도록 허락해주게. 그로 인해 무슨 일이 일어나더라도, 나는 내가 어떻게 해야 할지 알 것이야. 이 머리털은 내가 평생 만졌던 것 가운데 가장 아름답구먼. 내가 머리털의 품질을 알지 못한다고 이의를 제

48

기할 만큼 대담한 자가 누구일 것인가?

　—내가 무덤을 파고 있는데, 자네는 내게 무엇을 바라는가? 사자는 자기가 실컷 먹고 있을 때, 누가 성가시게 구는 것을 바라지 않지. 만약 자네가 그것을 모른다면 내가 가르쳐주지. 자, 서두르게, 원하는 일을 끝마치게.

　—내 접촉에 전율하고, 나마저 전율하게 하는 것은, 의심할 바 없이 살이다. 사실이다…… 내가 꿈을 꾸는 게 아니다! 타인의 빵을 먹는 게으른 사람처럼, 내가 아무 일도 하지 않는 동안, 무덤을 파려고 거기 몸을 굽히고 있는 자네, 자네는 도대체 누구인가? 지금은 잠을 자거나, 또는 학문을 위해 휴식을 희생하는 시간이지. 아무튼, 제 집을 비운 사람은 아무도 없고, 누구나 도둑이 들어오지 못하게, 문을 열어놓지 않도록 조심하지. 오래된 벽난로의 재가 남은 열기로 아직 방을 덥히는 동안, 누구나 가능한 한, 제 방에 칩거하고 있지. 자네, 자네는 다른 사람들처럼 하지 않는구먼. 그 옷차림은 자네가 어느 먼 고장의 주민임을 알려주네.

　—내가 피곤한 것은 아니지만, 구덩이를 더 파는 것은 쓸데없는 일일세. 이제, 내 옷을 벗겨주게. 그러고 나서, 나를 안에 들게 하게.

　—우리가 얼마 전부터 함께 나눈 대화는 너무도 야릇하여, 자네에게 어떻게 대답해야 할지 모르겠네…… 그가 웃고 싶어하는 것 같구나.

　—그래, 그래, 사실이야. 나는 웃고 싶었다네. 내가 말한 것에 더이상 신경쓰지 말게.

　그가 주저앉았고, 무덤 파는 인부가 서둘러 그를 붙잡았다!

　—무슨 일인가?

　—그래, 그래, 사실이야, 내가 거짓말을 했어…… 곡괭이를

던질 때 나는 피곤했던 거야…… 이런 일을 하는 것은 처음이
야…… 내가 말한 것에 더이상 신경쓰지 말게.

　—내 생각이 점점 확실해지는군. 이 사람은 끔찍한 슬픔을 지
닌 자다. 그에게 질문할 생각이 없어지기를. 미심쩍은 채로 있는
편이 더 낫겠어, 그만큼 나한테 동정심을 불러일으키니. 그리고,
그는 내게 대답하고 싶어하지 않는 것이 확실하다. 이렇게 비정상
적인 상태에서 자기 마음을 전달하는 것은 두 배나 괴로운 일이
니까.

　—나를 이 묘지에서 내보내주게. 내가 가던 길을 계속 가겠네.

　—그 다리로는 전혀 자네를 지탱할 수 없네. 길을 가는 동안,
자네는 헤맬 것이네. 자네에게 변변찮은 침대라도 제공하는 것이
내 의무지. 그 침대 말고 다른 것은 없으니. 나를 신뢰하게. 무료숙
박을 핑계로 자네의 비밀을 침해하려 들지는 않을 테니까.

　—오, 존경스러운 이風여, 몸에 딱지날개가 없는 그대, 그대는,
드러나지 않는 그대의 숭고한 지성을 내가 충분히 사랑하지 않았
다고, 어느 날, 거칠게 나를 비난하였다. 나는 이 사람에게 감사함
을 느끼지도 않으니, 아마도 그대가 옳았는지 모른다. 말도로르의
길라잡이 등불이여, 그대는 그의 발걸음을 어디로 이끄는가?

　—나의 집으로. 자네가 가증할 죄악을 저지른 후, 비누로 오른
손을 씻는 주의를 하지 않아서, 그 손 검사로도 쉽게 알아낼 수 있
는 그런 죄인이든, 또는, 제 누이를 잃어버린 오빠든, 또는 자기 왕
국에서 쫓겨나 도망치는 어느 군주든, 진정 웅장한 나의 궁전은
자네를 맞아들일 만하네. 나의 궁전은 어설프게 지어진 초라한 초
막에 불과할 뿐, 그것은 진귀한 보석들과 다이아몬드로 지어진 게
아니라네. 그러나 이 엄숙한 초막은 현재가 끊임없이 갱신시키고
또 지속시키는 역사적 과거를 지니고 있다네. 만약 그 초막이 말

을 할 수 있다면, 자네를 놀라게 할 것이네, 아무것에도 놀라지 않을 것처럼 보이는 자네지만. 얼마나 여러 번, 나는 그 초막과 함께, 초상난 관들이, 내가 기대선 나의 초막 문 안쪽보다 더 벌레 먹힐 뼈들을 담고, 내 앞으로, 줄지어 지나가는 것을 보았던지. 내 신하들은 매일 늘어나 그 수를 셀 수 없지. 나는 그들을 알아보기 위해, 일정한 시기에, 어떤 인구조사도 할 필요가 없지. 여기라고 산 자들의 세상과 다를 것은 없네. 그러니까 저마다 자신이 들어가게 된 그 처소의 화려함에 비례하여, 세금을 지불하지. 그래서 만약 어떤 수전노가 제 몫의 지불을 거부하면, 그의 신체에 말을 걸며 집달리처럼 행동하라는 명령을 받고 있네. 좋은 식사를 하고 싶어 할 재칼과 독수리가 없는 것이 아니니까. 나는, 아름다웠던 사람이, 죽음의 깃발 아래 자리잡는 것을 보았지. 삶을 마친 후에, 추해지지 않은 사람을, 남자, 여자, 거지, 왕들의 자식들을, 젊음의 가지가지 환상, 늙은이들의 해골을, 천재성, 광기를, 게으름, 그것의 반대를, 위선적이었던 자, 진실했던 자를, 오만한 자의 가면, 겸손한 자의 겸양을, 꽃들에 덮인 악덕과 배반당한 순진성을 보았네.

—물론, 나는 거절하지 않겠네, 새벽이 지체하지 않고 다가올 때까지, 나에게 어울리는 자네의 잠자리를. 그대의 호의가 고맙네…… 여보게, 무덤 파는 인부, 도시의 폐허를 바라보면 아름답지, 하나 인간의 폐허를 바라보니 더욱 아름답네!

[13] 거머리의 형이 숲속에서 느린 걸음으로 걷고 있었다. 그는 여러 번 멈춰 서서, 말을 하려고 입을 연다. 그러나 그때마다 목구멍이 조여들어 실현시키지 못한 노력을 뒤쪽으로 몰아붙인다. 마침내, 그는 외친다:《인간아, 죽어 뒤집힌 채, 수문에 걸려 떠내려가지 못하는 개를 만나거든, 너도 다른 사람들처럼 다가가서, 개

의 부푼 배에서 쏟아져나오는 구더기들을 손으로 잡아들고, 놀라는 눈으로 살펴보고는, 너 또한 이 개보다 나을 게 없을 거라고 중얼거리며, 칼을 펴들어 그 구더기 여러 마리를 잘게 자르려 하지 말라. 너는 어떤 신비를 찾는가? 나도, 그리고 북빙양 바다표범의 네 개 지느러미 다리도, 생명의 문제를 발견할 수는 없었다. 조심하라, 밤이 다가오는데, 너는 아침부터 거기 있구나. 어린 누이가 딸린 네 가족은 네가 이렇게 늦게 오는 것을 보고 무어라 말할 것인가? 손을 씻어라, 네가 잠들 곳으로 이르는 그 길로 다시 나서라…… 저기, 지평선에서, 비스듬하게 그리고 혼란스럽게 뛰어오르며, 감히 겁도 없이 내게 다가오는 저 중생은 무엇인가, 조용한 부드러움이 섞인 저 위엄은 또 무엇인가! 그의 시선은, 부드럽긴 하지만, 깊구나. 그의 거대한 눈꺼풀이 미풍과 함께 놀고 있으니, 살아 있는 것 같구나. 나는 그를 모른다. 그의 기괴한 눈을 응시하자니, 내 몸이 떨린다. 이런 일은 내가 어머니라고들 부르는 것의 메마른 젖가슴을 빨고 난 이래로 처음이다. 그의 주위에는 눈부신 빛의 후광 같은 것이 있다. 그가 말을 하자, 자연 속에 있는 모든 것이 입을 다물고는 한줄기 거대한 전율을 느꼈다. 자석에 끌리듯이, 네가 나에게 오고 싶어하니, 나는 반대하지 않을 것이다. 그는 얼마나 아름다운가! 그 말을 하려니 고통스럽다. 너는 분명 강하구나. 너는 인간보다 나은, 우주처럼 슬프고, 자살처럼 아름다운 얼굴을 지니고 있기 때문이다. 나는 내가 혐오할 수 있는 한 너를 혐오한다. 네 눈을 보니, 세기의 시초부터 내 목을 감고 얽혀 있는 한 마리 뱀을 보는 편이 더 좋다…… 아니!…… 너는 바로 두꺼비로구나!…… 뚱뚱한 두꺼비야!…… 불운한 두꺼비야!…… 용서하라!…… 용서하라!…… 저주받은 자들이 있는 이 땅에 너는 무엇을 하러 오느냐? 그런데 그리도 다정한 자태를 하고 있다니, 그 끈적거리고 냄새 고약한 너의 오톨도톨한 혹들을 도대체 어찌 하였단 말이냐? 웃전의 명령을 받아, 생명을 지닌 가지가지 족속을 위로해야 할 사명을 띠고, 네가 높은 곳에서 내려왔을 때, 너는, 솔개와 같은 속력으로, 그 길고 장엄한 여정에도 지치지 않는 날개로, 땅 위로 덮쳐들었으니, 나는 너를 보았도다! 가엾은 두꺼비야! 나는 그때 저 무한과 동시에 나의 연약함을 생각함이 무릇 얼마였던가. "지상의 존재들보다 우월한 것이 하나 더 있구나", 나는 말했다. "그것은, 신의神意에 의한 것. 나는 왜 그렇지 아니한가? 이런 불공평함이 웬 말인가, 그것도 지고한 명령에? 창조주는 분별이 없는가, 그렇지만 최강자, 그의 분노는 무섭다!" 네가 신에게만 속하는 영광에 싸여 내게 나타난 이래로, 연못과 늪의 군주야! 너는 나를 부분적으로 위로해주었다. 그러나, 비틀거리는 나의 이성은 그만한 위대함 앞에서 무너지는구나! 너는 도대체 누구냐? 남아 있어라…… 오! 이 땅 위에 아직 남아 있어라! 네 흰 날개를 접고, 불안한 눈꺼풀로, 위를 쳐다보지 마라…… 만약 네가 떠난다면, 함께 떠나자!》 두꺼비는 뒤편의 넓적다리(인간의 넓적다리와 그리도 닮았구나)를 깔고 앉아서, 괄태충, 쥐며느리, 달팽이가 자기들의 숙적을 보고 달아나는 동안, 이런 말을 하였다. "말도로르여, 내 말을 들으라. 거울처럼 고요한 나의 얼굴을 주목하라. 나는 내가 너와 동등한 지성을 지녔다고 믿는다. 어느 날, 너는 나를 네 삶의 지주라고 불렀다. 그때부터, 나는 네가 나에게 바친 신뢰를 부인하지 않았다. 나는 갈대밭의 한낱 주민일 뿐이고, 그게 사실이지만, 바로 너와 접촉한 덕분에, 네 안에 있는 아름다운 것만을 취하여, 내 이성이 증대하였고, 너에게 말을 할 수 있다. 나는 너를 심연에서 끌어내기 위해, 네게로 왔다. 그대의 친구라고 자처하는 자들은, 극장에서, 공공장소에서, 교회에서, 창백하고 구부정한 너를 만날 때마다, 또는 길고 검은 외투에 둘러싸여, 제 유령-주인을 싣고 밤을 틈타서만 질주하는 그 말을 신경질적인 두 넓적다리로 재촉하는 너를 만날 때마다, 아연실색하여 너를 쳐다본다. 네 마음을 사막처럼 공허하게 하는 그 생각들을 버려라. 네 생각들은 불꽃보다 더 뜨겁게 타오른다. 네 정신은 네가 알아차리지도 못할 정도로 병이 들어서, 네 입에서, 지옥의 위대함으로 가득차 있긴 하나, 분별없는 소리가 튀어나올 때마다, 너는 네가 자연스러운 상태에 있다고 믿고 있다. 불행한 인간아! 너는 네가 태어난 날 이래로 무슨 말을 해왔느냐? 오, 신이 하 많은 사랑으로 창조했던, 불멸하는 지성의 슬픈 잔재야! 너는 굶주린 표범의 모습보다 더 소름끼치는 저주밖에 만들어낸 것이 없구나! 나로 말하면 눈꺼풀이 붙어버리더라도, 몸에 붙은 팔다리가 없어지더라도, 한 인간을 살해하더라도, 네가 되지 않는 것이 더 낫겠다. 나는 그대를 증오하기 때문이다. 어찌하여 나를 놀라게 하는 그런 성격을 지닌다는 말이냐? 너는 무슨 권리로 이 땅에 와서, 여기 사는 자들을 조롱거리로 삼는가, 회의주의의 놀림감이 된 썩은 표류물아? 이 땅이 네 마음에 들지 않는다면, 너는 네가 떠나온 그 천체로 돌아가야 할 것이다. 도회지의 주민이, 이방인처럼, 시골 마을에 거주해서는 안 된다. 우주공간에는 우리의 것보다 더 넓은 천체들이 존재하고, 그 천체들의 지적 존재들은 우리가 생각할 수조차 없는 지성을 지니고 있다는 것을 우리는 알고 있다. 자, 떠나거라!…… 이 움직이는 땅에서 물러가라…… 네가 지금까지 감춰왔던 네 신적 본질을 드러내고, 우리가 전혀 부러워하지 않는 네 천체를 향해, 가능한 한 서둘러서, 네 비상의 방향을 잡아라, 오만방자한 녀석아! 네가 인간인지 또는 인간 이상인지 알아차리는 데까지는 이르지 못하였기에 하는 말이다! 그럼 잘 가라, 네 가는 길에 두꺼비를 다시 만나리라고 더는 기대하지 마라. 너는 내 죽음의 원인이었다. 나는 너를 용서해달라고 빌기 위해, 영원을 향해 떠난다!"

[14] 때로는 현상의 외관을 믿는 것이 논리적이라면, 이 첫번째 노래는 여기에서 끝난다. 아직은 자신의 리라를 시험하고 있을 뿐인 사람에게, 그 악기가 그리도 낯선 소리를 낸다고 엄혹하게 굴지 말라! 그렇지만, 그대들이 스스로 공정하기를 바란다면, 불완전함 가운데 찍혀 있는 강한 흔적을 벌써 알아볼 것이다. 나로서는, 너무 늦지 않은 기간 내에, 두번째 노래를 발표하기 위해, 다시 일을 시작하겠다. 십구세기 말은 제격의 시인을 만나게 될 것이니 (그러나, 처음에는, 걸작으로부터 시작하기보다는 자연의 법칙에 따라야 할 것이다), 옛날에는 적대하던 두 인민이 이제 물질적 정신적 진보로 서로 능가하려고 애쓰고 있는 아메리카 연안의 라플라타 하구에서 그는 태어났다. 남부의 여왕 부에노스아이레스, 그리고 요염한 여자 몬테비데오가 거대한 강어귀의 은빛 물을 가로질러, 우정 어린 손을 서로 내밀고 있는 곳. 그러나 영원한 전쟁이 파괴의 왕국을 평원에 건설하고, 수많은 희생자들을 기꺼이 수확한다. 잘 있거나, 늙은이, 만일 그대가 내 글을 읽었다면, 나를 생각하게. 자네, 젊은이, 결코 절망하지 말게, 자네의 반대의견이야 어찌됐건, 흡혈귀 가운데 친구가 한 사람 있지 않은가. 옴을 일으키는 옴벌레도 꼽는다면, 자네에게는 친구가 둘 있는 셈이야!

첫번째 노래 끝

두번째 노래

[1] 말도로르의 저 첫번째 노래는 어디를 지나갔는가? 노래의 입이, 벨라도나*의 잎을 가득 물고, 깊은 생각의 한 순간에, 분노의 왕국을 가로질러, 쏟아보낸 이후로, 저 노래가 어디를 지나갔는가…… 그것을 정확하게 아는 사람은 아무도 없다. 노래를 붙잡아둔 것은 나무도 아니고, 바람도 아니다. 그런데 이곳을 지나가던 도덕은, 이들 작열하는 페이지에 자신의 힘찬 옹호자가 있음을 예견하지 못한 채, 이 노래가 굳세고 곧은 발걸음으로, 의식의 어두운 구석과 비밀스러운 바탕을 향해 나아가는 것을 보았다. 적어도 과학에서 기정사실이 된 것은, 그때 이후로, 인간이 두꺼비의 낯짝을 하고도 더는 자신을 인식하지 못하고, 저를 숲의 짐승과 닮게 하는 분노의 발작에 자주 빠진다는 것이다. 이는 그의 잘못이 아니다. 어느 때나, 인간은 겸손의 물푸레나무에 눌려 눈꺼풀을 내리깝고, 자신이 선과 극소량의 악으로만 이루어져 있다고 믿었다. 느닷없이 내가 나타나 그의 마음과 근성을 한낮의 햇

* '아름다운 귀부인'이라는 뜻을 지닌 벨라도나belladonne는 진정제나 마취제로 사용되는 약용식물이다. 이 식물의 마취와 진정 작용을 첫번째 노래의 최면효과와 연결시키려는 연구자들이 있다.

빛에 드러내보이며, 그의 믿음과는 반대로 그가 악과, 입법자들이 날아가지 않게 하려고 고심하는 극소량의 선으로만 이루어져 있음을 그에게 가르친 것이다. 내가 그에게 가르친 것에 새로운 것은 아무것도 없건만, 내가 알린 쓰라린 진실 때문에 그가 영원한 치욕을 느끼지 않기를 바라고 싶다. 그러나 이런 희망의 실현은 자연의 법칙과 일치하지 않으리라. 실제로 내가 그의 표리부동하고 진흙투성이인 얼굴에서 가면을 벗겨내고, 저 자신을 속이는 그 숭고한 거짓들을, 은 대접 위에 상아 공을 떨어뜨리듯, 하나하나 떨어뜨리면, 그때, 이성이 오만의 암흑을 흩뜨려버릴 때조차도, 그가 평온함에게 두 손으로 제 얼굴을 가리라고 명령하지 않는 것은 당연지사다. 이 때문에, 내가 연출하는 주인공은, 박애적이고 황당한 장광설들의 틈바구니에서, 저 자신을 상처받을 수 없는 존재로 생각하는 인류를 공격함으로써, 화해할 수 없는 증오를 샀다. 그 장광설이 인류의 수많은 책 속에 모래알처럼 쌓이고, 나마저도, 이따금 이성이 나를 저버릴 때면, 그토록 우스꽝스럽고도 짜증나는 그 익살극을 높게 평가할 지경이 된다. 그는 그 점을 예견했던 것이다. 도서관이 간직하고 있는 양피지 더미의 꼭대기에 선의의 상을 조각하는 것으로는 충분치 못하다. 오, 인간 존재여! 이제 한 마리 벌레처럼 벌거벗은 채 내 금강석 칼 앞에 놓인 게 바로 너로구나! 네 방법을 버려라. 이제 더는 거만을 떨 때가 아니다. 나는 엎드린 자세로 너를 향하여 나의 기도를 들어올린다. 네 죄 많은 생애의 가장 사소한 움직임까지도 관찰하는 어떤 자가 있다. 너는 그 가차없는 통찰력의 치밀한 그물망에 싸여 있다. 그가 허리를 돌린다고 해도 그를 믿지 말라. 그가 너를 지켜보고 있기 때문이다. 그가 눈을 감는다고 해도 그를 믿지 말라. 그가 여전히 너를 지켜보고 있기 때문이다. 술책과 악의에 있어서, 너의 위험한 해결책이 내 상상력에서 태어난 아이를 능가한다고 가정하기는 어렵다. 그 아이의 가장 하찮은 타격도 효과를 거둔다. 그를 모른다고 생각하는 자에게라면, 이리와 산적이라도 자기들끼리는 서로 잡아먹지 않는다는 것을, 신중하게, 가르치는 것은 가능하다. 이것은 아마도 그들의 습속은 아니다. 그런고로, 네 생존에 대한 배려를 그의 손에 두려움 없이 맡겨보라, 그는 네 생존을 자기가 알고 있는 방식으로 끌고 갈 것이다. 그가 너를 고치겠다는 의도를, 태양 아래 빛나게 보여주더라도, 믿지 말라. 있는 그대로 말하자면 네가 그의 관심을 어쭙잖게만 끌기 때문이다. 아직도 나는 내 진위확인의 친절한 척도인 총체적 진실에 다가가지 못했다. 그러나 그것은, 네가 자기와 똑같이 악해져서, 그 시간의 종이 울릴 때, 네가 자기를 따라 입을 크게 벌린 지옥의 구렁텅이 속으로 들어갈 것이라고 정당하게 설복하는 과정에서, 그가 너에게 기꺼이 악행을 저지르기 때문이다. 그의 자리는 오래전부터, 사슬과 쇠고리들이 걸린 강철 교수대가 뚜렷한 곳에 표시되어 있다. 운명이 그를 그리로 데려갈 때, 을씨년스러운 구덩이의 아가리는 그보다 더 맛있는 먹이를 맛본 적이 없을 것이며, 그도 또한 그보다 더 알맞은 거처를 구경한 적이 없을 것이다. 나는 의도적으로 아버지처럼 이야기하는 것 같고, 인류는 불평할 권리가 없는 것 같다.

[2] 나는 두번째 노래를 지을 깃털펜을 쥐고 있었으니…… 적갈색 흰꼬리수리의 날개에서 뽑아낸 도구가 아닌가! 그러나…… 도대체 나의 손가락에 무슨 탈이 났는가? 작업을 시작하자마자 내 관절들이 마비되어버린다. 그렇지만 나는 쓸 필요가 있다…… 그게 불가능하다니! 아, 이런, 되풀이해서 하는 말이지만 나는 내 생각을 쓸 필요가 있다. 나도 다른 사람처럼 저 자연법칙에 따를

권리가 있다…… 그러나 안 된다, 안 된다, 펜이 움직이지 않는다!…… 자, 들판을 가로질러, 멀리서 빛나는 번갯불을 보라. 뇌우가 허공으로 내달린다. 비가 온다…… 여전히 비가 온다…… 저토록 비가 온다!…… 벼락이 작열했다…… 벼락이 반쯤 열린 내 창문에 떨어지고, 내 이마를 쳐, 나를 타일바닥에 눕혔다. 가엾은 젊은이여! 네 얼굴은 벌써 때 이른 주름살과 타고난 기형으로 충분히 덮여 있으니, 그 위에 덧붙여 유황냄새 나는 흉터가 필요치 않다! (나는 방금 이 상처가 아물었다고 생각했다, 그렇게 빨리 낫지는 않을 텐데.) 이 뇌우는 웬일이며, 내 손가락의 마비는 웬일인가? 내가 글 쓰는 것을 막고, 내 네모진 입에서 침을 흘리면서 내가 무엇에 노출되어 있는지 더 잘 생각하는 것을 막기 위해 높은 곳으로부터 내려오는 경고인가? 그러나, 아, 뇌우가 내게 두려움을 일으키지는 않았다. 이 폭풍우 군단이 내게 무슨 대수일 것인가! 내 상처난 이마를 굴려 개략적으로 판단컨대, 하늘의 경찰들이 자기들의 고달픈 의무를 열심히 수행하는 것이다. 나는 전능한 자에게 그의 뛰어난 재주에 대해 감사할 필요가 없다. 그는 상처에 가장 취약한 부분인 이 이마로부터 시작하여 내 얼굴을 정확히 두 조각으로 가르려고 벼락을 내려보내지 않았는가. 다른 인간이나 그를 찬양하시라! 그러나, 뇌우는 자기들보다 더 강한 자들 가운데 어떤 자를 공격하고 있다. 그러므로 살무사의 얼굴을 한 소름 끼치는 영원한 자야, 그대는 광기와 분노 어린 생각들의 경계에 내 혼을 놓아둔 것으로 만족하지 말고, 그것들은 서서히 죽일 뿐이니, 너의 위엄에 걸맞도록, 그에 더하여, 농익은 실험을 한차례 거친 뒤에, 나의 이마에서 한 대접 피를 쏟아낼 수 있다고 확신할 수 있어야 했으리라!…… 하지만 결국, 너에게 어떤 것을 말하는 자가 누구인가? 내가 너를 사랑하지 않는다는 것을, 그러기는커녕 내가 너를 증오한다는 것을 너는 알고 있다. 왜 고집을 부리는가? 언제쯤이면 너의 행장은 기이함으로 그 겉모습 감추기를 그만두려 할까? 친구에게 말하듯, 내게 솔직히 말하라. 너는 결국 그 추악한 박해중에 순진한 친절을, 너의 세라핌들 가운데 어느 누구도 감히 그 우스꽝스러운 완성판을 다시 재연할 수는 없을 그런 친절을 드러내면서, 스스로는 그걸 짐작도 못하는 것인가? 어떤 분노가 너를 사로잡았는가? 너는 알아야 하리라, 너의 추격을 피하여 살아가도록 나를 내버려둔다면, 너는 내 감사를 받아 마땅할 것임…… 자, 어서, 술탄아, 방바닥을 더럽히는 이 피를 그 혀로 내게서 씻어다오. 붕대 감기는 끝났다. 닦인 내 이마는 소금물로 씻기고, 나는 내 얼굴에 좁은 헝겊 띠를 십자로 질러 묶었다. 결과가 무궁무진한 것은 아니다. 피가 흥건한 속옷 네 벌과 손수건 두 개…… 누구도 처음에는 말도로르가 그의 동맥에 그렇게 많은 피를 담고 있었다고는 믿지 않을 것이다. 그의 얼굴 위에서 빛나는 것은 오직 시체의 반사광뿐이기 때문이다. 그러나 결국, 이와 같다. 아마도 이것이 그의 몸에 담길 수 있는 거의 모든 피이며, 더는 그의 몸에 많은 피가 남아 있지 않을 것이 틀림없다. 됐다. 됐어, 탐욕스러운 개야. 방바닥을 그냥 그대로 놔두어라. 너의 배는 가득찼다. 마시기를 계속해서는 안 된다. 머지않아 토할 것이기 때문이다. 너는 적당히 포식하였으니, 네 개집으로 가서 자거라. 네가 행복 속에서 헤엄친다고 생각하라. 왜냐하면 너는 내가 네 목구멍으로 내려보낸 혈구 덕분에, 엄숙하리만큼 가시적인 만족감을 누리며, 망연한 사흘 동안 배고픔을 생각하지 않을 것이기 때문이다. 너, 레망이여,* 대걸레를 들어라. 나도 하나 들고

---

* 레망, 로엔그린 등 「두번째 노래」에 나오는 여러 이름에 특별한 전거가 있는 것은 아

싶다만 그럴 힘이 없구나. 너는 내가 힘이 없다는 것을 알지 않느냐? 너의 눈물을 눈물주머니에 거둬들여라. 그러지 않으면, 이 커다란 칼자국을 네가 냉정하게 응시할 용기가 없다고 믿을 것이다. 칼자국을 초래한 형벌이야 나로서는 지나간 시간의 어둠 속으로 이미 사라져버렸다. 너는 샘으로 물통 두 개를 찾으러 가거라. 일단 마루가 닦이면, 너는 이 속옷들을 옆방에 가져다놓아라. 빨래하는 여자가 저녁에 다시 오거든, 그러기로 되어 있으니, 이것들을 그 여자에게 맡겨라. 그러나 한 시간 전부터 비가 많이 오고 있고 여전히 내리고 있으므로, 그 여자가 자기 집에서 나올 것 같지 않구나. 그럼, 내일 아침에는 오겠지. 여자가 너에게 이 피가 모두 어디에서 나온 거냐고 묻더라도, 네가 꼭 대답해야 하는 것은 아니다. 오! 나는 너무나 기운이 없구나? 상관없다. 그렇더라도 펜대를 들어올릴 힘과 내 생각에 골몰할 용기는 있을 것이다. 벼락을 수반하는 뇌우로, 내가 어린애도 아닌데, 나를 겁박해서 창조주가 무슨 이득을 얻었던가? 그렇더라도 나는 글을 쓰려는 결심을 고수한다. 이 좁은 붕대들이 나를 귀찮게 하고, 내 방의 공기가 피 냄새를 풍긴다……

　[3] 로엔그린과 내가 거리에서 서로 쳐다보지도 않고, 바쁜 두 행인처럼 팔꿈치를 스치며 옆으로 지나가는 날이 오지 않기를! 오! 내가 이런 가정으로부터 언제까지나 멀리 도망칠 수 있기를! 영원한 자는 지금 이대로의 세계를 창조하였다. 만일 그가 망치를 한 번 내리쳐 여자의 머리를 박살내기에 필요한 바로 그 시간 동

니다. 작가는 「세번째 노래」 제1절에서 이 이름들을 가리켜 "내 깃털펜이 한 뇌수에서 끌어냈던, 저 천사의 본성을 지닌 상상적 존재들의 이름"이라고 말한다.

안만이라도 자신의 항성 같은 위엄을 접어두고, 삶이 작은 배의 밑창에 갇힌 물고기처럼 신비 한가운데서 질식하고 있는 우리에게 그 신비를 계시한다면, 그는 많은 지혜를 보여주는 셈이런만. 그러나 그는 위대하고 고귀하다. 그는 그 이해력으로 우리를 압도한다. 만일 그가 인간들과 담판을 짓는다면, 온갖 치욕들이 그의 얼굴에까지 용솟음칠 것이다. 그러나…… 가련하도다! 왜 너는 얼굴을 붉히지 않는가? 우리를 에워싸고 있는 육체적 정신적 고통들의 떼거리를 낳아놓은 것으로는 모자란다. 누더기를 둘러쓴 우리 운명의 비밀이 우리에게 폭로되지 않았다. 나는 전능한 자, 그를 알고…… 그도 분명 나를 안다. 우연히, 우리가 같은 오솔길을 걸어가면, 그의 꿰뚫는 시선은 저멀리 내가 오는 것을 보고, 자연이 내게 혀 대신 주었던 혀 모양의 삼중 독침을 피하기 위해, 샛길로 접어든다! 오, 창조주여, 내 생각하는 바를 퍼붓도록 나를 내버려두어, 나를 기쁘게 해다오. 꿋꿋하고 냉정한 한쪽 손으로 무시무시한 아이러니를 다루며, 내 너에게 경고하노니, 내 가슴에 이 아이러니가 충분히 담겨 있는 만큼, 나는 삶의 끝까지 너에게 덤벼들 것이다. 나는 네 구멍 뚫린 해골을 칠 것이니, 그것도 매우 강렬하게 칠 것이니, 인간이 너와 동등해질 것을 필경 질투하여, 네가 인간에게 주려 하지 않았던 지성의 남은 파편들을 그 해골에서 쏟아져나오게 함을 내 임무로 짊어지는 것이다. 이는 또한 네가 너의 창자 속에 그 지성의 쪼가리들을 뻔뻔스럽게 숨겨놓은 탓이기도 하다, 이 교활한 산적아, 어느 날인가, 내가 항상 열려 있는 이 눈으로 그 쪼가리들을 이미 발견하고, 끄집어내어, 나의 동류들과 함께 나누었을 것임을 네가 모르기라도 했다는 듯이 말이다. 나는 내가 말하는 것처럼 하였으며, 이제, 나의 동류들은 너를 더이상 두려워하지 않는다. 그들은 너와 힘에는 힘으로 대응한다.

내가 나의 대담함을 후회하도록 나를 죽여보라. 나는 가슴을 내밀고 겸손하게 기다린다. 자, 어서 모습을 보여라. 영원한 징벌의 가소로운 역량이여!…… 지나치게 찬양되는 속성들의 과장된 전시여! 그는 자기를 조롱하는 나의 혈액순환을 멈출 능력이 없음을 보여주었다. 그렇지만 나는 그가 다른 인간들의 숨결을, 때 이른 나이에, 그들이 인생의 기쁨을 겨우 맛보려 할 때, 주저 없이 꺼버린다는 증거들을 가지고 있다. 그저 잔학한 처사인데, 그러나 이는 단지 내 견해의 유약함에 따른 것일 뿐이다! 나는 창조주가 자신의 쓸데없는 잔인성을 몰아대어, 화재를 일으키고, 그 불에 늙은이들과 어린애들이 스러지는 것을 보지 않았던가! 공격을 시작하는 것은 내가 아니다. 팽이를 돌리듯, 강철 채찍 회초리로 자기를 돌리도록 나를 강요하는 것은 바로 그인 것이다. 자신에게 퍼부을 비난을 내게 제공하는 것이 바로 그가 아닌가? 나의 이 무시무시한 열변은 추호도 고갈되지 않으리라! 이 열변은 나의 불면을 괴롭히는 괴이한 악몽들을 먹고 자란다. 여기까지 쓴 것은 로엔그린 때문이다. 따라서 그에게로 다시 돌아가자. 그가 후에 다른 사람들처럼 되지 않을까 하는 두려움에서 나는 그가 지순함의 나이를 갓 넘겼을 때, 그를 단도로 찔러 죽이기로 우선 결심했다. 그러나 나는 숙고했고, 곧바로 내 결심을 슬기롭게 포기했다. 그는 자신의 생명이 십오 분간 위험에 처했던 것을 짐작하지 못한다. 모든 것이 준비되었고, 칼도 사두었다. 이 단검은 예뻤는데, 그것은 내가 죽음의 도구에서까지도 우아하고 멋진 것을 좋아하기 때문이다. 그러나 칼은 길고 날카로웠다. 목의 동맥 하나를 조심스럽게 찔러 상처 하나만 내면 충분했으리라고 나는 생각한다. 나는 내 처신에 만족하나, 후에 뉘우칠지도 모르겠다. 따라서, 로엔그린이여, 네가 바라는 바를 행하라, 즐거울 대로 행동하라, 나를 평생 동안 어두운 감옥에 가두고 내 억류 생활의 동료로 전갈을 함께 처넣을지라도, 혹은 내 눈알 하나가 땅에 떨어질 때까지 내 눈구멍을 후벼팔지라도, 나는 너를 추호도 비난하지 않을 것이다. 나는 네 것이다, 나는 너에게 속한다, 이제 나는 나를 위해 살지 않는다. 네가 나에게 불러일으킬 고통이 크다 한들, 저 학살의 손으로 나에게 상처를 주는 자가 그의 동류들의 기름보다 더 성스러운 기름에 적셔질 것임을 안다는 행복과 어찌 비교될 수 있으랴! 그렇다, 한 인간 존재를 위해 자신의 삶을 바친다는 것, 그리고 모든 사람이 다 악하지는 않다는 희망을 간직하는 것이 아직도 아름다운 일일진대, 이는 내 쓰라린 공감에서 나오는 의심스러운 혐오감을, 자기 쪽으로, 강제로, 끌어모을 줄 알았던 사람이 끝내 하나 있었기 때문이다!……

[4] 자정이다. 바스티유에서 마들렌으로 가는 합승마차는 단한 대도 보이지 않는다. 내가 틀렸다. 합승마차 하나가 갑자기 땅밑에서 솟아오르기라도 한 것처럼 나타나지 않는가. 귀가가 늦어진 몇몇 행인들이 마차를 주의깊게 바라본다. 여느 마차와 다른것 같기 때문이다. 지붕 위 이층 좌석에 죽은 물고기의 눈처럼 움직이지 않는 눈을 가진 사람들이 앉아 있다. 그들은 서로 밀어붙이며 앉아 있는 꼴이 생명을 잃어버린 것 같다. 더구나 정원이 초과된 것도 아니다. 마차꾼이 말들을 채찍질할 때, 그의 팔이 채찍을 휘두르는 것이 아니라, 채찍이 그의 팔을 휘두르는 것만 같다. 이 기이하고 말없는 존재들의 집합을 무어라고 해야 하나? 달의 주민들인가? 그렇게 믿고 싶을 때도 있지만 그들은 오히려 시체들을 닮았다. 합승마차는, 마지막 역에 도착하는 것이 급해, 허공을 집어삼키며, 포장도로를 삐걱거리게 한다…… 달아난다!……

그러나 형체를 알 수 없는 덩어리 하나가 먼지를 뒤집어쓰며 바퀏자국을 따라 악착스럽게 쫓아간다. "세워주세요. 제발 세워주세요…… 하루종일 걸어서 다리가 부었어요…… 어제부터 먹지도 못했어요…… 부모님들이 나를 버렸어요. 이제 어떻게 해야 할지 모르겠어요…… 집에 돌아가기로 결심했어요. 자리 하나만 내주신다면 빨리 갈 수 있을 텐데…… 난 여덟 살 먹은 어린아이예요. 여러분들을 믿어요……" 마차는 달아난다!…… 달아난다!…… 그러나 형체를 알 수 없는 덩어리 하나가 먼지를 뒤집어쓰며 바퀏자국을 따라 악착스럽게 쫓아간다. 그 사람들 가운데 한 사람이 차가운 눈으로 옆 사람을 팔꿈치로 찌르며, 자기 귀에까지 이르는 이 은빛 음색의 하소연에 마뜩찮은 기분을 그에게 표현하는 것 같다. 옆 사람은 동의한다는 식으로, 흐지부지하게 고개를 숙이며, 곧바로 거북이가 자기의 등껍질 속으로 숨어들듯, 제 이기심의 요지부동함 속에 다시 빠져든다. 다른 여행자들의 태도에서도 모든 것이 앞의 두 사람의 기분과 똑같은 기분을 나타낸다. 외침소리는 이삼 분 동안 더 들리고, 일 초 일 초 더욱 날카로워진다. 대로를 향해 창들이 열리고, 겁먹은 얼굴 하나가 손에 등불을 들고 차도 위에 눈길을 던지더니, 격렬하게 덧문을 다시 닫고는 더이상 나타나지 않는다…… 마차는 달아난다!…… 달아난다! 그러나 형체를 알 수 없는 덩어리 하나가 먼지를 뒤집어쓰며 바퀏자국을 따라 악착스럽게 쫓아간다. 오직 한 사람, 몽상에 잠긴 젊은이만, 이 돌덩어리 인물들 가운데서, 그 불운에 동정을 느끼는 것 같다. 작고 아픈 다리로 마차를 따라잡을 수 있다고 생각하는 아이를 편들어, 그는 감히 목소리를 높이지 못한다. 다른 사람들이 그에게 경멸과 위압에 찬 시선을 던지기 때문이며, 자신이 모든 사람들에게 맞서서는 아무것도 할 수 없다는 것을 그는 알기 때문이다. 무릎에 팔꿈치를 괴고, 머리를 두 손으로 감싼 채, 그는 어안이 벙벙해서, 인간의 *자비*라 불리는 것이 진실로 이런 것인지 생각한다. 그래서 그는 이 말이 이제는 시어 사전에서도 발견할 수 없는 헛된 낱말에 지나지 않음을 깨닫고, 솔직하게 자기 잘못을 인정한다. 그는 혼자 말한다. "사실, 어린애 하나에 관심을 가질 이유가 뭐란 말인가? 내버려두자." 그렇지만 이 청년의 뺨 위로 한줄기 뜨거운 눈물이 흘러내렸고, 그는 욕설을 내뱉는다. 그가 손으로 고통스럽게 이마를 문지르는 모습이, 마치 그 불투명함으로 자기 지성을 어둡게 하는 구름을 그 이마에서 흩뜨려버리려는 것 같다. 그는 분발하나, 자신이 던져진 이 세기에서, 헛되이 분발한다. 그는 이 세기에서 자신이 있을 자리에 있는 것이 아니란 것을 느끼지만, 밖으로 나갈 수 없다. 무서운 감옥! 악랄한 운명! 롱바노여, 나는 오늘부터 너에게 만족하노라! 나의 얼굴이 다른 여행자들의 얼굴과 똑같은 무관심을 내보이는 동안에도, 나는 끊임없이 너를 관찰하였다. 청년은 분개하는 동작으로 일어나서, 비록 의도적인 것이 아니라 할지라도, 악행에 가담하지 않으려고 자리를 뜨려 한다. 내가 그에게 손짓을 하여, 그는 내 옆에 다시 몸을 내려놓는다…… 마차는 달아난다! 달아난다!…… 그러나 형체를 알 수 없는 덩어리 하나가 먼지를 뒤집어쓰며 바큇자국을 따라 악착스럽게 쫓아간다. 외침소리가 갑자기 끊어진다. 아이가 솟아나온 포석에 발이 걸려 넘어지면서 머리에 상처를 입은 것이다. 합승마차는 지평선으로 사라지고 조용한 거리밖에는 보이지 않는다. 마차는 달아난다! 달아난다!…… 그러나 형체를 알 수 없는 덩어리 하나는 이제 먼지를 뒤집어쓰며 바큇자국을 따라 악착스럽게 쫓아가지 않는다. 희미한 램프를 늘어뜨리고 허리를 구부리고 지나가는 넝마주이를 보라. 그는 합승마차에 탄 그와 같은 족속들 전체가 지닌 것보다 더 많은 심장을 지녔다. 그는 이제 아이를 거두었다. 그가 아이를 치료할 것이며, 아이의 부모가 했던 것처럼 아이를 버리지 않으리라는 것을 확신하시라. 마차는 달아난다!……달아난다!…… 그러나, 넝마주이가 서 있는 곳에서, 그의 통렬한 시선이 먼지를 뒤집어쓰며 바큇자국을 따라 악착스럽게 쫓아간다!…… 어리석고 바보 같은 종족이여! 그렇게 행동하다니, 너는 후회할 것이다. 내가 너에게 말한다, 너는 후회할 것이다, 가라! 너는 후회할 것이다. 나의 시는 오직 이 야수 인간과, 그리고 이와 같은 해충을 만들어내지 말았어야 할 창조주를 공격하는 데 있을 것이다. 내 생명이 다할 때까지, 시집 위에 시집이 쌓일 것이로되, 그러나 거기에서는 언제까지나 나의 의식에서 사라지지 않는 단 하나의 생각만을 보게 될 것이다.

[5] 나는 늘 하던 산보를 하며, 날마다 좁은 길 하나를 지나가곤 했다. 날마다 열 살짜리 날씬한 소녀가 동정과 호기심이 어린 눈꺼풀로 나를 바라보며, 거리를 두고 공손하게 이 길을 따라 내 뒤를 쫓았다. 그녀는 나이에 비해 키가 컸으며, 몸매는 호리호리했다. 머리 위에서 두 갈래로 갈라진, 검고 풍성한 머리칼은 따로따로 대리석 같은 어깨 위로 땋아 내려져 있었다. 어느 날은, 그녀가 평소처럼 나를 따라오고 있었는데, 한 여성 주민의 근육질 팔이 그녀의 머리칼을 마치 회오리바람이 나뭇잎을 휘어잡듯 휘어잡아, 그 당당하고 말없는 뺨을 난폭하게 두 번 때리고는, 이 넋 나간 의식을 집으로 데려갔다. 나는 무관심한 척하였으나 부질없는 짓이었다. 그녀는 한 번도 거르지 않고, 때 아니게 나타나 나를 따라왔다. 내가 길을 계속 걸어가다가 다른 길로 접어들 때는, 그녀는 격렬한 노력으로 그 좁은 길의 끝에 침묵의 동상처럼 요지부

동으로 멈춰 서서, 내가 사라질 때까지 그치지 않고 자기 앞을 바라보고 있었다. 한번은, 이 소녀가 길에서 나를 따라잡더니, 발꿈치가 닿을 정도로 앞서가는 것이었다. 내가 그녀를 추월하려고 빨리 가면, 그녀는 똑같은 거리를 유지하려고 거의 뛰다시피 하였다. 그러나 내가 걸음을 늦추어 그녀와 나 사이를 크게 벌려 충분한 간격을 두려 하면, 그녀 역시 걸음을 늦추고, 어린애다운 귀염을 떠는 것이었다. 그 길의 끝에 이르자, 그녀는 내 통행을 막는 식으로, 천천히 몸을 돌렸다. 나는 몸을 빼낼 시간이 없어서 그녀와 얼굴을 마주보게 되었다. 그녀의 눈은 빨갛게 부어 있었다. 나는 그녀가 내게 말을 걸고 싶은데, 어떻게 걸어야 할지 알지 못한다는 것을 어렵지 않게 알아차렸다. 그녀는 갑자기 시체처럼 창백해져서 내게 물었다. "지금 몇시인지 말씀해주시겠어요?" 나는 시계를 차고 있지 않다고 말해주고는 재빨리 달아났다. 불안하고 조숙한 상상력을 가진 아이야, 너는 그날 이후로 그 좁은 길에서, 무거운 샌들로 구불구불한 갈림길들의 포도를 고통스럽게 밟아 울리던 그 신비스러운 젊은이를 다시 보지 못하였다. 이 불타는 혜성이 네 낙담한 관찰의 정면에 열광적인 호기심의 슬픈 대상처럼 나타나 빛나는 일은 이제 더는 없을 것이며, 너는 그 사람을 자주, 너무 자주, 아마도 날마다 생각할 터인데, 그 사람은 지금 이 삶의 악에 대해서도, 선에 대해서도 걱정하지 않는 것 같았고, 무섭도록 사색이 된 얼굴, 곤두선 머리칼, 비틀거리는 발걸음으로, 운명의 가차없는 제설기에 몰려, 온 공간의 거대한 영역을 가로질러, 끊임없이 몸부림치는 희망의 피 흐르는 먹이를 거기서 찾기라도 하려는 듯, 에테르의 아이러니한 물속에서 두 팔을 맹목으로 허우적거리며, 무턱대고 가고 있었다. 너는 나를 이제 만나지 못할 것이고, 나는 너를 이제 만나지 못할 것이다!…… 누가 알랴? 필경 이 소녀는 겉에 드러나는 그대로가 아니었다. 순진한 외피 밑에, 그녀는 필경 거대한 술책과 열여덟 해의 무게와 악덕의 매력을 숨기고 있었다. 사랑을 파는 여자들이 영국의 섬들에서 희희낙락 망명하여 해협을 넘는 것이 보였다. 그녀들은 날개를 반짝이며, 금빛 벌떼를 이루어, 파리의 불빛을 받아 선회하였다. 당신은 그녀들을 알아보고서 말했다. "하지만 아직 어린애들이다. 열 살이나 열두 살을 넘지 않았다." 실제로는 스무 살이었다. 오! 이렇게 추론하면, 이 어두운 길의 모퉁이들은 저주를 받은 것이로다! 무섭다! 무섭다! 거길 지나가는 것이. 나는 소녀가 제 직분을 충분히 민완하게 수행하지 않아서 그 어머니가 소녀를 때렸다고 생각한다. 그녀는 어린애에 지나지 않았을 수도 있으며, 그때는 어머니의 죄가 더 큰 것이다. 나는 가정에 지나지 않는 이 추론을 믿고 싶지 않으며, 이런 낭만적인 성격이라면, 너무 일찍 베일을 벗는 영혼을 사랑하는 쪽이 더 좋다…… 아! 아느냐, 소녀야, 언젠가 내가 이 좁은 길을 다시 지나가더라도, 다시는 내 눈앞에 나타나지 말라고 네게 충고한다. 그러다간 값비싼 대가를 치를 수도 있다! 벌써 피와 증오가 끓는 물결처럼 내 머리로 솟구친다. 나는 내 동류를 사랑할 만큼은 충분히 관대하다! 아니다, 아니다! 나는 내가 태어난 날부터 그러기로 결심했다! 그들은 나를 사랑하지 않는다, 그들은! 내가 어느 인간 존재의 더러운 손을 만지기도 전에, 세계들이 파멸하고, 화강암이 한 마리 가마우지처럼 물결 이는 수면 위로 미끄러지는 것을 보게 될 것이다. 뒤로…… 뒤로 물려라! 이 손을!…… 소녀야, 너는 천사가 아니며, 결국 너는 다른 여자들처럼 될 것이다. 아니다, 아니다, 네게 애원한다, 내 찌푸린 사팔뜨기 눈썹 앞에 더는 나타나지 말라. 어느 미망의 순간에, 나는 네 두 팔을 붙들어 세탁한 속옷의 물기를 짜내듯 비틀거나, 마른 두

개비 장작처럼 우지끈 부러뜨리곤, 완력을 써서 네게 그걸 먹일지도 모른다. 나는 내 두 손으로 네 머리를 부드럽게 잡고, 그 무죄한 뇌엽에 내 탐욕스러운 손가락들을 찔러넣어, 평생토록 끝나지 않는 불면에 시달리는 내 두 눈을 씻는 데 효과적인 지방을, 입술에 미소를 머금고, 추출할 수도 있을 것이다. 바늘로 네 눈꺼풀을 꿰매어, 천지의 조망을 네게서 빼앗고, 네 길을 찾기에 불가능한 지경에 너를 몰아넣을 수도 있을 것이다. 네게 안내자가 되어줄 사람은 내가 아니다. 나는 처녀인 네 몸을 내 강철 팔로 들어올려, 네 두 다리를 잡고, 투석기처럼 내 주위로 너를 내돌려 가장 큰 원주를 그려 힘을 모으고는, 너를 담벼락에 내던질 수도 있을 것이다. 피가 방울방울 한 인간의 가슴에서 솟아나와, 인간들을 두렵게 하며, 그들 앞에 내 악독함의 예를 보여주리라! 그들은 쉬지 않고 제 살을 한 조각 한 조각 떼어내리라. 그러나 핏방울은 똑같은 자리에 지워지지 않고 남아서, 무슨 다이아몬드처럼 빛나리라. 안심하라, 나는 내 반 다스의 하인들에게 네 육체의 존경할 만한 잔해를 지키고, 아귀 들린 개들의 허기로부터 그것을 보호하라고 명령할 것이다. 필경, 몸은 익은 배처럼 성벽에 눌어붙어, 땅에 떨어지지 않을 것이다. 그러나 개들은, 누가 지키지 않는다면, 훌륭한 도약을 완수할 수 있다.

[6] 튈르리 공원의 벤치에 앉아 있는 이 어린애, 그는 얼마나 사랑스러운가! 그의 대담한 눈길은 허공 저멀리 보이지 않는 어떤 것을 쏘아보고 있다. 여덟 살 이상은 되지 않았을 것이 분명하건만, 아이는 보통 그래야 할 것처럼 놀고 있지 않다. 아무튼 혼자 있기보다는 어떤 친구와 웃고 있거나 산책을 해야 마땅할 것이나, 그것은 그의 성격이 아니다.

튈르리 공원의 벤치에 앉아 있는 이 어린애, 그는 얼마나 사랑
스러운가! 한 남자가, 숨긴 의도에 부추김을 받아, 수상한 발걸음
으로 다가와, 바로 그 벤치에, 아이의 옆에 앉는다. 그는 누구인
가? 당신에게 그것을 말할 필요가 없다. 당신은 그의 음흉한 대화
를 듣고 그를 알아볼 테니까. 그의 말을 들어보자, 그들을 방해하
지 말자:

—애야, 무슨 생각을 하고 있었지?

—하늘나라를 생각했어요.

—네가 하늘나라를 생각할 필요는 없다. 땅을 생각하는 것으로
도 벌써 충분하다. 사는 데 지쳤니, 이제 갓 태어난 네가?

—아니요. 하지만 누구나 땅보다 하늘나라를 더 좋아해요.

—그런가, 나는 아니야. 하늘나라도 땅처럼 신에 의해 만들어
졌으니, 거기서도 이 세상에서와 마찬가지로 고통을 만날 것이라
고 생각해야지. 네가 죽은 후, 너의 선행에 따라 네가 보상을 받는
것은 아닐 것이다. 이 땅에서 누가 네게 불의를 저지른다면(너는
나중에 실제로 그런 경험을 할 것이다), 다음 생에서도 그런 일을
겪지 않으리라는 법이 없으니까 말이야. 네가 최선을 다해야 할
것은, 신을 생각할 것이 아니라, 네가 네 자신에게 정의로운 대갚
음을 해주는 일이야, 해주는 사람이 아무도 없으니까. 네 친구들
가운데 어느 녀석이 너를 해코지하면, 너도 그 녀석을 죽이고 싶
지 않겠니?

—하지만 그건 금지된 일인데요.

—네가 생각하는 만큼 그렇게 금지된 건 아니야. 잡히지 않는
것이 다만 문제일 뿐이지. 법률이 베푸는 정의는 아무 가치가 없
다. 중요한 것은 해코지당한 사람의 법률해석이다. 네가 네 친구
들 중의 한 녀석을 미워하는데, 그 녀석이 시도 때도 없이 네 눈앞

에 떠오른다고 생각하면 불행한 일이 아니겠어?

—그거야 그렇지요.

—결국 네 친구들 중의 한 녀석이 너를 평생 불행하게 하겠구나. 네 증오가 단지 수동적일 뿐인 것을 알고, 그 녀석이 계속해서 너를 업신여기면서, 아무런 벌도 받지 않고 네게 악을 저지를 테니까 말이다. 그러니까 그 상황을 끝낼 방법은 단 하나밖에 없다. 자기 원수를 없애버리는 것이다. 내가 이런 말까지 하려는 것은, 지금의 이 사회가 어떤 바탕 위에 세워져 있는지를 네게 알려주기 위해서다. 저마다 저 자신에게 정의로운 대갚음을 해주어야 한다, 바보가 아니라면. 제 동류들을 누르고 승리를 쟁취하는 자는 가장 교활하고 가장 강한 자이다. 너는 어느 날인가 네 동류들을 지배하고 싶지 않니?

—네, 그래요.

—그렇다면, 가장 강하고 가장 교활한 자가 되어라. 네가 가장 강한 자가 되기에는 아직 어리다. 하지만, 오늘부터 너는 책략을 사용할 수 있다, 천재들의 가장 아름다운 도구지. 양치기 다윗이 돌팔매질 끈으로 돌 하나를 던져 거인 골리앗의 이마를 맞추었을 때, 훌륭하다고 해야 할 것은 다윗이 제 적을 오직 책략으로 무찔렀기에 망정이지, 반대로 그들이 완력으로 맞붙었더라면 거인이 그를 파리처럼 짓이겨버렸으리라는 걸 알아차리는 게 아니겠느냐? 너도 마찬가지다. 네가 네 의지를 펼쳐 다스리고 싶은 사람들이 있는데, 맞싸움으로는 결코 그들을 이길 수 없을 것이다. 그러나 술책으로는 너 혼자서도 모든 사람과 대항하여 싸울 수 있다. 너는 부와 아름다운 궁전과 명예를 얻고 싶지? 아니면 네가 나한테 이런 고상한 포부들을 늘어놓으면서 나를 속인 것이냐?

—아니에요, 아니에요. 속이지 않았어요. 그러나 나는 내가 원

하는 것을 다른 방법으로 얻고 싶어요.

　―그렇다면 아무것도 얻지 못할 텐데. 착하고 우직한 방법은 어디에도 이르지 못한다. 그보다 더 강한 지렛대와 더 영리한 술책에 일을 맡겨야 한다. 네가 너의 미덕으로 이름을 떨치고 목적을 달성하기도 전에, 백 명의 다른 사람들이 네 등에 올라탈 시간을 벌어 너보다 먼저 출세가도의 목적지에 이를 테니, 너의 좁은 소견으로 차지할 자리는 더이상 남아 있지 않을 것이다. 그보다 더 크게, 현재 이 시간의 지평선을 두루 내다볼 줄 알아야 한다. 예를 들어, 승리가 가져올 무한한 영광에 대해 들어본 적이 한번도 없느냐? 그러나, 승리는 저절로 이루어지는 것이 아니다. 승리를 만들어내어 정복자의 발아래 가져다놓으려면, 피를, 많은 피를 쏟아야 한다. 살육이 피바르게 벌어진 평원에서, 네 눈앞에 흩어진 시체들과 찢겨진 팔다리들이 없이는 전쟁이 없을 것이며, 전쟁이 없이는 승리가 없을 것이다. 너도 알다시피 유명해지고 싶다면, 육체를 대포의 먹이로 바친 피의 강물에 우아하게 몸을 담가야 한다. 목적은 수단을 정당화한다. 이름을 떨치려면, 첫번째 할일은 돈을 갖는 것이다. 그런데 너는 돈이 없으니까, 사람을 죽여서 돈을 거머쥐어야 한다. 그러나 너는 단도를 다룰 만큼 힘이 세지 않으니, 팔다리가 굵어지기를 기다리면서, 도둑이 되어라. 그리고 더 빨리 굵어지도록, 하루에 두 번, 아침에 한 시간 저녁에 한 시간 체조를 하는 게 좋을 것이다. 이렇게 하면, 스무 살까지 기다릴 것 없이 열다섯 살에 범죄를 시험해보더라도 확실하게 성공할 것이다. 명예를 사랑하면 무슨 짓이라도 용서되며, 그래서 아마도 뒷날에는 네 동류들의 스승이 되어, 네가 처음에 그들에게 저질렀던 악행만큼의 선행을 그들에게 베풀 수도 있을 것이다!⋯⋯

말도로르는 제 어린 대화상대자의 머릿속에서 피가 끓어오르는 것을 알아챈다. 아이의 콧구멍이 부풀고 입술이 가볍고 하얀 거품을 내뿜는다. 말도로르는 그의 맥을 짚어본다. 맥박이 급하다. 열이 이 섬세한 육체를 사로잡은 것이다. 아이는 뒤이어질 그의 말을 두려워한다. 불행한 자, 그는 이 아이와 더 오랫동안 얘기를 나눌 수 없는 것을 유감으로 여기며, 슬그머니 사라진다. 성숙한 나이라 하더라도, 선과 악 사이에서 요동하는 제 정염을 다스리는 것이 그렇게도 어려운 판에, 아직도 미숙함으로 가득차 있는 한 영혼 속에 무엇이 들어 있을까? 그에 맞먹을 아주 많은 에너지가 그애에게 더 필요하지 않을까? 아이는 사흘 동안 침대에 누워 있긴 하겠지만 별 탈 없이 끝날 것이다. 하늘의 뜻이 다르지 않아 어머니의 어루만짐이 이 민감한 꽃송이, 아름다운 한 영혼의 허약한 봉투에 평화를 담아주시길!

[7] 저기, 꽃으로 둘러싸인 작은 숲속, 양성동체인간이 잔디 위에 깊이 가라앉아, 눈물 젖은 얼굴로, 자고 있다. 달이 구름장에서 그 원반을 끌어내어, 창백한 빛으로 이 청년의 부드러운 얼굴을 어루만진다. 그의 용모는 가장 남성적인 정력과 하늘나라 처녀의 아름다움을 동시에 나타낸다. 그에게서는 어느 것도, 여성적인 형태의 조화로운 윤곽을 헤치고 지나가는 그 육체의 근육조차도, 자연스러워 보이지 않는다. 한쪽 팔은 이마 위로 구부렸고, 다른 손은 가슴 위에 얹어, 어떤 속내 이야기에도 닫힌 채 영원한 비밀의 무거운 짐을 짊어진 한 심장의 고동을 억누르기라도 하려는 것 같다. 삶에 지치고, 자기와 닮지 않은 존재들 사이로 걷는 것이 부끄러운 나머지, 절망이 그의 영혼을 짓눌러, 그는 계곡의 걸인처럼 홀로 간다. 그는 어떤 수단으로 생계를 이어가는가? 인정 깊은

사람들이 가까이서, 감시한다는 의심이 들지 않게, 그를 돌보고, 그를 버리지 않는다. 그는 그만큼 착하다! 그는 그만큼 체념하고 인종한다! 이따금 그는 민감한 성질을 가진 사람들과 기꺼이 말을 주고받으면서도, 손을 접촉하지 않으며, 마음속으로 상상한 위험을 두려워하여 거리를 둔다. 왜 고독을 친구로 삼았느냐고 누가 그에게 묻기라도 하면, 그의 눈은 하늘을 우러르며, 섭리에 보내는 비난의 눈물을 어렵사리 참지만, 그 눈꺼풀의 하얀 눈[票] 위에 아침 장미의 붉은 색조 번지게 하는 이런 경솔한 질문에 그는 대답하지 않는다. 만일 이야기가 길어지면 그는 불안해져서, 가까이 다가오는 보이지 않는 적의 존재를 피하기라도 하려는 듯이 지평선의 사방으로 눈길을 돌리다가, 손을 들어 갑작스럽게 작별인사를 하고, 깨어 일어난 제 수치심의 날개를 타고 멀리 벗어나, 숲속으로 사라진다. 보통은 그를 광인으로 여긴다. 어느 날, 복면을 한 남자 넷이 명령을 받고 그에게 덤벼들어, 다리만 움직일 수 있게 그를 단단히 졸라매었다. 채찍이 그 거친 가죽끈으로 그의 등을 내리쳤으며, 남자들은 그에게 지체 없이 비세트르 정신병원으로 이어지는 길을 따라가라고 말했다. 그가 매를 맞으면서도, 미소를 띠우며, 자신이 공부한 수수 많은 인문학을 넘치는 감정과 지성으로 이야기하여, 이로써 아직 젊음의 문턱을 뛰어넘지 못한 자에게 거대한 학식이 깃들어 있음이 밝혀졌고, 인류의 운명들을 이야기하여, 그 영혼의 시적인 고결함이 그 가운데 고스란히 드러나는지라, 감시자들은 자신들이 저지른 행위에 핏속까지 두려움을 느껴, 그의 결단난 팔다리를 풀어주었으며, 그의 무릎 아래 널브러져 용서를 구하여 용서를 받고는, 통상적으로 인간들에게는 바칠 수 없는 숭배의 표시를 하며 멀어져갔다. 많은 이야기가 오가게 된 이 사건 이후로, 누구나 그의 비밀을 짐작하였으나, 그의 고통을 더 키우지 않기 위해 알지 못하는 척했으며, 정부는 그에게 상당한 액수의 연금을 지급하여, 사전 검증도 거치지 않고 잠시라도 그를 정신병원에 강제수용하려 했던 것을 잊게 하였다. 그는 그 돈의 반은 자신이 사용하고, 나머지는 가난한 사람들에게 나누어준다. 플라타너스가 심어진 작은 길에서 남자와 여자가 산책하는 것을 볼 때면, 그는 자신의 몸이 아래에서 위까지 둘로 쪼개져서, 새로 생긴 두 부분이 저마다 그 산책자들을 하나씩 포옹하러 가는 것을 느낀다. 그러나 단지 환각일 뿐이며, 이성이 지체 없이 자신의 제국을 다시 탈환한다. 이런 이유로 그는 남자들 사이에도 여자들 사이에도 자기 존재를 섞지 않는다. 자신이 괴물일 뿐이라는 생각에서 일어나는 그 지나친 수치심이 누구한테든 그의 타오르는 공감을 내어줄 수 없도록 그를 가로막기 때문이다. 그는 자기 자신을 욕되게 한다고 생각할 것이며, 다른 사람들을 욕되게 한다고 생각할 것이다. 그의 자존심은 그에게 이런 격언을 되풀이하여 들려준다. "저마다 제 본성에 머물러 있어야 하느니라." 그의 자존심이라고 내가 말하는 것은, 그가 자기 삶을 한 남자나 한 여자에게 결부하면, 조만간 그의 신체조직 형태가 마치 큰 잘못이나 되는 듯이 비난받지 않을까 두려워하기 때문이다. 그래서 그는 오직 자신에게서 기인할 뿐인 이 불경한 가정에 마음을 상한 나머지, 자기애 속에 피신하여, 수많은 고뇌 한가운데에 홀로, 아무런 위로도 없이 완고하게 남아 있다. 저기, 꽃으로 둘러싸인 작은 숲속, 양성동체인간이 잔디 위에 깊이 가라앉아, 눈물 젖은 얼굴로, 자고 있다. 새들이 깨어나, 나뭇가지 사이로 이 우울한 얼굴을 황홀하게 내려다보고, 나이팅게일은 그 수정의 카바티나를 들려주려 하지 않는다. 숲은 불운한 양성동체인간이 밤을 묶어 무덤처럼 엄숙해졌다. 오, 방황하는 나그네여, 가장 사랑스러운 나이에 네 어머니와 네 아버지에게서 떠나게 한 너의 모험정신 때문에, 사막에서 갈증이 네게 불러온 고통 때문에, 추방되어 이방의 땅에서 오랫동안 헤맨 뒤 아마도 네가 찾는 조국 때문에, 네 방랑기질에 못 이겨 네가 답사하였던 그 악천후와 유형을 너와 함께 견디어낸 너의 충실한 친구, 준마 때문에, 그리고 극지의 빙하 한가운데서, 혹은 작열하는 태양의 권세 아래서, 먼 대지와 미답의 바다를 가로지른 여행이 인간에게 부여하는 그 위엄 때문에, 방황하는 나그네여, 흙 위에 펼쳐져 푸른 풀과 섞여 있는 이 곱슬머리를, 미풍이 한 번 떨리는 듯이라도, 네 손으로 만지지 말라. 몇 발자국을 물러서라, 그렇게 하는 것이 더 나을 것이다. 이 머리칼은 성스럽다. 이 양성동체인간 자신이 그러기를 원했다. 산의 숨결로 향기로워진 그 머리칼에도, 지금 이 순간 창공의 별들처럼 빛나는 그 이마에도, 인간의 입술이 경건하게 입맞추는 것을 그는 원하지 않는다. 그보다는 바로 별 하나가 그 궤도에서 벗어나 공간을 가로질러 그의 위엄 어린 이마에 내려앉았다고, 그 다이아몬드 빛으로 그의 이마를 후광처럼 감고 있다고 생각하는 것이 더 좋다. 밤은 손가락으로 그의 슬픔을 떼어내며, 자신의 온갖 매력을 두르고 수치심의 이 화신, 천사들의 순결함에 대한 이 완전한 모상模像의 수면睡眠을 축하한다. 벌레들이 살랑대는 소리는 더욱 희미하게 들린다. 나뭇가지들이 그 무성한 우듬지를 그에게 드리워 이슬로부터 보호해주고, 산들바람이 그 선율 고운 하프의 줄을 울려 만상의 정적을 뚫고 즐거운 화음을 그의 감겨진 눈까풀을 향해 보내주니, 움직이지 않는 눈까풀은 허공에 떠 있는 세계의 구성진 콘서트를 듣고 있다고 믿는다. 그는 꿈속에서 자신이 행복하고, 제 육체의 성질이 변한 것을 본다. 아니, 적어도 자줏빛 구름을 타고 자기와 똑같은 체질을 지닌 존재들이 살고 있는 또하나의 천체를 향해 날아간 꿈을 꾼다. 애달프다! 그의 공상이 새벽빛이 잠 깰 때까지 계속되기를! 그는 꽃들이 거대하고 무성한 화환처럼 자기를 둥글게 둘러싸고 춤을 추며, 그 달콤한 향기를 자기에게 젖어들게 하는 내내 마법의 아름다움을 지닌 한 인간 존재의 품에 안겨 사랑의 찬가를 부르는 꿈을 꾼다. 그러나 그의 팔이 끌어안는 것은 저녁안개일 뿐이다. 그가 잠에서 깨어날 때, 그의 팔은 그것마저도 안고 있지 않을 것이다. 깨어나지 말라, 양성동체인간이여, 아직은 깨어나지 말라, 간청한다. 왜 너는 나를 믿으려 하지 않는가? 자거라…… 언제까지나 자거라. 공상 속 행복의 희망을 좇아가며 네 가슴이 부풀기를, 나는 너에게 허락한다. 그러나 눈을 뜨지 말라. 아! 눈을 뜨지 말라! 나는 네 깨어남의 목격자가 되지 않기 위해 이렇게 너를 떠나려 한다. 아마도 어느 날인가, 나는 두꺼운 한 권의 책에 의지하여, 감동적인 여러 페이지를 통해 네 이야기를 할 것이며, 그 이야기가 담고 있는 바와 거기서 풀려나오는 교훈에 두려움을 느낄 것이다. 지금까지 나는 그럴 수 없었다. 내가 그러자고 마음먹을 때마다, 하 많은 눈물이 종이 위에 떨어지고, 노쇠한 탓도 아닌데 내 손가락이 떨렸기 때문이다. 그러나 나는 마침내 그럴 용기를 가지려 한다. 나는 내가 여자보다 더 강한 신경을 갖지 못한 것이, 너의 막대한 불운을 생각할 때마다 어린 계집애처럼 정신을 잃어버리는 것이 분하다. 자거라…… 언제까지나 자거라. 눈을 뜨지 말라. 아! 그러나 눈을 뜨지 말라! 잘 있어라, 양성동체인간이여! 날마다 나는 잊지 않고 너를 위해 하늘에 기도할 것이다(나를 위해서라면 결코 기도하지 않을 것이다). 평화가 네 가슴에 깃들기를!

[8] 한 여자가 소프라노의 목소리로 울림 좋고 선율 고운 음을

내보낼 때, 이 인간 해조諧調를 들으며 내 눈은 드러나지 않는 불길로 가득차 고통스러운 불티를 내던지는데, 내 귀에서는 집중포격을 알리는 경종이 울리는 것만 같다. 인간에게 속하는 모든 것에 대한 이 깊은 혐오는 어디에서 올 수 있는가? 화음이 악기의 줄에서 날아오르면, 대기의 탄력 있는 파동 너머로 장단 맞춰 사라지는 이 낭랑한 음을 들으며 나는 쾌감을 느낀다. 그 지각능력이 내 청각에 전해주는 것은 오직 신경과 사고를 녹여낼 것 같은 부드러움의 인상뿐이다. 형언할 수 없는 졸음이, 대낮의 햇빛을 여과하는 베일처럼, 내 감각의 생생한 기운과 내 상상력의 강인한 힘을 마법의 양귀비로 둘러싼다. 내가 귀먹음의 품에 안겨 태어났다고들 말하지 않는가! 내 유년기 초기에, 나는 다른 사람이 내게 하는 얘기가 들리지 않았다. 지독한 고역을 치르고, 어른들이 내게 말을 가르치기에 성공했지만, 나는 누가 종이 위에 써놓은 것을 읽고 난 뒤에야 비로소 내 나름대로 사고의 가닥을 전달할 수 있었다. 어느 날, 불길한 날, 나는 아름답고 순결하게 자라고 있었으며, 저마다 완전무결한 이 소년의 지성과 선량함에 감탄하였다. 영혼이 제 왕좌를 놓아둔 그 맑은 용모를 응시하며, 많은 양심들이 얼굴을 붉히곤 했다. 오직 숭배하는 마음을 품고서만 그에게 다가갔던 것은 그의 눈에서 천사의 시선을 보았기 때문이다. 그러나 아니다, 그 소년기의 행복한 장미는, 모든 어머니들이 열광하여 입을 맞추는 그의 겸허하고 고결한 이마 위에서, 기발한 화환을 엮어가며, 영원히 꽃피지 않으리라는 것을 나는 알고도 남았다. 우주가 그 무심하면서도 성가신 친구들로 무수하게 별을 박은 궁륭을 지녔다곤 해도, 어쩌면 내가 꿈꾸어왔던 가장 장대한 것은 아닐지도 모른다는 생각이 들기 시작했다. 그런데 어느 날, 나는 지상 여행의 가파른 오솔길을 발로 밟느라고 지치고, 술 취한 사람처럼 비틀거리며 삶의 어두운 지하묘지를 누비느라고 지친 나머지, 창공의 오목한 곳을 향해, 푸르스름한 달무리가 넓게 둘러싸인 내 우울한 두 눈을 천천히 들어올려, 감히 하늘의 신비를 꿰뚫었던 것이다, 내가, 그렇게도 어린 내가! 찾는 것을 발견할 수 없던 나는 질겁한 눈꺼풀을 더 높이, 더욱더 높이 들어올리다가 마침내 인간의 배설물과 황금으로 만들어진 왕좌 하나를 볼 수 있었고, 그 위에는 빨지 않은 병상의 시트로 지은 수의에 덮인 육체가, 스스로 창조주라고 자처하는 그자가, 바보처럼 오만하게, 군림하고 있지 않았겠는가! 그는 죽은 인간의 썩은 몸뚱이를 손에 쥐고, 그것을 눈에서 코로 코에서 입으로 번갈아 옮겨가고 있었으니, 일단 입으로 옮겨가면 그가 그것으로 무엇을 했는지는 짐작이 간다. 그의 두 발은 끓는 피의 광대한 늪에 잠겨 있고, 그 늪의 표면에서는, 요강의 내용물을 뚫고 나온 촌충들처럼, 두세 개 신중한 머리들이 갑자기 솟았다가 이내 화살처럼 재빠르게 가라앉곤 했다. 코뼈를 걷어차는 발길질이 바로 다른 환경의 공기를 마시려는 욕망에서 비롯된 저 규율위반의 널리 알려진 보상이었더라! 아무튼 이 사람들은 물고기가 아니었던 것! 기껏해야 양서류인 그들은 이 불결한 액체 속에서 수면을 들락날락 헤엄치고 있었던 것!…… 마침내 창조주가, 손에 아무것도 남은 것이 없게 되면, 그 갈퀴발톱의 처음 두 개를 집게처럼 벌려 또 한 명 잠수자의 목을 움켜쥐고, 맛있는 소스, 그 불그스름한 개흙 밖으로 끌어내어 공중으로 들어올릴 때까지! 그놈에게 한 짓을 그는 다른 놈에게도 하였다. 그는 우선 그놈의 머리를, 두 팔과 두 다리를, 그리고 마지막으로 몸뚱이를 집어삼켜, 끝내 아무것도 남지 않았느니, 뼈까지 바수어 먹어치웠던 것이다. 제 영원의 남은 시간까지, 그렇게 계속. 이따금 그는 이렇게 외쳤다. "나는 너희를 창조했다.

그러므로 나는 너희들을 내 마음대로 할 권리가 있다. 너희는 나에게 아무것도 하지 않았으니, 내가 너희들의 잘못을 말하는 것이 아니다. 내가 너희를 괴롭히는 것은 나의 쾌락을 위해서다." 그러고는 제 잔혹한 식사를 다시 시작하여, 아래턱을 움직였고, 그에 따라 골수가 잔뜩 묻어 있는 그의 턱수염이 움직였다. 오, 독자여, 이 마지막 세부 묘사는 입에 침이 고이게 하지 않는가? 그렇게도 맛있는, 아주 싱싱한, 물고기가 있는 호수에서 십오 분 전에 갓 낚은 그런 골수를 먹고 싶다고 해서 반드시 먹게 되는 것은 아니다. 사지가 마비되고 목이 멘 가운데, 나는 이 광경을 얼마 동안 응시하였다. 세 번, 너무 강한 감정에 복받친 사람처럼, 나는 넘어져 뒤집힐 뻔했으며, 세 번, 나는 용케 발걸음을 다시 추슬렀다. 나의 몸에서 움직이지 않는 심금은 한 가닥도 없었으며, 나는 화산의 내부 용암이 진동하듯 떨고 있었다. 끝내, 억눌린 나의 가슴이 생명을 이어줄 공기를 충분히 빠르게 내쉴 수 없었으므로, 내 입술은 반쯤 열렸고, 나는 그 사이로 비명을…… 그렇듯 찢어지는 비명을 내질렀으며…… 그 소리가 내 귀에 들리더라! 내 귀에 채워진 자물쇠가 갑작스럽게 풀리고, 나로부터 먼 곳에서 힘차게 밀려온 한 덩어리 울림 높은 대기의 충격으로 고막이 툭툭거리며 열렸던바, 자연이 가둬놓았던 기관 속에 새로운 현상이 일어난 것이었다. 무슨 소리가 들렸다! 내게서 다섯번째 감각이 살아났던 것! 그러나 이러한 발견으로 내가 어떤 기쁨을 찾을 수 있었던가? 이후, 인간의 소리가 내 귀에 닿을 때마다 거대한 불의에 대한 연민으로 빚어진 고통의 감정도 어김없이 따라왔다. 누군가 내게 말을 하면, 내 머리에 떠오른 것은, 육안으로 볼 수 있는 천구들 저 너머에서 어느 날 내가 보았던 그 광경이었고, 짓눌린 내 감정을 번역하는 맹렬한 절규였으니, 그 음색은 내 동류들의 음색과 다르지 않더라! 나는 그에게 대답할 수 없었다. 자줏빛의 그 흉측한 바다 속에서 인간의 연약함에 가해진 형벌들이 껍질 벗겨진 코끼리들처럼 울부짖으며 내 얼굴 앞으로 지나가며 그 불타는 날개로 내 머리칼을 검게 태워 밀어버렸기 때문이다. 훗날, 내가 인류를 더 많이 알았을 때, 이 연민의 감정에 저 못된 호랑이 어머니를 향한 강렬한 분노가 더해졌다. 그 냉혹한 자식들은 악을 저주하면서도 악을 행할 줄밖에 모른다. 거짓말의 뻔뻔함이여! 그들이 자기들에게서 악은 예외적 상태에만 있을 뿐이라고 말을 하다니!…… 이제, 그것은 오래전에 끝난 일이다. 오래전부터 나는 아무에게도 말을 걸지 않는다. 오, 그대여, 그대가 누구든지 간에, 내 곁에 있을 때, 그대의 성대가 어떤 음성도 내보내지 않기를. 그대의 굳어버린 후두가 나이팅게일을 능가하려고 애쓰지 말기를. 그리하여 그대도 언어의 도움을 얻어 내게 그대의 마음을 추호라도 알리려 하지 말라. 경건한 침묵을 지켜 아무것도 깨뜨리지 말라. 그대의 두 손을 가슴 위에 겸허하게 포개놓고, 그대의 눈꺼풀을 아래로 내려보내라. 내 그대에게 말한바, 나에게 저 지고의 진실을 알려준 그 비전을 보게 된 이래로, 적잖은 악몽이 밤낮으로 내 목덜미를 탐욕스럽게 빨아대었으니, 그 끔찍한 지옥의 시간에 내가 느꼈던 고통들을, 그 기억으로 쉬지 않고 나를 추격하는 고통들을, 비록 생각으로나마, 다시금 되살릴 용기를 얻게 된다. 오! 그대가 차가운 산악의 꼭대기에서 눈사태가 밀려오는 소리를, 메마른 사막에서 암사자가 제 새끼들을 잃고 비탄하는 소리를, 태풍이 제 생애를 끝마치는 소리를, 그리고 광포한 문어가 헤엄치는 사람들과 조난자들에게 승리하였다고 바다의 파도에게 이야기하는 소리를 들을 때, 그대는 말하라, 그 장엄한 목소리들이 인간의 냉소보다는 더 아름답지 않으냐고!

[9] 인간들이 제 비용으로 먹여 살리는 곤충이 하나 있다. 인간들은 놈에게 아무것도 빚진 것이 없지만, 놈을 두려워한다. 포도주를 좋아하지는 않으나 피를 좋아하는 이놈은 제 정당한 욕구를 채워주지 않으면, 어떤 은밀한 힘으로, 코끼리만큼 커져서, 인간들을 이삭처럼 짓밟아버릴 수 있을 것이다. 그러므로 사람들은 자신들이 그놈을 얼마나 존경하고, 얼마나 개 같은 경애심으로 둘러싸고, 창조된 동물들보다 얼마나 더 높이 존중하여 떠받드는지 알아야 한다. 사람들이 놈에게 머리를 내주어 왕좌로 쓰게 하니, 놈은 위엄을 갖추어 머리칼 뿌리에 제 발톱을 건다. 나중에 놈이 살지고 연치가 높아지면, 옛날 백성들의 습속을 본받아, 노쇠를 느끼지 못하도록, 놈을 죽인다. 영웅에게 그렇듯이 놈에게 성대한 장례가 마련되어, 놈을 무덤 뚜껑으로 곧바로 인도할 관이 주요 시민들의 어깨 위에 얹혀 운반된다. 무덤 파는 인부가 그 명민한 삽으로 파헤치는 습한 땅 위에서, 영혼의 불멸성에 대해, 인생의 허무에 대해, 그리고 섭리의 설명할 길 없는 의지에 대해 다채로운 문장들이 조합되고 나면, 부지런히 살이 오른, 이제는 시체에 지나지 않는 이 존재 위에 영원히 대리석이 닫힌다. 군중은 흩어지고, 밤이 지체 없이 그 어둠으로 묘지의 벽을 덮는다.

그러나, 인간들이여, 놈을 잃어 고통스럽더라도 그대들의 슬픔을 달래시라. 보라, 놈의 무수한 가족이 전진하고 있으니, 이 가족을 놈이 그대들에게 너그럽게 베풀어놓은 것은 그 공격적인 조생아胞生兒들의 존재를 통해 그대들의 절망을 덜 쓰라린 것으로 만들고, 그만큼 완화시키기 위해서였던바, 놈들은 훗날 주목할 만한 아름다움으로 장식되어, 멋진 이牙, 거동도 슬기로운 괴물이 될 것이다. 놈은 제 어미 날개로 사랑스러운 서캐 여러 다스를 그대들의 머리칼에 슬게 했으니, 이 무서운 외래자들의 악착스러운 흡혈로 그 머리칼은 메마르고 말 것이다. 시기가 서둘러 다가와, 서캐들이 깨졌다. 아무것도 두려워하지 말라, 놈들은, 이 젊은 철학자들은, 그 덧없는 생명을 통하여, 지체 없이 자랄 것이다. 놈들은 매우 커져서 그 발톱과 흡관으로 그대들에게 놈을 느끼게 할 것이다.

그대들은 알지 못한다, 왜 놈들이 두개골을 삼키지 않는지, 왜 놈들이 그 펌프로 피의 정수를 빨아올리는 데 만족하는지. 잠시 기다리라, 내가 그대들에게 설명하리라. 그것은 놈들에게 힘이 없기 때문이다. 만일 놈들의 턱뼈가 놈들의 무한한 소원과 비례하여 크다면, 골수, 눈의 망막, 척추, 그대들의 온몸이 그 턱뼈를 넘어가게 될 것임을 확신하시라. 마치 한 방울의 물방울처럼. 거리를 헤매는 젊은 거지의 머리 위에서 작업중인 한 마리 이를 현미경으로 관찰하시라. 내 말에 이해가 갈 것이다. 불행하게도 놈들은 작다, 이 긴 머리칼 속의 강도들은. 놈들을 신병으로 뽑기에는 마땅치 않을 터인데, 키가 법정 신장에 미달하기 때문이다. 놈들은 넓적다리가 짧은 자들의 세계인 소인국 소속이며, 장님들이라도 주저하지 않고 놈들을 무한 소인들로 분류한다. 한 마리 이에 대항하여 싸우는 향유고래에게 불행이 있을진저. 고래는 제 크기에도 불구하고 눈 깜짝할 사이에 잡아먹힐 것이다. 그 소식을 알리러 갈 꼬리도 남지 않을 것이다. 코끼리는 쓰다듬어도 가만히 있다. 이는 아니다. 나는 그대들에게 이런 위험한 시험을 해보라고 권하지 않는다. 그대들의 손이 털투성이건, 오직 뼈와 살로만 구성되었건, 조심하라. 그대들의 손에는 손가락이 있다. 손가락은 마치 고문이라도 당한 것처럼 삐거덕 꺾일 것이다. 피부는 희한한 요술에 의해 사라진다. 이風들은 자기들의 상상력이 꿈꾸는 것만큼의 악행을 저지를 능력이 없다. 그대들이 길을 가다가 한 마리 이를 만나거든, 가던 길을 그냥 가라. 그 혀의 돌기를 핥지 말라. 어떤 재난이 그대에게 닥칠지 모른다. 재난이 닥쳤다. 무슨 상관이냐, 나는 놈이 그대에게 행한 대량의 악행에 이미 만족하고 있다, 오, 인간 족속이여. 다만 나는 놈이 그대에게 더 많은 악행을 저지르길 바랄 뿐이다.

언제까지 그대는 이 신에게 바치는 낡아빠진 예배를 준수할 것인가, 그대의 기도에도, 속죄의 희생제의에서 그대가 바치는 후한 공물에도 무관심한 이 신에게? 보라, 이 무서운 마니투*는 꽃다발로 경건하게 장식한 그 제단 위에 그대가 쏟는 피와 골수의 큰 잔을 고맙게 여기지 않는다. 그는 고맙게 여기지 않는다…… 이 세상이 생긴 이래 지진과 폭풍우가 끊임없이 난리를 치지 않는가. 그렇건만, 관찰할 가치가 있는 광경은 신이 무관심하면 할수록, 그대 더욱더 그를 찬미한다는 것. 그가 감추고 있는 이런저런 속성을 그대가 믿지 않는다는 것을 볼 수 있는데, 그대의 추론은 극도로 강한 힘만이 자신을 추종하는 종교의 신자들을 그토록 경멸할 수 있다는 의견에 토대를 두고 있다. 그 때문에 여기에서는 도마뱀이, 저기에서는 몸 파는 여자가 신인 것처럼, 나라마다 가지가지 신들이 존재하는 것이다. 그러나 이가 문제될 때는, 그 성스러운 이름을 듣자마자, 만방의 온갖 백성들이 한꺼번에 제 예종의 사슬에 입을 맞추며, 장엄한 전당 앞마당 위, 모양새도 추한 피 어린 우상의 받침대 앞에서 무릎을 꿇는다. 타고난 포복의 본능에 복종하지 않고 반항의 낯빛을 하는 종족이 있다면, 가차없는 신의 복수로 사멸하여, 가을 나뭇잎처럼, 조만간 땅에서 사라질 것이다.

* 아메리칸인디언이 모시는 신의 이름이기도 하다.

오, 눈동자가 말라 오그라든 이여, 강이 심해에 그 물매진 길을 넓혀가는 동안은, 별들이 제 궤도의 오솔길을 따라 맴도는 동안은, 말없는 공허에 지평선이 없는 동안은, 인류가 불길한 전쟁으로 제 허리를 찢어발기는 동안은, 신성한 정의가 이 이기주의의 지구 위에 그 징벌의 벼락을 내리치는 동안은, 인간이 제 창조주를 낮추보고, 이유가 없진 않으나, 경멸을 섞어 그를 비웃는 동안은, 너는 확실하게 우주에 군림할 것이고, 너의 왕조는 세기에서 세기로 그 고리를 넓힐 것이다. 나는 그대에게 경례한다, 떠오르는 태양, 천상의 구원자, 그대, 인간의 보이지 않는 적이여. 끊임없이 불결함에 말하라, 더러운 포옹으로 인간과 결합하라고, 먼지에도 써진 바 없는 갖은 맹세로, 영원토록 인간의 충실한 애인으로 남겠노라 서약하라고. 이 위대한 탕녀의 옷자락에, 그녀가 그대에게 빠짐없이 베풀었던 중요한 봉사를 기념하여, 때때로 입을 맞추라. 만일 그녀가 그 음란한 젖가슴으로 인간을 유혹하지 않는다면, 아마도 너는, 이 합리적이고 일관된 결합의 산물인 너는 존재할 수 없을 것이다. 오, 불결함의 아들이여! 너의 어머니에게 말하라, 그녀가 남자의 잠자리를 저버리고 고독한 길을 아무런 의지도 없이 홀로 걸어가면, 그 존재가 위태로우리라고. 아홉 달 동안 너를 그 향기로운 내벽에 품었던 그녀의 복부가, 그리도 귀엽고 그리도 조용하나 벌써 냉혹하고 사나운 제 연약한 열매에 뒤미처 닥치게 될 위험을 생각하고 한순간이라도 동요하기를. 불결함이여, 여러 왕국의 여왕이여, 그대의 굶주린 자식 놈의 근육이 느낄 수도 없이 서서히 증가하는 광경을 내 증오의 눈에서 떠나지 않게 해다오. 이 목적에 이르려면 남자의 허리에 더욱 바싹 붙어 있기만 하면 된다는 것을 그대는 알고 있다. 부끄러워 거리낄 것은 없으니, 그대 둘은 오래전에 결혼한 부부이기 때문이다.

나로서는, 이 영광의 찬송가에 몇 마디를 덧붙이는 게 허락된다면, 사방 사십 리에 깊이 또한 그에 맞먹는 구덩이를 파게 했다고 말해야겠다. 여기 이들의 살아 있는 광상鑛床이 부정한 순결에 둘러싸여 누워 있다. 광상은 구덩이를 가득 채우고, 넓고 밀도 높은 혈맥을 이루어 사방팔방으로 뱀처럼 기어간다. 내가 이 인공 광상을 구축한 방법은 이러하다. 먼저 인간의 머리칼에서 암컷 이 한 마리를 잡았다. 사람들은 내가 연속 사흘 밤을 그 물건과 동침하는 것을 보았으며, 나는 그것을 구덩이 속에 던졌다. 동일한 다른 경우에서는 이루어지지 않았을 인간 수정이 이번에는 운명에 의해 받아들여져서, 며칠이 지난 후, 수천 괴물들이 물질로 빽빽한 고리를 이루어 우글거리며 빛 속에 태어났다. 이 흉측한 고리는 시간이 갈수록, 더욱더 거대해지고 수은과 같은 액체의 성질을 확보하여, 여러 갈래로 가지를 쳤으며, 내가 이제 갓 태어난, 그 어머니 쪽에서는 죽기를 바라는 사생아나, 밤 동안에 클로로포름의 힘을 빌려 어느 소녀에게서 잘라낸 한쪽 팔을 먹이로 던져주지 않으면 그때마다, 그들은 서로서로 잡아먹음으로써(출생률이 사망률보다 높았다) 영양을 취했다. 인간에게서 자양을 얻는 이의 세대들은 십오 년을 주기로 현저하게 감소되어, 완전 소멸의 머지않은 시기를 스스로 오류 없이 예고한다. 인간이 자신의 적보다 더 영리해서 그들을 무너뜨리고 말기 때문이다. 그래서 나는 내 힘을 증가시키는 지옥의 삽을 들고 이 무진장한 광상에서 산처럼 거대한 이의 덩어리들을 파낸 다음, 곡괭이질로 부셔서, 깊은 밤에, 도시의 동맥에 옮겨놓는다. 거기에서 인간의 체온과 접촉하여, 그들 덩어리는 지하 광상의 구불구불한 갱도에서 저희들이 처음 형성되던 시기의 모습으로 용해되어, 자갈층에 하상을 파고, 시냇물을 이루어 해로운 정령들처럼 주거지로 퍼져간다. 집 지키는 개가 둔탁하게 짖는다. 알지 못하는 존재들의 군단이 벽의 미세한 구멍들을 뚫고, 수면의 머리맡에 공포를 실어오는 것만 같기 때문이다. 아마도 그대는 살아가는 동안에 적어도 한 번은 고통스럽고 길게 이어지는 이런 종류의 짖음을 들어본 적이 없지 않다. 개는 그 무력한 두 눈으로, 밤의 어둠을 꿰뚫어보려고 애쓰는데, 개의 뇌일 뿐인 그 뇌가 이 사태를 이해하지 못하기 때문이다. 이런 웅성거림이 개의 화를 돋우고, 개는 자신이 속았다고 느낀다. 수수 백만 적들이 이렇게 메뚜기 구름처럼 모든 도시를 덮친다. 그 십오년이 앞에 있다. 놈들은 인간과 전쟁을 벌여 인간에게 쓰라린 상처를 입힐 것이다. 이 기간이 지난 뒤에, 나는 또다른 놈들을 보낼 것이다. 내가 그 살아 있는 물질의 덩어리들을 분쇄할 때, 어느 조각은 다른 조각보다 밀도가 더 높을 수 있다. 그 원자들은 자신들의 응집체를 가르고 인간을 괴롭히러 가려고 맹렬하게 힘을 쓴다. 그러나 응집력은 그 단단함으로 저항한다. 원자들이 사력을 다한 경련으로 막대한 힘을 쏟아낸 나머지, 제 살아 있는 성분들을 분산하지 못한 돌덩이가 화약의 폭발력이라도 얻은 듯 하늘 꼭대기까지 자신을 쏘아올렸다가 다시 떨어져서 땅 밑으로 확실하게 파고든다. 가끔 몽상적인 농부는 운석 하나가 옥수수밭을 향해 아래쪽으로 방향을 잡고 공간을 수직으로 가르는 것을 본다. 그는 그 돌이 어디에서 오는지 모른다. 그러나 그대는 이제 이 현상에 대한 명백하고도 간결한 설명을 파지했다.

해변이 모래알로 덮이듯, 대지가 이로 덮여 있다면, 인간 종족은 끔찍한 고통의 먹이가 되어 전멸할 것이다. 대단한 구경거리다! 나는 천사의 날개로 공중에 떠올라 움직이지 않고 그 사태를 관상할 것이다.

[10] 오, 엄정한 수학이여, 꿀보다도 더 감미로운 그대의 정교한 수업이 내 마음에 상쾌한 물결처럼 스며들어온 이래로, 나는 그대를 잊어버린 적이 없다. 나는 요람에서부터, 태양보다 더 오래된 그대의 샘에서 목을 축이기를 본능적으로 열망하였으며, 그대의 입문자들 가운데서 가장 충실한 자 나는 그대의 장중한 전당의 성스러운 안뜰을 여전히 밟고 있다. 나의 정신에는 모호함이, 연기처럼 두꺼운 어떤 알 수 없는 것이 있었지만, 나는 그대의 제단에 이르는 층계들을 경건하게 뛰어넘을 수 있었고, 그대는 마치 바람이 호랑나비들을 날려버리듯, 그 어두운 베일을 날려버렸다. 그 자리에, 그대는 극도의 냉정함과 완벽한 신중함, 그리고 가차없는 논리를 가져다놓았다. 몸을 튼튼하게 해주는 그대의 젖을 빤 덕택에, 나의 지성은 빠르게 발전되었고, 성실한 사랑으로 그대를 사랑하는 자들에게 그대가 아낌없이 베푸는 이 황홀한 빛의 한가운데서, 나의 지성은 무한한 규모를 얻었다. 산술! 대수! 기하! 웅장한 삼위일체여! 빛나는 삼각형이여! 그대들을 모르는 자는 바보멍청이다. 그는 가장 심대한 형벌의 시련을 받아 마땅하리니, 그의 무지한 무관심에는 맹목적인 경멸이 들어 있기 때문이다. 그러나 그대를 알고 그대를 상찬하는 자는 지상의 행복이란 어느 것도 더는 원하는 것이 없으니, 그대의 마술적 쾌락에 만족하여, 그대의 어두운 날개를 타고, 가벼운 비행으로 상승 나선을 그리면서, 하늘의 둥근 궁륭을 향해 날아오르는 것밖에 더 바라는 것이 없다. 지구는 그에게 도덕적인 환상과 마술환등밖에 보여주지 않는다. 그러나 그대, 오, 간결한 수학이여, 그대는 그 완강한 정리의 엄밀한 연쇄와 그 강철법칙의 항구성에 의해, 우주의 질서에 그 각인이 나타나는 저 지고한 진리의 강력한 반영을 부신 눈에 번쩍인다. 그러나 특히 그대를 둘러싸고 있는, 피타고라스의 친구

인 정방형의 완전한 규칙성으로 대표되는 법칙이 그보다 더 위대하다. 전능한 자가, 그와 그 속성들이, 그대의 보물인 정리定理들과 찬란한 광채를 혼돈의 내장에서 솟아나게 하였던 저 기념할 만한 작업에서 완전히 드러났기 때문이다. 고대의 여러 시기에도, 현대의 여러 시간에도, 인간의 여러 위대한 상상력은 불타는 종이 위에 그어진 그대의 상징적인 도형들을 숙고하는 가운데 제 정수를 발견하고 놀라니, 신비롭고 잠재된 숨결로 살아 있는 이 기호들은 모두 저속한 속인에게는 이해되지 않으나, 우주 창조 이전에도 존재하였고 우주 멸망 이후에도 존속할 영원한 공리公理와 상형문자의 명백한 드러남일 뿐이었던 것이다. 상상력은 운명적인 의문부호의 심연을 굽어보며, 수학을 인간에게 비교한다면 인간에게서는 오직 거짓된 오만과 허위를 발견할 수 있을 뿐인데, 수학이 어떻게 그만큼의 압도적인 위대성과 그만큼의 반박할 수 없는 진리를 끌어안게 되었는지 자문한다. 그래서 이 뛰어난 정신은 그대가 허물없이 베푸는 고결한 충고로 인간의 왜소함과 그 유례없는 어리석음을 더욱 통감하고, 슬픔에 빠져, 그 백발이 성성한 머리를 앙상한 두 손에 파묻고 초자연적인 명상에 빨려들어간다. 그 정신은 그대 앞에 무릎을 꿇고, 그의 존경심은 경의를, 전능한 자의 고유한 형상에 바치듯, 그대의 신성한 얼굴에 바친다. 내 어린 시절, 어느 오월의 밤에, 달빛 아래, 맑은 시냇가 푸른 초원 위에, 우아함과 정숙함에서 서로 맞먹는 그대 셋이 모두, 여왕들처럼 위엄이 가득 어린 그대 셋이 모두 내게 나타났다. 그대들은 안개처럼 물결치는 긴 옷을 입고 나를 향해 몇 걸음을 걸어와서, 나를 축복받은 아들처럼 그 오만한 유방으로 끌어당겼다. 그래서 나는 열심히 뛰어갔으며, 내 손은 그 하얀 가슴팍에 매달렸다. 나는 감사하는 마음으로 그 풍요로운 만나를 섭취하였으며, 내 안에서 인류가 자라나 더욱 훌륭해지는 것만 같았다. 이때 이후로, 오, 경쟁하는 여신들이여, 나는 그대들을 저버리지 않았다. 그때 이후로, 대리석 위에 새기듯 내 마음의 페이지 위에 새겼다고 믿은 얼마나 많은 단호한 계획들이, 얼마나 많은 공감들이, 마치 태어나는 새벽이 밤의 어둠을 지우듯, 내 각성한 이성으로, 그 배열의 부속선들을 천천히 지워버렸던가! 이때 이후로, 나는 죽음을 보았으니, 무덤의 수를 늘이고, 인간의 피로 살찐 전쟁터를 휩쓸고, 아침의 꽃들을 음울한 해골들 위로 솟아오르게 하려는 그 의도가 육안으로도 명백하였다. 이때 이후로 나는 우리 지구의 갖가지 변혁을 구경하였다. 지진, 용암이 타오르는 화산폭발, 사막의 모래바람, 그리고 태풍에 휩쓸린 난파는 나의 존재를 비정한 방관자로 삼았다. 이때 이후로, 나는 여러 인간세대들이 아침이면 제 마지막 탈바꿈을 축하하는 번데기처럼 아직 맛본 적 없는 기쁨에 취해 날개와 두 눈을 허공으로 들어올리고, 저녁이면 해가 지기 전에, 바람의 구슬픈 휘파람소리에 흔들리는 시든 꽃처럼 머리를 숙이고 죽는 것을 보았다. 그러나 그대, 그대는 언제나 똑같다. 어떤 변화도, 어떤 독기 가득한 대기도, 그대 동일성의 깎아지른 바위와 막막한 계곡을 건드리지 못한다. 그대의 조촐한 피라미드는 이집트의 피라미드, 그 우둔함과 예종으로 세워진 개미탑보다 더 오래 남을 것이다. 세기와 세기를 거듭한 뒤의 마지막 시간은 여전히 시간의 폐허를 딛고 서서, 그대의 비의적 숫자들, 그대의 간결한 방정식들, 그대의 조각적인 선들이, 전능한 자의 오른쪽 징벌자의 자리를 차지하는 것을 볼 것이로되, 그동안 내내 별들은 우주의 무서운 밤, 그 영원 속으로 절망을 끌어안고 소용돌이처럼 꺼져내릴 것이며, 인류는 얼굴을 찌푸리며, 최후의 심판에 회계보고서를 작성하려고 궁리할 것이다. 감사한다, 그대가 내게 베풀었던 그 무수한 봉사에 감사한다. 내 지성을 풍요롭게 해주었던 그 야릇한 덕성에 감사한다. 그대가 없었다면, 인간과 맞선 싸움에서, 나는 필경 패배하였으리라. 그대가 없었다면, 인간은 나를 모래 속에 굴리고, 그 발길로 나를 차서 먼지를 끌어안게 했으리라. 그대가 없었다면, 그 음흉한 발톱으로, 인간은 내 살과 뼈에 고랑을 팠으리라. 그러나 나는 노련한 검투사처럼 방심하지 않았다. 그대는 내게 그대의 숭고한 개념, 정염이 제거된 그 개념에서 솟아나오는 차가움을 주었다. 나는 그 차가움을 이용하여 짧은 여정의 덧없는 쾌락을 오만하게 물리치고, 내 동류들의 동정적인, 그러나 기만적인 증여를 문간에서 되돌려보냈다. 그대는 내게 분석과 종합과 연역이라는 그 감탄할 만한 방법으로 한 걸음 한 걸음 풀어나가는 그 끈질긴 신중함을 주었다. 나는 그 신중함을 이용하여, 내 치명적인 적의 위험한 술책을 따돌리고, 오히려 내 편에서 적을 능란하게 공격함으로써, 날카로운 단검을 인간의 내장에 꽂아, 그 몸에 언제까지나 박혀 있게 하였다. 그가 다시는 회복되지 못할 상처이기 때문이다. 그대는 내게 지혜 가득한 그대의 가르침 가운데서도 그 진수 자체와도 같은 논리를 주었으니, 착잡한 미로이기에 더욱 잘 이해될 뿐인 그 삼단논법으로, 나의 지성은 제 대담한 힘이 두 배로 늘어나는 것을 느꼈다. 이 무서운 조력자의 도움으로 나는 인간성 속에서 그 바닥을 향해 헤엄쳐나가며, 증오의 암초와 맞닥뜨리며, 유해한 장기瘴氣 한가운데에 괴여 제 배꼽을 찬양하는 시커멓고 흉악한 악심을 발견하였다. 최초로, 내가 그 내장의 어둠 속에서 본 것은 악! 인간에게서는 선을 능가하는 저 불길한 악덕을 발견하였다. 그대가 내게 빌려준 독 있는 이 무기를 가지고, 나는 창조주 그 자신을, 인간의 비열함으로 구축된 그 좌대에서 끌어내렸다. 그는 이를 갈며 이 수치스러운 모욕을 받아들였다. 자기보다 더 강한 자를 적으로 맞았기 때문이다. 그러나 나는 그를 노끈 뭉치처럼 버려둘 것이다, 내 비상을 낮추기 위하여…… 사상가 데카르트는 언젠가 한번 그대를 토대로 하여 견고한 것은 아무것도 세워진 적이 없음을 고찰하였다. 그것은 그대의 측정할 수 없는 가치가 아무에게나 단번에 발견될 수는 없다는 점을 이해시키려는 영리한 방법이었다. 사실, 위에서 이미 이름 불렸던 저 삼대 요소, 한 개의 화관으로 서로 얽혀, 그대의 거대한 건축물 그 장엄한 꼭대기 위로 솟아오르는 이들 요소보다 더 견고한 것이 무엇인가? 그대의 다이아몬드 광산에서의 일상적인 발견과 그대의 망망한 영토에서의 과학적인 탐사로 끊임없이 커지는 기념탑. 오, 성스러운 수학이여, 그대와의 끝없는 교류로, 그대가 나의 남은 나날을 인간의 잔인함과 위대한 전체의 불의로부터 위로할 수 있기를!

　　[11] "오, 은빛 화구火口를 가진 등불아, 내 눈은 공중에서 성당들의 궁륭과 동무하는 너를 알아보고, 그렇게 매달려 있는 이유를 찾고 있다. 네 희미한 빛이 전능한 자를 예배하러 오는 그들 떼거리를 밤새 밝게 비추고, 네가 참회자들에게 제단에 이르는 길을 보여준다고들 말한다. 어련하실까, 아주 가능한 일이다. 그러나…… 네가 아무런 빛도 지지 않은 사람들에게 그런 봉사를 할 필요가 있는가? 대성당의 열주를 암흑 속에 그대로 묻어두려와, 마귀가 올라타고 회오리치며 허공으로 실려가는 그 태풍의 숨결이 그와 함께 이 성소에 침입하여 공포를 퍼뜨릴 때, 너는 악의 군주가 내뿜는 그 독기 서린 돌풍에 대항하여 용감하게 싸우려 들지 말고, 그 뜨거운 입김에 갑자기 꺼져, 마귀가 제 모습을 보이지 않고, 무릎 꿇은 신자들 사이에서 희생물들을 선택할 수 있게

하라. 네가 그렇게 한다면, 내 모든 행복을 너에게 빚지게 될 것이라고 말해도 된다. 네가 어렴풋하지만 충분한 빛을 펼치면서 이렇게 다시 빛날 때, 나는 감히 내 성질이 사주하는 바에 나를 맡기지 못한 채 성스러운 회랑 아래 머물러, 반쯤 열린 현관문으로, 내 복수를 피해 주님의 품에 안긴 자들을 바라본다. 오, 시적인 램프야! 네가 나를 이해할 수만 있다면 내 여자친구가 될 너, 밤 시간에 내 발이 교회의 현무암을 밟을 때, 왜 너는 솔직히 말해서 내가 보기에 괴상한 모양새로 빛나기 시작하는 것인가? 너의 반사광은 그때 전광電光의 하얀 색조를 띠어 눈으로 너를 바로 볼 수 없거니와, 너는 마치 성스러운 분노에 사로잡히기나 한 듯이, 새롭고 강한 불꽃으로, 창조주의 개집을 가장 하찮은 구석까지 비추고 있다. 그리고 내가 신을 모독하고 나서 물러날 때는 정의의 행위를 완수했다고 확신하며, 다시 눈에 띄지 않고, 겸손하고 창백해진다. 잠시 네 말을 들어보자. 네가 밤새워 지키는 자리에 내가 나타나기라도 하면 나의 위험한 출현을 서둘러 밝히고, 예배자들의 주의를 인간들의 적이 나타난 쪽으로 돌리게 하는 것은 네가 내 마음의 곡절을 익히 알기 때문인가? 나는 이 의견에 기울어진다. 나 역시 너를 이제 알기 시작했기 때문이다. 그러니까 성스러운 회교 사원들에서 너의 야릇한 주인은 수탉의 벼슬처럼 으스대며 걷는데, 사원들을 매우 잘 지키는 늙은 무녀여, 나는 네가 누구인지 안다. 용의주도한 불침번이여, 너는 무모한 사명을 띠었구나. 네게 경고하노니, 네가 네 인광의 불빛을 증폭하여 나를 내 동류들의 조심성에 표적이 되게 할라치면, 어느 물리책에서도 언급되지 않은 이 광학적 현상을 내가 좋아하지도 않는 판이니, 나는 그 즉시 백선에 걸린 네 목덜미의 욕창에 발톱을 박고, 네 가슴팍의 거죽을 찍어올려, 너를 센강에 던질 것이다. 내가 너한테 아무 짓도

하지 않는데, 네가 고의적으로 내게 해롭게 행동한다고 주장하는 것은 아니다. 자아, 네가 흡족할 때까지 빛나기를 내 허락할 것이다. 자아, 그 꺼질 줄 모르는 비웃음으로 나를 조롱해보아라. 자아, 네 죄 많은 기름의 무력함을 깨달으며, 마음 아프게 그것으로 오줌이나 싸라." 이렇게 말하고 나서, 말도로르는 사원에서 나가지 않고, 그 성소의 등불에 두 눈을 고정시키고 있다…… 계제 나쁘게 그 자리를 지키며 최고도로 자신을 자극하는 이 등불의 태도에서, 그는 일종의 도전을 본다고 생각한다. 어떤 혼이 그 등불 속에 틀어박혀 있으면서도 이 정정당당한 공격에 성실하게 대답하지 않는다면 비겁한 일이라고 그는 생각한다. 그는 신경질적인 두 팔로 허공을 치는데, 등불이 인간으로 변신하기를 바라는 것이리라. 등불에게 시련의 십오 분이 흘러가게 할 것이다, 그는 약속한다. 그러나 등불이 인간으로 변하는 능력, 그것은 자연스럽지 않다. 그는 포기하지 않고, 한심한 불탑 앞뜰에서 평평하면서도 날이 서 있는 조약돌을 찾는다. 그는 그 조약돌을 공중으로 힘차게 던진다…… 풀이 낫에 잘리듯, 사슬 한가운데가 잘려, 그 예배의 도구가 바닥에 기름을 쏟으며 땅에 떨어진다. 그는 등불을 집어 들고 밖으로 옮기려는데, 등불이 저항하면서 커진다. 등불 허리에 날개가 돋치는 듯하더니, 윗부분이 천사의 상반신으로 둔갑한다. 그 전체가 공중으로 솟아올라 도약을 하려 하지만, 그가 완강한 손으로 다시 붙잡는다. 동일체를 이루고 있는 등불과 천사, 이야말로 자주 볼 수 있는 것이 아니다. 그는 등불의 모습을 분간하고, 천사의 모습을 분간하지만, 그의 정신에서는 그 둘을 분할할 수 없다. 실제로 현실에서 그것들은 서로 들러붙어 있으면서도 독립적이고 자유로운 몸뚱이 하나를 형성하고 있지만, 그는 어떤 구름이 제 눈을 가려서, 그 시력의 탁월함을 약간 손상시킨 것이라고 믿는다. 그렇지만 그는 용감하게 전투 준비를 한다. 상대가 두려움을 모르기 때문이다. 순진한 사람들이 그 이야기를 믿고 싶어하는 사람들에게 이야기하는 바로는, 성스러운 문이 애통해하는 돌쩌귀를 타고 회전하여 저절로 닫히는 바람에, 그 우여곡절로 침해를 받은 성소의 경내에서 전개된 이 불경건한 싸움을 아무도 구경할 수 없었다. 망토를 입은 남자가 보이지 않는 검에 여기저기 잔인한 상처를 입고 있는 가운데 자기 입을 천사의 얼굴 가까이 가져가려고 애쓴다. 그는 그 생각밖에 없어서, 오직 그 목적을 향해 제 모든 노력을 쏟는다. 천사는 힘을 잃고, 제 운명을 예감하는 것 같다. 그는 이제 약하게만 싸울 뿐이며, 그의 적수가 그럴 생각만 있다면 제 마음대로 그에게 입을 맞출 수 있는 순간이 온 것 같다. 옳다구나, 때가 왔다. 그는 제 근육으로 천사의 목을 졸라, 그가 이제 더는 숨을 쉴 수 없게 되자, 제 혐오스러운 가슴에 천사를 끌어다 붙이고 그 얼굴을 뒤로 밀어젖힌다. 그는 자신이 기꺼이 친구로 삼았을지도 모를 이 천상의 존재를 기다리는 운명에 한순간 마음이 흔들린다. 그러나 그는 천사가 주의 사자라는 생각을 하니, 노여움을 억제할 수 없다. 이제 끝났다. 바야흐로 어떤 무서운 것이 시간의 우리 속으로 들어가려 한다! 그는 몸을 기울여 침에 젖은 혀를 내밀어 애원하는 시선을 던지는 이 천사의 뺨에 가져다 댄다. 그리고 얼마 동안 제 혀로 그 뺨을 핥는다. 오!…… 보라! 어서 보라!…… 희고 장밋빛인 뺨이 석탄처럼 검어진다! 뺨은 부패한 장기瘴氣를 발산한다. 괴저다, 의심할 여지가 없다. 침식성 악질이 온 얼굴에 퍼지고, 거기서부터 아랫도리로 그 기세가 맹렬하게 작동한다. 이윽고, 온몸이 거대하고 불결한 상처에 지나지 않는다. 제풀에 두려움에 사로잡혀(그는 제 혀가 그렇게 격렬한 독을 지녔으리라고는 생각지 않았던 것이다), 그는 등불을 주워들고 교회 밖으로 달아난다. 일단 밖에 나오자, 그는 공중에서 거무스름한 형체 하나가 그을린 날개를 달고, 하늘 영역을 향해 방향을 잡아 어렵사리 날아오르는 것을 본다. 그들 두 존재가 서로 바라보는 동안 천사는 선의 정일한 높이를 향해 오르고, 그는, 말도로르는 반대로, 악의 현기증나는 심연을 향해 내려가고…… 그게 어떤 시선인가! 육십 세기 전부터 인류가 생각해온 모든 것이, 그리고 그뒤에 이어질 수많은 세기 동안 여전히 인류가 생각하고 있을 모든 것이 어렵잖게 거기에 포함될 수 있을 터이니, 그만큼 많은 것들을 그들은 서로 말하였으리라, 이 지고한 작별을 통해! 그러나 그것이 인간의 지성에서 솟아나는 사상보다 더 고양된 사상이었음을 이해할 수 있는데, 우선은 두 사람의 인물 때문이고, 다음은 상황 때문이다. 이 시선은 그들을 영원한 우정으로 묶었다. 그는 창조주가 그렇게도 고상한 영혼을 지닌 선교사들을 거느릴 수 있다는 것에 놀란다. 한순간, 그는 자신이 속았다고 생각하고, 이제까지 해온 것처럼, 악의 길을 따라야만 했을지 자문한다. 혼란은 지나갔다. 그는 자신의 결심을 끝까지 밀고 나간다. 그의 생각을 따르자면, 조만간 위대한 전체를 무너뜨리고, 그를 대신하여 전 우주와 저렇듯 아름다운 천사 군단을 다스리는 것은 영광스러운 일이다. 천사는 자신이 하늘로 올라가면서 차츰 원래의 모습으로 돌아갈 것임을 말하지 않고도 그에게 이해시키고, 눈물을 한 방울 떨어뜨려, 자신에게 괴저를 안겨준 자의 이마를 차갑게 식힌다. 그러고는 독수리처럼 구름 한가운데로 올라가며 점점 사라진다. 장본인은 앞서 일어난 사태의 원인인 등불을 바라본다. 그는 미친 사람처럼 길을 가로질러 달려가 센강으로 방향을 틀고는, 난간 너머로 그 등불을 던진다. 등불은 얼마 동안 맴돌다가 마침내 흙탕물 속으로 가라앉는다. 이날 이후 저녁마다 어둠이 떨어지기만 하면, 나폴레옹 다리*께, 강의 수면에, 빛나는 등불 하나가 손잡이 대신 천사의 귀여운 두 날개를 달고 솟아올라 우아하게 떠 있는 것이 보인다. 등불은 천천히 물 위를 미끄러져 가르 다리와 오스테를리츠 다리의 아치들을 지나, 알마 다리까지 센강 위로 그 조용한 항진을 계속한다. 일단 이 자리에 이르면, 등불은 강의 흐름을 다시 쉽게 거슬러올라가서 네 시간 후에는 그 출발점으로 되돌아간다. 이렇게 밤새도록 계속한다. 전광처럼 하얀 그 불빛이 강의 양안에 즐비한 가스등 화구들을 지우는데, 그 양안 사이로 등불은 침투할 수 없는 고독한 여왕처럼, 꺼지지 않는 미소를 띠고, 그 기름이 마음 아프게 쏟아지는 일도 없이, 나아간다. 처음에는 배들이 등불을 쫓아가 붙잡으려 했으나, 등불은 이 헛된 노력을 좌절시키고, 모든 추격을 피하여, 요염한 여자처럼 물속으로 잠겼다가, 더 멀리, 긴 거리를 두고 다시 나타나곤 했다. 이제, 미신적인 선원들은 그것을 보면 반대 방향으로 노를 저으며 노래를 삼간다. 그대가 밤에 어느 다리를 지나게 되면, 자못 유의하라. 그대는 여기서나 저기서 등불이 빛나는 것을 보리라고 굳게 믿겠지만, 그것이 어느 사람에게나 보이는 것은 아니라고 한다. 양심에 무언가 거리낄 것이 있는 인간 존재가 다리 위를 지날 때면, 등불이 갑자기 제 빛을 꺼버리기에, 행인은 두려움에 사로잡혀 강의 수면과 개흙을 절망적인 시선으로 훑어본다. 그는 그 사태가 무엇을 의미하는지 안다. 그는 천상의 빛을 보았다고 믿고 싶겠으나, 그는 제가 본 빛이 배의 이물이나 가스등 화구의 반사광에서 온 것이라고 생각한다. 그가 옳다…… 그는 이 사라짐의 원인이 바로

---

* 나폴레옹 다리는 1852년에 세워져, 1870년에 나시오날 다리로 이름이 바뀌었다. 뒤에 나오는 가르 다리는 현재의 베르시 다리다.

자신이라는 것을 안다. 그래서 그는 서글픈 반성을 하며, 자신의 처소에 닿으려고 발길을 서두른다. 이때 은빛 화구를 지닌 등불이 수면에 다시 나타나, 우아하고도 변덕스러운 아라베스크를 그리며 제 항행을 계속한다.

[12] 내가 어린 시절에 잠에서 깨어나면서 어떤 생각을 했는지 들어보라, 음경이 빨간 인간들아. "내가 이제 막 깨어났는데도, 내 생각은 여전히 마비되어 있다. 아침마다 나는 내 머릿속에 어떤 무거운 것이 들어 있음을 느낀다. 밤에 휴식을 만나는 일은 드물다. 잠들기라도 하면, 무서운 꿈이 나를 괴롭히기 때문이다. 낮에는, 내 생각이 기이한 명상에 빠져 피로한데, 내 두 눈은 하릴없이 허공을 헤매고, 밤에는, 잠을 잘 수 없다. 도대체 언제 자야 한다는 말인가? 그런데도 자연은 제 권리를 주장하려고 안달한다. 내가 자연을 경멸하기에 그 자연이 내 얼굴을 창백하게 하고, 열병의 가혹한 불길로 내 두 눈을 이글거리게 한다. 그런데, 나는 내 정신을 고갈시켜가며 끊임없이 사색하지 않을 수만 있다면 그보다 더 나은 것을 바라지도 않을 것이다. 그러나 내가 그것을 바라지 않을지라도, 그와 관련된 내 감정은 이 비탈을 향해 물리칠 수 없는 기세로 나를 끌고 간다. 나는 다른 아이들도 나와 다름없다는 것을 알아차렸지만, 그들은 더욱더 창백하고, 그들의 눈썹은 어른들의, 우리 형들의 눈썹처럼 찌푸려져 있다. 오, 우주의 창조주여, 나는 오늘 아침, 그대에게 내 어린 기도의 향을 잊지 않고 피워올릴 것이다. 가끔 나는 그것을 잊는데도, 요즘은 보통 때보다 더 행복한 느낌이 들고, 내 가슴이 모든 구속에서 벗어나 자유롭게 꽃피고, 내가 훨씬 더 편안하게 들판의 향기로운 대기를 들이마신다는 것을 알아차리게 되는 반면에, 부모님의 명령에 따라 그대에게

매일 찬양의 노래를 바친다는 고통스러운 의무, 힘들게 말을 지어내야 하는 바람에 불가피하게 권태가 따라붙는 그 의무를 이행할 때는, 나는 내가 생각하지 않는 것을 얘기한다는 것이 논리적이지도 자연스럽지도 않다는 생각에 하루의 남은 시간 내내 슬프고 화가 나서, 거대한 고독이 들어설 만한 후미진 자리를 찾곤 한다. 내가 고독에게 내 마음의 이런 이상한 상태에 대한 설명을 요구한다 하더라도 고독은 대답하지 않는다. 나는 그대를 사랑하고 싶고 숭배하고 싶지만, 그대는 너무 강력하고, 내 찬송가에는 얼마큼 두려움이 들어 있다. 그대가 그대의 생각을 드러내는 것만으로도 세상을 파괴하거나 창조할 수 있다면, 나의 미약한 기도는 그대에게 아무 소용이 없을 것이며, 그대가 마음 내킬 때마다 콜레라를 내보내 도시들을 휩쓸게 하거나, 죽음을 내보내 인생의 네 시기를 구별하지 않고 아무나 그 발톱으로 채어가게 한다면, 나는 그렇게 무시무시한 친구와 관계를 맺고 싶지 않다. 증오가 내 사리판단의 실을 이끄는 것이 아니라, 오히려 내가 두려워하는 것은 그대의 증오이니, 그것은 어떤 변덕스러운 명령에 따라 그대의 마음에서 솟아나와 안데스산맥의 콘도르의 날개폭만큼이나 거대해질 수 있다. 그대의 애매한 심심풀이 장난은 내 능력 밖에 있으며, 아마도 내가 그 첫번째 희생이 될 것이다. 그대는 전능한 자이며, 나는 이 칭호에 대해 그대에게 이의를 제기하지 않는다. 오직 그대만이 이 칭호를 지닐 권리가 있기 때문이며, 그대의 욕망은 그 결과가 불길하건 행복하건 그대 자신밖에는 다른 한계가 없기 때문이다. 바로 그 때문에 지금은 그대의 노예가 아니라도, 조만간 노예가 될 수 있는 처지에서, 그대의 사파이어색 잔인한 튜닉과 나란히 서서 걷는 것이 나에게는 고통스러운 일일 것이다. 그대가 자신의 지고한 행적을 검토하려 자신의 내면으로 내려갈 때, 그대의 가장 충실한 친구로 항상 그대에게 복종해온 이 불행한 인류에게 지난날에 저질렀던 어떤 불의의 망령이 복수심에 찬 등골의 움직이지 않는 척추를 그대 앞에 일으켜세운다면, 그대의 험상궂은 눈이 뒤늦은 회한으로 겁에 질린 눈물을 흘리고 마는 것도 사실이며, 그때 머리카락이 곤두선 그대가 호랑이처럼 잔인한 그 상상력의 이해할 수 없는 작동을 허무의 가시덤불에 영원히 묶어두겠노라는, 비통한 것이 아니라면 우스꽝스러운 것일 결심을 스스로 진지하게 다지려고 마음먹는 것도 사실이지만, 그러나 나는 또한 불변의 인내심이 그대의 영원한 항심의 꺾쇠를 그대의 뼈 속에 완강한 뇌수처럼 고정시키지는 않았으며, 따라서 그대가 상당히 자주 그대와 더불어 과오의 검은 문둥병으로 뒤덮인 그대의 사고를 음산한 저주의 불길한 호수 속에 다시금 빠뜨리곤 한다는 것을 알고 있다. 나는 이런 저주가 생각 없이 저질러진 것이라고 (그렇다고 그 저주가 치명적인 독액을 덜 내장하고 있는 것은 아니지만) 믿고 싶고, 한 몸으로 결합된 악과 선이, 어떤 눈먼 힘의 비밀스러운 마력에 힘입어, 괴저에 걸린 그대의 당당한 가슴으로부터 바위산의 급류처럼 맹렬하게 솟아올라 흩어진다고 믿고 싶지만, 내게 그 증거를 제시하는 것은 아무것도 없다. 인간들이 저질렀던 얼마큼의 아주 미미한 잘못 때문에, 그대의 불결한 이빨이 진노로 덜그럭거리고, 시간의 이끼에 뒤덮인 그대의 장엄한 얼굴이 타오르는 석탄처럼 붉어지는 것을 나는 너무도 자주 보아온 탓에, 저 순진한 가설이 적힌 도로 푯말 앞에 더 오래는 멈춰 설 수가 없었다. 날마다 두 손을 모으고, 어쩔 수 없는 일이기에, 나는 그대를 향해 나의 겸손한 기도의 억양을 드높이겠지만, 그대의 섭리가 나를 생각지 말기를 내 그대에게 간청하노니, 땅 밑으로 기어가는 벌레처럼 나를 제쳐두라. 그대는 알아두라, 나로서는 그대가 나를 감시하고 나의 양심에 냉소하는 메스를 들이댄다는 것을 아느니보다는 차라리 적도의 파도가 그 거품 이는 가슴에 품어 이 해역의 한가운데로 끌어오는, 알지 못할 미개한 섬의 해양식물에서 욕심껏 자양을 얻는 편이 더 나으리라. 내 생각의 전체가 이제 그대에게 낱낱이 밝혀졌으니, 내 생각에 지울 수 없는 흔적으로 간직된 이 양식良識을 그대의 신중함이 선선히 칭찬해주리라고 나는 기대한다. 내가 그대와 더불어 유지해야 하는 얼마큼 내밀한 관계양식을 토대로 이루어진 이런 유보사항들이 남아 있긴 하지만, 내가 선에 대한 사랑에 자극되어 선량善良을 구하듯, 새벽이 여명의 비단 주름 속에서 빛을 구하며 푸르스름하게 솟아오르는 그 순간부터, 내 입은 하루의 어느 때를 막론하고, 그대의 허영심이 인간 하나하나에게 혹독하게 요구하는 거짓의 홍수를, 마치 인위적으로 숨을 내뿜듯, 내뿜을 준비가 되어 있다. 내 연령이 많지는 않지만, 선량이란 단지 소리나는 음절들의 집합에 불과하다는 것이 벌써 느껴진다. 어디에서도 그것을 발견하지 못한 것이다. 그대는 그대의 성격을 꿰뚫어볼 수 있는 틈새를 너무 많이 내준다. 더 능란하게 그걸 감추어야 하지 않을까. 그런데 어쩌면 내가 속은 것일 수도 있고, 그대가 고의로 그러는 것일 수도 있다. 자신이 어떻게 행동해야 하는지를 그대는 다른 누구보다도 더 잘 알고 있는 터. 인간이란 것들은 그대를 모방하는 일에 자기들의 영예를 거는데, 그것은 거룩한 선량이 저들의 사나운 눈에 제 성막聖幕이 들어 있음을 인정하지 않기 때문이다. 그 아버지에 그 아들이다. 그대의 지성에 대해 생각해야 한다 할지라도, 나는 불편부당한 비평가로서만 그것을 말한다. 내가 과오에 빠져 있다면 그보다 더 바랄 것이 없다. 내가 그대에게 갖는 증오, 애지중지하는 처녀처럼 사랑으로 품고 있는 그 증오를 나는 그대에게 보이고 싶지 않다. 그것을 그대의 눈에 숨기고, 그대 앞에서는 오직 그대의 불결한 행위를 감시할 의무를 진, 엄격한 검열관의 태도를 지키는 것이 더 낫기 때문이다. 자칫했다간 그대 편에서 이 증오와의 모든 능동적 교섭을 그칠 것이며, 증오를 눈감아주어, 그대의 간을 갉아먹는 이 게걸스러운 빈대를 완전히 박살내버릴 것이다. 나는 오히려 그대에게 몽상과 애정의 말을 들려주고 싶다…… 그렇다, 세계와 거기에 담긴 일체를 창조한 것은 그대다. 그대는 완전무결하다. 어떤 미덕도 그대에게 결여되지 않았다. 그대는 아주 전능하고, 누구나 그것을 알고 있다. 온 우주가 시간시간마다 그대에게 끝없는 찬가를 바칠지어다! 새들은 들판에서 날아오르며 그대를 축송한다. 별들은 그대의 것이고…… 아멘!" 이런 첫 모습 뒤에, 지금 있는 그대로의 나를 발견하고 그대들은 놀랄지어다!

[13] 나는 나를 닮았을 영혼을 찾고 있었는데, 발견할 수 없었다. 이 땅의 구석구석을 뒤졌으나 나의 끈기는 헛일이었다. 그렇다고 내가 홀로 있을 수는 없었다. 내 성격을 지지해줄 누군가가 필요했다. 나와 같은 생각을 지닌 누군가가 필요했던 것이다. 아침이었다, 태양이 아주 웅장하게 수평선에 떠오르고, 바야흐로 한 젊은이가 내 눈에 떠올랐으며, 그의 출현으로 그가 지나는 길에 꽃이 피어났다. 그가 내게 다가와서 내 손을 잡았다: "내가 너에게 왔다, 나를 찾고 너에게. 이 행복한 날을 축복하자……" 그러나, 나는: "꺼져라. 나는 너를 부른 적이 없다. 나는 네 우정이 필요 없다……" 저녁이었다. 밤이 그 베일의 흑색을 자연 위에 펼치기 시작했다. 모습이 겨우 분간되는 아름다운 여자 하나가 역시 내게 황홀한 마력을 펼치며, 나를 연민의 눈으로 바라보았으나, 감히 내게 말을 걸지는 않았다. 나는 말했다: "이리 가까이 오라, 네 얼

굴의 특징을 낱낱이 분간할 수 있도록. 별빛이 충분히 밝지 않아서 그 거리에서는 그 특징까지 비추지는 못하는구나." 그러자, 그녀는 조심스러운 걸음걸이로, 두 눈을 내리깔고 잔디밭의 풀을 밟으며 내 곁으로 향했다. 나는 그녀를 보자마자: "선량함과 의로움이 네 마음속에 자리잡고 있음을 나는 알겠다. 우리가 함께 살 수는 없을 것이다. 지금이야 너는 여러 여자의 마음을 뒤흔들었던 나의 아름다움에 감탄하지만, 조만간 너는 내게 사랑을 바친 것을 후회할 것이다. 너는 내 마음을 모르기 때문이다. 하시라도 내가 너에게 불충실하지는 않을 것이다. 그렇게도 마음 밑바닥까지 신뢰를 모아 내게 자신을 바친 여자에게, 나도 그만큼 마음 밑바닥까지 신뢰를 모아 나 자신을 바친다. 그러나 네 머릿속에 새겨 잊지 말라, 양과 이리는 서로 다정한 시선으로 바라보지 않는다." 인간성에 들어 있는 가장 아름다운 것까지도 그렇게 혐오하며 내치던 나에게, 이런 나에게, 필요한 것이 도대체 무엇이었겠는가! 나에게 필요한 것, 나는 그것을 말할 수 없었으리라. 나는 내 정신의 여러 현상을 철학이 권장하는 방법에 입각하여 엄정하게 이해하는 일에 아직 익숙하지 않았다. 나는 바닷가의 바위에 앉았다. 배한 척이 이제 막 돛이란 돛을 모두 펼치고 이 해역에서 멀어져갔다. 감지하기 어려운 점 하나가 이제 막 수평선에 나타나더니, 돌풍에 밀려, 급속도로 커지며, 점점 가까이 다가왔다. 태풍이 내습을 시작했고, 벌써 하늘은 거의 인간의 마음만큼이나 흉측한 검은 빛으로 변해 어두워졌다. 거대한 군함인 그 배는 해안의 바위 위로 쓸려가지 않으려고 이제 막 닻을 모두 내렸다. 바람이 사방에서 광포하게 씩씩거리며 돛폭을 갈기갈기 찢어버렸다. 천둥소리가 번갯불 한가운데서 터져나왔으나, 토대 없는 집, 저 움직이는 무덤 위로 들려오는 비탄의 외침보다 더 높을 수는 없었다. 물 더

미의 몸부림이 닻의 사슬을 끊지는 못했어도, 그 요동이 배 옆구리에 반쯤 물길을 열어놓았다. 엄청난 구멍이다. 산처럼 갑판을 덮치며 거품을 뿜고 밀려드는 짠물 더미를 펌프질로 물리치기는 역부족이다. 조난선은 구조를 요청하는 경포를 쏘아대지만 배는 천천히 가라앉는다……장엄하게. 폭풍과 번쩍이다 멈추는 번갯불과 더할 수 없는 어둠의 한가운데서, 배에 갇힌 사람들을 그대들도 아는 절망에 파묻으며 침몰하는 배를 보지 못한 자는 인생의 변고를 알지 못한다. 마침내 배의 양 옆구리로부터 끝 모를 고통에서 비롯한 전원 합창의 비명이 새어나오는데, 바다는 그 무시무시한 공격을 두 배로 늘린다. 인간 능력의 포기가 내지르게 하는 비명이다. 저마다 체념의 외투에 싸여 제 운명을 신의 손에 맡긴다. 양떼처럼 궁지에 몰린다. 조난선은 구조를 요청하는 경포를 쏘아대지만 배는 천천히 가라앉는다…… 장엄하게. 그들은 하루종일 펌프질을 하였다. 헛된 노력이다. 어둠이, 짙게, 움직일 수 없게, 다가와, 이 우아한 광경에 정점을 찍는다. 일단 물에 잠기면 더는 숨을 쉴 수 없으리라고 그들은 저마다 생각한다. 제 기억을 아무리 멀리 거슬러 보낸다 한들, 어떤 물고기도 제 조상으로 인정할 수는 없기 때문이다. 하지만 이삼 초라도 제 생명을 연장하기 위해 가능한 한 가장 오랫동안 숨을 쉬지 말자고 스스로 격려한다. 그가 죽음에 던지려는 것은 바로 복수심의 아이러니…… 조난선은 구조를 요청하는 경포를 쏘아대지만 배는 천천히 가라앉는다…… 장엄하게. 배가 침몰하면서 너울이 너울을 휘감는 강력한 소용돌이가 일어난다는 것을, 들떠오른 개흙이 혼탁한 물살과 뒤섞인다는 것을, 바다 위를 휩쓰는 폭풍의 반동으로 밑에서 솟구치는 힘이 발작적이고 신경질적인 운동을 자연력에 전달한다는 것을 그는 알지 못한다. 그렇기에, 미리 긁어모아 비축한 의연함에도 불구하고, 미래의 익사자는 온갖 궁리 끝에, 심연의 소용돌이 속에서, 좀 후하게 쳐서 평상시 호흡으로 반호흡만이라도 생명을 더 연장한다면, 자신이 행복하다고 여길 것이 분명하다. 따라서 그는 자신의 마지막 희망인 죽음을 조롱할 수 없을 것이다. 조난선은 구조를 요청하는 경포를 쏘아대지만 배는 천천히 가라앉는다…… 장엄하게. 그런데 착오였다. 배는 이제 구조를 요청하는 경포를 쏘지 않는다, 가라앉지 않는다. 그 호두 껍데기가 완전히 잠겨버렸다. 오, 하늘이여! 이렇게 크나큰 쾌락을 체험한 후, 어떻게 살아갈 수 있단 말인가! 수많은 내 동류들의 단말마에 현장 증인이 되는 임무가 방금 나에게 주어졌던 것이다. 일 분 일 분, 나는 그들이 느꼈던 고통의 고비고비를 지켜보았다. 어떨 때는, 두려움으로 미쳐버린 어느 노파의 울음소리가 다른 소리를 젖히고 세를 떨쳤다. 어떨 때는, 젖먹이 아이의 날카로운 울음만으로도 선원들의 지시명령이 묻혀버렸다. 돌풍이 내게 실어오는 신음소리를 명확하게 파악하기에는 배가 너무 멀리 있었지만, 나는 의지를 통해 배에 접근하였으며, 착시는 완벽했다. 십오 분마다, 다른 돌풍보다 더 강한 돌풍이 질겁한 바다제비들의 비명 사이사이로 음산한 굉음을 내지르며 선체를 가로로 와지끈 깨뜨려, 대량학살의 제물로 바쳐질 사람들의 탄식을 증가시킬 때, 나는 쇠꼬챙이의 날카로운 끝으로 내 뺨을 찌르며, 은밀하게 생각하였다. "그들은 더 고통스럽다!" 적어도, 나는 이렇게 비교의 대상이 있었다. 해안에서, 나는 그들을 불러대며, 그들에게 저주와 위협을 던졌다. 그들이 틀림없이 내 말을 들었을 것만 같았다! 내 증오와 내 말이 거리를 뛰어넘어 소리의 물리적 법칙을 무효화하고, 격노한 대양의 노호로 먹먹해진 그들의 귀에 명확하게 도달했을 것만 같았다! 그들이 틀림없이 나를 생각하고, 자기들의 복수심을 무력한 분노로 내뿜었을 것만 같았다! 때때로 나는 견고한 대지 위에 잠들어 있는 도시들을 향하여 눈길을 던졌으며, 해변에서 몇 마일 떨어진 곳에서, 맹금을 왕관으로 둘러쓰고 뱃속이 빈 물 거인을 좌대로 삼은 배 한 척이 침몰하는 것을 아무도 알아채지 못하는 것을 보고, 나는 다시 용기를 추슬렀고, 희망이 내게 다시 돌아왔다. 그러니까 나는 그들의 파멸을 확신했다! 그들은 달아날 수 없었다! 한층 더 신중을 기하여, 나는 내 이연발 소총을 찾았으니, 만일 어떤 조난자가 임박한 죽음에서 벗어나려고 헤엄을 쳐서 바위에 접근하려 할 경우, 어깨에 쏜 총알이 그의 팔을 부러뜨려, 그 의도를 성취할 수 없도록 그를 훼방하게 하기 위함이었다. 태풍이 최고로 광분하는 순간에, 나는 정력적인 머리 하나가 머리칼을 곤두세우고 필사의 노력으로 물 위에 떠 있는 것을 보았다. 그는 여러 리터의 물을 삼켰으며, 부표처럼 흔들리며 심연으로 가라앉고 있었다. 그러나 곧 그는 머리칼에 물을 흘리며 다시 떠올라, 해변에 시선을 붙박고, 죽음에 도전하는 것 같았다. 그의 의연함은 칭찬할 만했다. 보이지 않는 암초의 어느 모서리에 찍혀, 넓게 벌어진 피투성이 상처가 그 불굴의 고결한 얼굴에 칼자국을 내고 있었다. 열여섯 살을 넘지 않은 것이 분명했다. 어둠을 밝히는 번갯불 너머로, 그의 입술 위로 복숭아솜털이 어렵사리 보였기 때문이다. 그런데 이제 그는 절벽에서 이백 미터밖에는 떨어져 있지 않아서, 나는 어렵지 않게 그의 얼굴을 뜯어볼 수 있었다. 저 용기! 저 꺾을 수 없는 정신! 정말이지 그 머리의 꼿꼿함은 운명을 조롱하는 듯, 파도를 힘차게 가르니, 물이랑이 그 앞으로 어렵게 열리지 않았던가!…… 나는 일찌감치 결심했다. 나는 나 자신에게 약속을 지켜야 했다. 누구에게나 마지막 시간의 종이 울려야 했다, 누구도 그것을 피할 수 없어야 했다. 바로 이것이 나의 결심이었다. 어떤 것도 내 결심을 바꾸지 못할 것이다…… 한차례 둔탁한 소리가 들렸고, 그 머리가 곧바로 가라앉았더니, 다시 나타나지 않았다. 나는 이 살인에서 사람들이 생각하는 만큼의 기쁨을 얻지는 못했다. 정확히 말해서, 그건 내가 시도 때도 없이 사람을 죽이는 일에 물려 있었기 때문이며, 이제는 단순한 습관으로 그 일을 하기 때문이었는데, 그 습관을 버리고 살 수는 없으나, 그것으로는 가벼운 쾌락밖에 얻지 못한다. 감각은 무디어졌고, 굳어졌다. 일단 배가 침몰한 뒤에, 파도에 대항하여 마지막 싸움을 벌이며 내 시선을 끄는 사람들이 수백 명을 넘을 때, 이 인간 존재의 죽음에서 어떤 쾌락을 느낄 것인가? 이 죽음에서, 나는 위험의 매력조차 얻지 못했다. 그럴 수밖에 없는 것이, 인간의 사법 정의는 이 끔찍한 밤의 폭풍에 흔들리어, 내게서 몇 걸음 떨어진 집집에서 잠들어 있었기 때문이다. 세월이 내 몸을 누르고 있는 오늘, 지고하고 엄숙한 진실로서 내가 성실하게 말하는바, 나는 사람들이 그뒤로 자기들끼리 떠들어대는 것만큼 잔인하지 않았다. 그러나 몇 곱절로 그들의 악의는 여러 해 내내 그 끈질긴 패악을 실행하였다. 이지경에서, 나는 내 분노의 한계가 어디인지 알 수 없었다. 그래서 나는 잔혹성의 발작에 사로잡혔으며, 나는 내 험상궂은 눈에 가까이 다가오는 자에게, 그가 비록 내 동족에 속한다 하더라도, 공포의 인간이 되었다. 그것이 말이나 개였을 때는, 그냥 지나가게 했다. 내가 방금 한 말을 들었는가? 불행히도, 폭풍이 치던 밤, 나는 이런 발작에 빠져, 이성이 날아가버렸으며(평상시에도 나는 똑같이 잔인하였지만, 그보다는 더 신중했던 것이다), 그래서 이번에는 무엇이 내 손에 떨어지건 모두 죽어 없어져야 했다. 내 잘못을 사과할 생각은 없다. 과오가 모두 내 동류들에게 있는 것은 아니다. 나는 단지 지금 있는 그대로를 확인할 뿐이며, 미리부터 목덜미를 긁게 하는 최후의 심판을 기다리며…… 최후의 심판이 내게 무슨 대수랴! 그대를 속이려고 말은 그렇게 했지만, 나의 이성은 하시라도 날아가버리지 않는다. 그래서 나는 내가 범죄를 저지를 때, 내가 무슨 짓을 하는지 알고 있다. 나는 다른 일을 하려는 것이 아니었다! 바위 위에 서서, 폭풍이 내 머리칼과 내 외투를 후려치는 동안, 별 없는 하늘 아래서, 배 한 척을 악착같이 덮치는 태풍의 힘을, 나는 황홀감에 휩싸여 염탐하고 있었던 것이다. 나는 의기양양한 태도로, 배가 닻을 던진 시점부터, 그 숙명의 옷이, 마치 망토를 입듯 저를 입은 사람들을 이끌고, 바다의 창자 속으로 삼켜지는 순간까지, 이 드라마의 모든 고비를 눈으로 뒤쫓았다. 그러나 이 뒤죽박죽이 된 자연의 장면에 나 자신이 등장인물로 참여할 순간이 다가오고 있었다. 배가 싸움을 치렀던 그 장소에서 분명하게 보았던 것처럼, 배가 제 남은 세월을 바다의 밑바닥에 넘겨주고 있을 때, 너울에 휩쓸려갔던 사람들의 일부가 수면에 다시 나타났다. 그들은 두 사람씩, 세 사람씩, 서로서로 허리를 끌어안았다. 그것은 자신들의 생명을 구할 수 있는 방법이 아니었다. 그들의 움직임이 방해를 받을 터이고, 그들은 구멍 뚫린 단지처럼 아래로 가라앉을 터이고…… 너울을 재빠르게 가르는 저 바다 괴물의 무리는 무엇인가? 놈들은 여섯이다. 놈들의 지느러미는 기운차서, 넘실대는 파도를 가로질러 길이 열린다. 그다지 견고하지 않은 이 대륙에서 팔다리를 움직이는 저 인간 존재들을 모두 합해, 상어들은 이윽고 계란 없는 오믈렛 하나를 만들고는, 약육강식의 법칙에 따라 그걸 서로 나눈다. 피가 물에 섞이고, 물이 피에 섞인다. 놈들의 사나운 눈빛이 살육의 장면을 유감없이 비추어주고…… 그러나 저기 수평선에서 일어나는 저 물의 소란은 또 무엇인가? 마치 물기둥이 달려드는 것만 같다. 얼마나 강력한 노질이기에! 나는 그것이 무엇인지 알아차린다. 거대한 암 컷 상어 하나가 오리간 파이에 한몫 끼어들어, 차가운 수육을 먹 으러 오는 것이다. 암컷은 노발대발한다. 달려들고 보니 배가 고 프기 때문이다. 암컷과 다른 상어들 사이에 싸움이 한판 벌어져, 여기저기 붉은 크림의 표면에 말없이 떠다니며 꿈틀거리는 팔다 리를 서로 차지하려고 다툰다. 오른쪽으로, 왼쪽으로, 암컷은 이 빨을 들이대 치명상을 입힌다. 그러나 아직 살아 있는 상어 세 마 리가 암컷을 둘러싸고 있어서, 암컷은 사방으로 몸을 돌려 놈들 의 작전을 저지해야 한다. 해변에 자리를 잡은 저 관망자는 그때 까지 알지 못했던, 점점 높아지는 어떤 감동을 느끼며, 이 새로운 종류의 해전을 지켜본다. 그는 그리도 강한 이빨을 지닌 이 용감 한 상어 암컷에 시선을 붙박았다. 그는 더이상 망설이지 않고, 거 총을 하여, 그들 상어 가운데 한 녀석이 파도 위로 몸을 드러내는 순간, 능란한 솜씨로, 그 아가미에 두번째 총탄을 박는다. 남아 있 는 상어 두 마리는 더욱 거칠어진 성깔을 증명할 따름이다. 바위 의 높은 곳에서, 소금기 섞인 타액을 지닌 그 사내는 바다로 뛰어 내려, 하시라도 그를 떠나지 않는 강철 단검을 손에 들고, 기분좋 게 채색된 융단을 향해 헤엄친다. 이후부터, 상어들은 한 마리씩 하나의 적과 맞붙어야 한다. 사내는 지쳐빠진 제 적수를 향해 나 아가, 때를 기다려, 놈의 배에 그 날카로운 칼날을 박아넣는다. 움 직이는 요새가 어렵잖게 마지막 적을 물리치고…… 헤엄치는 사 람과 그 덕분에 목숨을 건진 상어 암컷이 서로 대치하고 있다. 그 들은 잠시 동안 서로 마주 바라보았으며, 저마다 상대방의 시선에 서 그리도 강한 잔혹성을 발견하고 놀랐다. 그들은 원을 그려 헤 엄쳐 돌며, 서로 눈길에서 벗어나지 않은 채, 마음속으로 중얼거 린다. "지금까지 나는 잘못 생각하였다. 나보다 더 사악한 자가 저기 있구나." 여기서 그들은 마음이 일치하여, 두 물살 사이에서 서로 찬탄하며, 상어 암컷은 제 지느러미로 물살을 헤치고, 말도로르는 제 두 팔로 파도를 내젓히며, 상대방을 향해 미끄러져갔다. 그러고는 깊은 존경심에 잠겨, 각기 처음으로 자신의 살아 있는 초상을 살펴보려는 열망으로 숨을 멈추었다. 서로 삼 미터 떨어진 거리에 다다랐을 때, 아무런 힘도 들이지 않고, 그들은 두 개의 자석처럼 갑자기 서로 몸이 붙어버려, 형이나 누이를 포옹하듯 다정하게 포옹하며, 긍지와 감사의 마음을 모아 입을 맞추었다. 이 우정의 표명에 이어 곧바로 육체적인 욕망이 뒤따랐다. 힘찬 두 넓적다리가 두 마리 거머리처럼 괴물의 점착성 피부에 빈틈없이 달라붙었거니와, 팔과 지느러미는 저들이 서로 사랑으로 감싸고 있는 그 사랑받는 대상의 몸을 에워싸고 얼크러졌는데, 그들의 목과 그들의 가슴은 이윽고 해초의 냄새를 발산하는 청록색 덩어리 하나가 될 뿐이었다. 계속하여 맹위를 떨치고 있는 폭풍 한가운데서, 번갯불에, 거품 이는 파도를 혼례의 침대로 삼고, 요람 속에 있는 듯 해저의 조류에 실려가며, 심해의 알 수 없는 깊이를 향해 함께 구르면서, 그들은 순결하고도 추악한 장시간의 교합으로 맺어졌다!…… 마침내 나는 나를 닮은 누군가를 이제 발견했다!…… 이제부터, 나는 평생 더이상 혼자가 아니다!…… 그쪽도 나와 같은 생각이다!…… 나는 내 첫사랑과 마주하였다!

[14] 센강이 인간의 육체 하나를 끌고 간다. 이런 경우, 강은 품새가 장중하다. 부풀어오른 시체는 물 위에 떠 있다가 어느 다리의 아치 아래로 사라지지만, 더 먼 데서 다시 나타나, 풍차 바퀴처럼 천천히 혼자 돌기도 하고, 간간이 물에 잠기기도 한다. 어느 뱃사공이 지나가다가 그것을 삿대질로 끌어당겨 뭍으로 데려온다.

시체를 시체공시장으로 옮기기 전에, 그를 되살려보려고 강둑에 잠시 놓아둔다. 군중이 시체 주위에 촘촘히 몰려든다. 뒤에 있는 탓에 볼 수 없는 사람들은 있는 힘을 다하여 앞에 있는 사람들을 떠민다. 저마다 생각한다. "나는 물에 빠져 죽을 사람이 아니야." 자살한 젊은이를 가여워하고, 감탄하지만, 그를 따라하지는 않는다. 그러건 말건 그 젊은이는, 지상에서 자신을 만족시킬 수 있는 것은 아무것도 없다고 판단하고, 더욱더 높은 것을 갈망하여, 자살이 매우 자연스러운 일이라고 생각했다. 그의 얼굴은 품위가 있고, 입고 있는 옷은 화려하다. 열일곱 살이나 됐을까? 젊은 나이에 죽다니! 마비된 군중은 줄곧 움직일 줄 모르는 시선을 그에게서 거두지 않고…… 밤이 된다. 저마다 말없이 물러난다. 어느 누구도 감히 익사자를 뒤집어 그 몸에 가득찬 물을 토해내게 하지 않는다. 마음 약한 인간으로 치부되지나 않을까 두려워하며, 제 셔츠 깃에 들어박혀 아무도 움직이지 않는다. 어떤 사람은 터무니없는 티롤 무곡을 날카롭게 휘파람 불며 사라지고, 또 어떤 사람은 손가락으로 캐스터네츠처럼 소리를 내기도 하고…… 어두운 생각에 시달리는 말도로르는 말을 타고 이 장소 근처를 번개와 같은 속도로 지나간다. 물에 빠진 사람이 그의 눈에 띄었다. 이제 됐다. 곧바로 그는 준마를 멈추고, 등자에서 내렸다. 그는 싫은 기색이 없이 그 젊은이를 들어올려 물을 하 많이 쏟아내게 했다. 이 움직이지 않는 몸뚱이가 자기 손끝 아래서 소생할 수 있으리라는 생각에, 그는 양양한 감명을 받아 제 심장이 뛰는 것을 느끼며, 용기를 두 배로 북돋았다. 헛수고다! 헛수고라고 나는 말했는데, 그것은 사실이다. 시체는 내내 생기를 잃고, 이쪽저쪽으로 몸이 뒤집히는 대로 가만히 있다. 그는 관자놀이를 문지르고, 여기저기 수족을 주무른다. 그리고 한 시간 동안, 이 알지 못하는 사람

의 입술에 제 입술을 붙이고, 입속에 숨을 불어넣는다. 가슴에 대
고 있던 손바닥 아래로 마침내 가벼운 고동이 느껴지는 것 같다.
익사자가 살아났다! 이 무상의 순간, 여러 개의 주름이 그 말 탄
자의 이마에서 사라지며 그를 십 년은 더 젊어지게 한 것을 알아
차릴 수 있었다. 그러나, 슬프다! 주름은 다시 돌아올 것이다, 어
쩌면 내일, 어쩌면 그가 센 강변에서 멀어지자마자. 그동안, 물에
빠진 사람은 흐릿한 눈을 뜨고 힘없는 미소로 제 은인에게 감사
한다. 그러나, 그는 아직 무기력하고, 아무런 몸놀림도 할 수 없다.
누군가의 생명을 구한다는 것은 얼마나 아름다운 일인가! 그리고
이런 행위는 얼마나 많은 과오를 속죄하는가! 그때까지 젊은이
를 죽음에서 끌어내느라고 전념하던 그 구릿빛 입술의 남자가 이
제 더욱 자세히 그를 바라보니, 그 모습이 자신에게 생소하지 않
은 것 같다. 질식했던 금발머리 청년과 올제 사이에는 큰 차이가
없다고 그는 혼자 생각한다. 그대는 보는가, 그들이 얼마나 마음
을 활짝 열고 서로 끌어안는지! 아무렴 어떠냐! 벽옥 눈동자의 남
자는 엄격한 배역을 맡은 자의 모습을 유지하고 싶어한다. 아무
말 없이, 그는 제 친구를 안아 말 엉덩이에 태우고, 준마는 내달려
멀어져간다. 오, 자신이 그리도 이성적이고 그리도 강하다고 믿는
그대 올제여, 그대는 바로 자신의 사례를 통해, 절망의 발작 속에
서, 그대가 자랑하는 냉정함을 간직하는 것이 얼마나 어려운 일인
지 보지 않았는가. 나는 그대가 이 같은 슬픔을 더는 나에게 불러
오지 않기를 바라며, 내 쪽에서는 결코 자살을 기도하지 않겠노라
고 그대에게 약속하였다.

[15] 살다보면, 머리털에 이가 들끓는 인간이 고착된 눈으로
허공의 초록빛 막 위에 야수의 시선을 던지는 그런 시간이 있다.

그에게는 어떤 유령의 야유 어린 고함소리가 제 앞에서 들려오는 것만 같기 때문이다. 그는 비틀거리며 고개를 숙인다. 그가 들은 것, 그것은 양심의 소리다. 이때, 그는 미치광이의 속력으로 집에서 뛰쳐나와서는, 제 혼미상태에 제시된 첫번째 방향으로 달려나가, 농촌의 거친 들판을 휩쓴다. 그러나, 저 노란 유령은 시야에서 그를 놓치지 않고, 같은 속도로 그를 뒤쫓는다. 어떤 때는, 뇌우가 몰아치는 밤에, 날개 돋친 낙지의 군단이, 멀리서 보면 까마귀떼와 방불하게, 구름 위로 날며, 품행을 바꾸도록 경고하는 사명을 띠고 인간들의 도시를 향하여 꼿꼿한 노로 방향을 트는 동안, 눈이 침침한 조약돌은 두 중생이 쫓고 쫓기며 지나가는 것을 번개 불빛으로 보고, 얼어붙은 눈꺼풀에서 남몰래 흐르는 동정심의 눈물을 닦으면서 외친다, "분명코, 그는 저럴 자격이 있으며, 그것은 정의일 뿐이다." 이렇게 말하고 나서, 그는 다시 그 완강한 태도로 되돌아가, 신경질적으로 몸을 떨며, 줄곧 인간 사냥을 지켜보고, 음울한 에테르 속으로 날아오르며 제 박쥐 날개를 넓게 펼쳐 온 자연을 덮어 가릴 저 거대하고 컴컴한 정충떼가 강물처럼 끊임없이 흘러나오는 어둠의 불두덩의 대음순을 지켜보고, 또한 이들 둔탁하고 설명할 수 없는 섬광의 품새에 활기를 잃은 저 낙지떼의 고독한 군단을 지켜본다. 그러나 이 시간에도, 지칠 줄 모르는 두 주자 간에 장애물경주는 계속되고, 유령은 인간 산양을 쫓아가며 입으로 불의 격류를 내뿜어 그 등을 검게 태운다. 이 의무를 수행하는 도중에, 유령이 제 길을 가로막는 연민과 만나게 되면, 그자는 마지못해 그 애원을 받아들이고 인간을 도망치게 놓아둔다. 유령은 추격을 포기하겠노라고 자신에게 말하려는 양으로 혀를 차고, 새로운 지시가 내리기를 기다려 제 개집으로 돌아간다. 유죄 선고를 받은 자로서의 그의 목소리가 우주공간의 가장 먼 층에까지 들리는데, 그 소름끼치는 울부짖음이 인간들의 심정에 파고들 때, 그 심정은, 흔히 말하듯이, 자식에게 회한을 안기기보다 어머니에게 죽음을 안기는 편이 차라리 더 낫다고 여길 것이다. 그는 어느 구덩이의 진흙 뒤범벅 속에 머리를 어깨까지 처박건만, 양심은 이 타조의 속임수를 흩날려버린다. 구멍은 에테르의 방울처럼 증발하고, 빛이 그 광선의 행렬을 거느리고 라벤더 위로 날라드는 마도요의 비상처럼 나타나니, 그 사람은 창백하게 눈을 뜨고 자기 자신과 다시 마주한다. 나는 그가 바다 쪽으로 몸을 끌고 나가, 물거품의 눈썹에 들쑥날쑥 깎이고 패인 곳벼랑 위에 올라서더니, 화살처럼 파도 속으로 뛰어드는 것을 보았다. 기적이 일어났다. 다음날 그 시체가 해면에 다시 나타났으니, 바다가 이 육신 표류물을 해안으로 실어온 것이다. 그 사람은 제 몸뚱이가 모래 속에 파놓았던 거푸집에서 풀려나와, 젖은 머리에서 물을 짜내고, 말없는 이마를 숙이고, 다시 인생 행로에 접어들었다. 양심은 가장 은밀한 우리의 생각과 우리의 행동거지를 엄격하게 판단하며, 실수하지 않는다. 양심은 악을 예고하기에 무력한 경우가 많아서, 인간을 여우처럼 끊임없이 몰아세우는데, 특히 어두운 밤에 그렇다. 무식한 과학이 유성이라 부르는 징벌의 눈들이 창백한 불꽃을 흩뿌리고 자전하여 지나가며 신비의 말들을 또박또박 발음하고…… 인간은 그 말을 이해한다! 이때 그의 베개는 불면의 무게에 눌린 그 육체의 요동으로 망가지고, 그는 밤의 희미한 웅성거림에서 불길한 숨소리를 듣는다. 잠의 천사마저도 알지 못하는 돌에 맞아 이마에 치명상을 입은 나머지, 제 임무를 단념하고 하늘로 다시 올라간다. 그래서, 인간을 변호하기 위해 내가 나선다, 이번에는. 일체의 미덕을 경멸하는 자인 내가, 그 영광의 날 이래로 창조주가 잊을 수 없었던 자인 내가. 그날 나는 그의 권능과 그의 영원함이 무언지 모를 비열한 조작을 통해 기록된 저 하늘의 연대기를 그 초석에서 뒤집어엎으며, 놈의 겨드랑이 아래에 내 흡반 사백 개를 압착하여, 놈으로 하여금 끔찍한 비명을 내지르게 했고…… 놈의 비명은 그 입에서 나오면서 살무사로 변해, 가시덤불에, 무너진 성벽에 들어가 몸을 숨기고, 밤에도 망을 보고 낮에도 망을 본다. 그 비명은 기어가는 짐승이 되어 무수한 둥근 고리를, 납작하고 작은 대가리에 교활한 눈을 얻고는, 인간의 순진무구함을 만나면 멈춰 서기로 맹세하였으니, 그래서 그 순진무구함이 잡목 엉클어진 숲속을, 또는 비탈진 둑의 뒤쪽을, 또는 사구의 모래 위를 산책할 때는, 늦기 전에 생각을 바꾼다. 하나 아직 그럴 시간이 있을까. 사람은, 가던 길을 되짚어서 훤한 자리로 나갈 틈을 얻기도 전에, 거의 감지할 수도 없을 물린 상처를 타고 독이 제 다리의 정맥에 스며드는 것을 알아차리기가 여러 번이다. 이와 같이 창조주는 가장 지독한 고통 속에서까지 찬탄할 만한 냉혈을 유지하여, 지상의 거주민들에게 해로운 맹아를 바로 그들 자신의 가슴에서 끄집어낼 줄 안다. 녀석의 놀라움이 얼마나 컸을까, 말도로르가 낙지로 둔갑해, 하나하나가 질긴 가죽끈이어서 행성 하나쯤은 어렵잖게 둘러감을 수도 있을 그 흉물스러운 여덟 개의 다리를 제 몸뚱이 쪽으로 뻗는 것을 제 눈으로 보았으니. 불시에 사로잡힌 녀석은 점점 더 조여드는 이 점착성 포옹에 저항하여 얼마 동안 발버둥을 쳤고…… 나는 녀석의 쪽에서 무슨 위험한 반격을 펼칠까봐 두려웠다. 그 거룩한 피의 혈구를 듬뿍 섭취한 뒤에, 나는 녀석의 위엄 어린 몸에서 거칠게 떨어져나와, 어느 동굴에 숨었으니, 그 동굴은 그때부터 나의 거처가 되었다. 거듭된 수색도 헛일이 되어, 녀석은 거기서 나를 찾을 수 없었다. 그 일이 있은 지 오래되었으나, 이제는 녀석도 내 거처가 어디인지 알고 있다고 나는 생각한다. 녀석은 내 거처에 다시 발 들여놓지 않도록 조심하며, 우리 둘은 양쪽 모두 상호 간의 힘을 알고 있고 어느 쪽도 승리할 수 없고 지난날의 쓸데없는 싸움으로 지쳐 있는 두 인접국의 군주들처럼 살고 있다. 녀석은 나를 두려워하고, 나는 녀석을 두려워하거니와, 어느 쪽도 패배하지는 않았으나 적의 맹렬한 공격을 체험한 뒤라서, 어디까지나 우리는 그 자리에 그대로 있다. 그렇더라도, 녀석이 원한다면, 나도 싸움을 재개할 준비가 되어 있다. 그러나 녀석이 감추어둔 제 계략을 펼치기에 유리한 어떤 기회를 노리는 것이 아니기를. 나는 늘 경계를 소홀히 하지 않고 녀석을 주시할 것이다. 그가 더는 이 지상에 양심과 그 고뇌를 파견하는 일이 없기를. 양심을 쳐부술 때 유리하게 쓸 수 있는 무기를 나는 인간들에게 가르쳤다. 그들에게는 아직 양심이 낯설지만, 그대도 알다시피 나에게 양심이란 바람에 실려오는 지푸라기나 다름없다. 나는 양심을 그만큼은 존중한다. 내가 지금 일어나는 기회를 이용해서 이 시적 토론을 세밀하게 꾸밀 작정이라면, 나는 내가 양심보다는 지푸라기를 더 존중한다는 말까지 덧붙이게 될 것이다. 지푸라기는 지푸라기를 새김질하는 소에게 유익한 반면에, 양심은 오직 강철 발톱 몇 개밖에는 보여줄 줄 아는 게 없기 때문이다. 그들 발톱이 내 앞에 놓였던 날, 그 물건들은 비통한 패배를 감수하였다. 양심은 창조주가 파견한 년이기에, 나는 그년 때문에 내 행로가 가로막히도록 놔두지 않는 것이 적절한 일이라고 생각했다. 만일 그년이 제 지위에 어울릴뿐더러 결코 포기하지 말았어야 할 겸허하고 공손한 태도로 나타났더라면, 나는 그년에게 귀를 기울였을 것이다. 나는 그년의 오만이 마음에 들지 않았다. 내가 한쪽 손을 뻗어 그 발톱들을 손가락으로 눌러 박살내자, 그것들은 이 신종 절구의 가중 압력에 티끌이 되어 흩어졌다. 나는 다른 손을 뻗어 그년의 머리를 잡아 뽑았다. 이어서 그 여자를 채찍질하여 내 집 밖으로 쫓아냈고, 그년은 두 번 다시 내 눈에 띄지 않았다. 나는 내 승리를 기념하여 그년의 머리를 간직했다…… 나는 머리 하나를 손에 들고 그 두개골을 갉으며, 산허리의 깎아지른 벼랑 끝에 왜가리처럼 한 발로 서 있었다. 내가 골짜기로 내려가는 모습을 보는 눈이 있었으니, 그때 내 가슴의 피부는 내내 미동도 없이 고요하여, 무덤의 덮개와 같았더라! 나는 머리 하나를 손에 들고 그 두개골을 갉으며, 더없이 위험한 심연 속으로 헤엄치며, 치명적인 암초를 옆에 끼고 나아가, 바다 괴물들의 싸움을 한 사람의 이방인으로 참관하려고 해류보다 더 깊이 잠수하였다. 해안이 내 예리한 시선에서 사라질 때까지, 나는 연안에서 멀리 벗어나고 있는데, 그때 끔찍한 흉물들이 근육을 마비시키는 그 자기磁氣를 뽐내며, 억센 동작으로 파도를 가르며, 내 수족을 노리고 배회하였으나, 감히 접근하지는 못했다. 내가 무사히 해변으로 되돌아오는 모습을 보는 눈이 있었으니, 그때 내 가슴의 피부는 내내 미동도 없이 고요하여, 무덤의 덮개와 같았더라! 나는 머리 하나를 손에 들고 그 두개골을 갉으며, 높이 세운 탑에 이르는 계단을 뛰어올랐다. 나는 피곤한 다리로 현기증나는 옥상에 이르렀다. 나는 평원을, 바다를 바라보고, 나는 태양을, 창공을 바라보고, 물러나지 않는 화강암을 발로 밀어뜨리고, 나는 드높은 함성을 내질러 죽음과 신의 징벌에 도전하였으며, 포장도로를 달리듯 허공의 아가리로 돌진하였다. 인간들은 내가 추락하면서 버렸던 양심의 머리와 땅의 만남으로 일어난 고통스럽고 우렁찬 충격음을 들었다. 내가 보이지 않는 구름에 실려 새의 느린 속력으로 내려와서, 그 머리를 그러모아 이것으로 그날 하루에 저질렀음이 틀림없는 내 삼중 죄악의 증인으로 삼으려고 강압하는 모습을 보는 눈이 있었으니, 그때 내 가슴의 피부는 내내 미동도 없이 고요하여, 무덤의 덮개와 같았더라! 나는 머리 하나를 손에 들고 그 두개골을 갉으며, 기둥들이 솟아올라 단두대를 지탱하는 장소를 향해 나아갔다. 나는 그 칼날 아래로 세 처녀들의 목을, 그 감미로운 아리따움을 밀어넣었다. 사형집행인 내가 전 생애에 걸친 확실한 경험으로 밧줄을 놓아버리자, 삼각형 강편이 비스듬히 내리떨어져, 나를 다정하게 쳐다보는 머리 셋을 잘랐다. 나는 이어서 내 머리를 그 육중한 면도칼 아래에 놓았으며, 사형집행인은 자신의 임무 수행을 준비하였다. 세 번, 칼날은 새로운 힘을 얻어 홈 사이로 떨어져내렸으며, 세 번, 나의 물질 골격은, 특히 목이 붙은 자리에서, 그 토대까지 흔들렸으니, 꿈속에서 무너지는 집에 깔린 듯싶을 때와 같았다. 아연실색한 사람들은 내게 길을 내주어 그 초상난 장소에서 나를 벗어나게 했다. 그들은 내가 팔꿈치로 물결치는 인파를 헤치고, 생명으로 가득차 움직이며, 머리를 곧추세우고, 앞으로 나아가는 모습을 보았으니, 그때 내 가슴의 피부는 내내 미동도 없이 고요하여, 무덤의 덮개와 같았더라! 나는 말한 바 있다, 인간을 변호하기 위해 내가 나선다고, 이번에는. 그러나, 나는 내 변호가 진실의 표현이 아닐까봐 두렵다. 따라서 침묵하는 편이 더 낫겠다. 인류는 이 방책에 감사한 마음으로 박수갈채를 보내리라!

[16] 나의 영감에 단단히 제동을 걸고, 여자의 질을 쳐다볼 때처럼, 잠시 가던 길을 멈출 시간이다. 밟아온 이력을 살피고, 이어서, 수족을 쉬게 한 뒤에, 맹렬하게 뛰어올라 돌진하는 것은 좋은 일이다. 단숨에 목표를 돌파한다는 것은 쉬운 일이 아닐뿐더러, 날개들은 희망도 없이 회한도 없이 높은 비상을 하느라고 많

이 지쳐 있다. 아니다…… 이 불경한 노래의 폭발성 광맥을 누비며 곡괭이와 굴착이라는 험상궂은 사냥개떼를 더 깊이 끌고 가지는 말자! 악어는 제 두개골 밑에서 쏟아져나온 토사물을 말 한 마디도 바꾸지 않을 것이다. 어쩔 수 없는 일이다, 어떤 은밀한 그림자가 나로부터 부당하게 공격을 받은 인류의 원수를 갚겠다는 칭찬할 만한 목적에 들떠서, 한 마리 갈매기의 날개처럼 담장을 스쳐지나가며, 슬그머니 내 침실의 문을 열고, 하늘의 표류물 약탈자의 옆구리에 단검을 꽂는다 하더라도! 찰흙이 제 원자들을 분해하는 데는 이 방법이나 저 방법이나 그게 그거다.

두번째 노래 끝

세번째 노래

[1] 두번째 노래를 쓰는 동안 내 깃털펜이 한 뇌수에서 끌어냈던, 저 천사의 본성을 지닌 상상적 존재들의 이름, 그 존재들 자체에서 발산되는 미광으로 빛나는 그들 이름을 다시 불러내자. 그들은 태어나자마자, 그 재빠른 소멸을 눈으로 따라가기도 힘겨운 불꽃처럼, 불타는 종이 위에서 죽었다. 레만이여!…… 로엔그린이여!…… 롱바노여!…… 올제여!…… 그대들은 잠시 청춘의 표지에 덮여 매혹된 내 시야에 나타났으나, 나는 그대들을 혼돈 속에, 잠수종처럼, 다시 빠뜨렸다. 그대들은 거기서 다시 나오지 못하리라. 나로서는 그대들의 추억을 간직해왔다는 것으로 충분하니, 그대들은, 아마도 덜 아름답겠지만, 인류의 후예에 대한 목마름을 가라앉히지 않기로 결심한 사랑의 폭풍우가 범람하여 낳게 될 다른 실체들에게 자리를 양보함이 마땅하다. 저 자신을 집어삼킬 굶주린 사랑, 그것은 하늘나라의 허구에서 제 자양을 찾지 않는다면, 끝내 물방울 하나에 우글거리는 벌레들보다 더 수가 많은, 피라미드 하나 분량의 세라핌들을 만들어 타원 하나에 얽어넣고는, 자기를 둘러싸고 소용돌이치게 할 것이다. 그동안, 폭포의 광경과 맞닥뜨려 걸음을 멈춰 선 여행자는, 그가 얼굴을 들어올린다면,

저멀리서 지옥 동굴을 향해 생생한 동백꽃 화환에 실려가는 인간 존재 하나를 보게 되리라. 그러나…… 조용하라! 다섯번째 상상물의 떠도는 형상이, 북극 오로라의 불분명한 주름처럼, 내 지성의 안개 평면에 천천히 그려지며, 차츰차츰 명료하고 확실한 윤곽을 띤다…… 마리오와 나는 모래톱을 밟아나갔다. 우리의 말들은 목을 빼들고 공간의 막을 갈라 헤치며, 해안의 자갈밭에서 불꽃을 뽑아냈다. 삭풍은 우리의 얼굴을 맞받아치고 우리의 망토 속으로 파고들며, 우리 두 사람 쌍둥이 머리의 머리칼을 뒤로 나부끼게 했다. 갈매기는 그 울음소리와 날갯짓으로 폭풍이 가까워질 대로 가까워졌다고 헛되이 경고하며 소리질렀다. "그들은 어디로 가는가, 저 정신나간 질주로?" 우리는 말하지 않았다, 꿈에 잠겨, 그 맹렬한 준마의 날개에 그대로 실려갔으며, 어부는 우리가 알바트로스처럼 빠르게 지나가는 것을 보고, 신비의 두 형제가, 늘 같이 붙어다녔기에 흔히들 그렇게 불러왔던 두 형제가, 제 앞으로 달아나는 것을 보았다고 믿고, 황급히 성호를 긋고는 제 마비된 개와 함께 어느 깊은 바위 아래로 숨었다. 해안의 주민들은 대재난의 시기에, 끔찍한 전쟁이 적대하는 두 나라의 흉부에 갈고리를 박겠다고 으르대거나, 콜레라가 수많은 도시 전역에 투석기로 부패물과 죽음을 퍼부으려고 준비할 때, 그 두 인물이 구름에 싸여 지상에 나타난다는 이상한 이야기를 들어왔다. 가장 늙은 표류물 약탈자들은 진지한 표정으로 눈썹을 찌푸리며, 폭풍이 불어올 때면 사구와 암초 위에 펼쳐지는 그 광대한 검은 날개폭을 누구나 알아볼 수 있는 그 두 유령이 땅의 정령과 바다의 정령이며, 그 둘은 무한 밧줄로 연결된 모든 세대에 놀라움을 불러일으킬 만큼 희귀하고 영예로운, 영원한 우정으로 한 몸이 되어, 자연의 대변혁기에, 공중 한가운데로 그들의 위엄을 몰고 다닌다고 단언했다. 그들은 안데스산맥의 두 마리 콘도르처럼 나란히 날아올라 태양과 인접한 대기권 사이에서 동심원을 그리며 활강하기를 좋아하고, 빛의 가장 순수한 정수를 흡입한다고들 말했다. 그러나 그들이 결코 쉽지 않은 결단을 내려서, 저 잔인한 정신들이 전쟁이 울부짖는 벌판에서 자기들끼리 서로 학살하고(도시 한복판에서 신의를 저버리고 증오나 야심의 단도로 비밀리에 서로 죽이지 않을 때는), 자기들만큼 생명에 가득차 있으나 생존 사다리에서 더 낮은 단계에 위치한 존재들을 잡아먹고 사는, 착란에 빠진 인간지구의 공전궤도 쪽으로 그 수직 비행의 기울기를 낮추어 그 궤도를 공포에 떨게 한다는 말도 있다. 또는, 그들이, 자신들의 예언을 노래 가사로 불러 인간들의 회개를 재촉할 요량으로, 행성 하나가 그 흉악한 지표에서 냄새 고약한 증기처럼 흘러나오는 인색과 오만과 저주와 냉소의 짙은 발산물 한가운데에 싸여 이동하면서 먼 거리 때문에 눈에 띌락 말락 한 공처럼 미미하게 나타나는 저 항성들의 영역을 향해 팔을 크게 휘둘러 헤엄쳐가기로 결심했을 때도, 그들은 기회를 어김없이 찾아내어 오해를 받고 비웃음을 산 자기들의 호의를 후회하며, 화산의 밑바닥으로 내려가 몸을 숨기고, 지하중심의 통 속에서 끓고 있는 생생한 불꽃과 대화를 나누거나, 자신들의 환멸에 찬 시선을 즐거이 쉬게 하려고 해저에 숨어들어, 인류의 사생아와 비교하면 온유함의 모범으로 보이는 심연의 가장 사나운 괴물들에게 눈을 돌렸다. 밤이 그 유리한 어둠과 함께 오면, 그들은 반암 꼭대기의 분화구에서, 해저의 조류에서 뛰쳐나와, 인간 앵무새의 변비증 걸린 항문이 분투하는 돌투성이 방의 실내 변기를 뒤로 멀리 따돌리고, 공중에 걸린 그 더러운 행성의 실루엣을 더는 구별할 수 없을 때까지 솟아오른다. 그때, 자신들의 효과 없는 시도에 슬퍼져서, 자신들의 고통을 동정하는 별들 한가운데서, 신의 시선 아래서, 땅의 천사와 바다의 천사는 울며 서로 끌어안는다!…… 마리오와 그리고 그와 함께 나란히 말을 타고 질주하는 자는, 밤중에 해안의 어부들이 출입문과 창문을 닫은 채 난로를 둘러싸고 속삭이며 이야기하는 그 모호하고 미신적인 이야기들을 모르지 않았으며, 그동안 몸을 덥히고 싶어 안달하는 밤바람은 초막을 둘러싸고 그 휘파람소리를 들려주며, 파도의 죽어가는 물주름에 실려온 조가비 파편들의 밑바닥에 둘러 세워진 저 가냘픈 성벽을 그 세찬 힘으로 뒤흔든다. 우리는 말하지 않았다. 서로 사랑하는 두 마음이 무엇을 말할 것인가? 아무것도 없다. 그러나 우리의 두 눈은 모든 것을 표현했다. 나는 그에게 그를 둘러싼 망토를 더 단단히 여미도록 재촉하고, 그는 나에게 내 말이 자기 말에서 너무 멀리 떨어지지 않게 하라고 이른다. 저마다 상대방의 생명을 자신의 생명과 똑같이 염려한다. 우리는 웃지 않는다. 그는 나에게 미소를 지으려고 애쓰지만, 나는 그의 얼굴에, 인간들의 지성에서 나오는 거대한 불안을 곁눈질로 따돌리는 저 스핑크스들을 끊임없이 들여다보는 깊은 성찰이 새겨놓은 무서운 각인의 무게가 실려 있음을 알아차린다. 그는 자신의 수고가 헛됨을 알고, 눈을 돌려, 입에 격노의 거품을 물고 지상의 재갈을 물어뜯으며, 우리가 다가가면 멀리 사라지는 수평선을 바라본다. 이번에는 내가 그에게 쾌락의 궁정으로 여왕처럼 들어가기만을 요구하는 그의 황금빛 청춘을 떠올려 주려고 애쓰지만, 그는 내 말이 야윈 입술에서 어렵사리 나오고 있음을 유의하고, 또한 여러 해에 걸쳐 나 자신의 봄이 슬프고 얼어붙은 채 지나가버렸으니, 환멸의 쓰라린 향락과 늙음의 악취나는 주름과 고독의 당혹과 고통의 불길을, 향연의 식탁 위로, 창백한 사랑의 창녀가 번쩍이는 황금으로 화대를 받고 잠드는 비단 침대 위로 몰고 다니는 가혹한 꿈이

나 다름없었음을 유의한다. 나는 내 수고가 헛됨을 알고, 그를 행복하게 할 수 없음에도 놀라지 않는다. 전능이 그 공포의 찬란한 후광에 싸여, 고문의 도구를 두르고 내게 나타난다. 나는 눈을 돌려, 우리가 다가가면 멀리 사라지는 수평선을 바라본다…… 우리의 말들은 마치 인간의 시선을 피하기나 하듯이 해안을 따라 질주하고…… 마리오는 나보다 젊다. 계절의 습기와 우리에게까지 튀어오르는 소금기 섞인 거품이 그의 입술에 냉기의 접촉을 유도한다. 나는 그에게 말한다. "조심해!…… 조심해!…… 입술을 다물어, 위아래로 꽉, 네 피부에 쓰라린 상처로 고랑을 파는, 저 틈새의 날카로운 발톱이 보이지 않아?" 그는 내 얼굴을 응시하며 혀를 움직여 대꾸했다. "그럼, 보고 있다고, 이 푸른 발톱을. 그러나 나는 내 입의 자연스러운 상태를 흐트러뜨려 발톱을 피하게 하지는 않을 거야. 보라고, 내가 거짓말을 하는지. 이게 섭리의 의지로 보이는 이상, 나는 그 뜻을 따르고 싶어. 그의 의지는 이보다 더 나을 수도 있었을 텐데." 그러자 나는 외쳤다. "대단하도다, 저 고결한 복수가." 나는 내 머리칼을 뽑고 싶었으나, 그가 엄숙한 시선으로 나를 말렸으며, 나는 존경하는 마음으로 그의 뜻을 따랐다. 저녁이 가까워졌고, 독수리가 바위의 거친 굴곡에 파인 제 보금자리로 돌아갔다. 그는 내게 말했다. "내 망토를 빌려줄게, 추위를 막을 수 있게, 나는 필요 없어." 나는 그에게 대꾸했다. "네가 말한 대로 했다가는 혼날 줄 알아. 나는 나 대신 다른 사람이 고통당하는 걸 바라지 않아, 특히 네가." 내 말이 옳았기에, 그는 대답하지 않았지만, 나는 내 말의 너무 격한 어조 때문에, 그를 위로해야 할 처지가 되었다…… 우리의 말들은 마치 인간의 시선을 피하기나 하듯이 해안을 따라 질주하고…… 나는 크나큰 파도에 들어올려진 뱃머리처럼 고개를 쳐들고 그에게 말했다. "우는 거야? 너에게 그걸

묻는다, 눈과 안개의 왕아. 선인장의 꽃처럼 아름다운 네 얼굴에
는 눈물이 보이지 않고, 네 눈까풀은 경사 급한 건천의 하상처럼
말랐구나. 그러나 네 두 눈의 밑바닥에서 피가 가득한 통 하나를
알아볼 수 있으니, 네 순결함이 거기서 대형종 전갈에 목을 물려
끓고 있구나. 난폭한 바람이 솥을 데우고 있는 불길에 덤벼들어,
그 어두운 불꽃을 네 성스러운 안와 밖으로까지 퍼뜨린다. 내 머
리칼을 네 장밋빛 이마 가까이 가져가자, 눈내가 났던 것은 머리
칼이 불탔기 때문이다. 눈을 감아라, 그렇잖으면 네 얼굴이 화산
의 용암처럼 검게 타 내 손바닥의 장심에 재가 되어 떨어질 것이
다." 그러자, 그는 손에 든 고삐에는 신경도 쓰지 않고 내게로 얼
굴을 돌려 애정 어린 눈으로 나를 쳐다보며, 백합빛 눈까풀을 바
다의 썰물과 밀물처럼 천천히 내리감았다가 다시 올렸다. 그는 내
무례한 물음에 훌륭하게 대답하고 싶었으며, 그래서 바로 이렇게
말했다. "나한테 신경쓰지 마. 강의 수증기가 산허리를 따라 기어
오르다가 일단 꼭대기에 다다르면 대기 속으로 날아올라 구름을
짓는 것과 마찬가지로, 나에 대한 너의 걱정도 합당한 이유도 없
이 알지 못한 사이에 불어났다가 네 상상력 너머로 황량한 신기
루의 거짓 몸체를 지어내지. 내 눈에 불길은 없다고 너한테 장담
하지, 비록 타오르는 석탄 투구에 내 머리를 밀어넣었을 때와 똑
같은 감각을 눈에서 느끼기는 하지만. 어떻게 내 무구한 육체가
통 속에서 끓고 있다고 생각하는 거야, 내 귀에 들리는 것이라곤
우리의 머리 위로 지나가는 바람의 신음소리일 뿐이다 싶은 아
주 미약하고 어렴풋한 비명밖에 없는데. 전갈 한 마리가 내 눈구
멍 바닥에 거처를 정하고 그 날카로운 집게발로 눈알을 후벼대기
는 불가능하지. 차라리 강력한 집게가 내 시신경을 뽑아냈다면 혹
시 모를까. 그렇지만, 통 속에 가득한 피는 지난밤의 수면중에 보

이지 않는 형리刑吏가 내 혈관에서 뽑아낸 것이라는 데는 너와 같은 의견이야. 나는 오랫동안 태양이 사랑하는 아들, 너를 기다려왔는데, 졸고 있던 내 두 팔은 내 집의 현관에 침입했던 그자와 부질없는 싸움을 벌였지…… 바로 그거야, 내 혼이 이 육체의 빗장 안에 감금되어 있다는 느낌이야. 이 혼이 해방되어 인간바다가 물결치는 해안에서 멀리 도망칠 수도 없고, 온갖 불행의 창백한 사냥개떼가 거대한 의기소침의 늪과 구렁텅이를 가로질러 인간 영양을 끊임없이 추격하는 광경을 더는 지켜볼 수도 없지. 그러나 나는 불평하지 않을 거야. 나는 상처 하나를 받듯 생명을 받았고, 자살이 그 상처를 치료하지 못하도록 막았지. 나는 창조주가 제 영원의 매 시간마다 상처의 벌어진 아가리를 주시하기만 바라지. 이건 내가 그에게 내리는 징벌이야. 우리의 준마들이 제 청동 발의 속력을 늦추는군. 녀석들의 몸통이 멧돼지떼에 발각된 사냥꾼처럼 떨리는구면. 이놈들이 우리가 하는 말을 듣기 시작하면 안 되지. 주의를 집중하다보면, 이 녀석들의 지성이 자라서, 어쩌면 우리의 말을 알아들을지도 몰라. 녀석들에게는 불행한 일이지, 고통이 더 심해질 터라! 정말이지, 인류라는 새끼멧돼지만 생각해. 놈들과 창조된 세계의 다른 존재들을 구별하는 지성의 정도라고 해봐야 계산할 수 없는 고통의 만회할 수 없는 대가를 치르는 데 그치는 것 같지 않아? 나를 모범으로 삼아서, 너의 은 박차가 준마의 옆구리를 찔러대야지……" 우리의 말들은 마치 인간의 시선을 피하기나 하듯이 해안을 따라 질주한다.

[2] 여기 미친 여자가 춤추고 지나가면서, 막연히 무언가를 떠올리고 있다. 아이들이 티티새라도 쫓듯이 돌을 던지며 그녀를 쫓아간다. 그녀는 몽둥이를 휘두르며 그들을 쫓는 시늉을 하다가 다

시 길을 간다. 그녀는 길을 가다 구두 한 짝이 벗겨졌으나 알아채지 못한다. 거미의 긴 다리가 그녀의 목덜미를 돌아다니지만, 그것은 그녀의 머리카락일 뿐 다른 것이 아니다. 그녀의 얼굴은 더는 사람의 얼굴 같지 않으며, 그녀는 하이에나처럼 웃음을 터뜨린다. 그녀는 문장의 쪼가리들을 내뱉는데, 그것들을 꿰맞춘다 해도 분명한 의미를 찾아낼 수 있는 사람은 아주 적을 것이다. 여기저기 구멍이 뚫린 옷은 뼈가 앙상하고 진흙투성이가 된 그녀의 두 다리를 둘러싸고 어지럽고 급격한 동작을 실행한다. 그녀는 앞으로 나아간다, 그녀 자신도, 그 파괴된 지성의 안개 너머로 떠오르는 그녀의 청춘도, 그녀의 환상과 지난날의 행복도, 의식되지 않는 능력들의 회오리바람에 미루나무 잎처럼 휩쓸려 나아간다. 그녀는 그 최초의 우아함과 아름다움을 잃었으며, 그녀의 발걸음은 비천하고, 그녀의 숨결에서는 화주 냄새가 난다. 인간들이 이 지상에서 행복하다면, 놀라야 하는 것은 바로 그때이리라. 그녀는 아무런 비난도 하지 않으며, 불평을 늘어놓기에는 너무 오만해서, 자신에게 관심을 보이는 사람들이 있어도 그들이 말을 걸어올 수 없도록 그녀 자신이 금지하였으니, 그들에게조차 자기 비밀을 드러내지 않고 죽을 것이다. 아이들이 티티새라도 쫓듯이 돌을 던지며 그녀를 쫓아간다. 그녀는 가슴에서 종이 두루마리 하나를 떨어뜨렸다. 어느 미지의 사람이 그것을 주워서, 밤새도록 자기 집에 틀어박혀, 다음과 같은 내용이 담긴 그 수고를 읽었다. 《여러 해 동안 애를 낳지 못했는데, 섭리가 내게 여자아이 하나를 보냈다. 사흘 동안, 나는 교회에서 무릎을 꿇고, 마침내 내 소원을 들어준 그분의 위대한 이름에 감사하기를 중단하지 않았다. 나는 내 생명보다 더 중한 그애에게 나 자신의 젖을 먹이며, 정신과 육체의 모든 장점을 타고난 그 아이가 빠르게 성장하는 것을 보았다. 애는 나에게 말하곤 했다. "누이동생이 하나 있어서 같이 놀면 좋겠어요. 동생을 하나 보내달라고 착한 신에게 부탁해봐요. 그 보답으로 저는 그분을 위해 바이올렛과 박하와 제라늄으로 꽃목걸이를 엮겠어요." 대답 대신 나는 애를 가슴에 안아올려 사랑스럽게 입맞춤을 해주곤 했다. 애는 벌써 동물에 관심을 나타내며, 왜 제비는 인간들의 초옥에 감히 들어오지는 않고 스쳐지나가는 것으로 만족하느냐고 나에게 묻기도 했다. 그러나 내 편에서는, 이런 진지한 질문에는 침묵을 지켜야 한다고 말해주려는 듯이 내 입에 손가락 하나를 올리곤 했는데, 아직은 애에게 이런 질문의 여러 요소들을 이해시켜서 그의 어린애다운 상상력에 과도한 감정으로 파문을 일으키고 싶지 않았던 것이다. 그래서 나는 창조계의 다른 동물들에게 군림하며 부당하게 지배권을 넓혀온 종족에 소속된 존재라면 누구라도 다루기 어려운 이 주제에서 서둘러 화제를 바꾸었다. 애가 묘지의 무덤을 이야기하며, 그 공기에서는 사이프러스와 밀짚국화의 기분좋은 향내가 난다고 말했을 때, 그애의 말을 무지르지 않으려고 조심했다. 그러나 나는 애한테 그곳이 새들의 마을이며, 그래서 새들이 새벽부터 저녁 어스름까지 거기서 노래 부른다고, 무덤은 새들의 보금자리여서 밤이면 새들이 거기서 대리석 덮개를 들어올리고 자기네 식구들과 함께 잠을 잔다고 말해주었다. 애를 감싼 귀여운 옷은 모두 내 손으로 바느질한 것이었고, 내가 일요일을 위해 간직해둔 가지가지 아라베스크 문양의 레이스도 마찬가지였다. 겨울이면, 아이는 큰 벽난로 주변을 당연히 자기 자리로 삼았으니, 자기를 어엿하게 한 사람으로 생각했기 때문이고, 여름에는, 아이가 등나무 막대기 끝에 달린 명주실 그물을 들고, 자유를 한껏 누리는 벌새들을 쫓다가, 약을 올리며 지그재그로 날아가는 나비들과 위험한 장난을 벌일 때,

풀밭이 그 발걸음의 달콤한 압력을 알아차렸다. "뭐하고 있니, 꼬마 방랑자야, 한 시간 전부터 수프가 너를 기다리고, 숟가락도 함께 안달을 하는데?" 그러나 아이는 내 목에 뛰어오르며 이제 다시는 풀밭에 가지 않겠다고 소리쳤다. 이튿날, 마거리트와 물푸레나무를 헤치고, 햇살과 하루살이 날벌레들의 맴돌이 한가운데로, 아이는 다시 빠져나갔다, 아는 것은 삶의 프리즘 같은 단면뿐, 아직은 담즙을 모르고, 자기가 박새보다 크다고 행복해하며, 꾀꼬리만큼 아름답게 노래하지 않는 개개비를 조롱하고, 아버지처럼 굽어보는 밉상 까마귀에게 슬그머니 혀를 내밀며, 어린 고양이처럼 우아하게. 나는 그 아이의 빛을 오래 누릴 명운이 아니었다. 아이가 갑작스럽게 삶의 매혹에 이별을 알리고, 멧비둘기와 들꿩과 방울새의 동아리를, 튤립과 아네모네의 지저귐을, 늪의 풀들이 전하는 충고를, 개구리들의 예리한 재치를, 시냇물의 청량함을 버려두고 영원히 떠나야 할 시간이 다가왔다. 사람들은 무슨 일이 일어났는지 내게 이야기했다. 결과적으로 내 딸의 죽음을 부른 그 사건의 현장에 내가 있지 않았던 것이다. 내가 그 자리에 있었더라면, 내 피를 대가로 치러서라도 이 천사를 지켰으련만…… 말도로르가 제 불도그를 데리고 지나가다가, 플라타너스 그늘에서 잠자는 어린 소녀가 보이자, 그 아이를 처음에는 한 송이 장미라고 생각했다. 놈의 머릿골에서 맨 먼저 일어난 것이 그 아이를 보았다는 것이었는지, 그에 뒤따른 결심이었는지, 어느 쪽이었는지는 말할 수 없다. 놈은 자기가 무엇을 하려는지 아는 사람처럼 재빨리 옷을 벗는다. 돌멩이처럼 발가벗고, 그는 어린 소녀의 몸을 덮쳐, 옷을 걷어올리고 추행을 저지른다…… 백주의 태양 아래! 놈이라고 거리낌이 없을까, 설마!…… 이 불결한 행동에 대해 길게 말하지 말자. 만족하지 못한 심사로, 놈은 서둘러 옷을 다시 입으며, 먼지 날리는 도로에 용의주도한 시선을 던져, 지나가는 사람이 아무도 없는 것을 보고, 불도그에게 위아래 턱을 조여 피에 젖은 소녀를 교살하라고 명령한다. 놈은 그 산악 맹견에게 고통으로 몸부림치는 희생자가 숨을 내쉬며 신음하는 자리를 가리키고는, 장밋빛 혈관에 날카로운 이빨이 다시 박히는 것을 목격하지 않으려고 한옆으로 물러난다. 이 명령의 수행이 불도그에게는 가혹하다고 여겨질 수도 있었다. 자신에게 떨어진 명령이 이미 저질러진 그 짓이라고 믿고, 이 괴물 콧주둥이 늑대는 저 여린 아이의 순결을 이번에는 제가 유린하는 것으로 만족했다. 그 찢어진 배에서 피가 다시 다리를 타고 풀밭으로 흐른다. 아이의 신음이 동물의 눈물과 결합한다. 소녀는 자기를 살려달라는 뜻으로 제 목을 장식하던 황금 십자가를 개에게 보여준다. 제 나이의 연약함을 이용하려고 처음에 맘먹었던 자의 잔학한 눈에는 감히 그것을 보여줄 수도 없었던 것이다. 그러나 개는 주인의 명령을 어기는 즉시 소맷자락 아래서 날아온 비수가 별안간 예고도 없이 제 내장을 가를 것임을 모르지 않았다. 말도로르(내뱉기조차도 섬뜩한 이름이 아닌가!)는 고통의 단말마를 들으며, 희생자가 아직도 죽지 않았으니 그렇게도 끈질긴 생명을 지닌 것에 놀랐다. 놈은 희생제단에 다가가, 제 개가 열등한 성향에 몸을 맡기고, 난파선의 조난자가 성난 파도 위로 제 머리를 들어올리는 양으로, 소녀 위로 머리를 들어올리고 하는 짓거리를 본다. 놈은 개를 발로 차 한쪽 눈을 찢는다. 화가 난 불도그가 들판으로 달아나, 짧다고 해도 늘 너무 길기만 한 도로를 달리는 동안, 엉덩이 뒤에 매달려 끌려가는 소녀의 몸은 도망칠 때의 급격한 동작 덕분에 겨우 풀려났다. 그러나 개는, 이제 두번 다시 제 주인의 눈에 띨 일이 없을 텐데도, 주인에게 덤벼들기가 겁난다. 주인 놈은 제 주머니에서 다용도로 쓰이는 열 개 내지 열두 개의 날이 달린 미제 나이프를 꺼낸다. 놈은 이 강철 히드라의 각진 다리를 펴고, 같은 모양새의 수술칼을 갖춘 다음, 잔디가 그토록 많이 흘린 피의 색깔에 덮이고도 아직은 완전히 사라지지 않은 것을 보고, 낯빛도 질리지 않은 채 이 불행한 아이의 질을 단호하게 후벼낼 채비를 한다. 그 넓어진 구멍으로, 그는 차례차례 내장을 끄집어낸다. 창자가, 허파가, 간이, 그리고 마침내 심장까지 그 소름끼치는 절개수술로 제 본디 자리에서 뽑혀 대낮의 햇빛 아래 끌려나왔다. 이 희생제의의 사제는 어린 소녀가, 이 속 빈 암탉이, 오래전에 죽은 기미를 알아차리자, 점점 더해가던 제 포학의 투지를 멈추고, 시체를 플라타너스 그늘에서 다시 자도록 놓아두었다. 몇 걸음 떨어진 곳에 버려졌던 그 나이프를 주운 사람이 있었다. 한 양치기가 그때까지 범인이 밝혀지지 않은 이 범행을 목격했으나, 그는 오랜 뒤에야, 범죄자가 무사히 국경에 도착해서, 폭로될 경우에는 자기에게 꽂힐 확실한 복수를 더는 두려워해야 할 필요가 없다고 확신한 뒤에야, 그 이야기를 했다. 나는 입법자도 예견하지 못했고, 선례도 없는 이 대죄를 저지른 미치광이를 가엾게 여겼다. 내가 그를 가엾게 여긴 것은 그가 장 내벽을 이 바닥에서 저 바닥까지 발라내면서 삼 곱하기 사 개 칼날의 단도를 다룰 때, 이성의 용법을 지키지 않았을 가능성이 크기 때문이다. 내가 그를 가엾게 여기는 것은 그가 미치지 않았더라면, 그의 치욕스러운 행업은, 내 딸이기도 한 무해한 한 아이의 살과 동맥에 이처럼 악착을 떠는 대신, 저의 동류들에게 대항하여 아주 강한 증오를 키웠을 것이 틀림없기 때문이다. 나는 그 인간 잔해의 매장에 말없는 체념으로 입회했으며, 날마다 한 무덤에 가서 기도했다.》독서의 끝에 이르자, 그 미지인은 제 힘을 가눌 수 없어서 기절했다. 그는 정신을 차리고 그 수고를 불태웠다. 그는 이

젊은 날의 기억을 잊었으며(습관은 기억력을 무디게 하는지라!),
스무 해 동안 떠나 있다가 이 숙명의 나라로 다시 돌아왔다. 그는
불도그를 사지 않으리라!…… 그는 양치기들과 이야기를 나누지
않으리라!…… 그는 플라타너스 그늘에서 잠자지 않으리라!……
아이들이 티티새라도 쫓듯이 돌을 던지며 그녀를 쫓아간다.

[3] 트랑달은 자기 마음대로 없어지는 사내의 손을, 줄곧 사람
의 형상이 쫓아오는데, 줄곧 앞으로 피해 달아나는 사내의 손을
마지막으로 잡았다. 방랑의 유태인은 지상의 지배권이 악어 종족
에 속하기만 해도 자신이 이렇게 달아나지는 않으리라고 생각한
다. 트랑달은 골짜기 위에 서서, 한 손을 제 눈앞으로 내밀어 햇살
을 모으고 있었으며, 그동안 다른 손은 수직으로 뻗치어 움직이지
않는 팔 끝에서 허공의 가슴을 만지고 있었다. 몸을 앞으로 구부
리고, 우정의 조각상, 그는 바다처럼 신비로운 눈으로, 징 박힌 지
팡이에 의지해 산허리의 비탈을 기어오르는 여행자의 각반을 바
라본다. 땅이 그의 발밑에서 꺼지는 것만 같아, 눈물과 감정을 참
으려야 참을 수 없을 것이다.
《그는 멀리 있구나. 그의 실루엣이 좁은 오솔길로 나가는구나.
그는 어디로 가는가, 저 무거운 발걸음으로? 그 자신도 알지 못하
지…… 그렇지만 내가 잠을 자고 있는 것은 아닌 게 확실하다. 다
가오는 자는, 말도로르를 만나러 오는 자는 누구인가? 놈은 크기
도 하구나, 용은…… 떡갈나무보다 더 크구나! 질긴 인대로 묶인
놈의 하얀 날개는 강철 힘줄을 지녀서, 그만큼 공기를 쉽게 가르
는 것 같다. 그 몸은 호랑이의 상체로 시작해서 뱀의 긴 꼬리로 끝
난다. 나는 이런 물건을 보는 데 익숙지 않았다. 그 이마에는 도대
체 무엇이 있는가? 상징적인 혀 속에 내가 풀 수 없는 낱말 하나

가 쓰인 것이 보인다. 마지막 날갯짓으로 놈은 목소리의 울림이 귀에 익은 그 사내의 곁으로 옮겨왔다. 놈이 사내에게 말한다: "나는 너를 기다렸고, 너도 마찬가지다. 시간이 다가왔다, 자, 내가 여기 있다. 내 이마에서, 상형문자로 쓰인 내 이름을 읽어라." 그러나 사내는 제 적수가 오는 것을 보자마자 거대한 독수리로 변해 전투태세를 갖추고, 제 구부러진 부리를 만족스럽게 딸그락거렸으며, 그렇게 함으로써, 용의 꼬리 부분을 먹는 것이 오직 자기에게 떨어진 책임이라고 말하고 싶어한다. 바야흐로 그들은 수차례 원을 그려 그 반경을 점점 줄여가면서, 싸우기 전에 상대의 수완을 탐색한다. 제법이구나. 내가 보기에 용이 더 강한 것 같다. 놈이 독수리를 누르고 승리했으면 좋겠구나. 내 존재의 일부가 엮여 있는 이 구경거리에 내 마음이 크게 설레려 한다. 힘센 용이여, 필요하다면, 나는 고함을 질러 너를 격려할 것이다. 지는 것이 독수리에게는 이익이기 때문이다. 그들은 공격하기 전에 무엇을 기다리는가? 조바심이 나서 죽을 것 같다. 자, 용이여, 네가 먼저 공격을 시작하라. 네가 메마른 발톱으로 녀석을 한 번 할퀴었구나. 그리 나쁘진 않다. 독수리도 그렇게 느꼈으리라고 너에게 장담한다. 바람이 피 묻은 그 깃털의 아름다움을 실어가는구나. 아! 독수리가 부리로 네 눈 하나를 뽑아내는데, 너는 녀석의 살갗밖에는 벗기지 못했구나. 그 점에 주의해야 할 것이다. 브라보, 보복을 해라, 날개를 부서뜨려라. 말할 것도 없다만, 네 호랑이 이빨도 아주 훌륭하구나. 독수리가 들판으로 내리 던져져 허공에서 맴도는 동안, 네가 녀석에게 다가갈 수만 있다면! 보아하니, 저 독수리는 떨어지면서도 네게 조심성을 부추기는구나. 녀석은 땅바닥에 늘어졌다, 일어날 수 없을 것이다, 입을 벌린 그 온갖 상처의 모습에 나는 흥분한다. 땅에 닿을 듯 말 듯 녀석의 주위를 날아라. 비늘이 벗겨진 네 뱀 꼬리로 끝장을 내라, 그럴 수만 있다면. 용기를 내라, 아름다운 용이여, 힘찬 발톱을 녀석에게 박아라, 피가 피에 섞여 물이 없는 곳에서 시내를 이루도록. 말하기는 쉽지만, 행하기는 쉽지 않다. 독수리는 이 기념할 만한 전투의 불운한 형편에 따라, 방어전의 새로운 작전계획을 이제 막 수립했다. 녀석은 신중하다. 자세에 흔들림이 없이, 남아 있는 한쪽 날개로, 두 넓적다리로, 전에는 방향타로 쓰이던 꼬리로 버티고, 굳건히 앉았다. 녀석은 이제까지 자신에게 맞섰던 노력보다 더 비범한 노력에 도전한다. 때로는, 호랑이만큼 재빨리 빙글빙글 돌면서도, 피곤한 기색을 보이지 않고, 때로는 등을 깔고 누워, 강력한 두 발을 공중으로 쳐들고, 의연하게, 제 적수를 빈정거리는 눈으로 바라본다. 누가 승리자가 될지 막판에 가면 알게 마련이다. 전투가 영원할 수는 없다. 어떤 결과가 일어날지 궁금하구나! 독수리는 무시무시하다, 거대한 도약으로 지축을 흔드는 품이 마치 날아오르려는 것 같다. 그렇지만, 녀석은 자기가 그럴 수 없다는 것을 안다. 용은 마음을 놓지 않는다. 놈은 순간마다 눈 하나가 없는 쪽에서 독수리가 자기를 공격하고 있다고 생각한다…… 나의 불행이로다! 그 일이 일어난다. 어찌하여 용이 가슴팍을 잡히고 말았는가? 놈이 꾀를 쓰고 용을 써보아야 헛일이다. 나는 독수리가, 새로 입은 상처에도 불구하고, 날개와 다리로 놈에게 거머리처럼 달라붙어, 제 부리를 용의 복부에 점점 더 깊이, 목의 뿌리까지, 처박는 것을 깨닫는다. 녀석의 몸밖에는 보이지 않는다. 녀석은 편안한지, 거기서 서둘러 빠져나오려 하지 않는다. 녀석은 아마도 무언가를 찾고 있는데, 호랑이 머리를 가진 용은 긴 울음소리를 내질러 숲을 깨운다. 바야흐로 독수리가 동굴에서 나온다. 독수리여, 너는 얼마나 끔찍한가! 너는 피의 늪보다 더 붉구나! 네가 비록 그 활기찬 부리에 퍼덕이는 심장 하나를 물고 있다만, 너도 하 많은 상처에 뒤덮여, 털 난 두 다리로 가까스로 버티고 서서, 부리도 다물지 못한 채, 소름 끼치는 단말마 속에 죽어가는 용의 곁에서, 휘청거리는구나. 승리 가 쉽지는 않았다만, 그까짓 것이야, 네가 이겼다. 아무튼 진실을 말해야겠지…… 너는 이성의 법칙에 따라 행동하는지라, 용의 사 체에서 멀어지면서, 독수리의 형상을 벗어버리는구나. 자, 말도로 르여, 이제 네가 승리자다! 아, 이제, 너는 *희망*을 무찔렀다. 이제 부터, 절망이 너의 가장 순결한 실질實質을 섭취하며 자라리라! 이 제부터, 너는 결연한 발걸음으로 악의 길로 다시 돌아가는구나! 비록 내가 고통에 마비된 셈이기도 하지만, 내가 용에게 가한 최 후의 일격은 나의 내부에 똑같은 타격을 느끼게 하기에 부족함이 없었다. 내가 고통스러워하는지 어쩐지 네가 판단하라! 그러나 너 는 나를 두렵게 한다. 보시라, 보시라, 저멀리, 달아나는 저 사내 를. 뛰어난 대지인 그 사내 위로, 저주가 제 무성한 잎을 피웠다. 그는 저주받으며, 그는 저주한다. 너는 네 샌들을 어디로 끌고 가 는가? 너는 어디로 가는가, 지붕 위의 몽유병자처럼 망설이며? 너 의 사악한 운명이 완성되기를! 말도로르여, 잘 가라! 잘 가라, 영 원토록, 영원토록 우리는 다시 만나지 않으리라!》

　[4] 봄날이었다. 새들은 지저귀며 저들의 찬가를 퍼뜨리고, 인 간들은 저들의 서로 다른 과제에 지쳐 피로의 성스러움에 잠겼다. 삼라만상이 자기 운명에 전념했다: 나무가, 행성이, 상어가. 삼라 만상이, 창조주만 예외로! 그는 찢어진 옷을 입고 길바닥에 너부 러져 있다. 그의 아랫입술은 잠에 취한 밧줄처럼 늘어져 있고, 그 의 이빨은 닦이지 않았고, 그 머리칼의 금빛 물결에는 먼지가 섞 여 있었다. 무거운 졸음에 마비되고, 자갈에 부딪쳐 으깨진 그의

몸은 다시 일어서려고 헛된 노력을 했다. 그의 힘이 그를 버렸으니, 그는 거기 누워 있다, 지렁이처럼 허약하게, 나무껍질처럼 무감각하게. 그 어깨의 성마른 꿈틀거림으로 패인 자국을 포도주가 쏟아져 가득 채웠다. 돼지 주둥이의 우둔이 제 보호용 날개로 그를 감싸며, 그에게 연정의 시선을 던졌다. 근육이 풀린 그의 다리는 두 개의 눈먼 돛대처럼 땅을 쓸었다. 두 콧구멍에서는 피가 흘렀다. 넘어지면서, 그의 얼굴이 어느 말뚝에 부딪혔던 것…… 그는 취했다! 무시무시하게 취했다! 밤새 피 세 통을 삼킨 빈대처럼 취했다! 그는 두서없는 말로 메아리를 가득 채우는데, 나는 여기서 그 말을 반복하지 않으려고 조심한다. 지고한 주정뱅이가 제 체면을 존중하지 않는다면, 나라도 인간들을 존중해야 한다. 그대들은 알았던가, 창조주가…… 취했다는 것을! 난장판 주연의 술잔에 더럽혀진 저 입술에 자비를! 지나가던 고슴도치가 그의 등에 바늘을 찌르고 말했다: "이게 네 몫이다. 태양이 행정의 중간에 와 있다. 일하라, 게으름뱅이야, 남의 빵을 먹지 말라. 조금만 기다려라, 그러면 내가 갈고리부리 도가머리앵무새를 부르는지 마는지 보게 될 것이다." 지나가던 청딱따구리와 부엉이가 그의 배에 부리를 완전히 처박고 말했다: "이게 네 몫이다. 너는 이 땅에 무엇하러 왔느냐? 동물들에게 이 침울한 코미디를 보여주려고? 하나 두더지도 화식조도 홍학도 네 흉내를 내지 않을 것이라고, 내 너에게 단언한다." 지나가던 당나귀가 그의 관자놀이를 한번 걷어차고 말했다: "이게 네 몫이다. 내가 너한테 어떻게 했기에 이렇게 긴 귀를 달아주었느냐? 하다못해 귀뚜라미까지 나를 무시하지 않는 놈이 없다." 지나가던 두더지가 그의 이마에 침을 뱉고 말했다: "이게 네 몫이다. 네가 나한테 큰 눈을 달아주어, 지금 보이는 몰골 그대로 너를 알아볼 수만 있었다면, 네가 아무의 눈에도 띄지 않게, 미나리아재비와 물망초와 동백꽃을 비 내리듯 뿌려, 네 사지의 아름다움을 감쪽같이 감춰주었으련만." 지나가던 사자가 그 왕자다운 얼굴을 기울이며 말했다: "나로 말하면, 비록 그의 위광이 우리 눈에 잠시 이지러진 듯하지만, 나는 그를 존경한다. 네놈들이 거만을 떨어대도, 그가 잠든 사이에 그를 공격하였으니, 모두 비겁자들일 뿐이다. 네놈들이 그에게 아낌없이 쏟아붓는 그 욕설 말인데, 만일 너희들이 그의 처지에 놓여, 지나가는 무리들에게서 그런 욕설을 들었다면, 퍽이나 즐겁겠느냐?" 지나가던 인간이 개꼴난 창조주 앞에 멈춰 서서, 사면발니와 독사의 박수갈채를 받으며, 사흘 동안 그 고귀한 얼굴에 똥을 누었더라! 이런 모욕이라니, 인간에게 화가 있으라. 이는 그가 적을 존중하지 않았기 때문이다, 진흙과 피와 포도주의 뒤범벅 속에 무방비로, 거의 생기도 없이 늘어져 있는 적을!…… 그러자 지고한 신은 이 모든 저속한 모욕을 받고는 깨어나, 안간힘을 쓰고 다시 일어서더니, 비틀거리는 몸으로 돌 하나를 찾아가, 폐병환자의 두 고환처럼 두 팔을 늘어뜨리고 주저앉아, 자기에게 속한 자연 전체에 불꽃이 없는 멀건 시선을 던졌다. 오, 인간들이여, 너희는 무서운 아이들이지만, 내 너희에게 간청하건대, 이 위대한 존재를 너그럽게 봐주자, 이 존재는 그 불결한 음료의 기운을 아직 가라앉히지 못했으며, 몸을 똑바로 가눌 만한 힘도 남아 있지 않아서, 떠돌이처럼 앉아 있던 바위 위에 다시 무겁게 넘겨졌다. 저 지나가는 걸인을 주목하라. 그는 회교 수도승이 굶주린 팔을 내뻗은 것을 보고, 누구에게 적선하는지도 알지 못하고, 긍휼을 비는 그 손에 빵 한 조각을 던졌다. 창조주는 그에게 고갯짓으로 감사의 뜻을 표했다. 오! 너희는 우주의 고삐를 내내 한결같이 잡는다는 것이 어떻게 어려운 일이 되는지 결코 알지 못하리라! 이따금 피가 머리로 솟아오르는데, 허무에서부터 최후의 혜성을 새로운 종류의 정신들과 함께 끌어내는 일에 몰두할 때 그렇다. 지성도 바닥부터 꼭대기까지 흔들리다보면 패배자처럼 물러나, 생애에 한번은 너희가 목격했던 바의 혼미 속에 떨어질 수 있느니라!

[5] 악덕의 기장旗章인 붉은 등이 가로막대 끝에 매달려, 육중하고 벌레 먹은 문 위에서, 사방에서 불어오는 바람의 채찍을 맞으며 제 골조를 흔들고 있었다. 인간의 허벅지 냄새가 나는 더러운 회랑 하나가 안마당으로 나 있고, 제 날갯죽지보다 더 마른 수탉들과 암탉들이 그 마당에서 먹이를 찾고 있었다. 안마당의 울타리 노릇을 하며 서편에 서 있는 담장에는 서로 다른 출입구들이 인색하게 뚫려 쇠창살 쪽문으로 닫혀 있었다. 이끼가 그 안채를 덮고 있다. 아마도 한때 수도원이었을 안채는 지금 건물의 나머지 부분과 함께, 날마다 방문객들에게 약소한 금품의 대가로 질 내부를 보여주는 그 모든 여자들의 숙소로 쓰이고 있었다. 나는 허리띠처럼 파인 도랑의 흙탕물 속에 교각을 잠근 다리 위에 서 있었다. 나는 들판에서 높이 솟은 그 겉면에서부터 노후로 기울어진 그 건물과 내부 구조의 가장 미세한 세부까지 음미했다. 이따금 쪽문의 쇠창살이 마치 쇠의 본성을 왜곡하는 어떤 손의 상향 추진력을 따르기나 하는 듯이 저절로 철커덕거리며 위로 올라가곤 했다. 한 사내가 반쯤 트인 그 출입구로 머리를 내보이더니, 비늘 같은 석고가 떨어져 쌓이는 양 어깨를 내밀고, 이 고역스러운 몸뽑기 작업에서, 거미줄에 뒤덮인 몸뚱이를 뒤따르게 했다. 아직도 한쪽 다리가 철창의 비틀림에 얽혀 있는데, 땅을 무겁게 짓누르는 각종 오물 위에 제 손을 말굽처럼 올려놓으며, 제 본디 자세를 그는 이렇게 다시 찾아, 온 세대가 줄줄이 부침하는 것을 보아왔던

비눗물의 흔들거리는 물통으로 다가가 손을 적시고는, 뒤미처 가능한 한 가장 빨리 이 변두리 골목길에서 멀리 벗어나 시내 중심가로 맑은 공기를 마시러 갔다. 손님이 나가자, 발가벗은 한 여자가 같은 식으로 몸을 밖으로 옮기고는 같은 물통을 향해 갔다. 그때, 정액 냄새에 이끌린 수탉들과 암탉들이 안마당의 이 구석 저 구석에서 떼를 짓고 달려나와, 그녀의 격렬한 저항에도 불구하고, 그 몸뚱이 표면을 두엄처럼 짓밟으며 부풀어오른 질의 연한 음순을 피가 날 때까지 부리질로 쪼아댔다. 수탉들과 암탉들은 포식한 목구멍으로 되돌아가 안마당의 풀을 파헤쳤다. 청결하게 된 여자는 다시 일어나, 악몽을 꾸고 깨어났을 때처럼, 상처에 뒤덮인 몸을 떨었다. 그녀는 다리를 씻으려고 가져온 걸레를 떨어뜨리고, 공동의 물통이 더는 필요 없어서, 소굴에서 나오던 식으로 다시 소굴로 돌아가 다음 번 단골손님을 기다렸다. 그 광경을 보고, 나도 그 집에 들어가고 싶었다. 내가 다리에서 내려서려는데, 한 교각의 윗돌장식에 히브리문자로 된 이런 명문銘文이 눈에 띄었다: "이 다리를 지나는 그대, 그곳에 들어가지 마시라. 거기는 범죄가 악덕과 동거한다. 어느 날, 운명의 문을 넘어간 젊은이를 그의 친구들이 기다렸으나 헛일이었다." 호기심이 두려움을 이겼다. 잠시 후, 내가 쪽문 앞에 이르러 보니, 그 쇠창살에는 굳건한 빗장 몇 개가 단단하게 엇물려 있었다. 나는 이 여과기 너머로 내부를 들여다보고 싶었다. 처음에는 아무것도 보이지 않았지만, 빛을 줄이면서 금방 지평선으로 사라지려는 햇살의 덕택으로, 어두운 방안에 있는 물건들을 이윽고 분별할 수 있었다. 맨 먼저 그리고 유일하게 내 시야에 들어온 것은 원뿔을 하나하나 줄줄이 끼워 만든 금빛 몽둥이였다. 그 몽둥이가 움직였다! 방안에서 걸어다녔다! 그 진동이 어찌나 강한지 마룻바닥이 흔들렸다. 몽둥이는 그 양끝으로 벽에 큼직한 구멍을 파고 있었으니, 포위당한 도시의 성문을 들이박는 파성추破城錐를 보는 듯했다. 그 노력은 소용이 없었다. 벽은 각지게 자른 돌로 지어져서, 그놈이 벽면을 처댈 때마다, 그 강철 날이 구부러지면서 탄력 있는 공처럼 튕겨나오는 것을 볼 수 있었다. 그 몽둥이가 그렇다고 나무로 만들어진 것은 아니었다! 나는 곧 그놈이 뱀장어처럼 쉽게 몸을 말았다가 다시 푼다는 것을 알아차렸다. 키가 어른만큼 컸으나, 몸을 곧추세운 것은 아니었다. 이따금 그놈은 그러려고 애썼으나, 쪽문의 창살 앞에 한쪽 끝을 드러내곤 했다. 놈은 격렬하게 튀어올랐다가 다시 바닥에 떨어지곤 해서, 장애물을 뚫을 수 없었다. 그놈을 더욱더 찬찬히 살피다보니, 그게 한 오라기 머리카락이 아닌가! 그놈은 자기를 감옥처럼 둘러싼 물질과 대판 싸움을 벌인 다음, 그 방안에 있는 침대로 가서 뿌리는 양탄자에 내려놓고 꼭대기는 침대머리에 걸치는 모양으로 기대앉았다. 얼마간 침묵이 흐르고, 그동안 끊어졌다 이어지는 울음소리가 들리더니, 놈이 목소리를 높여 이렇게 말했다: "주인은 이 방에 나를 두고는 잊어버렸어. 나를 찾으러 오지 않았지. 그는 내가 지금 기대앉은 이 침대에서 일어나, 그 향수 뿌린 머리를 빗으면서, 내가 그전에 바닥에 떨어진 건 생각지도 못했지. 그렇지만, 주인이 나를 주웠더라도, 나는 그 단순하고 당연한 행위가 놀랍다고 여기지는 않았을 거야. 한 여자의 팔에 안긴 뒤에, 이 답답한 방에 나를 버리다니. 그런데 어떤 여자지! 시트는 그들의 따뜻한 감촉으로 아직도 촉촉하고, 그 흐트러진 자락에 사랑하며 보낸 하룻밤의 흔적을 담고 있고……" 그래서 나는 혼자 물어보았다, 그 주인이 누구란 말인가! 그리고 내 눈은 더욱 힘차게 쇠창살에 달라붙고!…… "자연 전체가 그 정결함에 싸여 잠들어 있는 동안, 그는 음탕하고 불결한 포옹에 싸여 타락한 여자와 짝짓기를 했지. 습관이 된 뻔뻔함으로 경멸을 받아 마땅한 뺨, 물기가 시들어버린 그 뺨이 자신의 고결한 얼굴에 닿도록 내맡길 지경으로 그는 몸을 낮추었지. 주인은 얼굴을 붉히지 않았으나, 나는 주인 때문에 얼굴을 붉혔지. 주인은 그따위 하룻밤 아내와 함께 자는 것이 행복하다고 느꼈을 것이 틀림없어. 여자는 필경이 손님의 위엄 어린 풍채에 놀라 비할 데 없는 쾌락을 느끼고, 미친 듯이 그 목을 끌어안았지." 그래서 나는 혼자 물어보았다, 그 주인이 누구란 말인가! 그리고 내 눈은 더욱 힘차게 쇠창살에 달라붙고!…… "나는 그동안에, 육체의 쾌락으로 평시와 다른 그의 열기와 비례해서 더욱 수가 늘어가는 독종毒腫이 그 치명적인 독즙으로 내 모근을 휘감고, 그 흡관으로 내 생명의 모태 자양을 빨아들이는 것을 느꼈지. 그들이 무분별한 몸부림에 빠져 점점 무아지경이 될수록, 나는 내 힘이 점점 줄어드는 것을 느꼈지. 육욕이 광란의 절정에 이른 순간, 나는 내 모근이 총알에 상처를 입은 병사처럼 폭삭 무너지는 것을 알았지. 생명의 횃불이 내 안에서 꺼지자, 나는 그 저명한 머리에서 죽은 가지처럼 떨어져나왔어. 나는 바닥에 떨어졌지, 담력도 없이, 기력도 없이, 활기도 없이, 다만 내가 소속되었던 그이에 대한 깊은 연민과 함께, 다만 그의 의도적인 미망에 대한 영원한 고통과 함께!……" 그래서 나는 혼자 물어보았다, 그 주인이 누구란 말인가! 그리고 내 눈은 더욱 힘차게 쇠창살에 달라붙고!…… "주인이 하다못해 그 혼으로 처녀의 순결한 젖가슴을 안기만 했더라도. 여자가 한결 그에게 어울려 타락도 한결 줄어들었으련만. 숱한 남자들이 먼지투성이 발꿈치로 밟고 지나간 나머지 진흙에 덮인 그 이마에, 주인이 그 입술로 입을 맞추다니!…… 그가 부끄러움을 모르는 그 콧구멍으로 저 습한 두 겨드랑이에서 발산하는 냄새를 마시다니!…… 겨드랑이 막이 수치심으로 움찔하고, 콧구멍 편에서도 이 더러운 호흡에 반발하는 것을 보았지. 그러나 그도 여자도 겨드랑이의 엄숙한 경고에, 콧구멍의 침울하고 창백한 반발에 아무런 주의도 하지 않았더라고. 여자는 팔을 더 높이 쳐들었고, 그는 더 강한 기세로 자기 얼굴을 그 오목한 곳에 파묻더라고. 나는 어쩔 수 없이 이 모독의 공범이 되고 말았어. 어쩔 수 없이 그 듣도 보도 못한 요분질의 목격자가 되어, 깊이를 모를 심연으로 가지가지 성질이 분리된 두 존재의 억지 결합을 구경하고 말았어……" 그래서 나는 혼자 물어보았다, 그 주인이 누구란 말인가! 그리고 내 눈은 더욱 힘차게 쇠창살에 달라붙고!……" 그 여자의 냄새를 맡는 데도 물리자, 그는 그 근육을 한 점 한 점 떼어내고 싶어했으나, 그게 여자였던 만큼, 너그럽게 봐주고, 그 대신 자기와 동성인 존재를 괴롭히기로 했던 거야. 주인은 그런 여자들 가운데 하나와 잠시 태평한 시간을 보내려고 찾아온 젊은이를 옆에 딸린 작은 방에서 불러내 자기 눈에서 한 걸음 떨어진 자리에 와서 서라고 엄명을 내렸어. 나는 오래전부터 바닥에 누워 있었지. 타오르는 내 모근을 딛고 일어설 힘이 없어서, 그들이 무슨 짓을 하는지 볼 수 없었다는 말이야. 내가 아는 것은, 그 젊은이가 그의 손닿는 위치에 오자마자 그의 너덜거리는 살점들이 침대 발치에 떨어져 내 옆으로 굴러왔다는 거야. 그 살점들은 네 주인의 손톱이 청년의 두 어깨에서 자기들을 떼어냈다고 작은 소리로 말하더군. 젊은이는 자기보다 더 거대한 힘과 맞붙어 내내 싸움을 벌였던 그 몇 시간 끝에, 침대에서 일어나 장엄하게 물러났지. 그는 문자 그대로 발끝에서 머리끝까지 껍질이 벗겨져서, 뒤집힌 제 가죽을 끌고 방바닥의 타일을 가로질렀지. 그는 혼자 생각한 거야, 제 성격이 선심으로 가득하다고, 제 동류들도 자기처럼 착하다고 기꺼이 믿는다고, 그 때문에 자기를 가까이 부른 품위 있는 낯선 남자의 요청에 동의했던 것이라고, 그런데 결코, 정말로 결코, 한 망나니에게 고문을 당하리라고는 생각지 못했다고. 이런 망나니에게, 라고 그는 잠시 쉬고 나서 덧붙였지. 마침내 그는 쪽문을 향해 나아갔고, 문은 살가죽이 벗겨진 이 몸뚱이를 보고 불쌍해서 땅바닥까지 갈라지더군. 외투로밖에는 쓸 수 없더라도, 여전히 쓸모가 있는 제 살가죽을 버리지 않고, 그는 이 우범지대에서 사라지려고 애썼지. 일단 방에서 멀어지고 나니, 그가 입구의 문에 닿을 힘이 있는지 어떤지 나는 볼 수 없었지만. 오! 수탉들과 암탉들이, 배고픔에도 불구하고, 존경심을 품고, 피로 젖은 땅 위에 난 그 긴 핏자국에서 멀어지는 게 아닌가!" 그래서 나는 혼자 물어보았다, 그 주인이 누구란 말인가! 그리고 내 눈은 더욱 힘차게 쇠창살에 달라붙고!……"그때, 자신의 위엄과 명의名義를 더 많이 생각했어야 할 자는 피곤한 팔꿈치를 짚고 고통스럽게 다시 일어섰지. 홀로, 침울하게, 진저리를 내며, 흉한 모습으로!…… 그는 천천히 옷을 입었어. 수도원의 지하묘지에 수세기 전부터 파묻혀 있던 수녀들이, 이 끔찍한 밤에 동굴 위의 작은 방에서 서로 부딪치며 울리는 그 소음들에 소스라치며 깨어일어나서, 손에 손을 잡고 그를 싸고돌며 죽음의 원무를 추더군. 그가 옛 광휘의 쪼가리들을 찾아 모으며, 침으로 손을 썻고는, 이내 그 손을 다시 머리칼로 훔치는 동안(하룻밤을 고스란히 악덕과 범죄로 보낸 뒤이니, 손을 전혀 썻지 않는 것보다는 침으로라도 썻는 편이 더 나았다), 수녀들은 죽은 자들을 위해 비통한 기도를 읊조렸는데, 그때 누군가가 무덤으로 내려갔지. 사실 그 젊은이는 신력의 손길이 자신에게 가한 그 고문을 이기고 살아날 수는 없어서, 수녀들이 노래하는 동안 그의 단말마는 끝났지……" 나는 교각의 명문銘文을 떠올리고는, 종적이 사라진 이후 지금까지 하루도 빠짐없이 친구들이 기다리고 있는 그 사춘기 몽상가가 어찌 되었는가를 알게 되었다. 그래서 나는 혼자 물어보았다, 그 주인이 누구란 말인가! 그리고 내 눈은 더욱 힘차게 쇠창살에 달라붙고!…… "담장은 그가 지나갈 수 있도록 갈라졌고, 수녀들은 그가 에메랄드 옷 속에 그때까지 감추고 있던 날개를 펼쳐 공중으로 날아가는 모습을 보고 말없이 무덤의 덮개 아래 다시 눕더군. 그는 나를 여기 남겨두고 천상의 처소로 떠났지. 그건 옳지 않아. 다른 머리카락들은 그의 머리에 남아 있는데, 나는 이 음울한 방에, 굳어진 피와 마른 살점들의 넝마로 덮인 마룻바닥에 누워 있다니. 이 방은 그가 들어온 이후 저주를 받아, 아무도 들어오지 않건만, 나는 여기 갇힌 신세네. 그러니 끝장이 난 거지! 나는 이제 천사 군단이 밀집대형을 지어 행진하는 것도, 천체들이 화음의 정원에서 산책하는 것도 더는 볼 수 없으리. 그래, 좋다, 자…… 나는 체념으로 내 불행을 견딜 수 있으리라. 그러나 나는 인간들에게 이 방에서 무슨 일이 일어났는지 잊지 않고 말할 거야. 나는 인간들에게 자신의 위엄을 쓸모없는 옷가지처럼 벗어던져도 괜찮다고 말할 거야. 그들은 내 주인의 견본이니까. 나는 그들에게 죄악의 음경을 빨라고 권할 거야. 어떤 분이 벌써 그렇게 했으니까……" 머리칼은 입을 다물었다…… 그래서 나는 혼자 물어보았다, 그 주인이 누구란 말인가! 그리고 내 눈은 더욱 힘차게 쇠창살에 달라붙고!…… 그런데 바로 그때 천둥이 치고, 한줄기 인광燐光이 방안으로 들어갔다. 나는 엉겁결에 나도 모를 어떤 경고 본능에 의해 뒤로 물러났다. 쪽문에서 떨어져 있었음에도 불구하고, 또하나의 목소리, 그러나 누가 들을까봐 겁이 나 기어들어가면서도 다정한 목소리가 내 귀에 들려왔다:《그렇게 폴싹대지 마라! 입을 다물어라…… 입을 다물어라…… 누가 듣기라도 하면! 너를 다른 머리카락들 사이에 다시 넣어주겠다만, 먼저 태양이 지평선에 잠기기를 기다려, 어둠이 네 발걸음을 숨길 수 있게 해야지…… 내가 너를 잊어버린 것은 아니지만, 네가 나가는 것을 누가 보기라도 하면, 내가 입질에 오를 것이다! 오! 내가 그 순간 이후 얼마나 마음이 아팠는지 네가 알기만 한다면! 하늘로 다시 돌아가니. 내 천사장들이 호기심으로 나를 둘러싸더구나. 그들은 내가 없어진 이유를 나에게 물으려 하지는 않았지. 그들은 감히 내게 시선을 들어올리지도 못하는 주제에, 수수께끼를 캐내려고 애를 쓰며, 비록 이 신비의 내막을 알아차리는 못했지만, 내 기진한 얼굴에 멍청한 시선을 던지고는, 내 안에 심상찮은 어떤 변화가 일어난 것에 걱정스러워하는 심정들을 아주 낮은 목소리로 주고받더구나. 그들은 고요한 눈물을 흘리며 울었으니, 내가 더는 옛날의 내가 아니며, 본디의 나보다 더 열등해졌다고 어렴풋이나마 느끼고 있었다. 그들은 어떤 불길한 결심이 나로 하여금 하늘의 경계를 뛰어넘어 지상에 날아들어서는, 그들 자신이 마음속 깊이 경멸하는 덧없는 쾌락을 맛보게 하였는지 알고 싶어했을 터이다. 그들은 내 이마에 묻은 한 방울의 정액과 한 방울의 피를 눈여겨보더구나. 앞의 한 방울은 창녀의 볼기짝에서 튀어오른 것이 아니더냐! 뒤의 한 방울은 저 희생자의 혈관에서 솟아오른 것이 아니더냐! 추악한 낙인! 움직일 수 없는 장미문양! 내 천사장들은 허공의 덤불에 매달려, 어안이 벙벙한 여러 민족들 위에 떠돌고 있는 내 오팔 튜닉의 번쩍이는 잔해들을 찾아냈다. 그들이 튜닉을 다시 꿰맞추지 못해서, 나는 그들의 순결함 앞에 벌거벗은 채로 서 있었으니, 저버린 미덕에 대한 기억할 만한 징벌이로다. 빛바랜 내 뺨 위에 침대 자국이 내놓은 이 고랑을 보아라. 내 마른 주름을 따라 천천히 새어나오는 것은 정액방울과 핏방울이다. 윗입술에 이르러서 그 방울들은 엄청난 노력을 하며, 저항할 수 없는 목구멍에 자석처럼 이끌려, 내 입의 성소로 침입하는구나. 내 숨통을 막는구나, 이 완고한 두 방울이. 나는 말이다, 지금까지 나는 내가 전능한 자라고 생각했는데, 그러나, 아니다, 나는 나한테 이렇게 소리치는 후회 앞에 고개를 숙여야 한다: "너는 가련한 놈일 뿐이다!" 그렇게 폴싹대지 마라! 입을 다물어라…… 입을 다물어라…… 누가 듣기라도 하면! 너를 다른 머리카락들 사이에 다시 넣어주겠다만, 먼저 태양이 지평선에 잠기기를 기다려, 어둠이 네 발걸음을 숨길 수 있게 해야지…… 나는 저 거대한 원수 사탄이 그 구더기의 마비상태를 떨치고 나와 잡다하게 얽힌 그 골격의 뼈마디를 다시 일으켜세우고, 꼿꼿이 서서, 의기양양하게, 숭고하게, 제 부대를 집합시켜 놓고 훈시를 하며, 내가 그런 대접을 받아 마땅하다는 듯이 나를 조롱거리로 삼는 걸 보지 않았겠느냐. 그놈이 지껄여대는 말인즉, 끊임없는 정탐이 마침내 성공해서 제 오만한 라이벌이, 현행범으로 붙잡혔는데, 에테르 층의 암초를 가로지른 긴 여행 끝에 인간의 탈을 쓴 방탕의 옷자락에 입을 맞추고, 인류의 일원을 고문하여 죽게 할 지경으로 영락한 꼬락서니에 적잖이 놀랐다는 것이다. 놈이 지껄이는 말인즉, 내 교묘한 고문의 톱니바퀴에 박살이 난 그 젊은이가 천재적인 지성이 되어, 이 지상에서 찬양할 만한 시의 노래, 용기의 노래로, 불운의 공격과 맞붙어 인간들을 위로할 수도 있었을 것이라고 했다. 놈이 지껄이는 말인즉, 그 매음굴-수도원의 수녀들이 이제 더는 잠을 만나지 못하고, 안마당에서 서성이며, 꼭두각시처럼 허우적거리며, 미나리아재비와 라일락을 발로 짓밟으며, 분노로 미쳐가겠지만, 자기들의 뇌수에 그 병을 심어놓은 원인을 떠올리지 않을 만큼 충분히 미치지는 못할 것이고…… (보라, 그녀들은 하얀 수의를 걸치고 앞으로 나아가면서도, 서로 입을 열지 않는구나, 그녀들은 서로 손을 잡는구나. 그녀들의 머리채는 벗은 어깨 위에 헝클어진 채 떨어지고, 검은 꽃 한 다발이 가슴팍에 걸려 있다. 수녀들아, 너희들의 동굴로 돌아가라. 밤은 아직 완전히 도착하지 않아, 저녁 어스름일 뿐이다…… 오, 머리카락아, 너는 그걸 네 눈으로 보았다. 나는 사방팔방에서 내 타락의 사슬 풀린 감정으로 공격을 받는구나!) 놈이 지껄이는 말인즉, 저 자신이 존재하는 모든 것의 섭리라고 자부하는 창조주가 꼭 집어 말하기도 싫은 온갖 경박한 짓에 이끌려 별이 흩뿌려진 천계에 그런 구경거리를 내보였다는 것인데, 놈이 그렇게라도 말하는 것은 내가 어떻게 나 자신을 모범으로 내세워 내 왕국의 광대한 영역에 미덕과 선의를 유지하는지 둥근 궤도를 따라 도는 행성들에게 보고하러 가겠다는 제 의도를 명백하게 확약했기 때문이다. 놈이 지껄이는 말인즉, 자신이 이렇듯 고결한 적에게 품었던 높은 평가는 제 상상력에서 날아가버렸으며, 피와 정액이 섞여 세 겹으로 층을 지어 덮여 있는 내 얼굴에 침을 뱉어 제 가래침을 더럽히느니보다는, 비록 그게 흉악무도한 악행이 될지라도, 젊은 처녀의 가슴에 손을 올려놓는 편이 더 낫겠다는 것이다. 놈은 제가 악덕에 의해서가 아니라 미덕과 염치에 의해서, 범죄에 의해서가 아니라 정의에 의해서 나보다 더 우월하다고, 당당하게 믿는다고 말했다. 놈은 내가 수수 많은 과오를 저질렀으니 나를 사립짝에 묶어서, 뜨거운 잉걸불에 넣고 야금야금 태운 다음, 곧바로 바다에 던져야 한다고, 그것도 바다가 받아주겠다고 한다면, 그래야 한다고 말했다. 내가 스스로 정의롭다고 자부했던 이상, 바로 내가, 중대한 결과도 없는 가벼운 반항을 이유로 저를 영원한 형벌에 처했던 내가, 나 자신에 대해서도 엄혹한 심판을 해야 할 것이고, 죄악을 짊어진 내 양심을 공평무사하게 심판해야 할 것이고…… 그렇게 폴싹대지 마라! 입을 다물어라…… 입을 다물어라…… 누가 듣기라도 하면! 너를 다른 머리카락들 사이에 다시 넣어주겠다만, 먼저 태양이 지평선에 잠기기를 기다려, 어둠이 네 발걸음을 숨길 수 있게 해야지.》 그는 잠시 멈추었다. 나에게는 그의 모습이 전혀 보이지 않았지만, 나는 이 필연적인 정지의 시간을 통해, 소용돌이치는 사이클론이 고래 일가를 들어올리듯이 감정의 물너울이 그의 가슴을 들어올렸다는 것을 알았다. 어느 날 수치를 모르는 한 여인의 유방과의 쓰라린 접촉으로 더럽혀진, 거룩한 가슴이여! 망각의 한순간에, 방탕이라는 게에게, 성격의 허약함이라는 낙지에게, 사적인 비열함이라는 상어에게, 도덕의 결여라는 보아뱀에게, 우매함이라는 괴물 달팽이에게 넘겨진, 왕의 영혼이여! 머리카락과 그 주인은 오래 헤어졌다 만난 두 친구처럼 서로 꼬옥 껴안았다. 창조주는 제 재판정에 다시 출두한 피고인이 되어 말을 이었다:《그리고 인간들이, 나에 대해 그렇게도 고상한 의견을 지니고 있었건만, 물질의 진흙탕 미로에서 벌어진 내 행실의 미망을, 내 샌들의 주저하는 발걸음을 알게 되면, 게다가 안개에 덮인 범죄가 음침한 촉수를 들고 시퍼렇게 변하며 으르릉대는 그 늪의 괸 물과 습기찬 등기초를 가로지른 내 어두운 행로의 방향을 알게 되면, 나를 어찌 생각할 것인가!…… 나는 내가 장래에 저들의 존경심을 다시 쟁취하려면 명예 회복에 많은 노력을 바쳐야만 한다고 이제 깨닫는다. 나는 위대한 전체다, 그러나 한편으로는 내가 약간의 모래로 창조했던 인간들보다 더 열등하구나! 저들에게 과감한 거짓말을 하라, 그리고 내가 하늘을 떠난 적이 없다고, 내 궁전의 대리석과 조각상과 모자이크 사이에, 왕좌의 근심과 더불어, 항시 갇혀 있었다고 저들에게 말하라. 나는 인류의 하늘 같은 자식들 앞에 나타나, 그들에

게 말했다: "너희들의 초가에서 악을 몰아내라, 그리고 가정에 선의 외투를 들이거라. 제 동류의 하나에게 손을 대어, 그 가슴에 살인의 춘철로 죽음의 상처를 입히는 자는 내 긍휼의 효과를 바라지 말 것이며, 정의의 저울대를 두려워할지니라. 그는 제 슬픔을 감추러 숲으로 가겠으나, 나뭇잎들의 바스락거림이 숲속 빈터를 가로질러 그의 귀에 회한의 발라드를 노래하리라. 그리하여 그는 그 지역을 피해 달아날 것이니, 그의 엉덩이는 덤불과 호랑가시나무와 푸른 엉겅퀴에 찔리고, 그의 다급한 발걸음은 칡넝쿨의 질김과 전갈의 악착에 얽히리라. 그는 해변의 자갈밭으로 향할 것이나, 차오르는 밀물이 물보라를 치며 그에게 아슬아슬하게 접근하여 자기들도 그의 과거를 모르지 않는다고 이야기할 것이니, 그는 제 눈먼 발걸음을 절벽 꼭대기로 서둘러 돌리련만, 그사이에 추분의 삼지창 바람이 만▩의 천연 동굴과 울림 높은 바위벽 밑 채석장으로 잠겨들며, 팜파스의 어마어마한 물소떼처럼 고함을 내지르리라. 해안의 등대들이 그 빈정거리는 반사광으로 북쪽 끝까지 그를 쫓을 것이요, 해안 소택지의 도깨비불들이, 그 타오르는 단순한 안개들이, 환상적인 춤을 추며 그 모공의 털을 곤두세우고 그 눈의 홍채를 초록색으로 물들이리라. 수치심이 너희 움막에서 즐거워하며, 너희 밭의 그림자에 안주할지라. 이리하여 너희 자식들이 아름다워질 터이고, 제 부모들 앞에서 감사한 마음으로 고개를 숙이리라. 그렇지 아니하면, 허약하고, 도서관의 양피지처럼 오그라든 녀석들이, 반항에 이끌려, 저희들이 태어난 날과 저희 어미의 불결한 클리토리스에 반항하여 큰 걸음으로 나아가리라." 인간들이 어찌 이런 가혹한 율법에 복종하려 하겠느냐, 입법자 자신이 먼저 거기에 속박되기를 거부한다면?…… 그래서 내 부끄러움은 영원처럼 무한하구나!》 머리카락이 자기를 유폐했던 일에

대해 겸허하게 그를 용서하는 소리가 들렸다. 자기 주인이 신중하게, 경박하지 않게 행동하였기 때문이다. 그리고 내 눈까풀을 비춰주던 창백한 마지막 햇살이 산의 협곡에서 물러났다. 그에게 몸을 돌리자, 나는 그가 수의처럼 접히는 것을 보았다…… 그렇게 폴싹대지 마라! 입을 다물어라…… 입을 다물어라…… 누가 듣기라도 하면! 너를 다른 머리카락들 사이에 다시 넣어주겠다. 그런데 이제 태양이 지평선에 잠들었으니, 파렴치한 늙은이와 다정한 머리카락, 너희 둘은 모두 창가에서 멀리 떨어진 곳으로 기어가라, 그동안 밤이 수도원 위에 제 그림자를 펼치고, 들판에 길게 찍힌 너희 은밀한 발자국을 덮는다…… 그때 이[蝨]가 한 곳벼랑 뒤에서 갑자기 나오더니 발톱을 곧추세우며 나에게 말했다: "너는 그 일을 어떻게 생각하느냐?" 그러나 나는 그에게 대답하고 싶지 않았다. 나는 물러나 다리 위에 도착했다. 나는 원래의 명문을 지우고, 그걸 다음과 같은 말로 바꾸었다. "제 가슴속에 이런 비밀을 단검처럼 간직해둔다는 것은 고통스러운 일이다. 그러나 나는 내가 처음으로 저 무시무시한 성탑에 들어갔을 때, 목격했던 바를 결코 발설하지 않겠다고 맹세한다." 나는 이 글자들을 새기는 데 썼던 창칼을 다리난간 너머로 던지고, 유년시대에 머물러 있는 창조주의 성격에 대해 간략한 성찰을 하다보니, 그가 앞으로도, 오호라! 오랜 시간에 걸쳐, 때로는 잔혹한 행티로, 때로는 거대한 악덕에서 생겨난 궤양의 더러운 구경거리로, 인류를 고통스럽게 할 것이 틀림없기에(영원은 길다), 이런 존재를 적으로 마주하고 있다는 생각에 취한 사람처럼 두 눈을 감고, 거리의 미궁을 가로질러, 슬픈 마음으로, 가던 길을 계속 걸었다.

세번째 노래 끝

네번째 노래

[1] 네번째 노래를 시작하려는 자는 한 인간이거나 한 개 돌이 거나 한 그루 나무다. 발이 개구리를 밟고 미끄러졌을 때는, 불쾌 감을 느낀다. 그러나 손으로 인간의 육체를 겨우 스치기만 해도, 손가락의 피부는 망치질로 깨뜨리는 운모덩어리의 비늘처럼 갈 라지며, 한 시간 전에 죽은 상어의 심장이 갑판 위에서도 여전히 강인한 생명력으로 팔딱거리듯이, 접촉 이후 오랫동안 우리의 내 장도 아래부터 위까지 구석구석 꿈틀거린다. 그 정도로 인간은 저 자신의 동류들에게 공포를 부르는 것! 내가 이런 주장을 할 때, 어 쩌면 내 말이 틀릴 수도 있지만, 어쩌면 내 말이 사실일 수도 있 다. 인간의 기이한 성격에 대한 기나긴 명상으로 부어오른 눈보다 더 호된 병이 있음을 나는 인정하고, 그러리라고 생각도 해본다. 그러나 나는 아직도 그 병을 찾고 있건마는…… 발견할 수 없었 던 것이다! 나는 내가 남보다 지능이 떨어진다고 생각하진 않지 만, 그러나 내가 이 탐색에 성공하리라고 누가 감히 장담할 것인 가? 어떤 거짓말이 그의 입에서 튀어나올 것인가! 덴데라의 옛 신 전이 나일강 좌안에서 한 시간 반 거리에 자리잡고 있다. 오늘날, 말벌들의 무수한 밀집부대가 벽면 수로와 코니스를 점령하고 있

다. 말벌들은 검은 머리타래가 빽빽하게 흘러가는 물결처럼 열주를 에워싸고 날아다닌다. 추운 회랑의 유일한 주민인 그들은 현관의 입구를 대대로 물려받은 권리인 양 지킨다. 나는 그 금속성 날개의 붕붕거림을 극해의 해빙기에 서로서로 급하게 떠밀어대는 얼음덩이들의 부단한 충격음에 비교한다. 그러나 섭리가 이 땅 위에 옥좌를 마련해준 자의 행실을 생각할 때면, 내 고통의 세 지느러미가 그보다 더 큰 소래기를 내보내는 것이다! 한밤에 혜성 하나가 하늘 한 귀퉁이에, 팔십 년간 사라졌다가, 갑자기 나타날 때, 지상의 주민들과 귀뚜라미들에게 그 빛나면서도 안개와 같은 꼬리를 보여준다. 필경, 혜성에게는 그 긴 여행에 대한 자각이 없다. 나는 그와 같지 않다. 메마르고 침울한 지평선의 톱니들이 내 혼의 밑바닥을 배경 삼아 힘차게 솟아오르는 동안, 침대 머리에 팔을 괸 나는 연민의 몽상에 빠져들어가며 인간들 때문에 얼굴을 붉히는 것이다! 삭풍으로 두 쪽이 난 선원도 야간당직을 마친 후에는 제 해먹으로 서둘러 다시 돌아가건만, 이 위로가 왜 나에게는 주어지지 않는가? 내가, 자의적이긴 하지만, 내 동류들과 똑같이 비천하게 전락했다는 생각이, 그리고 한 행성의 딱딱한 껍질에 한데 묶인 우리의 신세에 대해, 타락한 우리 혼의 본질에 대해 불평을 내뱉을 권리마저 내가 남보다 더 적게 지녔다는 생각이, 대장간의 못처럼 나를 파고든다. 갱내의 가스폭발로 한 가족이 몰살당한 적이 있다. 그러나 그 가족이 겪은 단말마의 고통은 일순간에 지나지 않았으니, 파편의 잔해와 유독가스에 휩싸여 거의 즉사하였기 때문이다. 나는…… 나는 현무암처럼 내내 존재하는구나! 삶의 한중간에서도, 삶이 시작할 때와 마찬가지로, 천사들은 한결같은데, 내가 한결같지 않은 지는 오래전이 아닌가! 인간과 나는, 산호섬의 환초에 둘린 호수처럼, 자기 지성의 한계에 갇힌 우리는, 상호 힘을 합쳐 우연과 불운에 맞서 우리를 지키기는커녕, 마치 대검의 끝으로 서로 상처를 입히거나 한 것처럼, 증오로 몸을 떨며 반대 방향으로 난 두 길을 택해 서로 갈라서는구나! 서로서로 자신이 상대방에게 불러일으키는 모욕감을 알고 있기나 한 것처럼. 상호존중의 동기에 추동된다면, 우리가 서둘러 자신의 적을 잘못 이끌지는 않을 텐데, 저마다 제 입장을 지키고 있으면, 평화를 선언해도 유지하기가 불가능하리라는 것은 모르지 않는다. 그래, 좋다! 인간에 맞선 내 전쟁은 영원할 것이니, 각기 상대방에게서 자신의 타락을 인지하기 때문이며…… 양자는 철천의 원수이기 때문이다. 내가 참담한 승리를 거두건, 굴복하건, 싸움은 아름다우리라. 나 홀로 인류에 맞섰으니. 나는 나무나 철로 만든 무기를 사용하지 않을 것이며, 땅에서 추출한 광물층을 발로 걷어찰 것이다. 하프의 강력하고 천사 같은 음향이 내 손가락 아래서 무시무시한 부적으로 변할 것이다. 여러 차례의 매복 작전에서, 인간, 이 지고한 원숭이는 벌써 그 반암의 창으로 내 가슴을 찔렀다. 병사라면 누구나 아무리 영광스러운 상처라도 제 상처를 보이지 않는 법. 이 무서운 전쟁은 두 진영에, 서로 파괴하려고 집요하게 덤비는 두 친구에게 고통을 던지리라, 이 무슨 참극인가!

[2] 바오바브나무로 오인하는 것이 어렵지도 않고 더 나아가선 불가능하지도 않은 두 개의 기둥이 골짜기에 두 개의 핀보다 더 크게 보였다. 사실은, 두 개의 거대한 탑이었다. 비록 두 그루 바오바브나무가 첫눈에 두 개의 핀과 닮지 않았으며, 두 개의 탑과도 닮지 않았지만, 조심성의 실을 능란하게 사용하면, 오류를 저지른다는 두려움이 없이 단언할 수 있는바(이런 단언에 단 한 조각의 두려움이라도 따라붙으면, 비록 동일한 명사가, 가볍게라도

혼동될 수 없을 만큼 충분히 뚜렷하게 구별된 성질들을 나타내는 이 두 가지 영혼현상을 표현한다 하더라도, 그것은 더이상 단언이 아닐 것이기 때문이다), 바오바브나무가 기둥과 크게 다르지 않아, 이런 건축학적인…… 혹은 이런 기하적인 형태들 간의…… 혹은 양쪽 모두의…… 혹은 이쪽도 저쪽도 아닌 형태들 간의…… 아니, 차라리 크고 육중한 형태들 간의 비교가 금지된 것은 아니다. 나는 방금 기둥과 바오바브라는 실사實辭에 적합한 부가어를 발견하였으며, 그 반대를 말한다고 주장하지 않는다. 눈까풀을 들어올리고, 밤이라면 촛불이 타오르는 동안, 낮이라면 햇빛이 비치는 동안, 이 페이지들을 훑어보겠다는 매우 칭찬할 만한 결심을 한 자들에게 이 점을 말하며 내게 오만이 섞인 기쁨이 없는 것은 아님을 알아주시라. 그리고 또한, 어떤 상위의 권력이, 지극히 명백하게 정확한 용어로, 저마다 벌받지 않고 확실하게 맛볼 수 있었던 정당한 비교를, 혼돈의 심연 속에, 내던지라고 우리에게 명령할 때에도, 그럴 때에도, 특히 그럴 때에, 다음과 같은 기본 공리를 시선에서 놓치지 않는다면, 세월로, 책으로, 동류들과의 접촉으로, 저마다 타고나 신속한 개화로 발전하게 될 성향으로 층층이 쌓인 습관들이, 몇몇 사람들은 경멸하고 많은 사람들은 찬양하는 한 수사학 문채文彩의 범죄적(상위 권력의 관점에 한순간 스스로 들어설 때, 범죄적) 사용이라는 점에서, 씻을 수 없는 재범의 낙인을 인간 정신에 찍을 것이다. 만일 독자가 이 문장을 너무 길다고 여긴다면, 내 사과를 받아들여 마땅하나, 내 쪽에 비굴한 태도를 기대하지는 말지어다. 나는 내 과오를 인정할 수는 있으나, 내 비겁함으로 그 과오를 더욱 심각하게 만들 수는 없다. 내 추론은 때때로 바보광대의 방울과 상충하고, 결국 그로테스크할 뿐인 것의 심각한 외양과 상충할 것이지만 (비록, 어떤 철학자들에 따르

164

면, 삶 그 자체가 코믹한 드라마이거나 드라마틱한 코미디이기에, 광대와 우울증환자를 구별하기가 상당히 어렵다 할지라도), 너무나 까다로운 노동에서 놓여나 이따금 휴식을 취하기 위해, 파리들을, 심지어 코뿔소들을 죽이는 것이 누구에게나 허락된다. 파리들을 죽이기 위한, 가장 훌륭한 방법은 아닐지라도, 가장 신속한 방법이 있으니 다음과 같다: 손의 무지와 식지 사이에 그것들을 놓고 으깬다. 이 주제를 철저하게 다루어온 대부분의 저작자들은 많은 경우 그것들의 머리를 자르는 편이 더 낫다는 점을 신빙성 높게 계산해내었다. 나를 두고 근본적으로 경박한 주제를 다루듯이 핀을 언급하였다고 비난하는 사람이 있다면, 그는 선입관을 버리고 가장 거대한 효과가 종종 가장 사소한 원인에서 나온다는 점에 유의해야 하리라. 그리고 이 종잇장의 틀에서 더 멀리 벗어나지 않기 위해서 하는 말이지만, 내가 이 절을 시작하면서부터 짓고 있는 문학의 역작 단편은, 그것이 화학이나 내과병리학의 난삽한 질문에 근거를 두었더라면, 필경 그 맛이 더 낮게 평가되리라는 것을 알지 못하는가? 게다가, 모든 맛은 자연 속에 있으며, 또한 첫 대목에서 내가 그토록 정당하게 기둥을 핀에 비교할 때에 (물론 나는 그것 때문에 어느 날 비난을 받게 되리라고는 생각하지 않았다), 나는 시선이 대상에서 멀어지면 멀어질수록 그 상이 망막에 그만큼 더 축소되어 비친다는 이미 증명된 광학법칙에 토대를 두었다.

이와 같이 농담에 기우는 우리의 정신경향이 한심한 기지의 격발이라고 여기는 것도, 대부분의 경우, 장본인의 머릿속에서는, 중요한 진실, 엄숙하게 선포된 진실일 따름이다! 오! 당나귀가 무화과를 먹는 것을 보고 웃음을 터뜨리는 저 정신나간 철학자여! 내가 지어내는 것은 아무것도 없다. 옛 책들이 이렇듯 인간적 고결함의 고의적이고 수치스러운 포기를 지극히 장황한 세목으로 이야기하였다. 나로 말하면, 웃을 줄을 모른다. 나는 한 번도 웃을 수 없었다, 여러 번 그러려고 애는 써보았지만. 웃는 것을 배우기는 매우 어렵다. 아니, 오히려, 이런 추악함에 대한 혐오감이 내 성격의 본질적 특징을 이룬다고 생각한다. 그건 그렇고, 나는 가장 심한 어떤 사건의 목격자가 되었다: 무화과가 당나귀를 먹는 것을 보았던 것이다! 그런데, 그렇지만 나는 웃지 않았다. 솔직히 말해서, 입의 어떤 부분도 움직이지 않았다. 울고 싶은 욕구가 하도 강하게 나를 점령해서, 내 눈은 한 방울 눈물을 떨어뜨렸다. "자연이여! 자연이여!" 나는 흐느끼며 소리질렀다, "매가 참새를 찢고, 무화과가 당나귀를 먹고, 촌충이 인간을 삼키는구나!" 더 멀리 나아갈 결심을 하지 않고, 나는 내가 파리를 죽이는 방식에 대해 말을 하였는지 아닌지 나 자신에게 물어보았다. 했지, 했잖아? 그렇더라도 내가 코뿔소의 파괴에 대해서는 말하지 않았다는 것이 진실이구나! 몇몇 친구들이 그 반대를 주장하더라도, 나는 귀기울이지 않을 것이며, 칭찬과 아첨이 두 개의 거대한 걸림돌임을 나는 상기할 것이다. 그렇지만, 가능한 한 내 양심을 만족시키기 위해서, 나는 코뿔소에 대한 이런 논술이 인내와 냉정의 한계 너머로 나를 이끌고 나갈 것이며, 그와 관련하여, 아마도 현세대의 기를 꺾을 것임을 (그렇더라도, 대담함을 잃지 말고 틀림없이 말을 하자) 지적하지 않을 수 없다. 파리에 뒤이어 코뿔소를 말하지 않다니! 적어도, 납득할 만한 해명을 갈음하기 위해서라도, 나는 미리 숙고된 것은 아닌 이 누락을 즉석에서 언급했어야 하는바(그런데 나는 그러지 않았구나!), 인간의 뇌엽에 깃들어 있는 저 설명할 수 없는 현실적 모순을 철저히 연구해온 사람들이라면 이 누락에 놀라지는 않을 것이다. 위대하고 단순한 지성에게 무가치한 것은 아무것도 없다. 자연의 가장 사소한 현상도, 그 안에 신비가 있다면, 현자에게는, 무궁무진한 성찰의 재료가 될 것이다. 어떤 사람이 무화과를 먹는 당나귀나 당나귀를 먹는 무화과를 본다면(이 두 상황은 시에서가 아니라면 자주 나타나지 않는다), 어김없이 그는 어떤 행동을 해야 할지 알기 위해 이삼 분 생각한 뒤에, 미덕의 오솔길을 버리고 수탉처럼 웃기 시작하리라! 다만, 수탉들이 인간을 흉내내서 고통스럽게 찌푸린 얼굴을 하려고 저들의 부리를 일부러 벌리는지는 정확하게 증명되지 않았다. 내가 조류에게서 찌푸린 얼굴이라고 부르는 것은 인류에게서도 같은 이름을 가진 것! 수탉은 무능하다기보다는 오만하기에 제 본성에서 벗어나지 않는다. 놈들에게 읽기를 가르치면 놈들은 저항한다. 수탉은 앵무새가 아니니, 무지하고 용서할 수 없는 제 약점 앞에서 어찌 넋을 잃겠는가! 오! 끔찍한 품성의 타락! 인간은 웃을 때 얼마나 염소를 닮았는가! 이마의 고요함은 사라지고, 그 자리에 물고기의 큼직한 두 눈이 들어서는데, 그게(통탄할 일이 아닌가?)…… 그게…… 등대처럼 빛나기 시작하니! 우스꽝스러운 명제들을 장엄하게 진술하는 일이 종종 내게 일어난다 하더라도…… 그게 입을 크게 벌려야 할 결정적으로 충분한 이유가 된다고는 보지 않는다! 내가 웃지 않을 수 없으리라고, 당신들은 내게 대답할 것이다. 나는 이 터무니없는 설명을 받아들이지만, 그때에는, 우울한 웃음이어야 할 것이다. 웃으시라, 그러나 동시에 우시라. 당신이 눈으로 울 수 없다면, 입으로 우시라. 그것도 불가능하다면, 오줌을 싸시라. 그러나 뒤쪽이 갈라진 웃음이 그 내부에 지니고 있는 메마름을 눅이기 위해서는 어떤 액체이건 액체가 여기에 필요하다고 나는 경고한다. 나로 말하면, 자신의 성격과 닮지 않은 성격을 보고 왈가왈부할 것을 언제든지 찾아내는 작자들의 괴상한 닭 울음소리와 괴팍한 소 울음소리에 당황하는 일이 없을 터인데, 이는 그 성격도 신이 최초의 원형에서 벗어나지 않고도, 여러 골격들을 지배하기 위해 창조한 무수한 지적 변이의 하나이기 때문이다. 우리 시대까지, 시는 잘못된 길을 걸었다. 하늘에까지 솟아오르거나 땅바닥에까지 기어가면서도, 시는 자신의 존재 원리를 알아보지 못했으며, 신사들에게, 이유가 없지 않은 조롱을 끊임없이 받아왔다. 시는 겸손하지 않았다…… 불완전한 존재 속에 존재해야 할 이 가장 아름다운 자질이! 나로서는 내 자질을 보여주고 싶지만, 내 악덕을 감출 만큼 충분히 위선적인 부류가 아니다! 웃음, 악, 오만, 광기가 감수성과 정의에의 사랑 사이에 차례차례 나타날 것이며, 인간을 경악케 하는 일에 모범이 되어 복무할 것이다. 저마다 거기서 자신을, 앞으로 그렇게 되어야 할 자신이 아니라, 지금 있는 그대로의 자신을 알아볼 것이다. 그리고 아마도 내 상상력이 생각해낸 이 단순한 이상은, 그러나, 시가 지금까지 발견해온 가장 웅대하고 가장 거룩한 모든 것을 능가하리라. 그럴 수밖에 없는 것이, 내가 가지가지 내 악덕을 이 페이지들에 퍼뜨릴 때, 사람들은 내가 그 사이에서 빛나게 하는 미덕을 오직 더 잘 믿을 따름이며, 내가 그 미덕에 걸어놓을 후광이 그리도 높아, 미래의 가장 위대한 천재들이 나에게 진심 어린 감사를 바칠 것이기 때문이다. 따라서 이와 같이, 위선은 내 처소에서 여지없이 쫓겨날 것이다. 내 노래에는 일반통념을 이렇듯 경멸할 만한 힘의 압도적인 증거가 있으리라. 그가 노래하는 것은 오직 저 자신을 위해서지 제 동류들을 위해서가 아니다. 그는 제 영감의 척도를 인간의 저울에 맡기지 않는다. 폭풍처럼 자유로운 자, 그는 어느 날 제 무시무시한 의지의 길들일 수 없는 해안에 좌초하였더라! 그는 아무것도 두려워하지 않는다, 저 자신이 아니라면! 그는 자신의 초자연적인 투쟁중에, 인간과 창조주를 우세하게 공격할 것이니, 황새치가 제 검을 고래의 뱃속에 꽂을 때와 같으리라. 웃음이라는 가차없는 캥거루와 캐리커처라는 대담무쌍한 이魚를 이해하지 않으려고 고집하는 자는 제 자식들과 뼈만 남은 내 손에 저주를 받으리라!…… 두 개의 거대한 탑이 골짜기에 보인다, 나는 첫 대목에서 그렇게 말했다. 그것을 둘로 곱하면, 넷을 얻을 텐데…… 그러나 나는 이 연산의 필요성을 별로 높게 보지 않았다. 나는 얼굴에 열기를 띠고 내 길을 계속 가며, 끊임없이 소리쳤다: "아니다…… 아니다…… 나는 이 연산의 필요성을 별로 높게 보지 않는다!" 나는 쇠사슬의 삐걱거리는 소리와 고통스러운 신음소리를 이미 들었다. 누구든지, 이 장소를 지나갈 때, 탑에 둘을 곱하여 넷을 얻는 것이 가능하다고 생각지 말기를! 어떤 사람들은 내가 마치 어머니라도 되는 듯이 인류를 사랑한다고, 내가 아홉 달 동안 내 향기로운 태중에 인류를 품었다고 의심하니, 피승수의 두 단위가 서 있는 이 골짜기를 내가 다시 지나가지 않는 까닭이 그것이다.

[3] 교수대 하나가 땅 위에 솟아 있고, 지면에서 일 미터 높이에, 팔이 뒤로 묶인 한 인간이 제 머리칼에 매달려 있다. 두 다리는 자유롭게 풀려 있는데, 그 고통을 증가시키기 위함이며, 그 팔의 묶임과 반대되는 것이면 무엇이 됐건 더 많이 욕망하게 하기 위함이다. 이마의 피부는 매달림의 무게에 하도 많이 늘어나서, 자연스러운 표정의 부재상황에 처한 그의 얼굴은 종유석의 딱딱한 응고를 닮았다. 사흘 전부터, 그는 이 고문을 견디고 있었다. 그는 소리질렀다: "누가 내 팔을 풀어줄 것인가? 누가 내 머리칼을 풀어줄 것인가? 내 머리에서 머리칼의 뿌리를 더욱더 뽑아낼 뿐인 흔들림으로 나는 찢어지는구나. 나를 잠 못 들게 하는 중요한

이유는 목마름과 배고픔이 아니다. 내 삶이 그 연명을 한 시간의 경계 밖으로 밀고 나가기는 불가능하다. 날카로운 돌조각으로 내 목구멍을 갈라줄 사람 누구 없는가!" 말 한마디 한마디마다 격렬한 울부짖음이 앞서고 뒤따랐다. 나는 몸을 숨기고 있던 덤불에서 뛰쳐나가 천장에 매달려 있는 꼭두각시, 아니 비곗덩어리 쪽으로 향했다. 그러나 바로 그때 반대편에서 술 취한 두 여인이 춤을 추며 내달았다. 한 여인은 자루 하나와 납끈을 단 채찍 두 개를, 다른 여인은 역청이 가득 담긴 통 하나와 귀얄 두 개를 들고 있었다. 더 늙은 여인의 반백 머리카락이 찢어져 너덜거리는 돛폭처럼 바람에 흩날렸으며, 다른 여인의 두 발목은 서로 엇갈리며 배의 뒷전 갑판에 부려놓은 참치가 꼬리라도 치듯 퍼덕이는 소리를 냈다. 그녀들의 두 눈이 어찌나 검고 어찌나 강렬한 불꽃으로 이글거리는지 나는 처음에 그 두 여인이 나와 같은 종족에 속한다고는 생각할 수 없었다. 그녀들이 그렇게도 이기적으로 냉정하게 웃고 있었고, 그녀들의 낯짝이 그만큼 혐오감을 불러일으켰기에 나는 인간 종족의 가장 추악한 견본을 내 눈앞에 두고 있음을 한순간도 의심하지 않았다. 나는 덤불 뒤에 다시 몸을 숨기고, 둥지 밖으로 머리만 내밀고 있는 아칸토포루스 세라토코르니스*처럼, 완전히 입을 다물었다. 그녀들은 밀물의 속력으로 다가왔으며, 땅에 귀를 대보니, 또렷하게 들리는 소리가 그녀들의 발걸음이 서정적으로 흔들리고 있음을 내게 알려주었다. 그 두 마리 오랑우탄 암컷들은 교수대 밑에 도착해서는, 몇 초 동안 공기의 냄새를 맡더니, 그 장소에 아무것도 바뀐 것이 없음을 알아차리자, 자기들의 경험에서

---

* 딱정벌레과의 초시류에 속하는 긴 더듬이와 가시 달린 흉갑을 가진 곤충. 인도와 적도 아프리카에 산다.

나온 바의 참으로 주목할 만한 분량의 경악을 그 기괴한 몸짓으로 나타냈다. 그녀들의 소원과 맞아떨어지는 죽음의 결말이 일어나지 않았던 것이다. 그녀들은 소시지가 여전히 같은 자리에 있는지 알기 위해 수고롭게 고개를 쳐들지도 않았다. 한 여자가 말했다: "당신이 아직도 숨을 쉬고 있다는 게 가능한 일이야? 목숨이 끈질기기도 하네, 내 사랑하는 남편아." 성당에서 두 성가대원이 시편의 창구를 번갈아 노래할 때처럼, 두번째 여자가 화답했다: "너는 그러니까 죽고 싶지 않구나, 오, 내 귀여운 아들아? 네가 도대체 무슨 수를 써서 (보나마나 무슨 주술일 텐데) 독수리들이 덤벼들지 못하게 했는지 말해라? 하긴 네 몸뚱이가 이렇게도 앙상해졌으니! 산들바람에도 그게 등불처럼 흔들리는구나." 그녀들은 저마다 귀얄을 들고 매달린 자의 몸뚱이에 칠을 하고…… 저마다 채찍을 들고 팔을 쳐들어…… 나는, 흑인과 맞붙어 싸우며 그의 머리칼을 잡으려고 악몽에서 자주 보는 헛고생을 할 때처럼, 금속 날이 피부의 표면에서 미끄러지는 대신, 역청 덕택에, 뼈의 방해가 마땅히 허락할 수 있는 만큼의 깊은 고랑이 파인 살의 안쪽까지 얼마나 정확하고 힘차게 파고드는지 감탄하며 바라보았다(나처럼 하지 않기는 절대적으로 불가능했다). 과도하게 호기심을 끌긴 하지만, 기대해도 좋을 만큼 심히 우스운 것은 아닌 이 구경거리에서, 나는 쾌락을 찾고 싶은 유혹을 자제했다. 그렇긴 하나, 미리 내린 좋은 결단에도 불구하고, 이 여인들의 힘을, 그 팔의 근육을 어찌 인정하지 않을 수 있겠는가? 얼굴이나 아랫배처럼 가장 예민한 부분을 어김없이 후려갈기는 그녀들의 교묘한 솜씨는 내가 총체적 진실을 이야기하려는 야망에 들뜨지 않고서야 내 입에서 언급될 리 없으리라! 윗입술과 아랫입술을 맞붙여, 특히 수평 방향으로 다물고(그러나 이것이 이런 압력을 낳는 가장 일반적인 방법임을 누구라도 모르지 않지만), 내가 기꺼이 눈물과 수수께끼로 부풀어오른 침묵을 지키지 않는 한, 침묵의 고통스러운 실현이 내 말을 감추는 것만큼 훌륭하게, 그뿐 아니라 훨씬 더 훌륭하게 메마른 장골과 건장한 관절을 작동시키는 격정에 따라 일어난 불길한 결과들을 (능란함의 가장 기초적인 법칙을 어기지 않고는 원칙적으로 실수의 가정적 가능성을 명백하게 부정할 수 없음에도 불구하고, 나는 내가 틀렸다고는 생각지 않기에 하는 말이지만) 감추기에는 무력할 터이나, 공정한 관찰자와 노련한 모랄리스트의 관점에 서지 않을지라도(다소간 기만적인 이런 양보를 내가, 적어도 전적으로는, 용납하지 않는다는 것을 내가 아는 것이 거의 상당히 중요하다), 의심이 이 점에서는 그 뿌리를 뻗어나갈 능력도 없으려니와, 그게 초자연적인 권능의 수중에 있다고는 잠시라도 생각하지 않기에 하는 말인데, 영양섭취와 독물의 결여라는 동시적 조건을 채워주는 수액의 부족으로, 아마도 갑작스럽게는 아니겠지만, 틀림없이 죽어 사라져버릴 것이다. 이해가 되는 일이지만, 그렇지 않다면 내 글을 읽지 마시라, 나는 내 의견의 소심한 성격만을 등장시킨다. 그렇긴 하나, 내가 의론의 여지없는 권리들을 포기한다는 것은 당치도 않다! 물론, 내 의도는 서로 이해하는 더 단순한 방법이 있다는 주장, 확실성의 기준이 빛나는 이 주장을 공격하려는 것이 아니다. 그 방법을 오직 두세 마디 말로, 그러나 천 마디 말보다 더 가치가 있는 말로 번역하자면, 토론을 하지 않는다는 말이 되리라. 그것을 실천에 옮긴다는 것은 일반대중이 흔히 생각하고 싶어하는 것보다 더 어렵다. 토론한다는 말은 문법적인 말이며, 많은 사람들은 내가 방금 종이 위에 눕혀놓은 것을, 두꺼운 증거 자료집도 없이, 반박해서는 안 된다는 것을 알게 될 것이다. 그러나 자신의 본능이 어떤 희귀한 통찰을 사용할 수 있게 하여 더욱 신중해지거나, 허풍의 연안을 따라가는 어떤 대담함으로 판단을 내려, 이 점에서는 내 말을 믿으시라, 그 판단이 달리 보이게 될 때는, 사태가 현저히 달라진다. 돌이킬 수 없이 한심하고 그만큼 운명적으로 흥미진진한 (자신의 최근 추억을 상세히 검토했다는 조건에서는, 누구라도 이 점을 확인하는 데 실패하지 않았으리라) 이런 시시한 싸움을 끝내기 위해서, 괜찮은 방법은, 완전하게, 아니면 더 훌륭하게 균형잡힌 능력들을 구비하고 있다면, 우둔함의 저울대가 이성의 고결하고 멋진 속성들이 실려 있는 저울접시보다 훨씬 더 무겁지만 않다면, 더 분명하게 말할 요량으로 (이는 지금까지 내가 오직 간결할 뿐이었기에 하는 말인데, 몇몇 사람들은 내 문장의 길이 때문에 이 말을 용납하지도 않을 것이나, 상상에 불과한 이 길이가 분석의 메스를 들고 진리의 덧없는 출현을 그 최후의 보루까지 추격하겠다는 목적으로 가득차 있는 이상 내 문장은 간결하다) 다시 말해서, 지성이 결점보다 충분히 우세하여 그 결점의 무게 아래서 습관과 천성과 교육에 의해 부분적으로 질식되지 않았다면, 괜찮은 방법은, 내가 이 말을 두 번째이자 마지막으로 반복하는 것은, 반복 덕택에, 거의 언제나 이건 거짓이 아니다, 서로 이해되지 않는 것으로 끝날 것이기 때문이지만, 꼬리를 내리고 (다만 내가 꼬리 하나를 가진 것이 사실이라면) 이 장절 가운데 시멘트로 굳혀놓은 그 드라마틱한 주제로 다시 돌아오는 것이다. 내 작업에 다시 착수하기 전에 물 한 컵을 마시는 것이 이롭겠다. 그렇게 끝내기보다는 차라리 두 잔을 마시는 편이 더 좋다. 이와 같이, 숲을 가로질러 도망친 노예를 추격하는 중에, 적절한 시기에, 추격대원들은 저마다 총을 칡넝쿨에 걸어두고, 울창한 숲 그늘에 함께 모여, 갈증을 해소하고 배고픔을 달래는 것이다. 그러나 휴식은 몇 초에 지나지 않으며, 추격은 악착같이 계속되고. 사냥의 함성은 울려퍼지기를 늦추지 않는다. 그런데, 산소가 이런저런 발화점을 갖춘 성냥을 다시 불타오르게 하는, 자만하지 않고 지니고 있는 바의 속성에 의해 인지되는 것과 마찬가지로, 이와 같이, 문제로 다시 되돌아오려는, 내가 보여주는 바의 열의에 의해 내 의무의 완수가 인지될 것이다. 암컷들은 채찍을 움켜쥘 수 없는 상태에 이르러, 피곤이 그것을 손에서 떨어뜨리자, 두 시간 가까이 실시하였던 체조작업을 현명하게 끝마치고, 미래를 대비한 위협이 사라진 것은 아닌 기쁨에 달떠서 돌아갔다. 나는 얼어붙은 눈으로 내게 도움을 요청하는 그 사내 쪽으로 가서(그가 피를 아주 많이 잃어서 기진한 탓에 말을 할 수 없었고, 내가 의사는 아니지만 얼굴과 하복부에서 출혈이 발생했다는 것이 내 소견이었던 터라), 그의 팔을 풀어준 다음 그의 머리칼을 가위로 잘랐다. 그가 내게 하는 말인즉 자기 어머니가 어느 날 저녁 자기를 침실로 불러서 옷을 벗고, 자기와 함께 한 침대에서 같이 밤을 보내자고 명령했으며, 어떤 대답도 기다리지 않고, 어머니라는 것이 자기 앞에서 옷을 홀딱 벗으며, 그러는 사이에 가장 음란한 동작을 엮어넣더라는 것이다. 그러자 그는 물러났다. 게다가 그 끈질긴 거부로 그는 제 아내의 분노를 샀는데, 아내 편에서는 남편을 끌어들여 늙은 여자의 육욕에 몸을 빌려주게 하는 일에 성공하기만 하면 얻을 수 있는 보상의 기대에 설레고 있었다. 그녀들은 공모하여, 어느 인적 없는 지역에 미리 준비해둔 교수대에 그를 매달고, 모든 재앙과 모든 위험 앞에 벌거벗겨, 서서히 죽어가게 버려두기로 결심했다. 그녀들이 마침내 그 교활한 형벌을 선택하는 데 이르기까지는 뛰어넘을 수 없는 난관으로 점철된, 아주 오래 익힌 여러 가지 궁리가 없지 않았으니, 나의 개입에 따른 뜻밖의 도움이 아니었으면 그 형기가 종료를 맞을 수 없었다. 더할 수 없이 강렬한 감사의 기색이 표정 하나하나에 밑줄을 그었으며, 그 속내 이야기에는 가장 하찮은 가치도 부여하지 않았다. 나는 사내를 가장 가까운 초가집 농가로 옮겼는데, 그가 곧 기절한 때문이었으며, 나는 농부들에게 내 지갑을 맡겨 그 부상자를 돌보게 하고, 자신들의 친아들을 대하듯 그 불우한 사내에게 끈끈한 동정의 표시를 아낌없이 베풀겠다는 약속을 받아낸 다음에야 그들을 떠났다. 이번에는 내가 그들에게 사건의 전말을 이야기하고, 문으로 다가가 오솔길에 다시 발을 들여놓았다. 그러나 일백 미터 정도를 간 다음, 나는 기계적으로 발걸음을 돌려, 다시 농가로 들어와 그들의 순박한 집주인들에게 말을 걸어, 이렇게 외치지 않았던가. "아니요, 아니요, 그 때문에 내가 놀랐다고는 생각지 마시오!" 이번에는 결정적으로 떠났지만, 발바닥이 안전하게 땅에 붙을 수 없었다. 다른 사람은 알아차리지 못했으리라! 이제 늑대는 어느 봄날 아내와 어머니의 얽힌 손이 세운 교수대 아래로, 제 매혹된 상상력이 허망한 식사를 찾아 길을 밟게 했을 때처럼 지나가지는 않는다. 늑대는 지평선에서 바람에 나부끼는 이 검은 머리칼을 보고는, 제 관성저항을 부추기는 일 없이 비교 불가능한 속력으로 도망치는구나! 이 심리적인 현상에서, 포유류의 일반적인 본능보다 더 뛰어난 지성을 보아야 할까? 아무런 확신도 없고, 아무런 예견조차 없지만, 동물은 죄가 무엇인지 헤아린 적이 있다는 생각이 드는구나! 동물이 어찌 그걸 헤아리지 못할 것인가, 인간이란 것들 자신이 말할 수도 없는 지경까지 이성의 제국을 내팽개치고, 그 폐위된 여왕의 자리에 잔혹한 복수밖에는 남겨두지 않은 판에!

[4] 나는 더럽다. 이들이 나를 물어뜯는다. 돼지들이 나를 보

고는 토한다. 문둥이의 딱지와 욕창이 누런 고름 범벅인 내 피부를 비늘처럼 덮고 있다. 나는 강에 흐르는 물도 구름의 이슬도 알지 못한다. 내 목덜미에서는 산형화서撒形花序의 꽃자루를 지닌 거대한 버섯이 퇴비 더미라도 만난 듯 돋아난다. 볼썽없는 가구 위에 앉은 채로, 나는 4세기 전부터 수족을 움직이지 않았다. 내 두 발은 땅에 뿌리를 박아 복부까지 더러운 기생식물이 가득 돋아난 일종의 다년생식물이 된 꼴이지만, 그렇다고 식물에서 파생한 것도 아니고 더는 인간의 육체로 이루어진 것도 아니다. 그렇지만 내 심장은 고동친다. 그러나 어떻게 고동치겠는가, 내 시체(감히 육체라고는 말하지 않겠다)의 부패와 발산이 풍부하게 영양을 공급하지 않는다면? 내 왼쪽 겨드랑이 아래서는 두꺼비 가족이 거주하여, 그 가운데 한 마리가 꼬물거리며 나를 간지럽 태운다. 한 녀석이 거기서 빠져나와 당신의 귓속에 들어와 그 주둥이로 긁어대는 일이 없도록 주의하시라. 녀석이 이어서 당신의 뇌수 속으로 들어올 수도 있으리라. 내 오른쪽 겨드랑이 아래는, 카멜레온이 한 마리 있어서 굶어죽지 않으려고 두꺼비 녀석들을 끊임없이 사냥한다. 저마다 살아야 한다. 그러나 한편이 다른 편의 농간을 완전히 주저앉히면, 양쪽 녀석들은 서로 방해하지 않는 것보다 더 나은 것을 아무것도 찾지 못하고, 내 양 옆구리를 덮고 있는 맛있는 지방을 빨아댄다. 나야 길이 들었다. 악독한 독사 한 년이 내 음경을 삼키고는 대신 들어앉았다. 그년이 나를 고자로 만들었다, 그 더러운 년이. 오! 내가 마비된 팔로 나를 지킬 수만 있었으면 좋았으련만, 그러기는커녕 두 팔이 장작으로 바뀌었다고 나는 생각한다. 아무튼 간에, 피가 그 붉은색을 데려오지 않는다는 점을 확인하는 것이 중요하다. 더는 자라지 않는 작은 고슴도치 두 마리가 내 고환을 빼내 개한테 던졌으며, 개는 거절하지 않았다.

그 겉껍질은 정성스럽게 씻어서, 놈들이 그 속에 터를 잡았다. 항문은 게 한 마리가 막아버렸다. 내 신체 무력에 용기를 얻어, 놈이 그 집게발가락으로 입구를 지키며 나를 몹시 아프게 하는구나! 두 마리 해파리가 어긋난 적 없는 기대에 곧장 끌려, 바다를 건너왔다. 그녀들이 인간의 엉덩이를 구성하는 살덩어리 두 개를 찬찬히 살펴보고는, 그 불룩한 윤곽에 둘러붙어 그칠 줄 모르는 압력으로 하도 짓이겨대는 바람에 두 덩어리 살이 사라지고, 점착성의 왕국에서 온, 색깔도, 모양도, 잔인성도 똑같은 두 마리 괴물만 남았다. 내 척추 기둥에 대해서는 말하지 마시라, 그건 한 자루 칼이니까. 그렇다, 그렇다…… 나는 그거야 걱정하지 않는다. 당신의 의문은 당연하다. 그것이 어떻게 내 허리에 수직으로 박혀 있는지 알고 싶어하는 것이 아닌가? 나도 그게 아주 또렷하게는 생각나지 않지만, 그렇더라도 내가 분명 꿈에 불과한 것을 추억으로 여기기를 결심하고 말한다면, 내가 창조주를 정복하는 그날까지 병고를 안고 부동성을 지키며 살기로 서원했음을 안 인간이 있어서, 그가 발끝으로, 그렇다고 내 귀에 들리지 않을 만큼 조용하지는 않게, 내 뒤로 다가왔음을 알아두시라. 길지 않은 한순간, 나는 아무것도 더는 느끼지 못했다. 이 날카로운 단검이 축제에 쓸 황소의 두 어깨 사이에 자루까지 박혔으며, 그 골격이 지진처럼 전율했다. 칼날이 몸에 아주 강력하게 달라붙어서, 지금까지 아무도 그 검을 빼낼 수 없었다. 격투기 장사, 기계공, 철학자, 의사 들이 차례차례 지극히 다양한 방법을 시도했다. 인간이 저지른 악이 이제는 풀릴 수 없다는 것을 그들은 알지 못했다. 나는 그들의 타고난 무지의 깊이를 용서하고, 눈꺼풀로 그들에게 인사했다. 나그네여, 내 옆을 지나가거든, 간청하건대, 내게 추호라도 위안의 말을 던지지 마라. 그대가 내 용기를 허물어뜨릴지도 모른다. 스스로 맞이하는 순교의 불길에 내 굽힐 줄 모르는 투지를 다시 덥히도록 나를 놔두라. 가거라…… 내가 너에게 어떤 동정심도 불어넣지 않기를. 증오는 네가 생각하는 것보다 더 기이하고, 그 행업은 물에 꽂힌 몽둥이가 부러진 것처럼 보이듯 설명이 불가능하다. 네가 보는 내 모습 그대로, 나는 살인자 군단의 선두에 서서 하늘의 성벽까지 소풍을 하고, 돌아와 이 자세를 다시 취하고, 복수의 고결한 계획을 새로이 궁리할 수 있다. 잘 가라, 네 발걸음을 더는 붙잡지 않을 터이니, 네 앎을 쌓고 너를 보존하기 위하여, 필경 내가 선하게 태어났음에도 나를 반항으로 이끌었던 저 숙명적인 팔자에 대해 깊이 생각하라! 너는 네가 본 것을 네 아들에게 이야기하겠거니와, 아이의 손을 잡고 별의 아름다움과 우주의 신비를, 울새의 둥지와 주의 신전을 찬양하게 하라. 너는 아이가 아버지의 충고를 그리도 유순하게 따르는 것을 보고 놀랄 것이며, 그래서 한줄기 미소로 아이에게 상을 줄 것이다. 그러나 아이가 자기를 감시하는 눈이 없다는 것을 알게 되었을 때, 그 녀석에게 눈길을 던지면, 너는 미덕에 침을 뱉고 있는 녀석을 볼 것이다. 인간 종족의 후손인 그 녀석이 너를 속였지만, 더는 속이지 못할 것이다. 너는 앞으로 녀석이 무엇이 될지 알게 되리라. 오, 불행한 아버지여, 네 노년의 발걸음에 길동무로 삼기 위해, 준비하라, 조숙한 범죄자의 목을 자를 저 지울 수 없는 단두대를, 그리고 너에게 무덤으로 인도하는 길을 보여줄 저 고통을.

[5] 내 방의 벽에 도대체 어떤 망령이 제 딱딱한 실루엣의 몽환적 투영을 유례없이 강력하게 그리는 것이냐? 내가 이 착란의 소리 없는 질문을 가슴에 품을 때, 이와 같이 문체의 간결함이 이루어짐은 형식의 위엄을 보이기 위해서라기보다는 현실을 묘사하

기 위해서다. 네가 누구든, 너를 지켜라. 내 너에게 무시무시한 고발의 투석기를 몰아갈 테니. 그 두 눈은 네 것이 아니다…… 어디서 그걸 탈취했느냐? 어느 날, 나는 내 앞으로 지나가는 금발의 여인을 보았는데, 네 눈과 똑같은 눈을 가졌더구나. 그 여자에게서 너는 두 눈을 빼앗았다. 네 아름다움을 믿게 하려는 속셈이 보인다마는, 아무도 속지 않으며, 나라고 해서 다른 사람보다 더 속지는 않는다. 타자의 살을 먹기 좋아하고 추격의 유용성을 옹호하는 자들이며, 아칸소주의 파노코코* 잎을 스치는 해골들처럼 아름다운 맹금류 한 무리 전체가 순종하고 공인된 하인들처럼 네 이마를 둘러싸고 파닥거린다. 그런데 이마인가? 그렇다고 믿기에는 여러 번 머뭇거리지 않기 어렵다. 그 이마란 것이 매우 낮은지라, 있는지 없는지 싶은 그 존재에 대한 수적으로 매우 빈약한 그 증거를 확인하기는 불가능하다. 내가 이 말을 하는 것은 재미로 하는 것이 아니다. 아마도 너에게 이마가 없기에, 너는 몽환적인 춤의 흐릿하게 비친 상징처럼 벽에다 네 요추의 열띤 흔들림을 데려올 것이다. 도대체 누가 네 머리가죽을 벗겼느냐? 그게 한 인간 존재일 수밖에 없으니, 네가 그를 스무 해 동안, 한 감옥에 가두었더니, 그가 달아나 제 양심에 알맞은 복수를 준비한지라, 그는 제가 할 일을 한 것이며, 나는 그를 칭찬하긴 했으나, 다만, 오직 다만 한 가지, 그는 충분히 가혹하지 않았다. 이제 너는 적어도 (이 점에 미리 주목하자) 머리칼의 명백한 결여로, 포로로 잡힌 아메리칸인디언을 닮았다. 동물들에게서 제거된 뇌수조차도 결국은 다시 돋아난다는 것을 생리학자들이 발견하였으니 네 머

* 원문에는 'panoccos'로 표기되어 있으나 존재하지 않는 낱말로 'panococos'일 것으로 추정된다. 파노코코는 흑단의 일종으로 미국 중남부 서부의 아칸소주가 아니라 남미의 가이아나에서 서식하는 것으로 알려져 있다.

리카락이 다시 자라날 수 없다는 것이 아니라, 내 생각은, 내가 방금 깨달은 사소한 것에 따르면 거대한 쾌락이 없는 것은 아닌 단순한 사실 확인에 머물러, 가장 대담한 추론으로도 네 치유에 대한 소망의 경계에까지는 못 미치고, 그와 반대로, 매우 의심스러운 그 중립성을 가동하여, 어디까지나 네 머리를 덮고 있는 피부의 일시적 상실밖에는 네게 가능한 것이 없음을 한결 거대한 불행의 전조처럼 여기는 (또는 최소한 희망하는) 데에 근거를 둔다. 나는 네가 내 말을 이해했기를 희망한다. 아울러 네가 우연의 허락을 얻어, 터무니없지만 때로는 이치에 얽매이는 것은 아닌 어떤 기적에 의해, 네 적의 세심한 감시가 제 승리의 감동스러운 기념물로 간직해온 그 귀중한 두피를 되찾는다면, 부분적이거나 전체적인 체온 저하에 대한 너의 정당한, 그러나 약간 과장된 두려움은, 자연스러운 만큼 당연히 너의 소유일 뿐만 아니라 네 머리에 줄곧 얹어두는 것이 너에게 허락될 (네가 그걸 부정한다는 것은 이해할 수 없는 일일 터) 쓰개머리에 의해서, 기초적인 예의의 가장 단순한 규칙들을 어긴다는 항상 불쾌한 위험을 무릅쓰지 않고도, 네 뇌수의 다양한 부분을, 특히 겨울철에, 대기와의 접촉으로부터 보호할 수 있는 중요하고 유일하기도 한 기회를, 비록 갑작스럽긴 하지만 운좋게 나타날 기회를 거부하지 않을 것이, 확률법칙을 수학적 관점에서만 검토했어도(그런데, 주지하다시피 이 법칙은 유추에 의해 지성의 다른 분야에도 쉽사리 옮겨 적용할 수 있다), 거의 절대적으로 가능하다는 점도 아울러 이해했기를 희망한다. 네가 내 말을 주의깊게 들었다는 게 진실이 아니냐? 네가 내 말을 더욱 깊이 새겨듣더라도, 네 슬픔이 그 붉은 콧구멍 내부에서 떨어져나가는 일은 없을 것이다. 그러나 내가 아주 불편부당하고, 응당 너를 증오해야 하는 만큼 증오하지도 않는 만큼(내 말이 틀렸으면, 그렇다고 말을 해라), 네 뜻이야 어떻든, 우월한 힘에 밀린 것처럼, 너는 내 연설에 귀를 기울인다. 나는 너만큼 사악하지 않다. 왜 너의 재능이 내 재능 앞에 저절로 고개를 숙이겠느냐…… 사실, 나는 너만큼 사악하지 않다! 네가 방금 이 산허리에 세워진 도시에 시선을 한 번 던졌다. 그런데 지금 내가 무얼 보고 있는가?…… 주민들이 모두 죽어버렸구나! 나는 다른 사람만큼 자존심을 지녔으며, 아마도 더 지닌다는 것은 그만큼 더 악덕이다. 좋다, 들어보라…… 들어보라, 아프리카 해안을 따라 흐르는 해저 조류 속에서 상어의 모습으로 반세기를 살아왔던 기억을 떠올리는 한 사내의 고백이 너에게 아주 생생하게 흥미로워 주의를 기울일 만하다면 말이다. 쓰라린 감정까지는 아니더라도, 최소한 내가 너에게 불러일으키는 혐오감을 내비치려는 그런 돌이킬 수 없는 실수는 저지르지 말고 들어보라. 내가 네 발끝에 미덕의 가면을 벗어던져, 있는 그대로의 나를 네 눈에 드러내지는 않을 것이니, 나는 그런 가면을 한 번도 쓴 적이 없기 때문이며(그렇긴 하지만, 이 말로 변명이 된다면), 처음 만난 순간부터, 네가 내 용모를 찬찬히 살펴본다면, 너는 내가 패덕이라는 점에서는 너의 무시무시한 적수가 아니라, 너를 존경하는 제자인 것을 알아보게 될 것이기 때문이다. 내가 너와 악덕의 종려수관을 다투지 않기 때문에, 나는 다른 사람이 그러리라고 생각지도 않는다. 그 사람은 먼저 나와 겨루어야 할 터인데, 그게 쉽지 않고…… 들어보라, 네가 안개의 허약한 응결이 아니라면(너는 어딘가에 네 몸을 감추니, 나는 그 몸을 만날 수 없다). 어느 날 아침, 장미색 연꽃을 꺾으려고 호수에 몸을 기울인 어린 소녀를 보았는데, 그애가 조숙한 경험으로 발을 확고하게 딛고 물에 몸을 숙였을 때, 그 눈이 내 눈과 마주쳤다(정말이지 내 편에서 미리 계획한 것이 아니었다). 당장에, 그애는 바위 근처에서 조수가 일으키는 소용돌이처럼 비틀거렸고, 그애의 다리가 휘청거렸으니, 보기에 경이로운 사건이자 내가 너와 이야기하는 것만큼의 진실성으로 이룩된 현상으로, 그애는 호수의 바닥에까지 떨어졌다. 기묘한 결말로, 그애는 더이상 어떤 수련도 꺾지 않았다. 그애는 물 밑에서 무엇을 할까?…… 나는 알아보지 않았다. 필경, 해방의 기치 아래 정렬되는 그애의 의지는 부패와 악착스러운 싸움을 벌이리라! 그러나 너, 내 스승, 네 시선을 맞고, 이 도시 저 도시의 주민들이, 코끼리의 발꿈치에 부서지는 개미 둥지처럼, 일시에 파멸한다. 나는 그 증명의 한 예를 방금 목격하지 않았던가? 보라…… 산은 더이상 즐거워하지 않는다…… 산은 늙은이처럼 고립되었다. 집들은 존재한다, 사실이다. 그러나 더는 존재하지 않는 자들에 대해서는 네가 똑같이 말할 수 없으리라는 것을 낮은 목소리로 단언하더라도, 이것은 역설이 아니다. 벌써, 시체들이 발산하는 냄새가 나에게까지 왔다. 너는 맡지 못하느냐? 저 맹금들을 보라, 거창한 식사를 시작하려고 우리가 멀리 떠나기를 기다린다. 그 끊임없는 구름떼가 지평선 네 구석에서 몰려온다. 아아! 놈들은 벌써 와 있다, 그 맹렬한 날개가, 범죄를 서두르라고 너를 재촉하기라도 하듯이, 네 위에 나선형 건축물을 그리는 것이 보이기 때문이다. 도대체 너의 후각은 가장 미미한 악취도 맡지 못하는가? 사기꾼이란 게 별다른 것이 아니다…… 너의 후각신경이 마침내 방향 입자를 지각하고 흔들린다. 방향 입자들은 빈 도시에서 올라온다, 너에게 알려줄 필요도 없다만…… 너의 다리를 안고 싶지만, 내 팔은 투명한 안개만 그러잡는다. 찾을 수 없는, 그러나 내 눈이 얼핏 보았던, 그 육체를 찾자. 나로서는, 그것에 진지한 감탄의 표지를 가장 많이 보내는 것이 마땅하다. 유령은 나를 조롱한다. 놈은 저 자신의 육체를 찾도록 나를 돕는다. 내가 놈에게 제자리에 있으라고 신호를 하면, 놈도 내게 똑같은 신호를 보내고…… 비밀이 밝혀졌다, 그러나 솔직히 말하건대, 내가 더할 나위 없이 만족하는 것은 아니다. 모든 것이 설명되었다, 큰 세목과 가장 작은 세목이. 이런 세목들은, 예를 들어, 금발 여인에게서 갈취한 두 눈처럼, 다시 마음속에 떠올릴 가치가 없다. 아무것도 아닌 것이나 다름없고!…… 그러니까 나도 내 머리가죽이 벗겨졌음을 떠올리지 않았던가? 그가 나 같은 존재들에게는 허락되지 않는 우정을 나에게 당당하게 거부했기 때문에, 인간 존재가 느끼는 고통의 모습을 목격하려고, 내가 그를 감옥에 가두었던 것이 고작 오 년간이지만(하마터면 정확한 연수를 잊을 뻔했다). 내 시선이 허공에 도는 행성들에게까지 죽음을 초래할 수 있다는 사실을 내가 모르는 체했기에, 내가 기억능력을 지니지 못했다고 그가 주장하더라도, 틀린 것은 아니리라. 네가 해야 할 남은 일은, 돌멩이의 도움을 얻어, 이 거울을 산산조각으로 깨뜨리는 것…… 일시적 기억상실의 악몽이 내 상상력 속에 거처를 마련하는 일은 처음이 아니어서, 그때마다 확고한 광학법칙에 의해, 나 자신의 상을 잘못 보는 사태에 직면하게 되는구나!

[6] 나는 절벽 위에서 잠을 자고 있었다. 하루종일 사막을 가로질러 타조를 쫓았으나 붙잡지 못한 사람은 먹을 것을 먹고 눈을 감을 시간을 누리지 못한다. 내 글을 읽는 자가 그 사람이라면, 어떤 수면이 나를 짓누르고 있는지 정확하게 짐작할 수 있다. 그러나 폭풍이 그 손바닥으로 배 한 척을 바다 밑바닥에 닿을 때까지 수직으로 눌렀을 때, 전체 선원 가운데 오직 한 사람만이 피곤과 온갖 종류의 박탈로 기진하여 뗏목 위에 남아 있다면, 파도가 인

간의 생애보다 더 길어진 시간 동안 그를 표류물처럼 흔들어댄다면, 그런데 깨어진 배 밑바닥이 떠돌고 있는 이 비탄의 해역에 프리깃함 한 척이 항적을 그리다가 난바다 위로 제 앙상한 해골을 끌고 가는 그 불행한 사람을 보고, 하마터면 늦을 뻔한 구조의 손길을 내밀었다면, 내 생각에 이 조난자는 내 감각의 졸음기가 어느 단계에 이르렀는지 훨씬 더 잘 짐작하리라. 동물자기*와 클로로포름은, 그것들이 수고를 아끼지 않을 때, 가끔 이런 기면증 강직과 동일한 상태를 낳을 수 있다. 이 상태는 죽음과는 아무런 닮은 점도 없다. 닮았다고 말하면 큰 거짓말이 될 것이다. 그러나 곧바로 꿈속으로 들어가, 참을성 없는 사람들이, 이런 종류의 독서에 굶주려, 임신한 암컷 때문에 서로 다투는 머리 큰 향유고래떼처럼, 울부짖지 않게 하자. 나는 꿈을 꾸었으니, 내가 어느 돼지의 몸에 들어갔는데, 빠져나오는 일이 쉽지 않아, 순전히 진흙투성이인 늪 속에서 내 털가죽을 굴렸다. 보상과 같은 것이었을까? 내가 원하던바, 나는 더이상 인류에 속하지 않았다! 나는 이와 같은 해석을 받아들이고, 더할 나위 없이 심오한 기쁨을 맛보았다. 그렇지만 나는 섭리의 편에서 베푼 이 각별한 호의에 어울릴 만한 어떤 미덕의 행위를 수행했는지 열심히 탐구했다. 화강암의 복부에 무서울 정도로 달라붙어, 죽은 물질과 살아 있는 살의 이 환원 불가능한 혼합물 위로, 나도 모르는 사이에, 조수가 두 차례나 지나가는 동안, 그렇게 납작 몸을 붙이던 여러 단계를 기억 속에 되새기고 난 지금, 이 전락이 십중팔구는 신의 정의에 의해 내게 떨어진 형벌일 뿐이었다고 단언하는 것이 필경 쓸모없는 일은 아니

---

* 최면술을 실시했을 때 시술자로부터 피술자에게 흐른다고 생각되는 가정의 액체 또는 힘. 「여섯번째 노래」에서 중요한 요소로 나온다. 뒤카스는 보들레르가 번역한 에드거 앨런 포의 단편들을 통해 이 말을 알게 됐을 것이 거의 확실하다.

다. 그러나 그 내적 필요성이나 그 악취 풍기는 기쁨의 원인을 누가 알겠는가! 변신은 내가 오래전부터 기다렸던 완전한 행복의 높고 고결한 메아리로밖에는 결코 내 눈에 나타나지 않았다. 마침내 내가 돼지가 되는 그날이 왔구나! 나는 나무껍질에 내 이빨을 시험하였다. 돼지 주둥이를, 나는 기쁨에 겨워 바라보았다. 신성의 가장 작은 조각도 남아 있지 않았다. 나는 내 영혼을 이 형언할 수 없는 쾌락의 극단적인 높이까지 끌어올렸다. 따라서 내게 귀를 기울이고, 얼굴을 붉히지 말라, 아름다움의 무궁무진한 캐리커처들아, 더할 수 없이 경멸스러운 너희 영혼의 우스꽝스러운 당나귀 울음을 진지하게 여기는 자들아, 전능한 힘이 그로테스크의 거대한 일반법칙을 분명코 넘어서지 못하는 뛰어난 광대놀음의 희귀한 순간에, 왜 *인간*이라 불리는, 붉은 산호와 재질이 닮은, 기이한 미생물 존재들을 어느 날 한 행성에 살게 하고는, 그것을 놀라자빠질 기쁨으로 삼는지 이해하지 못하는 자들아. 물론, 뼈와 지방인 너희가 얼굴을 붉히는 것은 옳다만, 그러나 내게 귀를 기울여라. 나는 너희의 지성에 호소하는 것이 아니다. 지성이 너희에게 내보이는 혐오감 때문에 너희는 지성에게 피를 쏟게 할 것이다. 그런 것은 잊어버려라, 그리고 일관성을 지켜라…… 자, 이제 구속은 없다. 나는 죽이고 싶을 때, 죽였다. 그런 일은 자주 일어나기조차 했고, 아무도 나를 막지 않았다. 나는 종족을 평온하게 남겨두고 공격하지 않았음에도, 인간의 법률이 복수를 하겠다고 내내 나를 쫓아왔다. 그러나 내 양심은 내게 아무런 비난도 하지 않았다. 하루 동안, 나는 내 새로운 동류들과 싸웠으며, 땅에는 응고된 피가 수없이 널판처럼 흩어져 있었다. 내가 제일 강자였으며, 나는 모든 승리를 거머쥐었다. 쓰라린 상처가 내 몸을 덮었으나, 나는 그걸 모르는 척했다. 지상의 동물들이 나에게서 멀어졌으며,

나는 내 찬란한 권위 속에 홀로 남아 있었다. 내 광포함으로 생명이 전멸한 그 지방을 멀리 떠나, 다른 지방에 도착하여 내 살인과 살육의 습속을 심으려고, 강을 헤엄쳐 건너간 뒤에, 내가 그 꽃 핀 강변을 걸어가려 했을 때, 내 놀라움은 무어라고 말할 수 없었다. 두 발이 마비되었으며, 어떤 움직임도 이 강요된 부동의 진상을 밝혀주려 하지 않았다. 내 길을 계속 나아가려는 초자연적인 노력 한가운데서, 나는 그때 정신이 들었으며, 내가 다시 인간으로 돌아온 것을 느꼈다. 섭리는 이렇게 꿈에서라도 내 숭고한 계획이 성취되는 것을 바라지 않는다는 뜻을, 납득할 수 없는 것은 아닌 방식으로, 나에게 이해시켰다. 내 원래의 형태로 되돌아온 것이 나에게는 매우 큰 고통이어서 밤이면 밤마다 나는 아직도 울고 있다. 내 시트는 물에 담가졌던 것처럼 줄곧 젖어 있어서, 나는 날마다 시트를 갈게 한다. 이 말이 믿기지 않는다면, 나를 찾아오라. 너희들은 자신의 경험을 통해 내 주장의 그럴듯함이 아니라, 더 나아가서 그 진실 자체를 검증할 것이다. 아름다운 별빛 아래서, 절벽 위에서 보낸 그날 밤 이후, 얼마나 여러 번 나는 이 돼지 떼 저 돼지떼에 섞여들어가, 내 깨어진 변신을 하나의 권리로 탈환하려 하지 않았던가! 이 영광스러운 추억을 떠날 때가 되었다, 추억은 지나간 자리에 영원한 회한의 창백한 은하수밖에는 남기지 않는다.

[7] 자연법칙의 잠재적이거나 가시적인 기능에서 비정상적인 일탈을 목격하게 되는 일은 불가능하지 않다. 실제로, 저마다 자기 생애의 갖가지 단계를 찬찬히 뜯어보는 창의적 수고를 아끼지 않는다면(단 하나의 단계도 잊지 말아야 하는데, 내가 주장하는 바의 증거를 제공하게 되어 있었던 것이 바로 그 단계였기 십

상이기 때문이다), 다른 상황에서는 우스꽝스럽게 보였을 정도로 놀라지 않고는 떠올릴 수 없는 기억이 있을 터라, 제일 먼저 객관적인 사실을 말하자면, 어떤 날, 자신이 관찰과 경험에 의해 제공된 기지의 관념을 확실하게 넘어선 것처럼 보였거나 실제로 넘어섰던 어떤 현상의 목격자가 되었던 기억이 그것인데, 예를 들자면 두꺼비 비 같은 것으로, 그 마술적인 광경이 처음에는 학자들에게 이해되지 않았을 것이 틀림없다. 그리고 두번째이자 마지막으로 주관적인 사실을 이야기하겠는데, 다른 어떤 날, 자신의 영혼이 심리학의 탐구적인 시선 앞에서, 이성의 착란이라고 말하지는 않겠지만(그럼에도 불구하고 이 착란은 덜 흥미롭기는커녕 한결 더 흥미롭다), 적어도 내 과장된 언어에서 생겨난 명백한 졸작을 결코 용서하지 않을 몇몇 냉담한 사람들에게 까다롭지 않을 말로 하자면, 이례적이면서 꽤 자주 매우 심각한 상태를 드러내보이는데, 그 상태는 양식이 상상력에 허용한 경계가 때로는 그 두 힘* 사이에 체결된 덧없는 계약에도 불구하고, 불행하게도 의지의 강력한 압력에 의해, 그러나 또한 대부분의 경우는 효과적인 협력의 부재에 의해 무너졌음을 나타낸다. 이를 뒷받침하기 위해, 몇 가지 예를 들자. 아무쪼록 주의깊은 절도를 반려로 삼기만 한다면, 그 적절함을 높이 평가하는 것이 어렵지 않다. 나는 두 개의 예를 제시한다: 분노의 열광과 오만의 병. 나는 내 글을 읽는 독자에게, 내가 문장을 지나치게 빠르게 전개하면서, 꺾어내는 문학의 몇몇 아름다움에 대해 막연하고 하물며 잘못되기도 한 관념을 품지 않도록 주의하라고 경고한다. 아아! 내가 내 추론과 비교를 천천히 그리고 대단히 장려하게 펼쳐내어(그러나 누가 자신의 시간

* 다시 말해서 양식과 상상력.

을 자유롭게 쓸 수 있겠는가?), 사람들 하나하나에게 내 공포는 아니더라도 최소한 내 경악을 더 잘 이해시키고 싶었던 것은, 어느 여름날 저녁, 태양이 수평선에 기울어졌다 싶을 무렵에, 다리 끝과 팔 끝부분에 달린 넓적한 오리 물갈퀴를 놀리며, 비례적으로 돌고래의 등지느러미만큼 길고 뾰족한 등지느러미를 단, 근육도 튼튼한 인간 존재가 바다 위에서 헤엄을 치는 것을 보았을 때인데, 수많은 물고기떼가 (나는 이 행렬에서, 다른 여러 수중 주민들 가운데, 전기가오리, 그린란드아나르낙 고래와 쭈굴감펭을 보았다) 최대치의 감탄을 매우 과시적으로 드러내며 그 인간을 뒤따르고 있었다. 이따금 그가 잠수를 하면, 그의 점착성 육체가 이백 미터나 떨어진 곳에서 거의 즉시에 다시 나타나곤 했다. 쇠물돼지들은, 내 의견이지만 훌륭한 헤엄 선수라는 명성을 훔쳐오지 못한 것들이라, 이 신종 양서류를 멀리서 겨우 따를 수 있었다. 독자가 내 서술에 어리석은 맹신이라는 해로운 장애물보다는 깊은 신뢰라는 최상의 도움을 바친다면, 그에게 후회할 이유가 없다고 나는 생각하는바, 이 신뢰는 시적 신비를, 내가 책임지고 밝혀야 할 독자 자신의 의견에 따르면 수가 너무 적다는 이 신비를, 비밀스러운 공감의 힘으로 조목조목 검토할 터이며, 그때마다 수중식물의 자극성 냄새가 깊이 스며들어 있는 그런 기회가, 오늘날에는 기회가 뜬금없이 나타나는 만큼, 나타날 터이고, 물갈퀴 조류와는 구별되는 특징을 제 것으로 삼은 괴물 하나가 담겨 있는 이 장절에 서늘한 북풍이 그 냄새를 옮겨올 터이다. 여기서 누가 제 것으로 삼았다고 말하는가? 인간은, 다양하고 복잡한 그 본성에 의해, 여전히 경계를 확장할 방법을 모르지 않는다는 점을 익히 알아야 할 것이니, 물속에서는 해마처럼 살고, 대기의 상층부를 가로지르기로는 흰꼬리수리와 같으며, 지하에서는 두더지, 쥐며느리와 같

고, 유충의 숭고함과 같다. 더 간결하거나 덜 간결한 (그러나 덜
보다는 더) 인간의 형태를 놓고, 내가 머리를 짜내 생각해보았자,
최고로 든든한 위안의 범주란 게 이 정도이기에, 나는 아주 먼 거
리에서 그 인간 존재가, 가장 장대한 가마우지도 결코 그럴 수 없
을 만큼, 파도의 수면에서 사지를 놀려 헤엄치는 것을 보고, 아마
도 그 팔과 다리 끝에 일어난 새로운 변화는 어떤 알지 못한 범죄
의 속죄징벌일 뿐이라고 생각했다. 내가 머리를 썩여가며 연민의
우울한 알약을 미리 제조할 필요는 없었다. 두 팔로는 쓰디쓴 파
도를 번갈아 후려치고, 그사이에 두 다리로는 돌고래의 나선형 어
금니들이 지닌 힘과 맞먹는 힘으로 층층의 물을 후방으로 밀어내
는 이 사내가 형벌로 그 이상한 형태를 둘러썼다기보다는 자진해
서 그걸 제 것으로 삼은 것은 아닌지 나는 알지 못했기 때문이다.
내가 나중에 알게 된 바에 의하면, 진실은 다음과 같이 단순하다.
이 유동하는 원소 속에서 삶을 연장하다보니, 여러 바위투성이 대
륙에서 스스로 망명한 이 인간 존재 속에, 중요하지만 본질적이지
는 않은 변화가 느낄 수도 없이 서서히 일어난 것이고, 그게 내 눈
에 띄었던 것이고, 그 물건이 처음 나타났던 순간부터, 자못 당황
한 시선이 그 기이한 형태에 따라 물고기라고 여겼던 것인데(차
마 말하기 어려운 경솔함 때문인데, 그게 빗나갈 경우 심리학자들
이나 신중함을 사랑하는 사람들이라도 쉽게 이해할 수 있을 정도
로 고통스러운 감정을 불러온다), 그 형태는 아직 박물학자들의
분류체계에 기록되지 않았으나, 내가 비록 너무 불확실한 조건에
서 상상한 다음의 가정 쪽으로 기울려는 허용 가능한 의도를 품
은 것은 아닐지라도, 아무튼 저 학자들의 사후 저작에는 기록되리
라고 본다. 사실, 이 양서인간은(양서인간이 존재하고, 그 반대를
주장할 수는 없으므로), 물고기들과 고래들을 별도로 친다면, 오

직 나에게만 보였다. 내가 이렇게 말하는 것은, 몇몇 농부들이 이 초자연적인 현상에 당황하는 내 얼굴을 들여다보려고 멈춰 서는 것을 보았기 때문인데, 그들은 자기들의 눈에는 온갖 종류의 측정 가능하고 일정한 양의 물고기떼밖에 보이지 않는 바다의 한 곳을 왜 내 두 눈이, 꺾을 수 없을 것처럼 보이나 실제로는 그렇지 않은 인내심으로, 끊임없이 응시하고 있는지 이해하려고 헛되이 애를 쓰면서, 커다란 제 입구멍을 필경 고래만큼 크게 벌렸다. "그걸 보고 자기들은 미소를 짓지만, 하나 나처럼 창백해지지는 않는데", 그들이 정취 넘치는 자기들의 언어로 말하길, "자기들은 바보가 아니기에, 정확히 내가 물고기들의 목가적인 선회 이동은 보지 않고, 내 시선이 훨씬 더 앞쪽에 박혀 있음을 지적하지 않을 수 없다"고 했다. 그래서 결국, 나와 관련된 것을 말하자면, 그 강력한 입들의 주목할 만한 크기를 향해 내 눈을 기계적으로 돌리고, 혼자 속으로, 우주 전체에서 산만큼이나, 아니 적어도 곶벼랑만큼이나 (청하옵건대, 찬양하시라, 어느 구석 한 뼘 땅도 놓치지 않는 유보표현의 섬세함을) 거대한 펠리컨이 발견되지 않는 이상에는, 어떤 맹금의 부리나 어떤 야수의 턱뼈도 이 벌어진, 그러나 너무나 음울한 이 분화구들 하나하나를 결코 능가할 수도, 심지어 이에 맞설 수도 없을 것이라고, 생각했다. 그렇다고는 해도, 내가 은유의 호의적인 사용법에 많은 여지를 남겨둔다 하더라도(이 수사법은, 선입관이나 잘못된 사고나, 실은 그게 그거지만, 그런 것에 물든 자들이 흔히 애써 머릿속에 그리는 것 이상으로, 무한을 향한 인간의 갈망에 훨씬 더 많은 도움을 준다), 농부들의 우스꽝스러운 입이 향유고래 세 마리를 삼킬 만큼 넓게 여전히 벌어져 있었다는 것은 어디까지나 사실이다. 우리의 생각을 더 줄이자, 진지해지자, 그리하여 이제 갓 태어난 세 마리 아기 코끼리로 만족

하자. 단 한 번 팔을 휘저어, 양서인간은 자기 뒤에 일 킬로미터의
거품 이는 물이랑을 남겼다. 다시 물속에 잠기기 전, 앞으로 뻗은
팔이 공중에 떠 있는 매우 짧은 순간에, 일시 벌어졌다가 피막의
형태를 지닌 피부의 움츠림 덕택에 다시 합해진 그의 손가락들이
허공으로 높이 솟구쳐 별을 붙잡는 것만 같았다. 내가 바위 위에
서서, 두 손을 깔때기처럼 모아, 소리치자, 게와 갯가재들이 가장
은밀한 바위틈의 어둠 속으로 도망쳤다: "오, 그대, 수영으로 군함
조의 긴 날개의 비상을 이기는 자여, 인류가 그 내면의 생각을 충
실하게 말로 바꾸어 힘차게 내던지는 저 울림도 거대한 목소리의
의미를 자네가 아직도 이해한다면, 그 빠른 행보를 잠시 중단하
고, 자네가 밟아온 진실한 이력의 고비를 나에게 간략하게 말해주
게. 그러나 자네에게 경고하건대, 내게 우정과 존경심을 자아내게
하는 것이 자네의 대담한 의도라면, 내게 말을 던질 필요가 없네.
그런 감정이야 상어처럼 우아하고 힘차게 그 굽힐 줄 모르는 일
직선의 순례를 완수하는 자네를 처음 보는 순간부터, 내가 자네에
게 느꼈던 것." 한줄기 한숨소리가 내 뼈를 얼어붙게 하고, 내 발
바닥을 올려놓은 바위를 흔들며(그런 절망의 울부짖음을 내 귀에
전하는 음파의 거친 침입으로 나 자신이 흔들린 것이 아닌 이상),
지구의 내장에까지 들렸으며, 물고기들이 눈사태의 굉음을 내며
파도 아래로 잠겨들었다. 양서인간은 감히 너무 가까이 해안까지
다가오지는 않았으나, 제 목소리가 내 고막까지 또렷하게 도달한
다는 것을 확인하자, 해초에 덮인 제 상체를 울부짖는 물결 위로
띄우는 정도로, 물갈퀴가 달린 사지의 움직임을 줄였다. 나는 그
가 지고한 명령을 받들어, 방황하는 한 무더기 기억들을 소환하려
는 듯, 머리를 숙이는 것을 보았다. 이 성스러운 고문서적 작업을
하는 그를 나는 감히 방해할 수 없었다. 과거 속에 잠겨들어간 그

는 한 덩이 암초와 방불했다. 그는 마침내 이런 말로 이야기를 시작했다: "자네는 적이 없지 않다네. 수많은 발의 환상적인 아름다움이 동물들의 호감을 끌어모으기는커녕 놈들에게 십중팔구 질투심 어린 분노나 유발하는 강력한 자극제일 뿐이지. 그래서 나는 이 토충이 강렬하기 그지없는 증오의 표적이 된다는 것을 알고도 놀라지 않을 것이네. 나는 자네에게 내 출생지를 감추겠네, 그거야 내 이야기와 별 상관이 없지만, 내 가족을 생각하면 다시 솟아오르는 부끄러움은 내 의무와 상관이 있지. 내 아버지와 어머니는 (신이여, 그분들을 용서하소서!) 일 년을 기다린 후, 하늘이 자신들의 소원을 들어준 걸 알았다네. 두 쌍둥이, 내 형과 내가 태어났지. 그런 만큼 서로 사랑하는 것이 더욱 당연하지. 내 이야기는 그러지 않았다는 것이야. 둘 중에서 내가 더 아름답고 더 영리해서, 형은 나에게 증오를 품고, 제 감정을 애써 감추려 하지 않았지. 이 때문에 아버지와 어머니는 사랑의 가장 큰 부분을 내게 쏟아부었고, 나도 성실하고 변함없는 우애로, 같은 혈육에서 출생한 자에게 격분할 권리가 없는 한 영혼을 달래려고 노력했다네. 그런데 내 형은 제 분노의 한계를 모르고, 전혀 엉터리도 없는 중상으로, 우리 공동 부모의 마음에서 내가 미더움을 잃게 했지. 나는 십오 년 동안 지하토굴에서 먹을 것이라고는 유충과 흙탕물밖에는 없이 살지 않았겠나. 이 부당한 장기 유폐에서 내가 체험했던 전대미문의 고통을 세세히 이야기하지는 않겠네. 이따금, 하루의 어느 시간에, 형리 셋이 하나씩, 차례로 돌아가며, 갑자기 들이닥치곤 했다네, 집게와 장도리와 가지가지 고문도구를 들고 말일세. 고통이 내게서 뽑아낸 비명이 그들의 완고함을 흔들지 못했고, 내가 흘린 대량의 피가 그들을 미소짓게 했지. 오, 내 형이여, 나는 너를 용서한다, 내 모든 고통의 제일 원인인 너를! 눈먼 광분이 끝에 가서라도 제 자신의 눈을 뜨게 할 수 있겠는가! 영원한 감옥에서, 나는 많은 성찰을 했다네, 인류에 대한 내 전반적인 증오가 어떤 것이었을지, 자네는 짐작하겠지. 점차적인 쇠약, 육체와 정신의 고립이 아직 이성을 완전히 잃게 하지는 않아서, 내가 이제는 사랑하지 않는 그 사람들한테 원한을 품을 정도는 되었지. 나를 노예로 삼은 그 삼중 질곡을 말이야. 나는 꾀를 써서 내 자유를 되찾지 않았겠나! 비록 내 동류들이라고 불리긴 하나, 이날까지 나와 닮은 것은 아무것도 없는 대륙의 주민들에게 진저리가 나서(그들이 내가 자기들과 닮았다고 생각했다면, 왜 나에게 고통을 주었겠는가?), 만일 바다가 숙명적으로 살아온 생애보다 앞선 생애의 먼 기억을 내게 보여준다면, 죽음을 끌어안으리라는 결심을 단단히 굳히고, 나는 해안의 자갈밭을 향해 달려갔지. 자네는 자신의 눈을 믿을 수 있겠는가? 내 부모의 집에서 도망친 그날 이후, 바다와 그 수정 동굴에서 살게 된 것을, 자네가 생각하는 것만큼 한탄하지는 않는다네. 섭리는, 자네가 보다시피, 내게 백조의 기관을 일부 마련해주었지. 물고기들과는 평화롭게 살아서, 녀석들은 내가 자기들의 군주라도 되는 듯이, 필요한 양식을 구해주지. 자네가 불쾌하게 여기지만 않는다면, 내가 한번 특별히 약정된 휘파람을 불어보겠네, 그럼 녀석들이 어떻게 다시 나타나는지 보게 될걸세." 그가 예고한 일이 일어났다. 그는 자기 신하들의 행렬에 둘러싸여, 그 왕자의 위엄이 어린 수영을 다시 시작했다. 그리고 몇초 후에 그가 내 육안에서는 완전히 사라졌지만, 망원경을 통해서는, 그와 수평선의 마지막 변을 여전히 구별할 수 있었다. 그는 한손으로 헤엄을 치고, 다른 손으로는 단단한 땅에 접근한 데서 오는 두려운 긴장으로 핏발이 선 두 눈을 닦았다. 나를 기쁘게 하려고 그렇게 행동한 것이다. 나는 깎아지른 절벽에 그 고자질쟁이 도구를 집어던졌다. 망원경은 이 바위 저 바위에 부딪쳐 튀어올랐으며, 그 흩어진 조각들을 삼킨 것은 파도였다. 마지막 표현과 마지막 작별이 그와 같았으니, 그로써 나는 고결하고 불운한 한 지성 앞에, 마치 꿈속에서처럼, 인사를 하였더라! 그렇지만, 그 여름날 밤에, 일어난 일에서, 모든 것이 사실이었다.

[8] 밤마다, 내 날개폭을 고통스러운 기억 속에 잠그고, 나는 팔머*의 기억을 떠올렸다…… 밤마다. 그의 금발, 그의 달걀형 얼굴, 그의 위엄 어린 표정이 여전히 내 상상력에 찍혀 있었다…… 지울 수 없이…… 특히 그의 금발 머리가. 치워라, 그러니 치워라, 머리카락이 없는, 거북이의 등껍질처럼 반들거리는 이 머리를. 그는 열네 살이었고, 나는 그보다 한 살이 더 많을 뿐이었다. 저 침울한 목소리는 침묵하라. 이 목소리가 왜 나와서 나를 고발하는가? 그러나 말하는 자는 바로 나 자신이다. 나 자신의 혀를 사용하여 내 생각을 내보내면서, 나는 내 입술이 움직이고 있음을, 말을 하고 있는 것이 나 자신임을 알아차린다. 그러니, 내 젊은 날의 이력을 이야기하며, 가슴속으로 파고드는 회한을 느끼며…… 바로 나 자신이다. 내가 착각하는 것이 아니라면, 바로 나 자신이다, 말을 하는 것은 바로 나 자신이다. 나는 한 살이 더 많을 뿐이었다. 내가 암시하는 자는 도대체 누구인가? 내가 지난날에 가졌던 친구다, 그렇다고 생각한다. 그렇다, 그렇다. 나는 이미 그의 이름이 무엇인지 말했으며…… 또다시 그 여섯 글자의 철자를 한 자 한 자 짚어 말하고 싶지 않다, 아니다, 아니다. 내가 한 살이 더 많

---

* 원문의 표기는 Falmer. 연구자들은 이 이름에 의거해, 로트레아몽이 소개하는 이상형 가운데 하나인 이 인물을 영국계로 추론한다.

다고 되풀이하는 것도 역시 쓸데없는 짓이다. 누가 알겠는가? 하여튼 되풀이하자, 그러나 고통스러운 중얼거림으로: 내가 한 살이 더 많을 뿐이었다. 그렇더라도, 내 체력의 우위는 오히려 인생의 거친 오솔길을 헤쳐나가며 나에게 몸을 의탁한 자를 부축하는 동기였지, 눈에 띄게 더 약한 존재를 학대하는 동기가 아니었다. 그런데, 나는 사실 그가 더 약했다고 생각한다…… 그렇더라도. 내가 지난날에 가졌던 친구다, 그렇다고 생각한다. 내 체력의 우위는…… 밤마다…… 특히 그의 금발이. 대머리를 본 적이 있는 인간은 하나둘이 아니다. 노화, 질병, 고뇌는(이들 셋이 함께든 따로따로든) 이 부정적인 현상을 만족스럽게 설명한다. 어느 학자에게 내가 그 현상에 관해 묻는다면, 적어도 그가 내게 해줄 대답이 이와 같다. 노화, 질병, 고뇌. 그러나 내가 모르지 않는바(나도 역시 학자다), 어느 날, 내가 한 여자의 가슴을 찌르려고 단검을 들어올리는 순간, 그가 내 손을 저지한 까닭으로, 내가 강철 팔로 그의 머리칼을 잡아쥐고 하도 빠르게 그를 허공에 내돌린 나머지, 그 머리칼이 내 손에 남고, 그의 육체가 원심력으로 내던져져 떡갈나무의 둥치에 처박히고…… 나는 어느 날 그이 머리칼이 내 손에 남은 것을 모르지 않는다. 나도 역시 학자다. 그렇다, 그렇다. 나는 이미 그의 이름이 무엇인지 말했다. 나는 어느 날 내가 수치스러운 짓을 자행했으며, 그때 그의 육체가 원심력으로 내던져졌음을 모르지 않는다. 그는 열네 살이었다. 정신착란이 발작하는 가운데, 내가 성유물처럼 오래 간직해온 피 흐르는 물건을 가슴에 끌어안고 들판을 가로질러 달려갈 때, 나를 쫓는 어린아이들…… 돌팔매질을 하며 나를 쫓는 어린아이들과 늙은 여자들은 비통한 신음소리를 내지른다. "저걸 봐라, 팔머의 머리칼이다." 치워라, 그러니 치워라. 거북이의 등딱지처럼 반들거리는 이 대머리를…… 피

흐르는 물건을. 그러나 말을 하는 것은 나 자신이다. 그의 달걀형 얼굴, 그의 위엄 어린 표정. 그런데, 나는 사실 그가 더 약했다고 생각한다. 늙은 여자들과 어린아이들. 그런데 나는 사실…… 내가 무슨 소리를 하려 했던가?…… 그런데, 나는 사실 그가 더 약했다고 생각한다. 강철 팔로. 이 충격이, 이 충격이 그를 죽였는가? 그의 뼈가 나무에 부딪쳐 부러졌는가…… 돌이킬 수 없이? 이것이 그를 죽였는가, 한 장사의 힘에서 태어난 이 충격이? 그는 생명을 보전했는가, 그의 뼈가 돌이킬 수 없이 부러졌어도…… 돌이킬 수 없이? 이 충격이 그를 죽였는가? 나는 감긴 내 두 눈이 목격하지 못한 그 일을 알게 될까봐 두렵다. 사실…… 특히 그의 금발. 사실, 나는 그때부터 용서할 줄 모르는 양심을 품고 멀리 도망쳤다. 그는 열네 살이었다. 그때부터 용서할 줄 모르는 양심을 품고. 밤마다. 영광을 꿈꾸는 한 젊은이가, 육층 방에서, 한밤의 고요한 시간에, 작업대에 엎드려 있다가, 무엇의 탓이라고 해야 할지 알지 못하는 낮은 소리를 감지할 때, 그는 명상과 먼지 낀 수고手稿로 무거워진 머리를 사방팔방으로 돌리지만, 어느 것도, 손에 잡힌 어떤 징후도, 그에게는 확실하게 들리지만, 그리도 희미하게 들리는 것의 원인을 밝혀주지 않는다. 그는 마침내 제 촛불의 연기가 주위의 공기를 가로질러 천정으로 날아오르며, 벽에 박힌 못에 걸린 종이 한 장을 거의 감지할 수도 없이 떨리게 하고 있음을 알아차린다. 육층에서. 영광을 꿈꾸는 한 젊은이가 무엇의 탓이라고 해야 할지 알지 못하는 낮은 소리를 듣는 것과 마찬가지로, 나도 내 귀에 속삭이는 구성진 목소리 하나를 듣는다: "말도로르!" 그러나 제 착각을 끝내기 전까지는, 한 마리 모기의 날갯소리를 듣고 있다고…… 작업대에 엎드려 그는 생각했다. 그렇지만 나는 꿈을 꾸는 것이 아니다, 내가 비단 침대에 누워 있는 게 무슨 대수인가? 나는 냉정한 마음으로 날카롭게 직시한다, 비록 장밋빛 도미노와 가장무도회의 시간이지만, 내가 눈을 뜨고 있음을. 전혀…… 오! 아니다, 전혀! 어떤 죽음의 목소리가 이런 천사 같은 억양으로 고통에 찬 우아함을, 그리도 떨면서 내 이름의 철자를 들려주지 않았다! 한 마리 모기의 날갯소리…… 그 목소리는 얼마나 친절한가…… 그는 그럼 나를 용서했는가? 그의 육체는 떡갈나무 둥치에 처박혔다……"말도로르!"

네번째 노래 끝

다섯번째 노래

[1] 내 산문이 즐거움을 안겨주는 행운을 누리지 못하더라도, 독자는 내게 화를 내지 말지어다. 적어도 내 착상은 기발하다고 그대는 주장한다. 그대가 말하는 것은, 존경스러운 사람이여, 진실이다, 그러나 부분적인 진실이다. 그런데, 착오나 모멸이 넘치는 샘이라 한들, 어느 샘이 부분적으로는 진실이 아니겠는가! 찌르레기 군단은 그들 나름의 비행 방식이 있어서, 일사분란하고 규칙적인 어떤 전술을 따르기라도 하는 것 같은데, 오직 대장 한 사람의 목소리에 정확하게 복종하는 훈련된 군대의 전술이 그럴 터이다. 찌르레기들이 복종하는 것은 본능의 목소리인바, 이 본능이 줄곧 새들을 무리의 중심으로 다가가도록 떠밀고, 비행 속도는 끊임없이 새들을 바깥쪽으로 끌어가는 나머지, 자성磁性을 띤 동일한 한 점을 향하려는 공통된 경향으로 결속된 이 새들의 집단은 쉴새없이 오고가고 온갖 방향으로 순환하고 교차하는 가운데, 일종의 매우 격렬한 소용돌이를 형성하니, 그 덩어리의 총체는 명확한 방향을 따르지 않으면서도 전체적으로 그 자리를 돌며 자전운동을 하는 것처럼 보이는데, 이는 그 각 부분이 저마다 순환운동을 하는 결과인지라, 그 중심은 끝없이 확산되려는 경향을 지니면

서도, 그 주변을 둘러싸고 옥죄는 대열의 반동에 의해 끊임없이 압박받고 제한되어, 이들 대열 가운데 어떤 대열보다 밀도가 높으며, 주변 대열들도 중심에 가까울수록 그만큼 더 밀도가 높다. 이런 소용돌이치기의 기이한 방법에도 불구하고, 찌르레기들은 보기 드문 속력으로 주변 공기를 찢고, 그들 피로의 종점과 그들 순례의 목적지를 향해 매초마다 한 뼘씩 소중한 비행공간을 뚜렷하게 정복한다. 그대도, 마찬가지로, 이 장절들 하나하나를 노래하는 나의 기이한 방법에 마음쓰지 말라. 그러나 시의 기본적인 어조는 그럼에도 여전히 내 지성에 대한 본래의 권리를 고스란히 지탱하고 있다고 믿으라. 예외적인 것들을 일반화하지 말라, 너에게 더 많은 걸 요구하지 않는다. 그렇다고 해서 내 성격이 있을 수 있는 것들의 범주를 벗어나는 것도 아니다. 물론 당신이 이해하는 바와 같은 당신의 문학과 나의 문학이라는 극단적인 이항 사이에 무수한 중간 항들이 있으며, 항목을 늘리기도 어렵지 않을 것이다. 그러나 그래봐야 아무 소용이 없으려니와, 상상했던 그대로 이해되지 않으면, 다시 말해서 확대 해석되지 않으면, 합리적이기를 그치는 이 탁월하게 철학적인 개념에 협소하고 거짓된 어떤 것을 넣을 위험도 있을 터이다. 너는 열정과 내적 냉정을 결합할 줄 안다, 내향성의 관찰자야, 아무튼 나로서는 네가 완벽하다고 본다…… 그런데 너는 나를 이해하려 하지 않는구나! 네 건강이 양호하지 않다면, 내 충고를 따라(내가 너에게 내줄 수 있는 가장 훌륭한 충고다), 들판에 나가 산보를 하라. 초라한 보상이라고, 그렇게 말하겠는가? 공기를 마시고 나서 나를 다시 찾아오라. 네 감각은 한결 가라앉아 있을 것이다. 더는 울지 말라. 나는 너를 아프게 하려던 것이 아니었다. 어느 정도까지는, 친구야, 내 노래가 너의 공감을 얻었다는 게 사실 아닌가? 그런데, 또다른 단계를 뛰어넘지 못하도록 너를 막는 자 누구인가? 너의 기호와 나의 기호 사이의 경계선은 보이지 않는다. 너는 결코 그 선을 붙잡을 수 없으리라. 이 경계선 자체가 존재하지 않음을 증명하라. 따라서 이런 경우 (여기서는 문제를 가볍게 건드리기만 하겠다) 네가 저 수컷 노새의 상냥한 딸이자 불관용의 그리도 풍요로운 원천인 이 동맹조약에 완강하게 서명하는 것이 불가능한 일만은 아닐 것임을 유념하라. 네가 바보가 아니란 것을 알지 못했다면, 너에게 이런 비난을 퍼붓지도 않았으리라. 네 딴에는 흔들림이 없다고 믿는 공리의 연골 등껍질 속에 움츠러들어봐야 네게 이로울 것이 없다. 흔들림이 없을뿐더러, 네 공리와 평행할 다른 공리들도 있다. 네가 캐러멜을 별나게 좋아하더라도(자연의 기막힌 농담이로다), 그것을 범죄라고 생각할 사람은 아무도 없지만, 한결 활력 있는 지성, 더 위대한 일이 가능한 지성을 지녔기에 후추나 비소를 더 좋아할 사람들은 그렇게 여길 충분한 이유가 있으나, 그렇다고 그들이 뾰족뒤쥐 앞에서나 입방체의 표면을 말하는 표현 앞에서 무서워 떠는 자들에게 안온한 지배를 밀어붙이려는 의도를 지닌 것은 아니다. 나는 경험으로 말을 하는 것이지, 여기서 도발자의 역할을 맡으려는 것은 아니다. 그리고, 윤충동물輪蟲動物과 완보동물緩步動物이 반드시 그 생명을 잃지 않고도 비등점 가까운 온도로 덥혀질 수 있는 것처럼, 내 흥미로운 노작이 야기하는 짜증으로부터 천천히 흘러나오는 가혹한 화농성 장액漿液을 네가 조심스럽게 흡수할 수만 있다면, 너도 마찬가지일 테다. 아니, 뭐라고, 산쥐의 등에 다른 쥐의 사체에서 잘라낸 꼬리를 이식하는 데에 성공한 적이 없다고? 그렇다면 똑같이, 내 시체가 된 이성의 다양한 변형들을 내 상상력 속에 옮겨보아라. 그러나 신중하라. 내가 글을 쓰는 시간에, 새로운 전율들이 지성의 대기를 내닫는다. 중요한 것은 오직 그 전율들을 정면으로 바라보는 용기를 갖는 것이다. 왜 그렇게 찡그리느냐? 그뿐만이 아니라 너는 긴 수습을 거쳐야만 흉내라도 낼 수 있는 동작을 거기에 덧붙이기까지 하는구나. 매사에 습관이 필요하다는 걸 믿어라. 처음 몇 페이지에서부터 드러났던 그 본능적인 반발이, 독서에 열중할수록 그와 반비례하여, 마치 절개되는 정저行疽처럼, 현저히 깊이를 잃었으니, 네 머리가 여전히 병든 상태라 하더라도, 너의 치유가 분명 멀지 않아 그 마지막 단계로 곧장 접어들 것이라고 기대해야 한다. 나로서는, 네가 벌써 회복기의 바다 한가운데로 항해하고 있음을 의심할 여지가 없다. 그렇지만, 너의 얼굴은 여전히 핼쑥하구나, 슬프다! 그러나…… 용기를 내라! 네 안에는 범상치 않은 정신이 있으니, 나는 너를 사랑하며, 네가 약효가 있는 어떤 물질, 병고의 마지막 증상을 소멸하는 일이라도 촉진시켜줄 물질을 마시기만 한다면, 너의 완전한 해방이 절망적이라고는 보지 않는다. 수렴제와 강장제로, 너는 우선 네 어머니의 팔을 뽑아(어머니가 아직도 건재하다면), 그것을 잘게 썬 다음에, 어떤 얼굴 표정으로도 네 감정을 드러내지 않고, 단 하루 만에 그걸 먹어야 한다. 네 어머니가 너무 늙었다면, 더 젊고 더 싱싱한, 골막박리수술기구가 감당해야 할, 걸어갈 때 그 발목뼈가 어렵잖게 상하운동의 받침점이 될 만한 또하나의 수술 대상을 골라라. 예를 들어 네 누이를. 그녀의 운명에 동정하는 마음을 막을 길이 없거니와, 나는 아주 식어버린 열정으로 선량함을 흉내나 내는 그런 인간들에 속하지 않는다. 너와 나, 우리는 그녀를 위해, 이 사랑하는 처녀를 위해 (그러나 내게 그녀가 처녀임을 확증할 증거가 있는 것은 아니다) 억제할 수 없는 두 줄기 눈물을, 두 줄기 납 눈물을 퍼붓자. 그러면 끝날 것이다. 너에게 추천하는 가장 훌륭한 진정제는 핵 임균성 고름이 가득한 대야이니, 그 안에 미리 난소의 털투성이 낭종 하나와 포상 암종 하나, 감돈포경嵌頓包莖으로 곪아터지고 귀두가 뒤로 젖혀진 음경의 표피 하나와 붉은 괄태충 세 마리를 녹여넣을 것이다. 네가 나의 명령을 따른다면, 내 시는 두 팔을 벌려 너를 맞이할 것이다, 이가 그 입맞춤으로 모근을 절제切除하듯이.

[2] 나는 내 앞의 작은 언덕 위에 물체가 하나 서 있는 것을 보았다. 그 머리를 명확하게 분간할 수 없었으나, 벌써 나는 그 윤곽의 정확한 비율을 특정하지 않고도, 그 머리가 일반적인 형태는 아니란 것을 알아차렸다. 나는 그 부동의 기둥에 감히 접근하지 않았는데, 내가 삼천 마리가 넘는 게들의 보각步脚(나는 먹이의 포착과 저작에 소용되는 다리에 관해서는 언급조차 하지 않는다)을 마음대로 사용할 수 있었다 해도, 그 자체로는 매우 하찮은 한 사건이 내 호기심에 무거운 조세를 징수하여 그 제방을 무너뜨리게 하지 않았더라면, 나는 여전히 같은 자리에 머물러 있었을 것이다. 한 마리 쇠똥구리가 아래턱과 더듬이로 주성분이 분변으로 이루어진 공 하나를 땅 위에 굴리며, 이미 말했던 언덕을 향해 빠른 걸음으로 나아가며, 오직 그 방향으로 가겠다는 제 의지를 자못 돋보이게 하느라고 열심이었다. 이 절족동물이 암소보다 월등하게 큰 것은 아니었다! 내가 하는 말이 의심스럽다면, 내게로 오시라, 그러면 올곧은 증인들의 증언으로 가장 의심 많은 사람들이라도 흡족하게 해줄 것이다. 나는 멀리서, 노골적으로 호기심을 내보이며, 그 뒤를 따랐다. 이 거대하고 시커먼 공으로 무엇을 하려는 것일까? 오, 독자야, 끊임없이 통찰력을 자랑하는 너(그렇다고 잘못된 것은 아니고), 너는 그걸 나에게 말해줄 수 있으려나? 그러나 수수께끼에 대한 널리 알려진 네 정열을 거친 시련에 부

치고 싶지는 않다. 이 신비가 나중에야, 네가 네 삶의 끝에 이르러 너의 침대 곁으로 찾아온 단말마와 더불어 철학적 토론을 시작할 때에야…… 어쩌면 이 절의 끝에 이르러서야, 너에게 밝혀지리라는 점을 (그건 너에게 밝혀질 것이다) 너에게 다시금 지적하는 것이 내가 너에게 가할 가장 부드러운 책벌임을 네가 알기만 하면 그만이다. 쇠똥구리는 그 작은 언덕 기슭에 도착해 있었다. 나는 녀석의 자취를 그대로 따라갔는데, 여전히 그 현장과는 상당한 거리가 있었다. 왜냐하면 도둑갈매기들이, 항상 굶주리기라도 한 것처럼 불안해하는 이 새들이 지구의 양극을 적시고 있는 바다에 살기를 좋아해서 온대에는 우연한 사고로만 들어가는 것과 마찬가지로, 나도 마음이 편치 못해 아주 느리게 두 다리를 앞으로 옮겼다. 그러나 내가 보러 가고 있던 그 육체를 닮은 물질은 무엇이었던가? 나는 펠리컨과에 네 가지 상이한 종이 있음을 알고 있었다. 사다새, 펠리컨, 가마우지, 군함조. 내 앞에 나타난 그 회색빛 형체는 사다새가 아니었다. 내가 염탐한 그 유연한 덩어리는 군함조가 아니었다. 내가 염탐한 그 결정結晶상태의 육질은 가마우지가 아니었다. 나는 마침내 보았다, 뇌에서 환상융기가 제거된 인간을! 나는 내 기억의 주름을 막연히 더듬어보았으니, 내가 벌써 지난날에 저 기다랗고 넓적하고 볼록한 궁륭형 부리를 눈여겨보았던 것이 어느 혹서의 땅에서였던가, 아니면 어느 동토에서였던가, 그 모서리가 눈에 밟히고, 발톱 모양새로, 가운데가 솟아올랐다가 끝이 갈고리처럼 구부러진 저 부리를, 저 톱니형의 곧은 테두리를, 꼭지 끝부분까지 가지가 갈라진 저 아래턱을, 막질膜質의 피부로 빈틈없이 덮여 있는 저 벌어진 간격을, 목덜미를 온통 차지하고 엄청나게 팽창할 수 있는 저 노란 낭상囊狀의 넓은 포대를, 그리고 기저의 홈에 매우 좁다랗게 가로로 파여 거의 감지 불가능한 저 두 콧구멍을! 단순 허파호흡을 하고, 털로 덮여 있는 이 생물이 어깨까지만이 아니라 발바닥까지 온전한 한 마리 새였더라면, 그것을 알아보는 데 그렇게 어렵지는 않았으리라. 여러분들이 이제 직접 보게 될 것처럼, 아주 쉬운 일이었으리라. 다만, 이번에는, 그럴 일이 없다, 내 증명의 명확성을 기하기 위하여, 내 작업대 위에 그런 새 한 마리가, 비록 박제에 불과할지라도, 놓여 있을 필요가 있으리라. 그런데, 나는 그 새를 구입할 수 있을 만큼 충분히 부자가 아니다. 이전의 가설을 한 걸음 한 걸음 짚어간다면, 나도 그 뒤를 이어, 병약한 자세로 고결함을 지켜내는 것이 가상한 그자에게 정체를 부여하고 박물지의 틀 안에서 자리 하나를 찾아주게 될 것이다. 그 이중 신체조직의 비밀을 완전히 모르지는 않는다고 얼마나 흐뭇해하며, 더 많이 알려고 얼마나 갈망하며, 나는 지속적 변신상태에 있는 그자를 관찰하였던가! 그가 비록 인간의 얼굴을 소유하지는 않았지만, 나에게는 아름답게 보이기가 곤충의 한 쌍 긴 더듬이형 섬유조직 같고, 아니 차라리 서둘러 치르는 매장埋葬 같고, 아니 그보다는 훼손된 신체기관의 재생법칙 같고, 그리고 무엇보다도 유달리 부패하기 쉬운 액체와도 같고! 그러나 주변에서 일어나는 일에 아무런 주의를 기울이지 않으면서도, 그 이방인은 자기 앞을 줄곧 바라보고 있었다, 그 펠리컨의 머리로! 어느 날인가는 이 이야기의 끝부분을 나는 다시 이을 것이다. 그렇지만, 나는 활기 없이 재빠르게 나의 서술을 계속할 것이다. 왜냐하면, 그대들의 편에서, 내 상상력이 어디에 가닿기를 바라는지 알기를 지체한다면(하늘의 뜻이 다르지 않아 실제로 거기에 오직 상상력이 있을 뿐이기를!), 내 편에서는, 내가 그대들에게 말해야 했던 것을 단 한 번에 (두 번으로 나누지 않고!) 끝내버리기로 결심을 했을 것이기 때문이다. 용기가 없다고 나를 비난할 권리가 누구에게도 없긴 하지만, 그러나 이런 상황과 맞닥뜨렸을 때, 심장의 맥박이 손바닥에 고동치고 있음을 느낄 사람은 한둘이 아니다. 얼마전에, 브르타뉴의 작은 항구에서, 연안항해선 선장인 늙은 뱃사람하나가 거의 아무에게도 알려지지 않은 채 죽었는데, 그는 끔찍한이야기의 주인공이었다. 그는 당시 원양항해의 선장으로 생말로의 한 선주에게 고용되어 항해를 했다. 그런데, 열세 달을 떠나 있다가, 집에 돌아왔을 때, 아내는 그의 후계자를 낳아놓고 아직 침상에 누워 있었는데, 그는 자신에게 아이를 인지할 어떤 권리도없음을 알았다. 선장은 자신의 놀라움과 분노를 전혀 드러내지 않고, 자기 아내에게 옷을 입고 자기를 따라 도시의 성벽 위로 산보를 나가자고 냉정하게 요구했다. 때는 1월이었다. 생말로의 성벽은 높아, 북풍이 불어올 때는 가장 악착스러운 사람들도 뒷걸음질을 친다. 불행한 여자는 차분한 마음으로 체념하고 순순히 따랐으며, 돌아오는 길에 착란을 일으켰다. 그날 밤 그녀는 숨을 거두었다. 그러나 그녀는 단지 한 여자에 지나지 않았다. 한 사람의 남자인 나도 작지 않은 드라마와 맞닥뜨리면, 나 자신을 충분히 장악하여 얼굴 근육을 미동 없이 유지할 수 있었을지 알 수 없는 판에! 쇠똥구리가 언덕 기슭에 도착하자마자, 예의 사내는 팔을 서쪽으로 (정확하게 그 방향에서, 콘도르 한 마리와 버지니아수리부엉이 한 마리가 공중에서 싸움에 돌입했다) 들어올리고, 다이아몬드의 색조 체계를 나타내는 기름한 눈물 한 방울을 부리에서 닦아내며 쇠똥구리에게 말했다. "불행한 공이로다! 너는 그것을 충분히 오래 굴려왔지 않으냐? 너의 복수는 아직도 충족되지 않았구나. 벌써, 네가 무정형의 다면체를 빚는 식으로 다리와 팔을 진주 목걸이로 묶어, 골짜기와 길을 헤치고, 가시덤불과 돌밭을 넘어, 네 발목관절로 끌고 다녔던 그 여자는(그게 아직도 그 여자인지 좀 다가가서 보게 해달라!), 뼈가 상처로 파이고, 사지가 회전 마찰의 물리법칙에 의해 반들반들 닦여, 단일 응고체로 혼합되고, 육체가 최초의 윤곽과 타고난 곡선 대신 전일 균질체의 단조로운 외관을 드러내어, 짓찧어진 다양한 요소들의 뒤죽박죽으로 한 덩어리 구체球體와 너무나 닮아 있을 뿐이구나! 그 여자는 죽은 지 오래되었다. 그 잔해들을 땅에 버리고, 너를 소진케 하는 그 격분을 돌이킬 수 없는 비율로 증대시키지 않도록 조심해라. 그게 더는 정의가 아니다. 네 이마의 외피 속에 감춰진 에고티슴이 저를 싸고 있는 홑이불을 천천히 유령처럼 들어올리지 않으냐." 콘도르와 버지니아수리부엉이는 싸움이 급하게 전개되는 바람에 어느덧 우리들과 가까운 자리에 와 있었다. 쇠똥구리는 이 예기치 못한 말 앞에 몸을 떨었으며, 다른 기회였더라면, 별 의미 없는 행동이었을 것이 이번에는 한계를 모르는 어떤 분노의 명백한 표지가 되었다. 그는 뒷다리 허벅지로 앞날개전을 무섭게 긁어 날카로운 소리를 냈던 것이다. "누구시더라, 도대체, 당신은, 이 겁쟁이 양반? 지난날의 기막힌 사연들을 잊으신 모양이네. 그게 기억 속에 담겨 있지 않다니요, 형님. 이 여자는 우리를 차례차례 배반했다고요. 첫번째로 형을, 두번째로 나를. 이런 모욕은 그렇게도 쉽게 기억에서 사라져서는 안 된다고 (안 된다고!) 생각해. 그렇게도 쉽게! 형 말이야, 형의 고결한 본성이 용서하기를 허락하겠지. 그러나 빵 반죽통 속의 반죽이 되어버린 이 여자의 원자가 비정상적인 상태에 있다 하더라도(첫번째 검사에서 이 몸뚱이가 내 맹렬한 열정의 효과보다는 오히려 두 개의 강력한 톱니바퀴에 의해 밀도의 현저한 증가가 있었음을 믿어야 할지 여부는 이제 문제가 되지 않지), 이 여자가 아직도 살아 있는 것은 아닌지 형이 알고 있다는 말이야? 입을 다물고, 내가 복수할 수 있게 놔둬." 그는 굴리기 작업을 다시 시작하여, 공을 앞으로 밀며 멀어졌다. 그가 멀어지자, 펠리컨은 소리질렀다. "저 여자는 그 마법의 힘으로 나에게 물갈퀴 새의 머리를 씌우고, 내 동생을 쇠똥구리로 변하게 했지. 필경 그 여자는 내가 방금 열거한 대접보다 더 험한 대접을 받아도 싸지." 나는, 꿈을 꾸고 있는 것은 아닌지 확신하지 못한 채, 내가 들은 것으로, 내 머리 위에서 콘도르와 버지니아수리부엉이를 피 튀기는 싸움 속에 한 덩어리로 엮어놓은 적대관계의 성질을 짐작하면서, 나는 머리를 망토 후드를 젖히듯 뒤로 젖혀 허파운동에 가능한 한 편안함과 탄력성을 주고, 두 눈을 하늘로 가져가며 소리를 질렀다. "너희들은 불화를 그쳐라. 너희 양쪽이 모두 옳다. 여자는 너희 두 사람에게 각기 사랑을 약속해서, 결과적으로 너희를 함께 속였다. 그러나 너희는 혼자가 아니다. 그뿐만 아니라 여자는 너희에게서 인간의 모습을 박탈함으로써 너희의 가장 성스러운 고통을 잔인한 놀이로 삼았다. 그런데 너희는 내 말을 믿길 주저하는구나! 더구나 그 여자는 죽었으며, 쇠똥구리는 처음 배반당한 자를 동정하면서도, 지울 수 없는 낙인을 찍어 여자에게 벌을 주었다." 이 말에 새들은 싸움을 끝내고, 더는 서로에게서 깃털을 뽑지도 살점을 발라내지도 않았다. 그들이 이렇게 행동한 것은 옳은 일이었다. 한 마리 개가 제 주인의 뒤를 따라 달려가며 그리는 곡선에 관한 논문처럼 아름다운 버지니아수리부엉이는 무너진 수도원의 벌어진 틈새로 잠겨들었다. 성장 추세가 인체에 동화되는 분자의 양과 비례하지 않는 성인의 가슴발육 정지의 법칙처럼 아름다운 콘도르는 대기의 상층부로 잦아들었다. 펠리컨은, 그의 관대한 용서가 당연한 일이 아니라고 생각되어 나에게 많은 감명을 주었는데, 인간 항해자들에게 자신의 예를 주목하고 음울한 마녀들의 사랑으로부터 저마다 제 운명을 지켜내라고 경고하려는 듯이 그 작은 언덕 위에서 등대와도 같은 위엄 어린 냉정을 되찾고, 자기 앞을 줄곧 바라보았다. 알코올 중독에 빠진 손의 떨림처럼 아름다운 쇠똥구리는 지평선으로 사라졌다. 생명의 책에서 말소되었을 수도 있는 네 가지 여분의 삶. 나는 왼팔에서 근육 하나를 고스란히 뜯어내면서도, 내가 무슨 짓을 하는지 알지 못했는데, 그만큼 나는 이 네 겹의 불운 앞에서 감동을 받았던 것이다. 그런데 나는, 그것을 배변이라고 생각하고 있었다니. 나라고 하는 바보 중에 상 바보는, 간다.

[3] 인간 능력의 단속적 소멸: 당신의 사고가 무엇을 상정하려 들었건 간에, 이것은 적절한 말이 아니다. 적어도, 다른 말처럼 적절한 말이 아니다. 산 채로 제 껍질을 벗겨달라고 형리에게 탄원하면서, 정당한 행위를 수행하고 있다고 생각하는 자, 손 들어보라. 자진하여 죽음의 총탄에 가슴을 바치는 자, 쾌락한 미소를 지으며 고개를 들어보라. 내 눈은 상처의 흔적을 찾으리라, 내 열 손가락은 그 주의력 전체를 집중하여 이 별난 자의 육체를 조심스럽게 만지리라, 나는 뇌수가 흩어져 내 이마의 비단 위에 튀어 박힌 것을 확인하리라. 이런 순교를 사랑하는 한 인간은 전 세계를 다 털어 단 한 명도 발견되지 않는 것이 아닐까? 나는 웃음이 무엇인지 알지 못하는데, 정말이지 나 자신이 그것을 경험한 적이 전혀 없었던 것이다. 그렇지만, 어디엔가 그런 사람이 존재한다고 주장하려는 사람을 볼 일이 생겼는데, 그때도 내 두 입술이 넓게 벌어지지 않으리라고 장담한다면 얼마나 경솔한 짓이겠는가? 자기 생존을 위해서는 누구도 원치 않는 일이 고르지 못한 운수 탓에 내 앞에 떨어졌다. 내 육체가 고통의 호수에서 헤엄치고 있다는 것이 아니다, 그거야 괜찮다. 그러나 응축되고 지속적으로 긴

장된 성찰 탓에 내 정신이 잦아들어간다. 그 울부짖는 꼴이 마치 육식 홍학과 굶주린 왜가리떼가 물가의 골풀 군락을 습격했을 때의 늪 속 개구리떼나 다름없다. 털오리의 가슴에서 뽑아낸 깃털 침대에서 편안하게, 제 속마음이 드러나는 것을 알아차리지 못하고, 잠든 자에게 복이 있도다. 내가 아직도 잠들지 못한 지 삼십 년이 넘었구나. 발설할 수 없는 내 탄생일 이후로, 나는 저 잠을 싣고 있는 널빤지에 화해할 수 없는 증오를 서약했다. 그것을 원했던 것은 바로 나, 누구도 비난할 수 없다. 서둘러라, 유산된 의혹을 버려라. 내 이마에서, 이 창백한 화관을 알아보겠는가? 야윈 손가락으로 이 관을 짠 것은 완강함이었다. 타오르는 수액의 잔재가 녹은 쇳물의 분류처럼 내 뼛속으로 흐르는 동안은, 나는 한숨도 자지 않으리라. 밤마다, 나는 창유리 너머로 내 창백한 눈을 별에 강제로 붙박는다. 마음을 놓을 수 있도록, 나뭇조각 하나가 부어오른 내 두 눈까풀을 벌려놓는다. 새벽이 다시 오면, 새벽은 같은 자세를 유지한 채, 차가운 석고 벽에 몸을 수직으로 기대고 서 있는 나를 다시 발견한다, 그러면서도 때때로 꿈을 꾸는 일이 일어나지만, 단 한 순간이라도 내 인격에 대한 생생한 느낌과 자유로운 운동능력은 잃지 않는다. 인광이 일어나는 어둠의 모퉁이에 숨어 있는 악몽, 곰배팔로 내 얼굴을 더듬는 열병, 피 흐르는 발톱을 곤추세우는 한 마리 한 마리 더러운 짐승, 그러니까, 저 자신의 영원한 행위에 안정된 먹이를 주기 위해 저것들을 빙빙 돌게 하는 것은 바로 나의 의지임을 아시라. 실제로 극단적으로 허약한 상태에서도 원기를 되찾는 원자, 자유의지는 자기 자식의 수에 우둔을 꼽지는 않는다는 것을 어떤 막강한 권위로 단언하기를 겁내지 않는다. 잠자는 자는 지난밤에 거세를 당한 동물보다도 못하다는 말이다. 불면증이 벌써 사이프러스나무 냄새 풍기는 이 근육들을 깊은 구덩이 밑바닥으로 끌고 간다 해도, 내 지성의 하얀 납골당이 창조주의 눈에 그 성역을 열어 보이는 일은 결코 없으리라. 어떤 비밀스럽고 고결한 정의, 팔을 벌리면 내가 본능적으로 뛰어드는 그 정의가 이 더러운 징벌을 간단없이 추격하라고 내게 명령한다. 내 경솔한 영혼의 무서운 적이여, 해안에서 등대에 불을 켜는 시간에, 나는 내 불운한 등허리에 잔디밭의 이슬 위에 드러눕는 것을 금한다. 승리자여, 나는 위선적인 양귀비의 온갖 책략을 물리친다. 결과적으로, 확실한 것은 이 이상한 싸움에서 나의 마음은 벽을 둘러쳐 제 의도를 감추었다는 것이며, 굶주리며 저 자신을 뜯어먹는다는 것이다. 거인들처럼 침투할 수 없는 자, 나는 끊임없이 두 눈을 활짝 뜨고 살았다. 적어도 주간에는 누구라도 외적 거대객체(그 이름을 알지 못하는 자 누구인가?)에 효과적인 저항으로 맞설 수 있다는 것이 밝혀졌다. 낮에는 의지가 눈에 띄게 용심을 부려 자기방어에 주의를 집중하기 때문이다. 그러나 밤안개의 베일이 이제 곧 목을 매달려는 사형수 위에까지 펼쳐지자마자, 오! 자신의 지성이 낯선 자의 신성모독적인 두 손에 붙잡혀 있는 것을 보리라. 가차없는 메스가 그 무성한 가시덤불을 파헤친다. 의식은 긴 저주의 헐떡임을 토해낸다. 수치로다! 우리의 문은 저 하늘나라 길강도의 맹렬한 호기심 앞에 열려 있다. 나는 이 수치스러운 형벌을 받을 이유가 없다, 너, 내 인과율의 추악한 스파이 녀석! 내가 존재한다면, 나는 타자가 아니다. 나는 내 안에 이 애매한 복수성複數性을 인정하지 않는다. 나는 내 내밀한 논리성 속에서 홀로 거주하고 싶다. 자율성을…… 아니면 나를 하마로 변하게 하라. 땅 밑으로라도 꺼져라, 오, 이름 없는 상흔이여, 그리고 다시는 내 험악한 분노 앞에 나타나지 마라. 내 주체성과 창조주, 그건 뇌 하나에 담기에 너무 많다. 밤이 시간의 흐름을 어둡게 할 때, 얼음 같은 식은땀에 젖은 제 잠자리에서 잠의 지배력에 맞서 싸우지 않았던 자 누구인가? 사그라지는 능력들을 가슴께에 끌어 모으는 이 침대는 네모반듯하게 잘린 전나무 널판으로 짠 무덤일 뿐이다. 의지는, 보이지 않는 힘 앞에 서기라도 한 듯, 서서히 물러 난다. 끈적끈적한 나뭇진이 눈의 수정체를 두껍게 덮는다. 두 눈 꺼풀이 두 친구처럼 서로 찾는다. 몸뚱이는 숨쉬는 시체에 불과하 다. 결국, 큰 말뚝 네 개가 매트리스 위에 팔다리 전체를 못박는다. 그리고 제발 주목하시라, 결국 시트는 수의일 뿐이다. 여기 온갖 종교의 향이 타오르는 향로를 보라. 영원이 먼 바다처럼 울부짖 으며 성큼성큼 다가온다. 아파트는 사라졌다. 인간들이여, 촛불을 켠 빈소에 엎드리라! 때때로, 가장 무거운 잠의 한가운데서, 신체 조직의 이런저런 결함을 극복하려고 쓸데없이 애쓰면서, 동물자 기최면술에 걸린 감각은 이제 자신이 무덤의 묘석에 지나지 않음 을 놀라 깨달으며, 비할 데 없는 정교함에 기대어 훌륭하게 논리 를 편다. "그 잠자리에서 빠져나온다는 것은 생각하는 것보다 더 어려운 문제지. 죄수 호송마차에 올라타면, 기요틴의 두 기둥을 향해 나를 끌고 가겠지. 이상한 일이다. 무기력한 내 팔이 나뭇등 걸의 뻣뻣함을 교묘하게 얻어내다니. 사형대를 향해 걸어가는 꿈 을 꾼다는 건 몹시도 기분 나쁜 일이야." 피가 얼굴을 덮고 큰 줄 기를 이루어 흐른다. 가슴은 반복경련을 일으키다가 쌕쌕거리며 부풀어오른다. 오벨리스크의 무게가 격정의 용솟음을 억누른다. 현실이 반수상태의 꿈을 파괴하였구나! 자만심에 가득찬 자아와 강경증의 무시무시한 진행 사이에 싸움이 길어질 때, 환각에 빠진 정신이 판단력을 상실한다는 것이야 누군들 알지 못할까? 절망에 파먹히면서도, 정신은 제 타고난 성질을 끝내 쳐부술 때까지 고 통 속에서 즐거워하니, 마침내 수면은 제 먹이가 자기한테서 빠져

달아나는 것을 보고, 수치스러운 날개를 짜증으로 퍼덕이며, 뒤도 돌아보지 않고 적수의 마음에서 멀리 도망친다. 결코 감기지 않는 내 눈을 응시하지 말라. 내가 견뎌내는 이 고뇌를 이해하겠는가? (아무튼 자존심은 충족된다.) 밤이 인류에게 휴식을 권유하기 시작하면, 내가 아는 한 남자는 성큼성큼 들판으로 걸어나간다. 내 결심이 노쇠에 감염되어 굴복할까봐 겁이 난다. 어서 오라, 내가 잠들 저 운명의 날이여! 깨어나면 내 면도칼이 내 목을 통과하여 길을 내며, 사실상 이보다 더 현실인 것은 아무것도 없음을 증명하리라.

[4] —아니, 도대체 누가!…… 아니 도대체 누가 감히 여기서 내 검은 가슴께로 제 몸마디體節를 음모자처럼 끌고 오는가? 자네가 누구건, 이 별쭝맞은 피톤,* 어떤 핑계로 자네의 우스꽝스러운 출현을 변명하려는가? 자네를 괴롭히는 것은 막막한 회한인가? 이보게, 보아뱀, 자네의 야성적 위엄은 추측컨대, 내가 그걸 범죄자들의 생김새와 견주더라도 그 비교에서 벗어나려는 터무니없는 희망을 품을 수는 없기에 하는 말일세. 그 거품이 이는 희멀건 침은 내가 보기에 격노의 표지일세. 내 말을 듣게: 자네의 눈이 하늘의 광선을 빨아들이기는 요원하다는 것을 아는가? 내가 무언가 위로의 말을 베풀 수 있다고 자네의 시건방진 두뇌가 믿었다면, 그것은 관상학적 지식이 완전히 결여된 무지의 소치로만 가능한 일인 것을 잊지 말게. 잠시 동안, 물론 마음껏, 내가, 다른 사람도 그러듯이, 내 얼굴이라고 부를 권리가 있는 것 쪽으로 자네의

* 피톤은 원래 그리스 신화에서 아폴론의 출생을 저지하려다 실패하고 그의 손에 살해된 뱀을 가리키는 말이지만, 프랑스에서는 아프리카나 아시아의 왕뱀을 포함해 여러 종류의 뱀을 이 이름으로 부르고 있다.

두 눈빛을 움직여보게나! 그게 얼마나 눈물에 젖어 있는지 보이지 않는가? 자네가 오해한 것이지, 이 바질릭.* 자네는 저 가련한 분량의 위안을 다른 데서 찾아야 할 것이네, 내 근본적인 무력함이, 내 선의의 수많은 이의제기에도 불구하고, 그것마저 자네한테서 거두어버렸으니. 오! 어떤 힘이 표현 가능한 문장을 빌려 숙명적으로 자네를 패망으로 몰아갔는가? 내 한번 발꿈치를 찍어 자네 삼각형 머리의 뒤로 젖혀지는 곡선을 붉게 물드는 잔디에 처박아, 사바나의 풀과 짓이겨진 자의 살덩이로 이름 모를 반죽을 빚을 수도 있다는 점을 그대가 이해하지 못한다는 그런 추론에 내가 익숙해지기는 거의 불가능하네.

　―내게서 멀리 어서 빨리 사라지게. 창백한 얼굴을 가진 이 죄덩어리야! 공포 유발의 아슬아슬한 신기루가 바로 자네의 유령을 보여주지 않았나! 그 무례한 의혹을 쓸어버리게, 이번에는 내가 자네를 고발하여, 파충류잡이 사식조蛇食鳥의 판단에 따라 반드시 증명될 항의를 자네에게 던지길 바라지 않는다면 말이야. 상상력의 어떤 괴이한 착오가 나를 알아보지 못하게 하는가! 도대체 자네는 내가 카오스로부터 삶 하나를 떠오르게 하는 은사恩賜로 자네에게 베풀어주었던 막중한 봉사들하며, 자네 쪽에서도, 죽을 때까지 내 깃발을 떠나지 않고 내게 충성하겠다던 영원히 잊지 못할 그 맹서를 상기하지 않는 것인가? 자네가 아이였을 때(자네의 지성은 그때가 전성기였지), 자네는 맨 먼저 피레네산의 영양과도 같은 속력으로 언덕에 기어올라 그 작은 손을 흔들어 태어나는 새벽의 영롱한 빛살에 인사를 했지. 자네 목소리의 음조는 다이아몬드 빛을 뿜는 진주들처럼 자네의 낭랑한 후두에서 솟아올라서

*그리스 신화에서 시선만으로 사람을 죽일 수 있다는 괴물 뱀.

그 집단적 개성을 긴 예배 찬송가의 비브라토 집합체로 녹여내곤 했지. 이제 자네는 내가 너무 오랫동안 보여주었던 인내심을 진창에 더럽혀진 누더기처럼, 발밑에 내던지는구먼. 감사하는 마음은 제 뿌리가 늪의 밑바닥처럼 메말라가는 것을 보았건만, 그 대신에 야망이 형언하기도 괴로운 비율로 성장하는군. 내 말에 귀를 기울이는 녀석은 어떤 녀석인가, 자기 자신의 허약함을 남용하면서 이리도 자신만만하다니?

　—그리고 자네는 누구지, 이 뻔뻔한 실체 자네는? 아니지!……아니지!…… 나는 틀리지 않아. 자네가 다양한 변신의 힘을 빌리더라도 항상 자네의 뱀 대가리가 내 눈 앞에서 영원한 불의와 잔인한 지배의 등대처럼 번쩍거릴 거야! 그는 명령의 고삐를 쥐고 싶어했으나 그는 지배할 줄을 몰라! 그는 창조계의 모든 존재들에게 공포의 대상이 되고 싶어했으며, 성공했다. 그는 저 혼자 우주의 군주임을 증명하고 싶어했는데, 그가 틀린 것이 바로 그 점이지. 오, 가련한 존재야! 자네는 저 불평과 음모에 귀기울이려고 지금 이 시간까지 기다렸는가? 지구의 표면에서 동시에 올라와 그 사나운 날개로 자네의 찢어지기 쉬운 고막의 나비 모양 테두리를 싹둑 잘라갈 저 소리들에. 이제 그날이 멀지 않았네, 내 팔이, 자네의 숨결 때문에 독기 뿜는 먼지 속에 자네를 자빠뜨린 다음 자네의 내장에서 그 해로운 생명을 뽑아버리고, 뒤틀리지 않은 곳 없는 그 시체를 길바닥에 내던져, 아연실색하는 여행자에게, 그의 시야를 경악으로 습격하고, 말도 못하는 그 혀를 그의 입천장에 못박아놓는 이 퍼덕거리는 살덩이와 비교되어야 할 것은, 누구라도 냉정한 태도를 유지한다면, 오직 노화로 쓰러진 떡갈나무의 썩은 둥치밖에는 없다는 것을 가르쳐줄, 그날이! 어떤 연민의 생각이 자네 모습 앞에 나를 붙잡아놓는가? 내 자네에게 말하거니와,

자네가 차라리 내 앞에서 물러나서, 헤아릴 수도 없는 그 치욕을 갓 태어난 아이의 핏속에 씻으러 가게. 자네의 습성이 어떤 것인지 보라고. 그게 자네한테 어울리는 거지. 가게…… 줄곧 앞으로 걸어가게. 자네한테 방랑의 형을 선고하네. 자네한테 홀로 가족도 없이 살 것을 선고하네. 끊임없이 길을 가게, 자네의 두 다리가 자네를 지탱해주길 마침내 거부하도록. 사막의 모래벌판을 가로지르게, 세계의 종말이 허무 속에 별들을 삼킬 때까지. 자네가 호랑이 소굴 근처라도 지나가게 되면, 놈은 서둘러 달아날 걸세, 이상적인 패덕의 좌대 위에 높이 올라앉은 저 자신의 성격을, 마치 거울에 비춰보듯, 보지 않으려고. 그러나 강압적인 피로가 가시덤불과 엉겅퀴로 덮여 있는 내 궁전의 포석 앞에서 자네 발걸음을 멈추라고 명령할 때는 누더기가 된 자네의 샌들에 주의를 기울이고, 현관의 우아함을 차례차례 발끝으로 넘게. 이건 쓸데없는 충고가 아니야. 자네는 옛 성채의 토대를 따라 뻗은 납빛 지하묘지에 잠든 내 젊은 아내와 어린 나이의 내 아들을 자칫 깨울 수도 있으니까. 자네가 미리 조심하지 않으면, 그들이 지하에서 소리를 내질러 자네를 하얗게 질리게 할 수도 있을 테니까. 자네의 완고한 의지가 그들의 생명을 빼앗았을 때, 그들은 권력이라는 게 무섭다는 것을 모르지 않았으며, 그 점에 아무런 의심도 하지 않았지만, 전혀 예상하지 못했지(그리고 그들의 마지막 작별인사는 나에게 그들의 믿음을 확인시켜주었지), 자네의 섭리가 그 정도로 냉혹하게 나타나리라고는! 그거야 어떻든, 에메랄드 장식판이 둘린, 그러나 문장紋章들의 빛이 바랜, 내 선조들의 영예로운 조상彫像들이 쉬고 있는, 이 버려지고 적막한 홀을 재빨리 건너가게. 그 대리석 상들은 자네에게 화가 나 있지. 그들의 흐릿한 시선을 피하게. 이게 바로 그들의 유일하고 마지막인 후손의 혀가 자네에게 베푸는 충고

일세. 그들의 팔이 어떻게 도발적인 방어자세로 들어올려 있는지, 그들의 머리가 얼마나 뜨겁게 뒤로 젖혀져 있는지 살펴보게. 분명코 그들은 자네가 내게 저지른 악행을 눈치챘으니, 이 조각된 돌덩이들을 지탱하고 있는 얼어붙은 좌대의 손닿는 곳을 지나간다면, 복수가 자네를 기다리지. 자네의 방어가 내게 무언가 반박하라고 요구한다면, 말하게. 지금 울기에는 너무 늦었네. 호기가 왔을 때, 더 적절한 순간에 울었어야지. 마침내 자네의 눈이 뜨였다면, 자네가 저지른 행위의 결과가 어떤 것인지 스스로 판단을 하게. 잘 가게! 나는 절벽의 미풍을 들이마시러 가겠네. 내 허파들이 반쯤 숨이 막혀 자네보다 더 침착하고 더 고결한 광경을 보고 싶다고 거대한 목소리로 요구하지 않는가!

[5] 오, 이해할 수 없는 남색자들아, 너희들의 큰 타락에 욕설을 던질 자는 내가 아니다. 너희들의 깔때기형 항문에 모멸을 던지게 될 자는 내가 아니다. 너희들을 공격하는, 수치스러운, 거의 치유할 수 없는 이런저런 병이 피할 수 없는 징벌을 짊어지고 너희에게 덤벼드는 것만으로 충분하다. 바보 같은 제도의 입법자들, 편협한 도덕의 발명자들, 그자들을 내게서 멀리 치워라, 나는 불편부당한 혼이기 때문이다. 그리고 너희들, 청소년들, 아니 차라리 젊은 처녀들아, 어떻게 그리고 왜 (그러나 적당한 거리를 유지해라, 나도 역시 내 열정에 저항할 수 없으니까) 복수가 너희들의 마음에 싹터올라 인류의 옆구리에 그와 같은 상처의 관을 씌우게 되었는지 나에게 설명해다오. 너희들은 그 행동거지로 (나야, 존경하지!) 인류에게 제 자식들이 부끄러워 얼굴을 붉히게 한다. 너희들의 매음은, 아무나 처음 만난 사람에게 몸을 바쳐, 가장 심오한 사상가들의 논리를 실행하며, 한편으로 너희의 과도한 감수성

은 여자들까지 한도를 넘어 아연실색케 한다. 너희들의 본성은 너희 동류들의 본성보다 덜 지상적인가 아니면 더 지상적인가? 너희는 우리에게 없는 제육감第六感을 지녔는가? 거짓말하지 말고 너희가 생각하는 것을 말하라. 내가 너희들을 심문하자는 것은 아니다. 그도 그럴 것이 나는 관찰자로서 너희들의 창대한 지성과 사귀어온 이래로, 무엇을 어찌 해야 할지 알기 때문이다. 내 왼손으로 축복을 받고, 내 오른손으로 성화될지어다, 내 보편적인 사랑의 보호를 받는 천사들아. 나는 너희 얼굴에 입맞춘다, 너희 가슴에 입맞춘다, 내 달콤한 입술로 조화롭고 향기로운 너희 육체의 가지가지 부분에 입맞춘다. 어찌하여 너희들은 너희들이 무엇인지 나에게 곧바로 말하지 않았는가, 드높은 정신적 아름다움의 결정들아. 너희들의 억눌린 심장의 고동이 감추고 있는 다정과 청순의 헤아릴 수 없는 보물을 내 스스로 알아차렸어야 했다. 장미와 쇠풀 화환으로 장식된 가슴이여. 너희들의 두 다리를 반쯤 벌려 너희들을 알아보고 내 입술을 너희 부끄러움의 휘장에 걸어두어야 했다. 그러나 (중대한 충고사항) 너희 음부의 피부를 매일 깨끗한 물로 씻는 것을 잊지 말아야 할 것이니, 그렇지 않으면 내 감질내는 입술의 위아래로 갈라진 접합부에 성병 궤양이 어김없이 돋아날 것이기 때문이다. 오! 우주가 하나의 지옥은 아니라도, 하늘의 광대한 항문일 뿐이라면, 내가 하복부 쪽을 놀려 어떤 행동을 하는지 살펴보라. 그렇다, 나는 그 피투성이 괄약근을 뚫고 내 음경을 쑤셔박아 사나운 동작으로 그 골반 내벽을 깨뜨렸으리라! 불행이 그때 앞 못 보는 내 두 눈 위에 유사流沙 둔덕들을 모조리 날려보냈다. 나는 진실이 잠들어 누워 있는 지하의 장소를 발견했어야 하고, 끈적거리는 내 정액의 강물도 그처럼 대양을 찾아내어 뛰어들었어야 했는데! 그러나 왜 나는 상상적인 상황을, 게다가 나중에라도 실현의 도장이 결코 찍히지 않을 상황을 아쉬워하고 자빠졌는가? 덧없는 가설을 쌓아올리려고 부심하지 말자. 그동안에 나와 침대를 같이 쓰겠다는 열정에 불타오르는 자가 나를 찾아오기 바라지만, 나는 내 환대에 엄격한 조건을 단다: 열다섯 살 이상이어서는 안 된다. 그쪽에서도 내가 서른 살이라고 생각하지 말기를, 그래서 어쩌겠다는 건가? 나이가 감정의 강도를 줄이지는 않는다, 말도 안 되는 소리고, 내 머리가 눈처럼 하얗게 된다 하더라도, 그것은 노쇠 때문이 아니다. 반대로 너희들이 알고 있는 이유 탓이다. 나로 말하면, 여자를 좋아하지 않는다! 자웅동체들도 마찬가지다. 나에게는 나를 닮은 존재들이 필요하며, 그 이마 위에 인간의 고결함이 더욱 또렷하고 지울 수 없는 글자로 새겨져 있어야 하리라! 긴 머리칼을 지닌 여자들이 나와 본성이 같다고 확신하는가? 나는 그렇게 생각하지 않으며, 내 의견을 버리지 않을 것이다. 짭짤한 침이 내 입에서 흘러나오는데, 왜 그런지 모르겠다. 누가 그걸 빨아서 내게서 없애주려 하겠는가? 그게 올라온다. 그게 그치지 않고 올라온다! 나는 그게 무엇인지 안다. 나는 옆에서 자고 있는 자들의 피를 목구멍 가득 마시고 났을 때(나를 흡혈귀라고 가정한다면 옳지 않은 것이 무덤에서 나오는 죽은 자들이나 그렇게 부르기 때문이다, 그런데 나는 살아 있다), 이튿날 그 일부를 입으로 토해낸다는 사실을 깨달았다. 이게 바로 내 악취나는 침에 대한 설명이다. 나더러 어쩌란 말이냐, 악덕으로 약해진 신체기관이 영양섭취의 완수를 거부하는 판에? 그러나 내 속내 이야기를 아무에게도 폭로하지 말라. 너희들에게 이런 말을 하는 것은 나를 위해서가 아니다. 너희들과 다른 사람들을 위해서 하는 말인데, 비밀의 위엄이 미지의 전자기電磁氣에 끌려 나를 모방하려고 시도하게 될 사람들을 의무와 미덕의 한계 안에 붙잡아

두게 하려는 것이다. 너희들이 내 입을 바라보겠다는 친절한 마음을 품는다면(지금으로서는 이보다 더 긴 예절의 정식 표현을 사용할 시간이 없다), 내 입이 그 구조의 외양으로 대번에 너희들에게 충격을 줄 터이니, 너희의 비유에 뱀을 집어넣을 것까지도 없다. 그것은 내가 입의 근육조직을 최소축척까지 압축하여 내가 차가운 성격의 소유자임을 믿게 하기 때문이다. 너희들은 그 성격이 정반대임을 모르지 않는다. 내가 이 천사 같은 페이지를 통하여, 내 글을 읽고 있는 자의 얼굴을 어찌 바라볼 수 없겠는가. 그가 사춘기를 벗어나지 않았다면, 가까이 올지어다. 나를 꼭 끌어안고 나를 아프게 하지 않을까 겁먹지 말라. 우리 근육의 유대를 차츰차츰 긴밀하게 조이자. 좀더. 이런 요구를 하는 것조차 쓸데없는 짓 같다. 여러 가지 점에서 주목할 만한 이 종잇장의 불투명함은 우리의 완전한 결합작업을 방해하는 가장 현저한 장애다. 나로서는 중학교의 가장 창백한 소년들과 공장의 허약한 아이들에게 파렴치하게도 늘 변덕스러운 사랑을 느껴왔다! 내 말은 어떤 꿈의 어렴풋한 기억이 아닌바, 만일 내 고뇌에 찬 주장의 진실성을 확증할 수 있을 사건들을 너희들의 눈앞에 내보여야 할 의무가 내게 부과된다면, 내게는 몰아내야 할 추억들이 너무나 많으리라. 인간세상의 사법은 그 요원들의 의론의 여지 없는 능란함에도 불구하고 아직 나를 현행범으로 체포하지는 않았다. 나는 심지어 내 정열에 충분하게 몸을 바치지 않았던 한 남색자를 살해하기까지 하여(오래전의 일도 아니다!), 그 시체를 버려진 우물에 던졌으나, 나를 압박할 결정적인 증거가 나오지 않았다. 왜 공포에 떨고 있느냐, 내 글을 읽는 소년아! 내가 그대에게도 똑같은 짓을 저지르고 싶어하리라고 생각하는가? 그대는 더할 나위 없이 부당한 태도를 보이고 있다…… 그대는 옳다. 나를 믿지 말라, 특히 그대가 아름답다면. 내 국부는 영원토록 발기의 음울한 광경을 보여준다. 어느 누구도(게다가 그리도 많은 사람이 거기에 접근하지 않았던가!), 내 국부가 평시의 평온한 상태에 있는 것을 보았다고 주장할 수는 없다, 착란의 순간에 내 물건에 칼질을 했던 구두닦이까지도. 배은망덕한 놈! 나는 일주일에 두 번씩 옷을 갈아입는바, 청결이 그런 결정의 중요한 동기는 아니다. 내가 이렇게 행동하지 않는다면, 인류의 구성원들이 며칠 후에는 길어지는 전투중에 소멸할 것이다. 실제로, 어느 지역이건 내가 몸을 담으면, 그들은 끊임없이 모습을 내보여 나를 괴롭히고 내 발거죽을 핥겠다고 찾아온다. 그러나 도대체 내 정액은 한 방울 한 방울이 얼마나 강력한 힘을 지녔기에 후각신경으로 숨을 쉬는 것 일체를 자기에게 끌어모으는가! 그들은 아마존 강가에서 오고, 갠지스 강물이 흐르는 계곡을 건너고, 극지의 지의地衣를 버리고 나를 찾아 기나긴 여행을 완수하며, 움직일 줄 모르는 도시들에게 묻는다, 잠시라도 그 성벽을 따라, 산맥의, 호수의, 히스의, 숲의, 곶벼랑의, 광막한 바다의 냄새를 풍기는 그 성스러운 정액을 지닌 자가 지나가는 것을 보았느냐고! 나를 만날 수 없다는 절망감이 (나는 그들의 열기를 북돋우기 위해 접근하기 가장 어려운 장소에 비밀리에 몸을 숨긴다) 그들을 지극히 유감스러운 행동으로 몰고 간다. 그들은 양 진영에 삼십만 명씩 갈라서고, 대포들의 울부짖음이 전쟁의 서곡 노릇을 한다. 전투대형의 양 날개가 동시에 요란을 떠는 모양이 마치 한 사람의 전사와 같다. 방진方陣이 짜였다가 무너지면 다시는 일어서지 않는다. 놀란 말들이 사방으로 달아난다. 포탄이 가차없는 유성처럼 땅을 갈아엎는다. 밤이 그 모습을 드러내고 조용한 달이 구름의 찢어진 틈 사이로 나타날 때, 전투 현장은 살육의 광막한 들판에 지나지 않는다. 몇십 리에 걸쳐 시체로 덮인 공간을 손가락으로 가리켜 보여주며, 이 별 위에 뜬 안개 같은 초승달은 섭리가 내게 점지한 설명할 수 없는 마법의 부적 탓에 초래된 참담한 결과들을 잠시 심오한 성찰의 주제로 삼으라고 나에게 명령한다. 불행하게도 내 음험한 함정이 인류를 전멸시키기까지는 아직도 몇 세기가 더 필요할 것이다! 날렵하나 허풍을 떨 줄 모르는 한 정신이 자기 목적에 도달하기 위해, 맨 먼저 물리칠 수 없는 장해를 지닌 것 같은 그런 수단을 사용하는 방법이 이와 같다. 날마다 내 지성은 이 압도적인 문제를 향해 상승하고, 너희들은 스스로 증인이 되어 내가 최초에 다루려고 의도했던 하찮은 주제에 더는 내 지성이 머무를 수 없음을 목도한다. 마지막 말…… 겨울 밤이었다. 전나무숲에서 삭풍이 휘파람 불 때, 창조주는 어둠 한가운데에 문을 열어 한 남색자를 들어오게 했다.

[6] 조용히! 그대 옆으로 장례 행렬이 지나간다. 그대의 슬개골 한 쌍을 땅을 향해 구부리고 무덤 저편의 노래를 부르시라. (그대가 내 말을 제자리에 어울리지 않는 엄명이라기보다는 오히려 단순한 명령법으로 여긴다면 그대는 재기才氣를, 그것도 최상의 재기를 보여주는 셈이다.) 그대는 이런 식으로, 삶의 피곤을 풀려고 무덤구덩이로 가는 망자의 혼백을 더할 나위 없이 기쁘게 해줄 수 있다. 그 점은 나에게 확실하기까지 하다. 그대들의 의견이 어느 정도까지는 내 의견과 정반대일 수 없다고는 내가 말하지 않았다는 점을 유의하시라. 그러나 무엇보다도 먼저 중요한 것은 도덕의 기초에 관한 올바른 개념을 가져, 저마다 자신이 받고 싶은 것을 다른 사람에게 해주도록 명령하는 원칙을 마음속 깊이 새겨야 한다는 것이다. 종교의 사제가 선두에서 행렬의 앞자락을 열며, 손에 평화의 상징인 백기를 잡고, 다른 손으로는 남녀의 성기

를 나타내는 황금 표장을 드는데, 이 육체적 기관이 대부분의 경우 그 사용자들에게서 우리의 거의 모든 악을 야기하는 알려진 정열에 맞서 적절한 반응을 낳기는커녕, 서로 경쟁하는 다양한 목적을 위해 그걸 맹목적으로 조작할 때, 그들의 손에서 매우 위험한 도구가 된다는 점을, 순전히 은유로 이루어진 추상으로, 지적하려는 것 같다. 그의 등 아랫부분에 말총이 무성한 말의 꼬리가 하나 붙어 있어서(물론 인공적으로), 흙먼지를 쓸고 간다. 꼬리는 우리의 악행에 의해 동물의 반열에 떨어지지 않도록 주의하라는 의미다. 관은 제가 갈 길을 알고 있어서, 위로자의 나풀거리는 사제복을 뒤따라서 행진한다. 망자의 친척들과 친구들은 자기들의 위치를 뽐내며, 행렬의 뒷자락을 닫기로 결심했다. 행렬은 난바다를 가르는 선박처럼 위풍당당하게 나아가며, 침몰 현상을 두려워하지 않는다. 그도 그럴 것이, 지금 이 시간에 태풍과 암초는 그것들의 설명할 수 없는 부재보다 더 미미한 어떤 것으로도 눈길을 끌고 있지 않기 때문이다. 귀뚜라미들과 두꺼비들이 몇 걸음 떨어져서 죽음의 잔치를 뒤따른다. 저들도 역시 누구의 장례건 자기들의 겸손한 참례가 어느 날인가는 보답을 받게 될 것을 모르지 않는다. 저들은 낮은 목소리로 자기들의 생생한 언어를 통해 (이 사심 없는 조언을 여러분들에게 건넬 수 있도록 허락해주기 바라며, 여러분들은 너무 잘난 체하며 자신들만이 마음속의 감정을 표현할 수 있는 귀중한 능력을 지녔다고 생각지 마시라) 그 사람이 초록 들판을 달리며 모래 깔린 만의 푸른 파도에 팔다리의 땀을 적시는 것을 자기들의 눈으로 여러 번 목격했던 이야기를 나눈다. 처음에 삶은 그에게 아무런 속셈도 없이 미소를 짓는 것 같았으며, 멋지게도 꽃으로 관을 씌워주었다. 그러나 여러분들의 지성 그 자체가 어린 시절의 문턱에 그가 멈춰 있음을 알아차린다기보다 짐작하기 때문에, 진정한 의미에서 필연적 전언철회가 발생할 때까지는, 내 엄밀한 증명의 서론을 계속 써나갈 필요가 없다. 열살. 손가락 숫자를, 어디가 다른지 알 수 없을 정도로, 정확하게 본뜬 숫자. 적기도 하고 많기도 하다. 우리가 문제로 삼고 있는 이런 경우에, 나는 진리에 대한 여러분들의 사랑에 기대어, 여러분들이 나와 함께 단 일초도 더 지체하지 않고 그것은 적다고 말하기를 바란다. 그리고, 나는 한 인간 존재가 다시 돌아오겠다는 희망도 품지 않고, 이 지상에서 파리나 잠자리만큼 속절없이 사라지게 하는 저 암울한 신비를 간략하게 성찰할 때, 아마도 나 자신이 이해했다고 주장할 수 없는 것을 여러분들에게 잘 설명해줄 수 있을 만큼 내가 충분히 오래 살지 못한다는 통렬한 한을 품고 있음을 문득 깨닫는다. 그러나, 내가 공포에 가득차서 앞 문장을 시작한 저 먼 시간 이래로, 어떤 비상한 우연에 의해 아직도 생명을 잃지 않은 것이 증명된 이상, 특히 지금처럼 이런 위압적이고 접근할 수 없는 질문을 다루어야 할 때, 나의 근본적인 무기력에 대해 완전한 고백을 조립하는 것이 여기서 불필요한 일은 아닐 것이라고 머릿속으로 계산한다. 지극히 상반되고, 때로는 호의적으로 호기심을 자극하는 그런 종류의 조합에 겉보기에 지극히 어울리지 않는, 그리고 맹세코, 이런 개인적 만족을 누리는 작가의 문체에 영원에 이르기까지 진지한 부엉이의 불가능하고 잊을 수 없는 모습을 무상으로 부여하는 사물들이 그것들 본래의 속성 속에 감추고 있는 닮음과 상이함을 탐구하려는 (그리고는 뒤이어 발표하려는) 우리의 매력적인 경향은, 일반적으로 말해서, 기이한 것이다. 따라서 우리를 이끄는 흐름을 따르자. 붉은솔개는 말똥가리보다 비례적으로 더 긴 날개를 가졌으며, 비상이 훨씬 용이하다. 그래서 평생을 공중에서 보내는 것이다. 그는 거의 한 번도 쉬지 않고, 매일 광막한 공간을 누빈다. 그런데 이 거대 운동은 사냥 연습도, 먹이 쫓기도 전혀 아니며, 심지어 정찰조차도 아니다. 놈은 사냥하지 않기 때문이다. 그러나 비행은 놈의 자연상태이며, 놈이 좋아하는 상황이다. 그가 수행하는 방식에 감탄을 금할 수 없다. 그 길고 좁은 날개는 움직이지 않는 것처럼 보인다. 모든 방향 전환을 지시하려고 생각하는 것은 꼬리이며, 꼬리는 틀리지 않는다. 그것은 끊임없이 움직인다. 그는 애쓰지 않고 비상하고, 사면으로 미끄러지듯 하강한다. 난다기보다 차라리 춤추는 것 같다. 비행 속도를 높이고, 줄이고, 멈추고, 몇 시간 동안 내내 같은 자리에 매달린 듯이 혹은 고정된 듯이 쉰다. 그의 날개에서는 어떤 움직임도 감지할 수 없다. 여러분들의 눈을 화덕의 문처럼 연다고 해도 소용없는 짓이다. 붉은솔개가 보여주는 비행의 아름다움과, 수면 위로 떠오르는 수련처럼, 뚜껑이 열린 관 위로 천천히 솟아오르는 어린아이 모습의 아름다움 간에 내가 말하는 관계를, 그게 비록 멀긴 하지만, 대번에 알아차릴 수 없다고 어렵잖게 (약간은 마지못해서라도) 고백할 수 있는 양식良識이야 저마다 지니고 있다. 그런데 저마다 웅크리고 있는 고의적 무지와 관련해서, 뉘우침의 결여라고 하는 고정된 상황이 초래하는 용서할 수 없는 잘못이 바로 이렇게 만들어지는 것이다. 내 빈정거리는 비유에서 서로 비교되는 두 항목 간의 관계, 차분한 위엄을 지닌 이 관계는 이미 너무나 일반적일 뿐더러 충분히 이해될 만한 상징이어서, 변명이라고는 거기 걸려든 모든 대상이나 풍경에 불공정한 무관심의 깊은 감정을 초래하는 저 동일한 통속성밖에 가질 수 없음에 나는 더욱더 경악한다. 일상적으로 볼 수 있는 것이라 하더라도 우리의 감탄을 깨워내어 그 주목을 받게 되어 있다는 듯이! 묘지의 입구에 도착해 행렬이 급히 걸음을 멈추니, 그 의도는 더 멀리 가지 않으려는 것이다. 묘지기가 묘혈 파기를 끝내고, 사람들이 이런 경우에 바치게 되는 온갖 조심성을 다 바쳐 관을 내려놓는다. 몇 삽의 흙이 뜻하지 않게 날아와 아이의 몸을 덮는다. 어느 종교건 종교의 사제가 감동받은 참석자들 한가운데서 죽은 자를 참례자들의 상상력 속에 더 잘 매장할 수 있도록 몇 마디 말을 한다. "그가 말하기를 이런 쓸데없는 행위에 이렇게 눈물을 많이들 흘리는 것을 보고 놀랐단다. 말한 그대로다. 그러나 그는 바로 자기가 의론의 여지가 없는 행복이라고 주장하는 것이 무엇인지 충분히 정의할 수 없어서 겁이 난단다. 그는 죽음이 그 본바탕에서 볼 때 호의적인 것이 아니라고 생각했다면, 망자의 수많은 친척들과 친구들의 정당한 고통을 더욱 덧나게 하지 않기 위해 자기 임무를 거부하였을 터이지만, 어떤 은밀한 목소리가 그들에게 몇 가지 위로를 주라면서, 머지않아 죽은 자와 살아남은 자들이 하늘나라에서 다시 만나리라는 희망을 얼핏 보게 하는 데 불과할지라도 그 위로란 것이 쓸데없는 짓은 아닐 것이라고 알려주었단다."* 말도로르는 전속력으로 말을 몰아 달아나고 있었는데, 묘지의 담을 향해 그 주행 방향을 잡는 것 같았다. 그가 탄 준마의 말발굽은 제 주인의 주변에 두터운 먼지로 가짜 왕관을 일으켰다. 여러분들, 여러분들은 그 기사의 이름을 알지 못하지만, 나는 알고 있다. 그가 점점 더 가까워지자, 그의 백금 얼굴이 감지되기 시작했다. 비록 그 얼굴 밑이야 독자가 제 기억에서 제거하지 않으려고 주의하는 예의 망토에 완전히 둘러싸여 두 눈만 겨우 알아볼 수 있었지만. 연설의 한 중간에서, 종교의 사제가 갑자기 창백해지는 것은, 자기

* 사제의 말은 간접화법으로 인용되었으며 문장 사이에 지문도 섞여 있지만 로트레아몽은 앞뒤에 따옴표를 붙이고 있다.

주인을 결코 떠나지 않은 저 유명한 백마의 고르지 않은 질주 소리를 그의 귀가 알아듣기 때문이다. 그는 다시 덧붙였다. "그렇습니다, 머지않아 다시 만나게 될 것이라는 내 믿음은 큽니다. 그때 우리들은 영혼과 육체의 잠정적인 분리에 어떤 의미를 결부해야 할지 예전보다 더 잘 이해하게 될 것입니다. 이 지상에서의 삶을 믿는 자는 환상의 품에 안겨 흔들리고 있는 것이니, 그 환상의 증발을 가속하는 것이 중요할 것입니다." 질주 소리가 점점 더 커졌으며, 기사가 지평선을 옥죄며, 회오리바람처럼 재빠르게 시선 속에, 묘지의 출입구로 둘러싸인 시야에, 들어오자, 종교의 사제는 더욱 장중하게 말을 잇는다. "여러분들은 질병에 의해 삶의 첫 단계밖에는 알지 못하도록 강요를 받은, 묘혈이 방금 그 가슴에 받아들인 이 아이가 의심의 여지 없이 살아 있는 자라는 것을 의심하지 않는 것 같습니다. 그러나 적어도, 씩씩한 말에 실린 모호한 실루엣으로 여러분들의 눈에 들어오는 저 사내, 하나의 점에 불과하고 이윽고 히스 덤불 속으로 사라질 것이기에, 여러분들의 눈으로 가능한 한 재빨리 똑바로 보아두라고 내가 권하는 저 사내는, 아무리 많이 살았더라도, 진정으로 죽은 유일한 자라는 점만은 알아두십시오."

[7] "밤마다, 잠이 가장 높은 강도에 도달하는 시간에, 대형종 늙은 거미 한 마리가, 방의 세 귀퉁이가 만나는 한 교차점의 흙바닥에 파인 구덩이에서 천천히 머리를 내밀지요. 그 간나는 무슨 부스럭거리는 소리가 아직도 공기 속에서 주둥이를 놀리지나 않는지 알려고 주의깊게 귀를 기울이는 겁니다. 곤충의 형태를 둘러쓰고 있는 걸 볼 때, 만일 그 간나가 여러 차례의 빛나는 의인화로 문학의 보고를 넓혀주고 있다고 우기면, 그런 간나라도 부스럭거

리는 소리에 주둥이를 붙여주는 일 정도야 할 수 있지요. 간나는
정적이 일대를 지배하고 있음을 확인하고, 자기 소굴에서, 심사숙
고의 도움도 없이, 제 신체의 여러 부분을 차례차례 끄집어내어,
신중한 발걸음으로 나의 침대를 향해 전진합니다. 놀랄 일이지요!
잠과 악몽을 물리치는 나는 그게 내 비단 침대의 흑단 다리를 따
라 기어오를 때, 내 몸 전체가 마비되는 느낌이지요. 그게 여러 개
의 다리로 내 목을 끌어안고 그 배로 내 피를 빤다고요. 아주 단순
해요! 그 간나가 가장 훌륭한 원인이라는 말에 걸맞은 끈질김으
로 똑같은 일을 수행한 이후로, 여러분들이 이름도 모르는 주홍빛
액체를 몇 리터나 마시지 않았던가! 내가 그 간나에게 무슨 짓을
했기에 그것이 내게 그런 식으로 행동하는지 모르겠네. 내가 부주
의하여 그 간나의 다리 하나를 부러뜨렸나? 그 새끼들을 빼앗았
던가? 이 두 가정은 믿을 만한 것이 아니어서 진지한 검토를 감당
할 수 없으며, 어느 누구라도 조롱하자는 것은 아니지만, 내가 어
깨를 으쓱하고 입술에 미소를 떠올릴 가치조차 없습니다. 조심해
라, 타란토의 검은 독거미야, 너의 행티가 반박할 수 없는 삼단논
법을 핑계로 삼지 못하면, 어느 날 밤 나는 빈사의 의지로 안간힘
을 다하여 소스라쳐 깨어 일어나, 내 사지를 부동의 속박 속에 묶
어놓은 네 마력을 깨뜨리고, 너를 내 손가락뼈 사이에 집어넣어
한 덩어리 물렁한 물건처럼 짓이겨버릴 것이다. 그렇지만 나는 네
발이 꽃피는 내 가슴 위로, 그리고 거기서부터 내 얼굴을 덮고 있
는 피부까지 기어오르도록 네게 허락해주었고, 그래서 결국 너를
구속할 수 있는 권리가 내게 없다는 생각이 막연히 떠오른다. 오!
누가 내 헝클어진 기억을 풀어줄 것인가! 나는 내 남은 피를 그에
게 주어 보상하겠다. 마지막 한 방울까지 포함해서 계산하면, 광
란의 잔치에서 적어도 술잔 하나의 절반을 채울 만큼은 있다." 그

는 말하며, 내리 옷을 벗는다. 그는 한 다리를 매트리스에 걸치고 다른 다리로는 사파이어 마루를 누르며 일어서려 하면서도, 수평 자세로 길게 늘어져 있다. 그는 자기 적을 당당하게 맞이하기 위해 눈을 감지 않기로 결심했다. 그러나 매순간 그는 똑같은 결심을 하지 않을 것이며, 그 결심은 줄곧 제 숙명적인 약속의 설명할 수 없는 이미지에 의해 무산되지 않을 것인가? 그는 이제 아무 말도 하지 않고 고통스럽게 체념한다. 그에게 맹세는 신성한 것이 아닌가. 그는 비단의 주름 속에 장엄하게 감싸여, 자기 방 커튼의 금색 매듭장식을 얽어 묶는 일조차 없이, 제 긴 흑발의 물결치는 컬을 비로드 방석의 술장식에 올려놓고, 독거미가 제 두번째 보금자리 삼아 깃드는 게 습관이 된, 목의 널따란 상처를 손으로 더듬는데, 얼굴에는 만족한 빛이 여실하다. 그가 기대하는 것은 (그와 함께 기대하시라!) 이날 밤 저 무한한 흡혈의 마지막 상연을 보리라는 것이니, 그의 유일한 소원은 형리가 그의 존재를 결단내주는 것, 곧 죽음이기 때문이며, 그는 만족할 것이기 때문이다. 저 대형 종 늙은 거미를 보시라, 그 간나는 방의 세 귀퉁이가 만나는 한 교차점의 흙바닥에 파인 구덩이에서 천천히 머리를 내민다. 우리는 이제 이야기 속에 있지 않다. 그 간나는 무슨 부스럭거리는 소리가 아직도 공기 속에서 주둥이를 놀리지나 않는지 알려고 주의깊게 귀를 기울인다. 아아! 타란토의 독거미를 바라보는 자에 관해 말한다면, 우리는 이제 현실에 도달했으며, 문장마다 그 끝에 느낌표를 찍을 수 있다 하더라도, 그 때문에 현실이 면제되는 것은 필경 아니다! 간나는 정적이 일대를 지배하고 있음을 확인하고, 바야흐로 자기 소굴에서, 심사숙고의 도움도 없이, 제 신체의 여러 부분을 차례차례 끄집어내어, 신중한 발걸음으로 고독한 인간의 침대를 향해 전진한다. 잠시 간나가 멈춰 선다. 그러나 이 망설임의 순간은 짧다. 거미는 아직 고문을 멈출 시간이 아니며, 먼저 죄인에게 형벌이 종신형으로 결정된 그럴 듯한 이유를 제시해야 한다고 혼자 생각한다. 간나는 잠든 자의 귓등으로 기어올랐다. 만일 거미가 하게 될 말을 단 한 마디도 놓치고 싶지 않다면, 여러분들은 저마다 정신의 주랑을 막고 있는 무관계한 잡일들을 치워버리고, 최소한 내가 여러분들에게 보여주는 관심을 감사하게 여기고, 여러분들의 진정한 주목을 자극하기에 손색이 없다고 생각되는 극적인 장면에 온몸으로 임석하시라. 내가 이야기하려는 사건들을 나 혼자만을 위해 간직하겠다고 고집하면 누가 막겠는가? "다시 일어나라, 지나간 날들의 사랑스러운 불꽃이여, 육탈한 해골이여. 정의의 손을 멈출 시간이 왔다. 우리는 너에게 네가 희망하는 설명을 오래 기다리게 하지 않을 것이다. 너는 우리의 말을 듣고 있다, 그렇지 않으냐? 그러나 사지를 움직이진 말아라, 너는 오늘도 우리의 동물자기최면술 아래 놓여 있고, 뇌의 무기력상태는 계속된다. 이것이 마지막이다. 엘스뇌르*의 얼굴이 네 상상력에 어떤 인상을 심었는가? 너는 그를 잊었구나! 그리고 저 레지날은 그 열띤 거동으로 네 충실한 뇌에 어떤 흔적을 새겼는가? 커튼의 주름 속에 감춰진 그를 보라, 그의 입은 네 이마를 향해 기울었으나, 감히 너에게 말하지 못하는데, 그가 나보다 더 겁이 많기 때문이다. 나는 네 젊은 날의 에피소드 하나를 이야기하여 너를 기억의 길로 다시 데려가려 한다……" 오래전에 거미가 배를 여니, 거기서 두 소년이 푸른 옷을 입고, 저마다 손에 불타는 칼을 쥐고 뛰어나와, 그때부터 잠의 성소를 지키려는 듯 침대 양쪽 옆에 자

* '엘스뇌르Elsseneur'는 비극 『햄릿』의 무대인 엘시노어 성을, 뒤에 나오는 '레지날 Réginald'은 햄릿의 어머니인 왕비regina 거트루드를 연상하게 한다.

리를 잡았다. 《너를 몹시 좋아해서 아직도 그치지 않고 너를 바라
보고 있는 이 아이가 우리 둘 중에서 네가 처음 사랑을 바쳤던 아
이다. 그러나 너는 성격이 거칠어서 그를 자주 괴롭혔다. 그로서
는 자신에 대한 어떤 불평거리도 네게서 나오지 않게 하려고 끊
임없이 노력을 했지. 천사라도 성공할 수 없는 일이었다. 너는 어
느 날 그애에게 바닷가로 함께 수영하러 가지 않겠느냐고 물었다.
너희 둘은 마치 두 마리 백조처럼 깎아지른 절벽에서 동시에 솟
구쳐올랐다. 뛰어난 잠수부들인 너희들은 머리 한가운데로 두 팔
을 뻗어 두 손을 합하고 물 더미 속으로 미끄러졌다. 몇 분 동안
너희들은 두 조류 사이에서 헤엄쳤다. 너희들은 멀리 떨어진 곳에
서 다시 나타났다, 머리칼은 헝클어지고 짠 액체로 번들거리면서.
그러나 어떤 신비가 물 밑에서 일어난 것일까, 긴 핏자국이 물결
따라 나타났으니? 수면에 떠올라서 너는 계속 헤엄을 쳤으며, 네
동료가 점점 더 힘이 빠지는 것을 보지 못한 척했다. 그는 급속하
게 힘을 잃었으며, 너는 그럼에도 불구하고 네 앞에 희미하게 그
려진, 안개에 덮인 수평선을 향해 팔을 크게 휘저으며 나아갔다.
상처 입은 자는 비탄의 비명을 내지르고, 너는 듣지 못한 체했다.
레지날은 네 이름의 음절을 세 번 메아리쳤고, 너는 쾌락의 외침
으로 세 번 응답했다. 그는 해안으로 되돌아가기에는 너무 멀리
떨어져 있었기에, 너에게 다가가 네 어깨에 잠시 손을 얹으려고
네가 지나간 물이랑을 따라가려 애썼으나 헛일이었다. 그는 힘을
잃고 너는 힘이 점점 불어난다고 느끼면서, 이 보람 없는 추격은
한 시간 동안이나 계속되었다. 너의 속도를 따라잡지 못해 절망하
며, 그는 주님에게 짧은 기도를 올려 제 영혼을 맡기고, 가슴 속에
서 심장이 격렬하게 고동치는 것을 알아차릴 수 있는 방식으로,
배영을 할 때처럼 물 위에 등을 대고 누워, 더는 기다리지 않기 위

해 죽음이 오기를 기다렸다. 바로 그 순간에, 너의 힘찬 팔다리가 까마득하게 보이고, 줄곧 줄이 풀리는 측심연測深鉛처럼 재빠르게 멀어져갔다. 먼 바다에 그물을 치고 돌아오던 배 한 척이 이 해역을 지나갔다. 어부들이 레지날을 조난자로 여기고, 기진한 그를 구명보트로 끌어올렸다. 오른쪽 옆구리에 상처 하나가 있는 게 확인되었다. 이 노련한 선원들은 한결같이 어떤 암초의 끝이나 바윗조각도 그렇게 미세하면서도 동시에 그렇게 깊은 구멍을 낼 수는 없다는 의견을 내놓았다. 가장 날카로운 단검이 그럴 테지만, 날이 있는 무기만이 오직 그렇게 섬세한 상처의 아버지가 될 수 있는 권리를 거머쥘 수 있다는 것이었다. 그는 파도의 내장을 가르며 뛰어들었던 자초지종을 결코 말하고 싶어하지 않았으며, 이 비밀을 그는 오늘날까지 지켰다. 눈물이 지금 약간 핏기를 잃은 그의 두 뺨으로 흘러내려 너의 시트 위에 떨어진다. 추억이란 때때로 사실보다 더 가혹하지. 그러나 나는 동정 같은 것은 느끼지 않을 것이다. 그건 너를 너무 높이 평가하는 것이겠지. 그 분노에 찬 눈을 눈구멍 속에서 굴리지 마라. 차라리 조용히 있어라. 너는 네가 움직일 수 없다는 것을 안다. 게다가 나는 내 이야기를 끝내지 않았다. —칼을 들어라, 레지날, 그리고 복수를 그렇게 쉽게 잊지 마라. 누가 알겠는가? 아마도 어느 날 복수가 너를 꾸짖으러 올 것이다.— 나중에 너는 회한을 품었으나 그게 오래갈 수는 없었다. 너는 또하나의 친구를 선택해서 그를 축복하고 영예롭게 함으로써 그 첫값을 치르기로 결심했다. 이 속죄 방법으로, 너는 과거의 오점을 지우고, 다른 자에게는 보여주지 못했던 연민을 두번째 희생물이 된 자에게 내리부었다. 헛된 희망, 성격은 하루이틀 사이에 변하는 것이 아니어서, 네 의지는 예전 그대로 남았다. 나, 엘스뇌르, 나는 너를 처음 보고, 그 순간부터 너를 잊을 수 없었다.

우리는 얼마 동안 서로 바라보았으며, 너는 미소를 짓기 시작했다. 나는 눈을 내리깔았는데, 네 눈에서 초자연적인 불꽃을 보았기 때문이었다. 나는 어느 어두운 밤의 도움으로 네가 어떤 별의 표면에서 우리에게까지 떨어진 것은 아닌지 혼자 묻곤 했다. 오늘은 속마음을 감출 필요가 없기에 고백하는 말이지만, 너는 인류라고 하는 멧돼지새끼들을 닮지 않았기 때문이다. 그러니까 불꽃 튀는 후광이 네 이마 주위를 휘감고 있었다. 나는 너와 내밀한 관계를 맺고 싶어 마음이 달았다. 내 존재는 이 비범한 기품의 경이로운 새로움 앞에 감히 다가서지 못했으며, 어떤 악착스러운 공포가 나를 둘러싸고 떠돌았다. 왜 나는 양심의 경고에 귀를 기울이지 않았을까? 근거 있는 예감. 내 망설임을 보고, 이번에는 네가 얼굴을 붉혔으며, 팔을 내밀었다. 나는 용기를 내어 내 손을 네 손에 쥐어주었으며, 그 행동 후에 나는 내가 더 강해졌다고 느꼈으며, 그때부터 네 지성의 숨결이 내 안으로 넘어왔다. 머리칼을 바람에 날리며 산들바람의 입김을 들이마시며, 우리는 얼마 동안 유향나무, 재스민, 석류나무, 오렌지나무가 무성한 숲길을 질러 앞으로 걸어가며, 그 향기에 취했다. 멧돼지 한 마리가 전속력으로 달려 우리의 옷을 스치며 지나가다가 내가 너와 함께 있는 것을 보자, 눈물 한 방울이 그 눈에서 떨어졌다. 왜 그러는지는 알 수 없었다. 땅거미가 내릴 때 우리는 인구가 많은 어느 도시의 관문 앞에 도착했다. 돔들의 윤곽, 미나렛의 첨탑들, 망루의 대리석 구(球)들이 어둠을 가로질러 하늘의 짙은 청색 위에 톱날 선을 팠다. 그러나 너는 우리가 피곤으로 짓이겨졌는데도 이곳에서 쉬려고 하지 않았다. 우리는 야행성 자칼들처럼 요새 성벽의 바깥 기슭을 따라갔다. 우리는 망보고 있는 초병들과 만나기를 피했으며, 반대편 성문을 통해, 이성적인, 비버들만큼 문명화된 저 동물들의 엄숙한 주거단지에서 멀리 벗어나기에 성공했다. 등불잡이 발광충의 선회비행, 마른 풀들의 바스락거림, 멀리서 들려오는 어떤 이리의 간헐적인 울부짖음이 들판을 가로질러 불확실한 우리의 어두운 발걸음과 동행했다. 너는 어떤 납득할 만한 이유가 있기에 인간들의 벌집을 피해야 했던가? 나는 이렇게 자문하며 무언지 모를 불안을 느꼈다. 게다가 내 두 다리는 너무 오래 길어지는 복무를 거부하기 시작했다. 우리는 마침내 짙은 숲 가장자리에 도착했는데, 얽히고설키며 치올라간 덩굴식물, 기생식물, 징그러운 가시가 박힌 선인장들이 무성해 나무들이 한 덩어리로 엉켜 있었다. 너는 어느 자작나무 앞에 멈춰 섰다. 너는 내게 무릎을 꿇고 앉아 죽음을 각오하라고 말했다. 그 땅에서 빠져나갈 시간으로 너는 내게 십오 분을 주었다. 우리가 긴 질주를 하는 동안, 내가 너를 관찰하지 않을 때, 나를 몰래 훔쳐보는 시선들, 내 눈에 밟혔던 박자도 움직임도 매끄럽지 못했던 어떤 거동들이 책 한 권의 열린 페이지들처럼 내 기억에 곧바로 펼쳐졌다. 의혹이 확인되었다. 너와 맞서 싸우기에는 너무 허약한 나를 너는 폭풍이 사시나무 잎을 휩쓸듯 땅바닥에 넘어뜨렸다. 네 무릎 하나가 내 가슴을, 다른 하나가 축축한 풀밭을 짓누르는데, 네 손 하나가 내 두 팔을 비틀어 조이고, 다른 손 하나가 혁대에 달린 칼집에서 단검 한 자루를 뽑아드는 것이 보였다. 저항을 해도 아무 소용이 없자, 나는 눈을 감았다. 소떼들이 땅을 구르는 소리가 조금 떨어진 곳에서 바람에 실려 들려왔다. 소떼는 목자의 몽둥이와 개들의 이빨에 쫓겨 기관차처럼 진격했다. 허비할 시간이 없었고, 네가 깨달은 게 바로 그것이었다. 뜻하지 않은 구조가 다가오는 바람에 내 근육의 힘이 두 배로 늘어나자, 너는 목적을 달성할 수 없을까봐 염려하며, 한꺼번에는 두 팔 가운데 하나밖에 억지할 수 없다는 것을 깨닫고,

강철 칼날이 박힌 재빠른 동작으로 내 오른 팔목을 베는 데 그쳤다. 어김없이 잘린 그 도막이 땅에 떨어졌다. 너는 도망쳤고, 그 사이에 나는 고통으로 감각을 잃었다. 목자가 어떻게 나를 구조하러 왔는지도, 치료에 얼마만한 시간이 필요했는지도 네게 말하지 않겠다. 기대하지 않았던 그 배반이 내게 죽음을 추구하려는 욕망을 주었다는 것만 너는 알면 된다. 나는 전투에 뛰어들어 총탄에 가슴을 내밀었다. 나는 전장에서 영예를 얻었다. 내 이름은 불굴의 전사들조차 두려워 떨게 하였으니, 그만큼 내 철제 의수는 적진에 살육과 파괴를 쏟아부었다. 그런데, 포탄이 평소보다 훨씬 더 강력하게 터지고, 기지에서 뽑혀 날아간 기갑중대가 사망의 사이클론에 휘둘려 지푸라기처럼 소용돌이치던 어느 날, 한 기사가 담대한 거동으로 내 앞으로 전진하여 승리의 월계관을 다투었다. 양 진영의 병사들은 움직임을 멈추고 조용히 우리를 지켜보았다. 우리는 오래 싸웠으며, 몸은 어느 한 곳 성한 데 없이 상처를 입었고 투구가 깨어져나갔다. 양쪽 합의하에 우리는 전투를 멈추고, 휴식을 취한 다음 더 힘차게 다시 싸웠다. 적수에게 탄복하는 마음이 가득차서, 우리는 각자 면갑面甲을 들어올렸다. "엘스뇌르!……" "레지날!……", 이게 바로 헐떡거리는 우리의 목구멍이 동시에 발음한 단순한 말이었다. 레지날은 위로할 수 없는 슬픔으로 절망에 빠져서 나처럼 군인의 길에 들어섰으며, 총알이 비껴가며 그의 목숨을 살려두었던 것이다. 이런 상황에서 다시 만나다니! 그러나 네 이름은 입 밖으로 나오지 않았지! 그와 나, 우리 두 사람은 영원한 우정을 맹세했지만, 네가 주역이었던 처음 두 번의 맹세와는 물론 달랐지! 하늘에서 내려온 주님의 사자, 대천사가 우리 두 사람에게 단 한 마리의 거미로 둔갑해서, 밤마다 나타나 네 목의 피를 빨라고 지시했다, 높은 곳에서 내린 명령이 이 징벌의 절차를 끝낼 때까지. 지난 십 년 가까이, 우리는 네 잠자리에 찾아들었다. 오늘부터, 너는 우리의 괴롭힘에서 해방되었다. 네가 말하던 막연한 약속, 그것을 너는 우리에게 했던 것이 아니라, 너보다 더 강한 존재에게 했던 것이다. 너는 되돌릴 수 없는 이 신명神命에 복종하는 것이 더 이롭다는 것을 스스로 이해했다. 일어나라, 말도로르! 지난 십 년 동안 너의 뇌척수 체계를 압박하던 동물자기최면술의 마력은 이제 사라진다.》그는 자기에게 명령이라도 떨어진 듯이 깨어 일어나, 두 천상의 자태가 팔을 얽고 허공으로 사라지는 것을 바라본다. 그는 다시 잠들려고 애쓰지 않는다. 그는 자기 잠자리 밖으로 팔다리를 천천히 차례차례 끌어낸다. 얼어붙은 피부를 덥히려고 고딕 벽난로에서 다시 타오르는 잔불로 간다. 속옷 한 장이 그의 몸을 가리고 있다. 그는 마른 입천장을 축이려고 눈으로 크리스털 물병을 찾는다. 창의 덧문을 연다. 창틀에 몸을 기댄다. 그는 황홀한 원추형 빛다발을 제 가슴에 퍼붓는 달을 오래 바라본다. 그 빛다발에서는 어떤 지울 수 없는 고통의 은빛 원자들이 자벌레나방들처럼 파닥거린다. 그는 아침의 여명이 찾아와, 무대배경을 바꿈으로써, 뒤집힌 제 가슴에 하찮것없는 위로라도 안겨주기를 기다린다.

다섯번째 노래 끝

238

여섯번째 노래

[1] 부럽기도 한 그 침착함이 얼굴을 아름답게 꾸미는 데나 쓰일 그대여, 아직까지도 14행이나 15행 장절에서 제4학급* 학생처럼, 적절치 못하다고 여겨질 감탄사들과, 조금만 수고를 해도 괴상하다고 상상할 수 있을 만큼 괴상한 코친친† 암탉의 우렁찬 꾸룩꾸룩 소리를 내질러야 한다고 생각하지 마시라. 그러나 명제들을 제시하기보다는 사실을 통해 증명하는 편이 더 낫다. 그대는 내가 설명 가능한 과장법으로 인간과 창조주와 나 자신을 장난치듯이 모욕했다고 해서, 내 임무가 완수되었다고 주장할 것인가? 그렇지 않다. 내 작업의 가장 중요한 부분은, 수행해야 할 과제처럼, 여전히 남아 있다. 이제부터 내 소설의 끈은 앞에서 이름을 말했던 세 등장인물을 조종할 것이다. 덜 추상적인 힘이 저들에게 전달되리라. 저들의 생명력은 그 순환기의 급류에 장엄하게 퍼질 것이며, 그대는 이제까지 순수 사변의 영역에 속하는 막연한 물질

* 한국의 중고등학교에 해당하는 리세는 제6학급에서 시작하여 수사학급으로 끝나는 6년제 학교로, 제4학급은 한국의 중학교 3학년에 해당한다.
† 현재 베트남 남부의 델타와 메콩 지역에 해당하는 지방을 부르던 지명으로, 19세기에는 관용적으로 프랑스령 베트남 전체를 지칭하는 말이기도 했다.

관념밖에 보지 못했다고 믿었던 곳, 그 한쪽에서 신경의 잔가지들과 그 점막이 있는 신체조직을, 다른 한쪽에서 육체의 심리적 기능이 자리잡은 정신적 원리를 만나고 얼마나 놀랄지 알게 될 것이다. 저들은 활기찬 생명을 타고난 존재들로, 팔짱을 끼고 가슴을 멈추고, 그대의 얼굴 앞에, 그대에게서 단지 몇 걸음 떨어진 곳에 자리를 잡고 산문적으로 (그러나 효과는 매우 시적일 것이라고 확신한다) 자세를 취함으로써, 태양 광선이 우선 지붕의 기와들과 굴뚝 덮개를 때리고, 이윽고 저들의 지상적이고 질료적인 모발에 내려와 눈에 띄게 반사될 것이다. 그러나 저들은 이제 웃음을 유발하는 특기의 소유자들, 저주받은 자들이 아닐 것이다. 저자의 두뇌 속에 남아 있도록 만들어졌을 가공의 인물들이거나 일반적인 삶의 너무 위에 자리잡은 악몽들. 바로 그 때문에, 내 시가 더욱 아름다우리라는 점에 주목하시라. 그대는 두 손으로 오름대동맥과 부신 피막을, 그러고는 감정을 만지리라! 처음 다섯 개의 이야기는 무용한 것이 아니었다. 그것들은 내 작품의 현관이요, 건축의 기초요, 내 미래 시학의 예비 설명이었다. 그래서 나는 내 가방을 잠그고 상상의 나라로 발걸음을 옮기기 전에, 문학의 진지한 애호자들에게, 분명하고도 정확한 개괄의 간략한 초안으로, 내가 추구하기로 결심한 목적을 알려야 할 의무를 스스로 짊어졌다. 결과적으로, 이제 내 작품의 종합적인 부분이 완전하며, 충분하게 설명되었다는 것이 내 의견이다. 바로 그 종합 부분을 통해 그대는 내가 인간과 인간을 창조한 그자를 공격하자고 제안하였다는 것을 알았다. 지금으로서는, 그리고 향후로도, 그대가 더 많이 알 필요는 없다! 새로운 고찰은 쓸데없는 일로 보이는데, 그런 고찰이, 정말이지, 더욱 광범하다곤 해도 결국 동일한 또하나의 형식 아래, 오늘의 끝이 그 첫번째 전개를 보게 될 명제의 진술을 되풀이하게 할 뿐일 것이기 때문이다. 앞서 말한 소견으로부터, 내 의도는 이제부터 분석적 부분에 착수하는 것이라는 결론이 나온다. 이 점은 매우 진실이어서, 단지 몇 분 전에 나는 그대가 내 피부의 땀샘에 갇혀서, 사정을 숙지하는 가운데, 내가 주장하는 바의 성실성을 확인하라고 열렬한 소망을 표명하였다. 내 정리定理에 포함되어 있는 입론을 떠받들기 위해서는 수많은 증거가 필요하다는 것을 나는 알고 있다. 그런데 이들 증거는 존재하며, 중대한 이유가 없이는 내가 아무도 공격하지 않는다는 것을 그대도 알지 않는가! 나 자신이 그 일원이기도 한 (이 점만 지적해도 내 말의 정당성이 확보되리라!) 인류와 섭리에 대항해서 내가 가혹한 비난을 퍼뜨리고 있다고 그대가 나를 비난하고 있다는 생각을 할 때면, 나는 목구멍을 크게 열고 웃는다. 나는 내 말을 거두어들이지 않을 것이다. 그러나 내가 보았던 것을 이야기함으로써, 내 말을 정당화하는 것은, 진실 이외의 다른 야심이 없다면, 어려운 일이 아닐 것이다. 오늘, 나는 삼십 쪽짜리 짧은 소설을 지으려 한다. 이 분량은 이후에도 거의 그대로 늘지도 줄지도 않을 것이다. 내 여러 이론이 공인되어 어느 날이나 다른 날에 이런저런 문학형식이 받아들이는 것을 조속하게 볼 수 있기를 희망하면서, 나는 얼마큼 모색을 한 뒤 결정적인 표현형식을 발견하였다고 믿는다. 최고의 형식이다, 소설이기 때문이다! 이 혼종성 서문은 우선 자기를 어디로 끌고 가려 하는지 별로 잘 알지 못하는 독자를, 말하자면, 놀라게 한다는 점에서, 별로 자연스럽게 보이지 않는 방식으로 제시되었지만, 일반적인 경우라면 이런 주목할 만한 당혹감은 책이나 소책자를 읽으며 시간을 보내는 사람들에게는 느끼지 않게 해주려고 애쓰는 것이 마땅한데, 나는 그것을 만들기 위해 온갖 노력을 다 기울였다. 사실 내 선의에도 불구하고 이보다 덜한 것을 만들기는 불가능했다. 나중에, 몇몇 소설이 출판되고 나서야, 비로소 그대는 매연빛 얼굴을 지닌 배교자의 서문을 더 잘 이해하게 될 것이다.

[2] 본문에 들어가기에 앞서, 내 옆에 열린 잉크병 하나와 풀기가 적은 종이 몇 장을 반드시 놓아둔다는 것은 어리석은 일이라고 본다(내가 틀렸다면, 저마다 내 말에 동의하지는 않으리라고 생각한다). 이런 투로, 어서 생산하고 싶은 일련의 교훈적인 시편들을 이 여섯번째 노래로부터 사랑하는 마음으로 시작하는 것이 가능하리라. 가차없는 유용성의 극적인 에피소드들이여! 우리의 주인공은 자신이 동굴을 드나들고 접근할 수 없는 장소를 피난처로 삼는 가운데, 논리의 법칙을 위반하고 순환논법에 빠진 것을 알아차렸다. 그럴 수밖에 없는 것이, 한편으로는 이렇게 고독과 유리의 보상으로 인간에 대한 혐오감을 키우며, 좁아든 시야를 왜소한 관목과 가시덤불과 머루덩굴 사이에 수동적으로 제한하고, 다른 한편으로는 그의 활동이 그 사악한 본능이라는 미노타우루스를 부양할 만한 어떤 양식도 찾아낼 수 없었던 것이다. 결국, 그는 완전히 준비된 수많은 희생자들 중에서, 자신의 갖가지 정념이 만족할 만한 대상을 넉넉하게 찾아낼 수 있다고 확신하고, 인간들의 주거단지에 접근하기로 결심했다. 그는 경찰, 이 문명의 방패가 여러 해 전부터 끈질기게 자기를 찾고 있으며, 일개 사단이라고 해도 과언이 아닐 경찰과 밀정이 지속적으로 자기를 쫓고 있음을 모르지 않았다. 그러나 그를 만나기에 이르지는 못했다. 그만큼 놀라자빠지게 하는 그의 재주가 성공의 관점에서 한 점 이론의 여지도 없는 계략과 가장 교묘한 궁리에서 나온 명령을 최고로 멋지게 따돌렸던 것이다. 그는 숙련된 눈으로도 알아보기 어

렵게 형태를 바꾸는 특수능력이 있었다. 예술가로서 말을 한다면, 뛰어난 변장! 내가 도덕을 염두에 두고 볼 때는, 진짜로 허름한 인상의 차림새. 이 점에서 그는 거의 천재에 버금갔다. 그대는 파리의 하수구에서, 움직임이 기민한 한 마리 예쁜 귀뚜라미의 섬세함을 눈여겨본 적이 없는가? 그 사람밖에 없다. 말도로르였다! 꽃피는 여러 수도들에 유독성 유체로 동물자기최면술을 걸어서, 적절한 자기감시가 불가능한 일종의 마비상태에 그 도시들을 몰아넣는다. 그가 의심을 받지 않기에 그만큼 더 위험한 상태. 오늘은 마드리드에 있는데, 내일은 상트페테르부르크에 있을 것이며, 어제는 베이징에 나타났다. 그러나 이 시적인 로캉볼*의 활약이 지금 공포로 가득 채우고 있는 그 장소를 정확하게 단정한다는 것은 내 둔한 추론능력을 넘어서는 작업이다. 이 강도는 어쩌면 이 나라에서 칠백 리 밖에 있으며, 어쩌면 그대에게서 몇 걸음 떨어진 곳에 있다. 인간을 모두 전멸시킨다는 것은 쉬운 일이 아니며, 엄연히 법이 있다. 그러나 인간 개미들을 끈질기게 하나씩 하나씩 처치할 수는 있다. 그런데, 내 탄생일 이후로, 우리 종족의 첫 조상들과 함께, 내 매복의 긴장 속에서 여전히 미숙한 상태로 살면서, 역사 저편에 자리잡은 태고의 시대 이후로, 정교한 변신을 통해서, 다양한 시대에, 정복과 살육으로 지구의 여러 나라를 휩쓸고, 시민들 한가운데 내전을 퍼뜨리면서, 나는 벌써 그 무수한 숫자를 떠올리기도 어려울 만치 모든 세대를 한 명씩 한 명씩 혹은 집단적으로 내 발꿈치로 밟아 짓이기지 않았던가? 빛나는 과거는 미래에 눈부신 약속을 했다. 그는 그 약속을 지킬 것이다. 내 문장을

---

* 피에르 퐁송 뒤 테라유(Pierre Ponson du Terrail, 1829~1871)의 신문연재소설 『파리의 드라마』의 주인공. 이름 난 악당이었으나 개과천선하고 변두리 사회에서 정의의 수호자로 활약하는 인물.

그러모으기 위해, 나는 어쩔 수 없이 자연스러운 방법을 사용할 것이며, 야만인들에게까지 거슬러올라가 그들에게서 교훈을 얻을 것이다. 소박하고 위엄 있는 신사들, 그들의 우아한 입은 문신을 한 그들의 입술에서 흘러나오는 모든 것을 고결하게 한다. 나는 이 별에 있는 어느 것도 가소롭지 않다는 것을 방금 입증했다. 웃기는, 그러나 아름다운 별. 어떤 사람들은 순진하다고 여길 (그토록 심오할 때도) 문체를 움켜잡아, 나는 어쩌면 불행하게도 거창하게 보이지는 않을 생각들을 해설하는 데 사용하리라! 바로 그것으로, 일상 대화의 경박하고 회의적인 태도를 버리고, 또한 거들먹거리지 않을 만큼 충분히 진지하게…… 내가 말하려고 의도했던 것이 무엇인지 더는 알지 못하겠는데, 문장의 시작이 기억나지 않는 것이다. 그러나, 시는 오리의 얼굴을 지닌 인간의 미소, 어리석게도 빈정대며 짓는 미소가 없는 곳이면 어디에서나 발견된다는 것을 알아야 한다. 나는 우선 코를 풀고 싶기 때문에 코를 풀겠으며, 그다음에는 내 손의 강력한 도움을 받아, 손가락이 떨어뜨린 펜대를 다시 잡을 것이다. 파리의 카루젤 다리는 자루가 내지르는 것만 같은 가슴 찢는 비명을 들었을 때, 어떻게 의연히 그 중립성을 유지할 수 있었을까!

I

비비엔가의 상점들이 그 재물들을 경탄하는 눈들 앞에 펼쳐놓는다. 수많은 가스가로등으로 밝혀진, 마호가니 상자들과 금시계들이 진열창 너머로 눈부신 빛다발을 퍼뜨린다. 증권거래소의 시계가 여덟시를 쳤다. 늦지 않았다! 종을 치는 마지막 망치질이 들려오자마자, 이미 이름이 언급된 그 거리가 술렁이기 시작하며, 제 지반을 루아얄 광장부터 몽마르트르 대로까지 뒤흔든다. 산책자들은 걸음을 재촉하고, 생각에 잠겨 제 집으로 피신한다. 한 여인이 기절해 아스팔트 위에 쓰러진다. 아무도 그녀를 일으켜세워주지 않는다. 저마다 어서 그 근처에서 벗어나려고 서두른다. 덧창들이 맹렬히 닫히고, 주민들은 자기네 지붕 아래에 처박힌다. 아시아 흑사병이 그 출현을 알린 것만 같다. 이렇게, 도시의 대부분이 밤의 제전의 환희 속에서 헤엄칠 준비를 하는 동안, 비비엔가는 갑자기 일종의 석화石化작용으로 얼어붙는다. 사랑하기를 그친 마음처럼, 거리는 자신의 생명이 꺼진 것을 보았다. 그러나, 이윽고, 이 기이한 사건을 전하는 소식이 여러 다른 계층의 주민들에게 퍼지고, 침울한 침묵이 이 엄숙한 수도 위로 떠오른다. 가스등의 화구는 어디로 가버렸는가? 사랑을 파는 여자들은 무엇이 되었나? 아무것도…… 고독과 어둠! 직선 방향으로 날아가는, 한쪽 다리가 부러진 올빼미 하나가, 마들렌 성당 위를 지나, 트론 성문을 향해 비상하면서, 외친다: "불행이 준비되었다." 나의 펜이 (나의 공범자 노릇을 하는 이 진정한 친구가) 방금 신비롭게 그려낸 이 장소에서, 만약 그대가 콜베르가가 비비엔가로 이어지는 쪽을 바라본다면, 이 두 길의 교차로 생겨난 모퉁이에서, 한 인물이 그 실루엣을 드러내고, 가벼운 발걸음을 대로 쪽으로 옮기는 것을 보게 될 것이다. 그러나, 더 가까이, 이 행인의 주의를 끌지 않으면서 다가가면, 우리는 유쾌한 놀라움을 느끼며 알아차리게 된다, 그는 어리다! 멀리서는 사실 그를 성인成人으로 여겼을 테니까. 진지한 인물의 지적 능력을 평가하는 일이라면, 살아온 날수의 총합은 더이상 고려대상이 아니다. 내가 능히 이마의 관상학적 주름에서 나이를 읽어낼 줄 아는바, 그는 열여섯하고도 사 개월이다! 그는 아름답다, 맹금들의 발톱이 지닌 수축성처럼, 혹은 더 나아가서, 후두부의 연한 부분에 난 상처 속 근육운동의 불확실함처럼, 혹은 차라리, 저 영원한 쥐덫, 동물이 잡힐 때마다 언제나 다시 놓여지고, 그것 하나만으로 설치류들을 수없이 잡을 수 있으며, 지푸라기 밑에 숨겨놓아도 제 기능을 다하는 저 쥐덫처럼, 그리고 특히, 해부대 위에서의 재봉틀과 우산의 우연한 만남처럼 아름답다! 머빈,* 이 금발 영국의 아들이 선생의 집에서 검술 교습을 이제 마치고, 스코틀랜드산 타탄체크 옷을 두르고는, 부모의 집으로 돌아간다. 지금은 여덟시 반이며, 그는 자기 집에 아홉시에 도착하리라 생각한다. 미래를 안다고 확신하는 척하는 것은 그의 편의 크나큰 오만이다. 어떤 예기치 못한 장애물이 그의 길을 방해할 수는 없을까? 또 그런 상황은 지극히 빈도가 낮아서, 예외로 여겨야 마땅할까? 왜 그는 지금까지 누렸던 아무 걱정이 없다고 느낄, 다시 말해서 행복하다고 느낄 가능성을 오히려 비정상적 사태로 여기지 않는가? 대체 무슨 권리로 자신이 무사히 거처까지 다다르기를 바라는가, 누군가가 몰래 그를 제 미래의 먹잇감 삼아 노리고 뒤따라가고 있는데도? (내가 이제 막 끝마치려는 문장이 곧바로 따라붙게 되는 이 한정의문문들이라도 최소한 앞세우지 않는다면, 그것은 선정적인 작가라는 자기 직업에 대해 별로 아는 바가 없다는 것이리라.) 그대가 알아본 인물은 오래전부터 그 개성의 압력으로 내 불행한 지성을 깨부순 상상의 주인공! 어떤 때는, 말도로르는 머빈에게 다가가 그 소년의 모습을 제 기억에 새기는가 하면, 어떤 때는 몸을 뒤로 젖히고, 그 궤적의 제2기에 들

---

* '머빈'의 로마자 철자 Mervyn을 프랑스식으로 읽으면 '메르뱅'이 된다. 머빈은 역사소설가 월터 스콧의 소설 『가이 매너링』(1815)의 주인공 이름이기도 하다.

어선 오스트레일리아 부메랑처럼, 또는 폭탄처럼 제가 왔던 길을 따라 물러난다. 무엇을 해야 할지 주저하며. 그러나 그의 양심은 그대가 잘못 추측한 것처럼 가장 배발생적胚發生的 감정의 징후조차 느끼지 않는다. 나는 그가 일순 반대 방향으로 멀어지는 것을 보았다. 회한에 짓눌렸던 것인가? 그러나 그는 새로운 집념으로 발걸음을 되짚어 돌아왔다. 머빈은 관자놀이의 동맥이 왜 힘차게 뛰는지 알지 못한 채, 그와 그대가 이유를 찾으려 하나 헛일인 공포에 사로잡혀 걸음을 재촉한다. 수수께끼를 풀려는 그의 열의를 존중해주어야 한다. 그는 왜 뒤돌아보지 않는가? 모든 것을 이해하게 될 텐데. 불안한 상황을 중지시킬 가장 간단한 방법을 인간들은 단 한 번이라도 생각해보는가? 성문밖길을 배회하는 자가 샐러드 대접 하나 분량의 백포도주를 목구멍으로 넘기며, 누더기가 된 작업복을 입고, 교외의 변두리를 가로지르다가, 경계석 구석에서, 우리 아버지들이 목도했던 여러 혁명들과 시대를 같이했던 근육질의 늙은 고양이 한 마리가 잠든 들판 위로 쏟아지는 달빛을 우울하게 바라보는 모습이 눈에 띄면, 그는 굽이진 길로 꼬불꼬불 나아가며, 한 마리 안짱다리 개에게 신호를 보내고, 개는 서두른다. 고양잇과의 고결한 동물은 용감하게 적을 기다리며, 목숨을 비싸게 걸고 싸운다. 내일, 어느 넝마주이가 전기를 띤 가죽한 장을 살 것이다. 녀석은 왜 달아나지 않았을까? 그리도 쉬운일이었는데. 그러나 지금 우리를 걱정하게 만드는 이 사건에서, 머빈은 그 무지 탓에 위험에 더욱 깊이 얽힌다. 그에게는 정말이지 극도로 드물긴 하지만 얼마큼의 빛 같은 것이 있는데, 나는 그빛을 가리는 모호함을 멈추지 않고 밝힐 것이다. 그렇지만 그가현실을 내다본다는 것은 불가능하다. 그는 예언자가 아니며, 나는반대로 말하지 않는다, 자신에게 예언자의 능력이 있다고 인정하지도 않는다. 대동맥 도로에 이르러, 그는 오른쪽으로 돌아서 푸아소니에르 대로와 본누벨 대로를 횡단한다. 그 지점에서, 포부르생드니가로 들어서서 스트라스부르 철도역을 뒤에 두고, 높은 정문 앞에 멈추었다가, 라파예트가의 중첩수직교차로에 도착한다. 이 대목에서 제1절을 마무리하라고 그대가 권유를 하니, 이번은 그대의 희망에 흔쾌히 따르겠다. 그대는 아시는가, 어느 편집증 환자*의 손이 바위 밑에 숨겨둔 강철 고리를 생각할 때면, 물리칠 수 없는 전율이 내 머리카락을 타고 지나간다는 것을?

II

그가 구리 손잡이를 당기자, 현대식 저택의 정문이 돌쩌귀를 타고 돌아간다. 그는 가는 모래가 뿌려진 안마당을 성큼성큼 걸어가 층계의 여덟 계단을 뛰어오른다. 귀족 빌라의 수위처럼 오른쪽과 왼쪽에 놓여 있는 두 개의 조각상이 그의 통행을 방해하지는 않는다. 아버지, 어머니, 섭리, 사랑, 이상, 모든 것을 부정하고, 오직 자기만을 생각했던 남자는 앞서가는 발걸음을 따라가지 않으려고 자못 조심하였다. 그는 소년이 홍옥수 판석을 두른 넓은 일층 거실로 들어가는 것을 보았다. 가족의 아들은 소파에 몸을 던지고, 감정이 그의 말을 막는다. 바닥에 끌리는 긴 드레스를 입은 그의 어머니가 그를 달래며 팔로 끌어안는다. 그보다 나이가 어린 그의 아우들은 그의 몸이 실린 소파 주위에 모여 있다. 아우들은 무언가 일이 일어나고 있는 장면에 대해 명백한 개념을 가질 만

* 이 편집증 환자는 267쪽에서 '아곤'이라는 이름으로 등장한다.

큼 삶을 충분하게 알지 못한다. 마침내 아버지가 지팡이를 들어 올리고 권위 가득한 시선을 낮추어 참석자들을 내려다본다. 그는 안락의자의 팔걸이를 손목으로 짚고 일어나, 제 평상시의 좌석에서 멀어져, 첫 자식의 움직이지 않는 몸을 향해, 비록 늙어 힘이 빠졌지만, 불안한 마음으로 나아간다. 그는 외국어로 말하고 저마다 존경하는 마음으로 집중하여 듣는다: "누가 아이를 이 지경으로 만들었는가? 안개 낀 템스강은 내 힘이 완전히 소진되기 전에 괄목할 만한 양의 진흙을 여전히 실어 나르리라. 외국인에게 불친절한 이 나라에는 범죄예방법이 존재하지 않는 모양이다. 내가 범인을 안다면, 놈이 내 완력을 알게 되련만. 내 비록 은퇴하여 해전海戰에서 멀리 떨어졌지만, 벽에 걸려 있는 내 함대사령관의 칼은 아직 녹슬지 않았다. 게다가 날을 갈아 다시 세우기는 어렵지 않다. 머빈아, 마음을 놓아라, 내 하인들에게 명령을 내려, 이제부터 내가 찾고 있는 그놈의 족적을 발견할 것이고, 내 손으로 놈을 죽일 것이다. 부인, 거기서 떨어져 구석에 웅크리시오. 당신의 눈이 나를 나약하게 하니, 그 눈물샘의 누도를 닫는 게 나을 것이오. 아들아, 제발 부탁이니, 정신을 차리고, 가족들을 알아보거라, 네 아버지가 네게 말한다……" 어머니는 한옆으로 비켜나, 제 주인의 명령에 순종하려고, 손에 책 한 권을 들고, 제 자궁으로 낳은 아이에게 닥친 위험을 앞에 두고, 태연하려고 애쓴다. "얘들아, 공원에 가서 놀아라, 그런데 백조의 헤엄에 감탄하다가, 물웅덩이에 떨어지지 않도록 조심하고……" 아우들은 두 손을 늘어뜨리고 말없이 서 있다. 하나같이, 카롤린산 쏙독새의 날개에서 뽑은 깃털 하나를 올린 기수 모자를 쓰고, 무릎까지 내려오는 벨벳 바지에 빨간색 명주 양말을 신은 아우들은, 서로 손을 잡고, 흑단 마루판을 발끝으로만 밟으려고 애쓰면서 거실에서 물러난다. 나는 그들이 즐겁게 뛰노는 게 아니라, 플라타너스 오솔길에서 심각한 얼굴로 산보할 것이라고 확신한다. 그들의 지성은 조숙하다. 그들에게는 잘된 일이다. "……쓸데없는 보살핌인가, 너를 팔에 안고 달래는데, 너는 내 애원에 무감각하구나. 고개를 들어보지 않겠느냐? 네 무릎을 안아야 한다면 안을 텐데. 아니다…… 머리가 무기력하게 떨어지는구나." ― "내 친절하신 주인, 당신이 이 노예에게 허락하신다면, 내 방에 올라가 테레빈유 에센스 약병을 찾아보겠어요. 그 약병은 극장에서 돌아온 뒤나, 우리 조상들의 기사도 이야기를 적은 브리태니커 연감에 기고된 감동적인 서술의 독서가 꿈결 같은 생각을 졸음의 이탄泥炭 지대에 던질 때, 습관적으로 사용해왔지요." ― "부인, 내가 당신에게 발언권을 준 적이 없으니, 당신은 발언할 권리가 없었소. 우리의 합법적인 결합 이래로, 구름 한 점도 우리 사이에 끼어들어온 적이 없소. 나는 당신에게 만족하고, 당신을 비난해야 할 일이 한 번도 없었으며, 이 점은 상호 동일하오. 당신의 방으로 테레빈유 에센스 약병을 찾으러 가시오. 그게 당신 서랍장의 한 서랍 속에 들어 있는 것을 나도 알고 있으니, 그것을 나한테 알려줄 필요는 없소. 어서 나선형 층계의 계단을 뛰어올라갔다가 다시 돌아와 만족한 얼굴을 하고 있는 나를 보시오." 그러나 민감한 런던 여인은 층계의 첫 계단 몇 개를 오르자마자(그녀는 하층계급 사람만큼 빠르게 달리지 않는다), 벌써 화장 담당 하녀 하나가 두 뺨이 땀에 붉게 물들어서, 아마도 수정 벽 안에 생명수를 담고 있는 약병을 들고 이층에서 내려온다. 하녀는 우아하게 고개를 숙이며 가져온 것을 내밀고, 어머니는 왕녀와 같은 걸음걸이로, 자신의 애정을 사로잡는 유일한 대상, 소파의 가를 두른 술을 향해 나아간다. 함대사령관은 거만하지만 반가워하는 동작으로 아내의 손에 든 약병을 받는다. 인도산 스카프가 그것에 적셔지고, 머빈의 머리가 비단의 환상環狀 굴곡에 둘러싸인다. 그가 각성제를 흡입한다, 한쪽 팔을 움직인다. 순환이 되살아나고, 창틀에 앉아 있던 필리핀산 앵무새의 기쁨에 찬 울음소리가 들린다. "거기 누구요?…… 나를 붙잡지 마세요…… 여기가 어딘가? 무덤이 내 무거운 사지를 받치고 있는 것인가? 널판이 푹신한 것 같다…… 어머니의 초상화를 넣어둔 로켓이 아직도 내 목에 걸려 있는가?…… 물러서라, 머리칼이 헝클어진 악당아. 놈은 나를 붙잡을 수 없었고, 나는 그의 손가락에 내 윗저고리 한 자락을 남겨두었다. 불도그의 사슬을 푸세요. 오늘밤, 쉽게 알아볼 수 있는 도둑이 불법으로 침입할 수 있는데, 그동안에 우리는 잠에 빠져 있을 것이오. 아버지와 어머니, 이제 알아볼 수 있겠어요, 베풀어주신 보살핌에 감사드립니다. 내 동생들을 불러주세요. 아우들을 위해 제가 프랄린 과자를 사왔어요, 아우들을 안아보고 싶어요." 여기까지 말을 하고, 그는 깊은 혼수상태에 빠진다. 화급하게 불러들인 의사는, 두 손을 비비며 외친다: "위기는 넘겼습니다. 모든 것이 순조롭습니다. 내일 당신네 아들은 거뜬하게 일어날 것이오. 모두들, 각자의 잠자리로 가시오, 명령입니다, 여명이 돋고 밤 꾀꼬리의 노래가 들릴 때까지 환자의 곁에 저 혼자 남을 수 있도록." 말도로르는, 문 뒤에 숨어서, 한마디도 놓치지 않았다. 이제는 저택에 사는 사람들의 성격을 알고, 그에 따라 행동할 것이다. 그는 머빈이 어디 사는지 알았고, 더이상의 것은 알고 싶어하지 않는다. 그는 수첩에 길의 이름과 건물의 번지수를 적었다. 중요한 것은 그것이다. 그것들을 잊지 않을 자신이 있다. 그는 하이에나처럼 눈에 띄지 않고 나아가, 안마당의 측변을 따라간다. 그는 철책을 민첩하게 타고 오르다가, 쇠살 끝에서 잠시 어려움을 겪는다. 한 번의 도약에, 그는 도로 위에 있다. 그는 늑대 걸음으로 멀

어지며 외친다: "놈이 나를 악당으로 여겼지. 멍청한 놈이야. 그 병자가 내게 던진 비난에서 면제된 사람이 있으면 만나보고 싶구나. 나는 놈이 말한 것처럼, 윗저고리 한 자락을 찢어낸 적이 없다. 두려움 때문에 생겨난 반수면상태의 단순한 환각이야. 내 의도는 오늘 놈을 납치하는 것이 아니었다. 내게는 이 겁 많은 소년에게 후일의 다른 계획이 있으니까." 백조들의 호수가 있는 쪽으로 가시라. 그러면 조금 후에, 왜 무리 중에 완전히 까만 한 마리가, 갈색 대게의 부패중인 시체를 싣고 있는 모루를 떠받치고 서서, 다른 수생水生 동지들에게 정당하게 불신을 부추기는지 알려주겠다.

III

머빈이 자기 방에 있다. 그는 편지 한 장을 받았다. 도대체 누가 그에게 편지를 썼단 말인가? 그는 혼란스러워 배달부에게 고맙다는 말도 못했다. 봉투에는 검정 테가 둘러져 있고, 전언은 서둘러 쓴 글씨체였다. 그는 이 편지를 자기 아버지에게 들고 갈 것인가? 그런데 서명자가 일부러 그러지 말라고 금한 것이라면? 불안으로 가득차서, 그는 창을 열어 바깥 공기 냄새를 들이마시고, 햇살이 프리즘으로 분광된 듯 아롱진 빛을 베네치아산 유리와 다마스산 커튼 위로 반사한다. 그는 한옆으로, 학습용 책상의 표면을 덮고 있는 돈을무늬 압착세공 가죽 위로 흩어져 있는, 책머리를 금박한 책들과 자개 표지를 입힌 앨범들 사이로 편지를 내팽개친다. 그는 피아노를 열고, 날씬한 손가락을 상아 건반 위로 달리게 한다. 황동 현이 전혀 울리지 않는다. 이 간접 경고가 그에게 독피지 편지를 다시 집어들게 했으나, 독피지는 수신인의 망설임에 감정이 상하기나 한 듯 뒤로 물러났다. 이 덫에, 머빈의 궁금증이 더 커져서, 그는 벌써 읽으려고 했던 종잇장을 펴들었다. 그는 이제 껏 저 자신의 필적밖에는 본 적이 없었다. "젊은이, 나는 그대에게 관심이 많소. 그대를 행복하게 해주고 싶소. 그대를 길동무로 삼아서, 우리는 오세아니아의 섬에서 긴 편력을 하게 될 것이오. 머빈, 자네도 내가 자네를 좋아하는 것을 알고 있으니, 내가 그걸 자네에게 증명할 필요는 없네. 자네는 내게 우정을 바칠 것이고, 나는 그것을 믿네. 자네가 나를 더 많이 알게 될 때, 자네는 자네가 내게 보여주게 될 그 신뢰감을 후회할 일은 없을 걸세. 나는 자네의 무경험이 무릅쓰게 될 위험들로부터 자네를 보호하겠네. 나는 자네의 형제가 될 것이고, 좋은 충고를 아끼지 않겠네. 좀더 긴 설명을 들으려면, 모레 아침 다섯시에, 카루젤 다리 위로 나오게. 만약 내가 도착하지 않았다면, 기다리게. 그러나 나도 정시에 당도하기를 바라네만. 자네도 그래야지. 영국인이라면 자신의 문제를 분명하게 볼 기회를 허투로 놓치지는 않을 것이네. 젊은이, 그럼 안녕, 곧 만나세. 아무에게도 이 편지를 보이지 말게." — "서명을 대신해서 별 세 개", 머빈은 외친다, "편지 말미에는 핏자국이라니!" 그의 두 눈이 집어삼킨, 그러자 그의 정신에 불확실하고도 새로운 지평의 무한한 영역을 열어주는 기이한 문장들 위로, 푸짐한 눈물이 흘러내린다. 그에게 (편지 읽기를 막 끝내고 나서부터의 일이긴 하지만) 아버지는 조금 엄격하고, 어머니는 너무 기강하다는 생각이 든다. 그에게는 제 아우들이 이제는 자기에게 어울리지 않는다고 여길 만한 이유, 내 앎에까지는 이르지 못하는, 따라서 내가 여러분들에게 전할 수 없는 이유가 있다. 그는 이 편지를 제 가슴에 숨긴다. 그의 선생들은 이날 그가 달라진 것을 발견했다. 그의 눈이 굉장히 흐려졌고, 과도한 생각의 베일이 안와 주변부에 내려앉았다. 선생들은 저마다 제 학생의 지적 수준에 이르지 못할까봐 두려워서 얼굴을 붉혀왔지만, 학생은 처음으로 숙제를 소홀히 했고, 공부를 하지 않았던 것이다. 그날 저녁, 가족들은 옛날의 초상화들로 장식된 식당에 모였다. 머빈은 살과 즙이 많은 고기와 향기로운 과일을 가득 담은 접시에 감탄하면서도 먹지 않는다. 라인란트 포도주의 다색 광채와 샴페인의 거품 이는 루비빛이 좁고 높은 보헤미아 수정잔에 담겨 있으나, 그의 시선은 거들떠보지 않는다. 그는 식탁에 제 팔꿈치를 괴고, 몽유병자처럼 제 생각에 빠져 있다. 바다의 포말에 얼굴이 탄 함대사령관이 제 아내의 귀에 몸을 기울인다: "큰아이가 발작이 일어난 날 이후로 성격이 변했소. 전에도 벌써 터무니없는 생각에 너무 기울어져 있었소만, 오늘은 여느 때보다도 훨씬 더 몽상에 빠져 있소. 하지만, 나는 그러지 않았소, 내가 그 나이였을 때는 말이오. 당신은 아무것도 모르는 척하시오. 물질적이건 정신적이건, 효과적인 처방이 바로 여기서 어렵잖게 제 용처를 찾을 것이오. 머빈아, 여행과 박물학 서적들의 독서에 취미가 있는 너이지만, 네 마음에 들지 않을 이야기 하나를 읽어주겠다. 모두들 주의깊게 듣기를 바란다. 저마다 거기에서 자기에게 유익한 것을 발견하게 될 터인데, 내가 가장 먼저 그럴 것이다. 그리고 다른 아이들아, 너희들이 내 말에 주의를 기울일 수 있다면, 너희 문체의 틀을 세련시키고, 한 작가의 가장 사소한 의도까지 이해하는 법을 배우도록 해라." 한 배에서 난 이 사랑스러운 아이들이 그게 바로 수사학이라는 것을 이해할 수 있기나 한 것처럼! 그가 말을 하고, 그의 손짓에 따라, 형제들 중 하나가 아버지의 서재로 걸어가서 팔 밑에 책 한 권을 끼고 돌아온다. 그동안에, 식기와 은그릇은 치워졌고, 아버지는 책을 집어든다. 여행이라는 전기를 띤 명사에서, 머빈은 고개를 들고, 시기적절치 않은 명상을 끝내려고 애썼다. 책은 가운데 부분이 펼쳐졌고, 함대사령관의 금속성 목소리는 그가 아직도 저 영광스러운 젊은 날과 마찬가지로 사나이들과 폭풍우의 광란을 통제할 능력이 있다고 증명한다. 이 낭독이 끝나기 훨씬 전에, 머빈은 단계적으로 지나가는 문장들의 논리적 전개와 으레 빠지지 않고 등장하는 은유의 비누화鹼化*를 더는 따라갈 수 없어서, 다시 팔꿈치 위로 늘어졌다. 아버지가 외친다: "이건 아들의 흥미를 불러일으키지 않는구나, 다른 것을 읽자. 읽으시오, 부인. 우리 아들의 나날에서 비애를 몰아내기 위해서는, 나보다 당신이 더 적절할 것이오." 어머니는 더이상 희망을 갖지 않는다. 그러나, 그녀는 다른 책을 집어들었고, 그녀의 소프라노 목소리가 그 회임의 산물인 자식의 귀에 낭랑하게 울린다. 그러나 몇 마디 후에, 실망이 그녀를 엄습하고, 그녀는 문학작품의 연주를 스스로 멈춘다. 첫째 아이가 외친다. "저는 자러 가겠습니다." 그는 차갑게 고정된 시선을 내리깔고, 아무 말도 덧붙이지 않고 자리를 뜬다. 개가 불길하게 짖기 시작하는데, 이 행위가 자연스럽다고 보지 않았기 때문이며, 바깥의 바람은 창문에 세로로 난 작은 틈으로 고르지 않게 들이치면서, 장미색 크리스털 원형 갓 두 개가 씌워진 청동 램프의 불꽃을 흔든다. 어머니는 손으로 이마를 짚고, 아버지는 하늘을 향해 눈을 들어올린다. 아이들은 늙은 해군에게 놀란 시선을 던진다. 머빈은 방문을 이중으로 잠그고, 그의 손은 종이 위에서 재빠르게 달린다: "저는 정오에 귀하의 편지를 받았습니다. 답장을 기다리시게 하였다면 용서하십시오. 저는 귀하를 개인적으로 알게 될 영예

---

* 화학에서 지방질을 비누로 만드는 과정. 여기서는 억지로 쓴 비유들이 줄줄이 이어지면서 머릿속에 들어오지 않고 미끄러지듯 빠져나가는 상태를 비판하는 표현이다.

를 누리지 못해서, 귀하에게 편지를 써야 하는지 아닌지 알 수 없습니다. 그러나 저희 집안에 무례가 몸 붙일 수는 없기 때문에, 저는 펜을 잡고, 귀하가 낯모르는 사람에게 보여주신 관심에 따뜻한 감사의 인사를 드리기로 결심했습니다. 귀하가 저에게 넘치게 베풀어주신 호의에 대해 사의를 표하지 않는다면 신이 허락하지 않을 것입니다. 저는 제 미숙함을 알고 있기에, 더는 오만하게 굴지 않겠습니다. 그러나 연장자의 우정을 받아들이는 것이 적절한 일이라면, 우리의 성격이 같지 않다는 것도 그분에게 이해시키는 것이 온당합니다. 사실, 귀하가 저를 젊은이라고 부르셨으니 저보다 나이가 더 많다고 보지만, 저는 귀하의 실제 나이에 대해 의심을 품고 있습니다. 그럴 수밖에 없는 것이, 귀하의 삼단논법의 냉정함과 거기에서 발산되는 열정을 어떻게 일치시킬 수 있겠습니까? 저는 제가 태어난 장소를 버리고 귀하를 따라 먼 나라로 가지는 않을 것이 확실합니다. 저의 생애를 만드신 분들께 미리 허락을 구하고 애타게 그 대답을 기다려야 한다는 조건으로만 가능한 일이기 때문입니다. 그러나 귀하가 제게 정신적으로 난해한 이 일에 대해 비밀을 (이 단어의 입체적인 의미에서) 지키라고 엄명하셨으니, 귀하의 명백한 지혜에 열심히 따를 것입니다. 아무래도, 그 지혜는 빛의 밝음에 기꺼이 맞서지 않을 것입니다. 제가 귀하의 인간됨 자체를 신뢰하는 것이 귀하의 바람이라고 생각되니(과람한 것이 아닌 이 희망을, 저는 고백하는 것이 기쁩니다), 부디 호의를 베풀어 저에게도 동일한 신뢰를 보여주시고, 귀하와 의견의 차이가 큰 탓에, 모레 아침, 지정된 시각에, 제가 약속 장소에 어김없이 가 있지 않을 것이라고는 장담하지 말아주실 것을 부탁드립니다. 정원의 철문이 닫혀 있을 터이니, 저는 담벼락을 뛰어넘을 것이고, 아무도 제가 떠나는 것을 목격하지는 않을 것입니다.

솔직히 말해서, 귀하를 위해 제가 무엇인들 못하겠습니까, 귀하가 보여주신 설명할 수 없는 애착이 능히 신속하게 드러나 저의 두 눈은 부시고, 특히 제가 기대하지도 않았을 것이 확실한, 그런 선의의 증거에 특히 휘둥그레졌습니다. 저는 귀하를 알지 못했으니까요. 이제 귀하를 압니다. 카루젤 다리 위에서 거닐고 있겠다고 제게 해주신 약속을 잊지 마십시오. 제가 그곳을 지나갈 경우, 귀하를 거기서 만나 그 손을 만질 것이라는 확신을, 어디에도 비할 데 없는 확신을 갖고 있습니다. 다만 어제까지만 해도, 정숙貞淑의 제단 앞에 조아리고 있던 한 소년의 이 순정한 의사표현이 존경 어린 무람없음으로 귀하에게 무례를 끼쳐서는 안 된다는 조건에서 말입니다. 그런데, 이런 무람없음도, 타락이 심각하고 확실한 때에, 어떤 강력하고 뜨거운 친밀성이 있는 경우라면, 고백할 수 있는 것이 아닙니까? 그래서 바로 귀하께 묻자 하니, 모레, 비가 오건 아니건, 다섯시가 쳤을 때, 제가 지나가면서 귀하에게 작별을 고한다고 해서, 어떤 경우라도, 나쁠 것이 무엇이겠습니까? 귀하께서도, 신사님, 제가 이 편지를 구상한 솜씨를 높게 보실 터인데, 잃어버리기 십상인 낱장 종이에, 더 많은 말을 하기란 어려운 일이니까요. 종이 하단에 있는 귀하의 주소는 일종의 수수께끼입니다. 그것을 판독하는 데 거의 사반시간이 필요했습니다. 귀하가 거기에 현미경적인 방식으로 단어들을 적어둔 것이 잘한 일이었다고 생각합니다. 저 자신에게 스스로 서명을 면제해주기로 하며, 그로써 당신을 본받으려 합니다. 우리가 너무나 상궤를 벗어나는 시대에 살고 있으니, 무슨 일이 벌어질 수 있건 일순간도 놀랍지 않습니다. 나는 내 얼음 같은 부동성이, 내 권태로운 시간의 더러운 납골당인, 긴 칸막이처럼 늘어선 공허한 방들에 둘러싸여, 거주하는 이 장소를 귀하가 어떻게 알게 되었는지 알고 싶습니다.

이걸 어떻게 말할까요? 귀하를 생각할 때, 내 가슴은 요동치며, 퇴폐기 제국의 붕괴처럼 울리니, 귀하의 사랑의 그림자가 어쩌면 존재하지도 않는 미소를 드러내 보이기 때문입니다. 그림자는 그리도 어렴풋하고, 그리도 구불거리며 비늘을 꿈틀대지요! 내 맹렬한 감정을, 완전히 새롭고, 치명적 접촉으로부터 아직 오염되지 않은 이 대리석 판을, 귀하의 두 손에 맡깁니다. 아침 어스름의 첫 미광까지, 인내해야 합니다. 그리고 귀하의 역병 들린 두 팔의 흉측한 교착交錯에 나를 던질 순간을 기다리는 가운데, 나는 겸허히 몸을 숙여 그 무릎을 끌어안습니다." 이 죄 많은 편지를 쓰고 나서, 머빈은 그것을 우체통에 던지고 돌아와 침대에 몸을 뉘었다. 거기서 수호천사를 만날 수 있으리라 기대하지 마시라. 물고기 꼬리가 사흘 동안만 날아다닐 것이며, 그것은 사실이다, 그러나 슬프다! 대들보는 그럼에도 불타버릴 것이고, 첨단원통형 탄환이, 백설처녀와 거지의 뜻도 아랑곳없이, 코뿔소의 가죽을 뚫으리라! 왕관 쓴 광인이 열네 자루 단검의 충성스러움에 대해 진실을 말했을 것이기 때문이다.

IV

알고 보니 나는 이마 한가운데에 달랑 눈 하나가 박혀 있을 뿐이구나! 오, 현관의 장식판자에 박혀 있는 은거울이여, 너는 네 반사의 힘으로 내게 그리도 많은 봉사를 해주지 않았던가! 알코올 가득한 탱크에 내가 제 새끼들을 넣고 끓였다고, 앙고라 고양이가 갑자기 내 등에 뛰어올라와 두개골을 뚫는 천공기처럼 내 정수리 마루뼈를 한 시간 동안이나 갉아댄 그날 이후, 나는 끊임없이 고통의 화살을 나 자신에게 쏘아왔다. 오늘날, 때로는 내 탄생의 숙명 탓에, 때로는 나 자신의 잘못으로, 여러 가지 정황에서 내 몸이 입게 된 상처들의 영향 아래, 내 도덕적 추락의 결과들에 짓눌리며(어떤 결과들은 실현되었지만, 다른 결과들은 누가 예견할 것인가?), 지금 말하고 있는 자의 건막健膜과 지성을 장식하는 후천적이거나 선천적인 괴물성의 냉정한 관찰자로서 나는 나를 구성하는 이중성에 오래오래 흡족한 시선을 던지며…… 내가 아름다운 것을 알겠다! 아름답다, 요도관의 상대적 짧음과 내벽의 분열이나 부재로 이루어진, 그래서 그 요도관이 귀두로부터 일정치 않은 거리에, 음경 밑으로 노출되는, 인간의 성적 기관의 선천적 기형처럼 아름답고, 또는 칠면조의 윗부리 기저에 돋아난, 자못 깊은 가로주름살로 고랑이진 고깔형 군살 벼슬처럼 아름답고, 또는 차라리 "음계와 선법, 그리고 그 화음연속 체계는 불변의 자연법칙에 기초하는 것이 아니라, 반대로 인류의 단계적 진보와 함께 변하는, 그리고 또다시 변하게 될 미학적 원리의 결과이다"라는 진리처럼 아름답고, 그리고 특히 포탑이 설치된 장갑코르벳함처럼 아름답다! 그렇다, 나는 내 단언의 정확함을 주장한다. 나는 오만한 환상이 없으며, 나는 자부한다, 거짓말에서 어떤 이득도 찾지 않을 것이니, 그래서, 내가 하는 말이다, 그대는 내 말을 믿는데 어떤 망설임도 없어야 한다. 왜 내가 나의 양심에서 우러나온 찬사 가득한 증언 앞에서 나 자신에게 스스로 두려움을 불어넣을 것인가? 나는 창조주에게 부러워하는 것이 아무것도 없으나, 그는 내게 점점 증가하는 일련의 영예로운 범죄를 통해서 운명의 강을 따라 내려가게 했다. 그렇지 않았으면, 온갖 장애로 화난 시선을 그의 이마 높이로 치켜세우고, 나는 그가 우주의 유일한 주인은 아니며, 사물의 본성에 대한 한결 깊은 지식에 직접 근거하는 여러 현상이 반대의견에 유리한 증언을 하고 있으며, 단일 권력의 생존가능성에 맞서 단호한 반박을 내세우고 있음을 납득시킬 것이다. 그것은 우리가 서로 눈까풀의 속눈썹을 들여다보는 두 존재이기 때문이며, 너도 보다시피…… 그리고 너도 알다시피 내 입술 없는 입에서 승리의 나팔소리가 울려퍼진 것이 한두 번이 아니었다. 잘 가라, 이름 높은 전사여, 불행 속에서도 너의 용기는 가장 악착스러운 너의 적에게 존경심을 불어넣는다. 그러나 말도로르는 머지않아 너를 다시 만나 머빈이라 불리는 희생물을 두고 너와 다투리라. 따라서 그가 상들리에 깊은 바닥에서 미래를 엿보았을 때, 수탉의 예언은 실현되리라. 하늘의 뜻이 다르지 않아 대게가 늦지 않게 순례자들의 카라반을 쫓아가, 클리냥쿠르 넝마주이의 구술을 몇 마디 말로 그들에게 알려주기를!

V

팔레루아얄의 왼편, 연못에서 멀지 않은 곳의 한 벤치로, 리볼리가에서 빠져나온 한 작자가 와서 앉았다. 그의 머리카락은 헝클어졌고, 그의 옷차림은 길고 긴 궁핍의 부식작용을 드러냈다. 그는 뾰족한 나뭇조각으로 땅에 구멍을 파고는, 장심 오목한 곳을 흙으로 채웠다. 그는 이 식량을 자신의 입으로 가져갔다가, 황급히 내던졌다. 그는 다시 일어나서, 벤치에 머리를 박고는, 두 다리가 허공을 걷게 했다. 그런데, 이 곡예 장면은, 무게중심을 지배하는 중력의 법칙을 벗어나기에, 몸이 벤치 위로 육중하게 떨어지면서, 두 팔은 늘어지고, 얼굴 반쪽이 챙모자에 가려졌으며, 두 다리는 균형을 잡지 못해 점점 불안정해지는 상태에서 자갈밭을 때렸다. 그는 오랫동안 이 자세 그대로 있다. 북쪽 중앙 입구 가까이, 카페가 있는 원형 건물 옆에서, 우리의 주인공이 철책에 팔을 괴고 있다. 그의 시선은, 그 어떤 광경도 놓치지 않으려는 듯, 정방형 표면을 훑고 달린다. 탐사를 마친 후, 두 눈이 그들 자신들을 향해 되돌아오는데, 그는 정원 한가운데에서, 벤치를 붙들고 비틀비틀 체조를 하는 한 남자를 발견한바, 남자는 힘과 재주의 기적을 발휘하여, 그 벤치 위에서 제 자세를 고정하려 하고 있다. 그런데, 정의로운 이유에 복무케 하려고 가져온 최상의 의도라 한들 정신착란이라는 고장에 맞서 무엇을 할 수 있겠느냐? 그는 광인을 향하여 다가가, 친절하게 그를 도와 그의 품위를 정상적인 자세로 되돌려놓고, 그에게 손을 내밀고, 그 옆에 앉았다. 그는 광기가 간헐적일 뿐이라는 것을 유념한다. 발작은 사라지자, 대화상대자는 모든 질문에 조리 있게 대답한다. 그 말들의 의미를 전할 필요가 있을까? 왜 인간들의 비참함을 담은 이절판을 어느 페이지가 되었건 신성모독적으로 열심히 다시 열어야 할까? 어느 것이든 더 풍부한 가르침을 주는 것이 따로 있는 것은 아니다. 여러분들에게 들려줄 실제 사건이 하나도 없을 때라도, 나는 여러분들의 뇌에 옮겨 부을 만한 상상의 일화를 지어낼 것이다. 그런데 환자는 자신의 쾌락을 위해 환자가 된 것이 아니며, 그가 보고하는 것들의 성실성은 독자의 우직함과 기적에 가깝도록 일치한다. 《나의 아버지는 베르리가의 목수였지요. 세 마르그리트의 죽음에 대한 책임이 그 머리에 떨어지고, 카나리아의 부리가 그 안구의 축을 영원토록 쪼아먹기를! 그는 술에 취하는 것이 습관이었지요. 그 무렵, 이 술집 저 술집의 목로를 찾아다니다가, 집에 돌아오면, 광포함이 거의 측량할 길이 없게 되어, 눈에 보이는 물건들을 마구잡이로 깨부쉈지요. 그러나 곧 친구들의 비난에 행실을 완전히 고

처먹고, 과묵한 기질이 되더군요. 아무도, 심지어 우리 어머니도, 그에게 다가갈 수 없었답니다. 그는 제멋대로 행동하는 것을 막는 그 의무라는 생각에 맞서 남몰래 원한을 품고 있었던 겁니다. 나는 내 세 누이들을 위해 방울새 한 마리를 샀지요. 내가 방울새 한 마리를 산 것은 내 세 누이들을 위해서였지요. 누이들은 그 새를 새장 속에 가두어 문 위에 두었고, 지나가는 사람들이 그때마다 멈춰 서서, 새의 노랫소리를 듣고, 그 덧없는 우아함에 감탄하고, 그 오묘한 모습을 음미했다오. 아버지가 새장과 그 안에 든 것을 치워버리라고 지시한 게 한두 번이 아니었는데, 그것은 그 방울새가 그 모음창법의 재능으로, 바람 같은 카바티나를 한 다발씩 그에게 던져 자기 인격을 모욕한다고 느꼈기 때문이지요. 그는 못에 걸린 새장을 떼러 갔는데, 분노에 눈이 멀어 의자에서 미끄러졌어요. 무릎에 가벼운 찰과상을 입은 게 그 모험의 트로피였던거죠. 부어오른 부분을 대팻밥으로 몇 초 동안 누르고 나더니, 걷어올린 바지를 내리고, 눈살을 찌푸리고, 더욱더 조심스러운 태도로, 새장을 팔에 끼고 작업실 안쪽으로 들어갔어요. 거기에서, 가족들의 애원과 비명에도 아랑곳없이 (우리는 집안의 수호령과도 같았던 이 새에게 크게 애착을 느꼈더랍니다) 아버지는 징을 박은 뒤꿈치로 그 버드나무 새장을 밟아 뭉갰지요, 그동안 대패 하나가, 그의 머리 주위를 빙빙 돌며 다른 목격자들이 거리를 좁히지 못하도록 하고요. 우연히도 그 불쌍한 것은 당장에 죽지 않았어요. 그 깃털 뭉치는 피 칠갑을 하고서도 여전히 살아 있더란 말입니다. 목수는 그 자리를 떠났지요, 문을 요란하게 닫고. 어머니와 나는 새의 생명을, 빠져나갈 채비가 다 되어 있는 그걸, 붙잡아 보려고 애를 썼으나, 새는 최후의 순간에 이르렀고, 날개의 움직임이 시각에 들어오질 않아 단말마의 마지막 발작을 비추는 거울이나 다름없었지요. 그러는 사이에, 세 마르그리트는 모든 희망이 사라졌다는 것을 알고는, 서로 뜻을 맞추어 손을 잡았으며, 이 살아 있는 사슬은 층계 뒤쪽으로 가, 기름통을 몇 걸음 밀어놓은 뒤, 우리 개집 옆에 웅크리고 앉았지요. 어머니는 계속 애를 쓰며, 손가락 사이에 방울새를 쥐고 그 숨결을 덥혀보려 하고, 나는 미친듯이 가구와 집기에 몸을 부딪치며, 이 방 저 방으로 뛰어다니고. 이따금씩, 누이들 중 하나가 불행한 새의 운명을 알려고 층계 밑으로 얼굴을 내밀었다가 슬픔과 함께 얼굴을 거두곤 했지요. 개는 제 집에서 나와서 우리가 잃어버린 것의 크기를 이해하기라도 한다는 듯이 그 보람 없는 위로의 혀로 세 마르그리트의 옷을 핥았고. 방울새는 한순간밖에 살 시간이 없었지요. 내 누이들 중의 하나가, 이번에는 (제일 어린 누이였지요) 빛이 희박해서 얻어진 어스름 속으로 머리를 내밀었어요. 누이는 어머니의 얼굴이 창백해지고, 새가 그 신경조직의 마지막 반응으로 불꽃 한 번 튈 동안 고개를 들었다가 손가락 사이로 다시 떨어져, 끝내 움직이지 않는 모습을 보고 말았지요. 막냇누이는 그 소식을 제 언니들에게 알렸고요. 누이들은 어떤 탄식의, 어떤 분개의 수런거림도 들려주지 않았어요. 침묵이 작업실을 지배했지요. 무슨 소리인지 알아들을 수 있는 소리라고는 깨진 새장의 조각들이 목재의 탄력성 덕분에 처음 조립되었을 때의 모습을 부분적으로 다시 회복하면서 단속적으로 삐걱거리는 소리밖에 없었지요. 세 마르그리트는 눈물 한 방울 흘리지 않았고, 그 얼굴은 선홍빛 신선함을 전혀 잃지 않았어요, 전혀…… 누이들은 단지 움직이지 않았을 뿐이에요, 누이들은 개집 안으로까지 기어가서 밀짚 위에 나란히 눕고, 그러는 동안에 그 거사의 무기력한 목격자인 개는 누이들이 하는 짓을 놀라서 바라보고 있었고, 몇 번이나 어머니는 누이들을 불렀으나 누이들은 어떤 대답도 돌려보내지 않았어요. 조금 전에 요동했던 감정에 피곤해져서 잠을 자고 있겠지, 아마도! 어머니는 집안 이 구석 저 구석을 뒤졌으나 누이들을 찾지 못했지요. 어머니는 옷자락을 물어 당기는 개를 따라 개집 앞으로 갔어요. 여인은 몸을 굽혀 입구에 머리를 댔지요. 그 여인이 목격했을 가능성이 있는 그 광경은, 어머니로서 느꼈을 공포에 대한 기분 나쁜 과장을 젖혀둔다 해도, 내 정신의 계산에 따르면, 비통할 수밖에 없었지요. 내가 촛불을 켜서 어머니에게 드렸고, 그래서 세부 하나하나가 빠짐없이 드러났지요. 어머니는 밀짚에 덮여 있는 머리를 올된 무덤에서 거둬들이고, 말했지요: "세 마르그리트는 죽었다." 우리는 그 구멍에서 누이들을 끌어낼 수 없어서, 이 점이 중요한데, 누이들은 한 덩이로 꼭 끌어안고 있었거든요. 나는 개집을 부수려고 작업실로 망치를 찾으러 갔지요. 나는 당장 해체작업을 시작했고, 행인들이, 조금이라도 상상력이 있었다면, 우리 집에서는 쉴새없이 작업을 한다고 생각했을 수도 있지요. 어머니는 일이 지체되는 것을 못 견디고, 어쩔 수 없이 지체되기 마련이었지만, 널판을 긁다가 손톱을 부러뜨리고요. 마침내 보람 없는 해방작업은 끝나고, 개집은 깨져 사방으로 벌어지고, 우리는 잔해에서 목수의 딸들을 하나씩 하나씩 어렵게 풀어내서 밖으로 끌어냈지요. 어머니는 그 고장을 떠났습니다. 아버지를 다시 보지 않았지요. 나로 말하면, 사람들이 미쳤다고 하는데, 세상의 자비심을 애걸하고 살지요. 내가 아는 것은 카나리아가 더는 노래하지 않는다는 것입니다.》이야기를 듣는 자는 마음속으로 자신의 혐오스러운 이론에 버팀목이 되어주는 이 새로운 예에 지지를 보낸다. 마치 오래전에 술에 취했던 한 남자를 빌미로, 인류 전체를 비난할 권리가 있다는 듯이. 적어도 그가 자기 정신 속에 끌어들이려는 역설적인 고찰이 바로 이것이지만, 이 고찰이 심각한 경험에서 나온 중요한 교훈을 정신에서 몰아낼 수는 없다. 그는 가장된 동정으로 광인을 위로하고 자신의 손수건으로 그의 눈물을 닦아준다. 그는 광인을 식당으로 데려가서, 둘이 같은 식탁에서 식사를 한다. 그들은 고급 양복점으로 가서, 피보호자는 왕족같이 옷을 입는다. 그들은 생토노레가에 있는 대저택의 수위실 문을 두드리고, 광인은 부유한 사층 아파트에 입주한다. 악당은 자기 지갑을 강제로 떠맡기고, 침대 밑의 요강을 들어 아곤의 머리에 올려놓는다. "나는 그대를 지성의 왕으로 대관戴冠하노라", 그는 미리 계획된 강세를 넣어 외쳤다, "작은 부름만 있어도 나는 달려갈 것이니, 내 금고에서 두 손 가득 꺼내어 쓰라, 육체도 혼도, 나는 너의 것이다. 밤이면 너는 석고 관을 평소의 자리에 되돌려놓고, 허락을 받아서만 사용할 것이나, 낮에는, 여명이 도시를 비추자마자, 그 관을 권력의 상징으로 네 머리에 올려놓아라. 세 마르그리트가 내 안에서 다시 살아날 것이니, 내가 너의 어머니가 되는 것은 말할 것도 없다." 그러자 광인은 모욕적인 악몽의 희생이라도 된 듯이 뒤로 몇 걸음 물러났다. 슬픔으로 주름진 그의 얼굴에 행복의 선이 그어졌다. 그는 복종심으로 가득차서 보호자의 발끝에 무릎을 꿇었다. 관을 쓴 광인의 마음속에 감사하는 마음이 독처럼 스며들었도다! 그는 말하고자 하였으며 그의 혀는 멈췄다. 그는 몸을 앞으로 굽히다가, 타일 바닥에 넘어졌다. 청동 입술을 가진 자는 물러난다. 그의 목표는 무엇이었던가? 가장 하찮은 명령에도 복종할 만큼 순진한, 어떤 시련도 견디어낼 친구를 하나 얻는 것이다. 그 이상 좋은 친구를 만날 수 없었으니, 우연이 그를 도운 것이다. 그가 찾아낸 자, 벤치에 누워 있던 자는 젊은 시절에 겪은 사건 이후, 선악을 더는 구분하지 못한다. 그에게 필요한 것은 아곤, 바로 그 사람이다.

VI

전능한 자는 대천사들 가운데 하나를 지상에 보내 소년을 확실한 죽음으로부터 구하려 한 적이 있었다. 끝내는 자기 자신이 내려가지 않을 수 없으리라! 그러나 우리는 이 이야기에서 아직 그 부분에까지는 도달하지 않았는데, 내가 모든 것을 한꺼번에 말할 수 없는 이상에는, 입을 다물어야 할 의무가 있다. 효과를 노리는 트릭들은 저마다 어울리는 자리에 나타날 것이며, 그때 이 픽션의 짜임은 어떤 불편함도 만나지 않을 것이다. 정체를 드러내지 않으려고, 대천사는 야마만큼이나 큰 대게의 모습으로 둔갑했다. 그는 바다 한가운데 바위 꼭대기에 서서, 해안으로 내려가기에 유리한 물때를 기다렸다. 벽옥빛 입술을 가진 사내가 손에 몽둥이를 들고 바닷가의 굴곡에 숨어서 그를 노렸다. 이 두 존재의 생각 속을 읽고 싶어 안달한 게 누구였을까? 전자는 자신이 수행하기 어려운 사명을 띠었음을 숨기지 않았다: "어찌 성공한다는 말인가?" 그는 외쳤다. "점점 더 커지는 파도가 내 주인님의 임시 거처를 난타할 때 주인님마저도 자신의 힘과 용기가 좌절하는 것을 여러 차례 보았던 저곳에서. 나는 유한한 물질일 뿐인데, 상대자로 말하면, 그가 어디서 오고 그 최종 목표가 무엇인지 아무도 모른다. 그의 이름에 천사 군단이 떨며, 내가 떠나온 대대에서는, 악의 화신 사탄이라 해도 이렇게 무섭지는 않을 것이라고 말하는 자가 한둘이 아니다." 후자는 다음과 같이 생각했는데, 이 생각들은 하늘빛 궁륭에까지 메아리를 하나씩 울려 그 궁륭을 더럽혔다: "영락없는 경험 부족의 꼬락서니로구나. 놈에게 재빨리 갚을 것을 갚아야지. 필경 높은 곳에서 왔는데, 몸소 오는 게 겁나는 자가 보냈으렷다! 일하는 품새로, 거들먹거리는 그만큼 대단한지 어쩐지 어디 보자.

이 세상 살구씨*의 주민은 아니다. 초점이 없고 흐릿한 눈을 보니 치품천사 출신인 것을 알겠다." 얼마 전부터 해안의 가없는 공간을 시선으로 더듬던 갈색 대게는 우리의 주인공을 알아보고(그는 이때 헤라클레스의 키 높이를 우뚝 세워 일어섰다), 다음과 같은 말로 호통을 쳤다: "싸움하려 들지 말고 항복해라. 우리 둘보다 더 위대하신 분이 나를 보내셨으니, 너를 사슬로 묶어 네 생각의 공범인 두 팔다리를 움직임이 불가능한 상태에 가두기 위함이다. 손에 단검과 비수를 쥐는 일은 이제 네게 금지되어야 하니, 내 말을 믿으라, 이는 다른 사람들의 이익 못지않게 너의 이익을 위해서다. 죽어서건 살려서건 너를 붙잡을 것이나, 나는 너를 살려서 데려오라는 명령을 받았다. 내가 빌려온 힘을 어쩔 수 없이 휘둘러야 할 상황에 나를 밀어붙이지 마라. 나는 조심스럽게 행동할 것이니 네 편에서도 어떤 식으로건 저항하지 마라. 나는 이처럼 네가 후회를 향해 첫걸음을 내디뎠음을 알게 되면 흔쾌하고도 기쁠 것이다." 우리의 주인공은 심히 코믹한 맛에 절어든 이 장광설을 들었을 때, 볕에 탄 얼굴의 거친 표정에 진지한 표정을 유지하느라고 고생했다. 그러나 결국, 그가 끝내 웃음을 터뜨리고 만 것을 내가 덧붙여도 아무도 놀라지 않으리라. 그도 어쩔 수가 없었던 것! 심술을 부리자는 뜻도 아니었던 것! 갈색 대게한테서 비난을 끌어내고 싶었던 것은 분명코 아니었다! 폭소를 물리치기 위해 그는 얼마나 노력했던가! 그 납작한 대화상대자를 모욕하는 티를 내지 않으려고, 그는 얼마나 여러 번 위아랫입술을 앙다물었던가! 불행하게도 그의 성격은 인간의 본성을 띠어서, 암양이 웃듯이 웃었다! 마침내 그는 멈추었다! 하마터면! 그는 숨이 막힐 뻔했다!

* 프랑스어에서 '살구abricot'는 여성 성기를 속되게 지칭하기도 한다.

바람이 이런 대답을 암초의 대천사에게 전했다: "너의 주인이 더는 나에게 달팽이들과 가재들을 보내 제 일을 처리하려 하지 않을 때, 그가 직접 나와 담판을 하실 때, 내가 장담한다, 타협의 방도를 찾을 수 있을 것이다. 네가 아주 정당하게 말했듯이, 나는 너를 보낸 자보다 열등하기 때문이다. 그때까지는, 화해라는 생각은 시기상조고, 망상의 결과만 낳기 십상이라고 본다. 나는 네 음절 하나하나에 들어 있는 이치를 추호도 오해하지 않는다. 그런데 우리의 목소리를 삼 킬로미터나 달려가게 하려다보니 쓸데없이 목소리가 피곤해질 수도 있으니, 네가 그 난공불락의 요새에서 내려와 단단한 땅에 헤엄쳐 닿는다면, 그야말로 현명한 행동이라고 생각된다. 우리는 한결 편하게 항복의 조건을 논의할 수 있을 텐데, 항복이 아무리 정당한 것이라 하더라도 나에게는 결국 불쾌한 전망으로 연결된다." 이런 선의를 기대하지 않았던 대천사는 바위틈 깊은 곳에서 머리를 한 매듭 내밀고 대답했다: "오, 말도로르야, 너의 가증스러운 본능들이, 저들 자신을 영벌永罰로 끌고 갈 그 정당화할 수 없는 오만의 횃불이 꺼지는 것을 보게 될 날이 마침내 도래한 것인가! 그러니까 바로 내가 이 치하해야 할 변화를 지품천사 군단에게 처음으로 이야기하게 된 터인데, 천사들은 자기들의 일원을 다시 만나 기뻐할 것이다. 네가 우리 가운데 가장 윗자리를 차지하던 시대가 있었다는 것을 너도 알고 있고 잊어버리지도 않았다. 너의 이름은 입에서 입으로 날아다녔고, 지금으로서는 우리들이 나누는 고독한 대화의 주제다. 이리 오너라, 어서…… 어서 와서 네 옛 주인과 오래 지속될 평화를 쌓아라. 주인은 너를 길 잃은 아들처럼 받아들일 테고, 인디언들이 큰사슴뿔로 쌓아올린 산처럼 네가 네 마음에 쌓아올린 어마어마한 양의 죄는 눈에 띄지도 않을 것이다." 그는 말하고, 어두운 바위틈 밑바닥에서 제 몸의 온갖 부분을 끌어낸다. 그가 암초의 표면에 그 빛살 찬란한 모습을 드러낸다, 마치 길 잃은 양을 인도한다고 확신할 때의 종교 사제처럼. 그는 물에 뛰어들어, 그 죄 사함 받은 자를 향해 헤엄쳐서 나아간다. 그러나 사파이어색 입술을 가진 자는 미리 오랫동안 음흉한 공격을 궁리했다. 그의 곤봉이 힘차게 내던져져서 파도 위에서 여러 번 물수제비를 타다가 선한 대천사의 머리를 쳤다. 게는 치명적인 타격을 입고 물속에 떨어졌다. 조수가 이 떠다니는 표류물을 해안으로 실어간다. 게는 더 쉽게 상륙하려고 밀물이 차오르기를 기다리지 않았던가. 그런데, 그 밀물이 차올라서, 노래로 감싸 그를 흔들다가, 부드럽게 바닷가에 내려놓았다. 게는 이제 흡족하지 않을까? 무엇이 더 필요하겠는가. 그리고 말도로르는 해변의 모래밭에 몸을 기울여 파도의 우연에 의해 분리할 수 없이 결합된 두 친구를 품 안에 거두어들였다, 대게의 시체와 살인 곤봉을! 그는 외쳤다. "내 솜씨가 아직 무뎌지지 않았구나, 사용해주기만 바라는구나, 내 팔은 여전히 힘이 있고, 눈은 정확하구나." 그는 생기 잃은 동물을 바라본다. 유혈의 책임추궁을 당하지나 않을까 겁을 낸다. 대천사를 어디에 숨길 것인가? 그런데 동시에, 그 죽음이 즉사였는지 아닌지 속으로 생각해본다. 그는 등에 모루와 시체를 짊어지고, 넓은 늪지를 향해 가는데, 그 물기슭이 온통 키 큰 등심초로 무성하게 덮여 있어서 고립된 섬 같기도 하다. 그는 처음에 망치를 쥘 생각이었으나, 그것은 너무 가벼운 연장이다. 더 무거운 물건이라면, 시체가 살아 있는 기미라도 보일 때, 땅에 내려놓고 모루로 쳐서 가루를 내버릴 것이다. 그의 팔에 힘이라면 모자라지 않다, 가자, 그의 장애 가운데 가장 작은 것이다. 호수가 시야에 들어오는 자리에 도착해보니, 백조들이 가득하다. 그는 이 호수가 자기에게 믿을 만한 은신처라고 생각하고, 둔갑술의 도움을 받아, 짐을 버리지 않고 다른 새떼들 속에 섞여든다. 섭리가 없다고 여기고 싶은 곳에서 그 손길을 알아보시고, 내가 지금 말하려는 기적을 이용하시라. 까마귀의 날개처럼 검은 그는, 세 차례 빛나는 흰빛의 물갈퀴 새들 사이로 헤엄쳤다. 세 차례, 그는 자신을 석탄덩어리로 여길 수도 있을 그 눈에 뜨이는 색깔을 유지했다. 그것은 신이 자신의 정의를 행함에 그의 교활함이 백조떼를 속이는 것조차 허락하지 않았기 때문이다. 이렇게 해서 그는 눈에 훤히 드러나게 호수 안에 머무를 수 있었으나, 저마다 그에게서 멀리 떨어졌으며, 어떤 새도 그 더러운 깃털에 가까이 가서 그를 동무로 삼지 않았다. 그래서, 이제 그는 자신의 잠수를 늪지의 끝에 외따로 떨어져 있는 만에 가두었다, 인간들 사이에서도 혼자였듯이, 하늘의 주민들 사이에서도 홀로이! 바로 이렇게 해서 그는 방돔 광장의 믿을 수 없는 사건에 전주곡을 연주하였더라!

VII

금빛 머리칼의 해적은 머빈의 답장을 받았다. 그는 이 기이한 서면에서 자신이 꾀한 교사敎唆의 연약한 힘에 굴복하여 그것을 쓴 자가 지적으로 흔들린 흔적을 따라간다. 그 젊은이는 낯모르는 사람의 우정에 답하기 전에 자기 부모와 상의하는 것이 훨씬 더 나았을 터이다. 이런 수상쩍은 술책에 주역으로 엮여보아야 그에게는 어떤 이득도 없을 것이다. 그러나 결국 그는 엮이기를 바랐다. 지정된 시각에, 머빈은 자기 집 문에서부터 생미셸 분수까지, 세바스토폴 대로를 따라 앞으로 곧장 걸어갔다. 그는 그랑조귀스

탱 강변로에 들어서서 콩티 강변로를 가로지른다. 그가 말라케 강변로를 지나는 순간, 루브르 강변로로 자신의 진행 방향과 평행하게, 자루 하나를 팔 밑에 끼고 걸어가는 한 인물이 보이는데, 그 사람이 자기를 주의깊게 살피는 것 같았다. 아침안개가 흩어졌다. 두 행인이 동시에 카루젤 다리 양쪽에서 튀어나왔다. 그들은 서로 본 적이 없었지만, 서로 알아보았더라! 정말이지, 나이로 갈라져 있는 이 두 존재가 감정의 위대함으로 자기들의 두 혼을 접근시키는 모습은 감동스러웠다. 적어도 이것은 한둘이 아닌 사람들이, 수학적 정신을 갖추었다 하더라도, 감동적이라고 생각했을 이 광경 앞에 멈춰 섰던 자들의 의견이었을 것이다. 머빈은 미래의 역경에서 귀중한 지지자가 될 사람을, 말하자면 인생의 초입에서, 만났다고 생각하며 얼굴이 눈물에 젖었다. 상대방은 아무 말도 하지 않았음을 믿으시라. 그가 한 짓은 이런 것이다: 그는 들고 있던 자루를 펼치고 아귀를 벌리더니, 소년의 머리를 붙잡아 몸뚱이 전체를 그 포대 속에 밀어넣었다. 그는 입구로 사용되는 끝부분을 손수건으로 묶었다. 머빈이 날카로운 소리를 질렀으므로, 그는 자루를 속옷 꾸러미처럼 들어올려 그것으로 다리 난간을 여러 차례 내리쳤다. 그러자, 수형자는 자기 뼈가 부서지는 것을 알고 입을 다물었다. 어떤 소설가도 다시 보지 못할 유례없는 장면! 푸주한 한 사람이 짐수레의 살코기 위에 올라타고 지나갔다. 한 인물이 그에게 달려와서 수레를 멈추게 하고는 말했다. "개 한 마리를 이 자루 속에 묶어놓았어요. 옴 걸린 개입니다. 어서 빨리 죽여버리세요." 불림을 받은 자는 친절한 태도다. 불러 세운 자는 멀어지면서 누더기를 입고 자기에게 손을 내미는 한 소녀를 본다. 도대체 그의 오만과 불신의 절정이 어디까지 갈 것인가? 그가 적선을 하다니! 몇 시간 뒤에 외딴 도살장 문으로 그대를 안내해주기 바란다면 말씀하시라. 푸주한은 돌아가, 짐을 땅바닥에 던지며, 자기 동료들에게 말했다. "이 옴 걸린 개를 서둘러 죽이세." 그들은 네 명인데, 각자 손에 익은 망치를 집어든다. 그렇지만 그들은 주저했다, 자루가 격렬하게 움직였기 때문이다. "나를 휘어잡는 이 감정은 무엇인가?" 그들 가운데 한 사람이 팔을 천천히 내리면서 외쳤다. "이 개는 꼭 어린애처럼 고통의 신음소리를 내지르는구먼", 다른 사람이 말한다, "어떤 운명이 자기를 기다리는지 알고 있는 것 같아." "이게 그 녀석들의 버릇이야", 세번째 사내가 대답했다, "이 경우처럼 병들지 않았을 때도, 놈들의 주인이 며칠간 집만 비워도 정말로 견디기 힘든 울부짖음 소리가 들려오기 시작한단 말일세." "멈춰!…… 멈춰!……" 네번째 사내가 소리질렀다, 이번에는 결정적으로 자루를 내리치려고 팔들이 일제히 박자 맞춰 올려가기 전이다. "멈추라고 하잖아, 여기엔 우리가 모르는 어떤 사연이 있다고. 이 천 속에 개를 가두어두었다고 말한 게 누구지? 확인해봐야겠어." 그러고는 동료들의 조롱에도 아랑곳없이 포대를 풀고는, 하나씩 하나씩 머빈의 사지를 거기서 끌어내지 않았던가! 머빈은 빛을 보자 정신을 잃었다. 잠시 후 그는 의심할 수 없는 생존의 신호를 보냈다. 구제자가 말했다. "다음에는 능숙한 일에서도 신중하게 처신하는 걸 배우게들. 이런 규칙을 준수하지 않는다고 해서 무슨 이익을 얻는 것도 아니란 사실을 하마터면 몸으로 깨달을 뻔하지 않았나." 푸주한들은 도망쳤다. 머빈은 가슴이 조여들고 불길한 예감으로 가득차서 집으로 돌아와 자기 방에 틀어박혔다. 내가 이 절을 더 붙들고 있을 필요가 있을까? 아! 누가 이미 끝나버린 이런 따위 사건들을 통탄하지 않을 것인가! 훨씬 더 엄격한 판단을 내리기 위해서는 결말을 기다리자. 대단원이 발걸음을 서두르고 있으며, 어떤 장르가 되었건, 일단 정렬이 주어지면, 그 정렬이 어떤 장애도 두려워하지 않고 제 길을 열어나가는 이런 종류의 이야기에서는, 그림물감 접시 하나에 진부한 사백 페이지의 고무풀을 녹일 필요가 없다. 반 다스의 장절에서 말할 수 있는 것은 말하고, 그다음은 침묵해야 한다.

VIII

수면유도 콩트의 골수를 기계적으로 구축하려면, 어리석음을 해부하고 독자의 지성을 거듭되는 동일 처방으로 강력하게 둔화시켜, 피곤이라는 확실한 법칙으로 남은 생애 내내 그 능력을 마비상태에 빠뜨리는 것만으로는 충분하지 않다. 거기에 더해서, 동물자기유체를 주입하여, 독자를 몽유병자의 동작불능상태에 빠뜨리면서, 눈으로 뚫어지게 응시하여 독자의 눈을 그 본성에 거슬러 강제로 흐려지게 해야 한다. 나를 더 잘 이해시키기 위해서가 아니라, 다만 가장 통절한 화음을 통해 동시에 흥미롭기도 하고 신경에 거슬리기도 하는 내 생각을 전개하기 위해서일 뿐이지만, 내가 말하고 싶은 것은 일정한 목표에 도착하기 위해 자연의 일반적인 발걸음에서 완전히 벗어나 있으며 그 유해한 숨결이 절대적인 진리조차 전복시킬 것 같은 시를 창조하는 것이 필요하다고는 생각지 않는다는 것이다. 그러나 (잘 성찰하면, 적어도, 미학적 규칙에 일치하는) 그와 같은 결과를 이끌어낸다는 것은 생각만큼 쉬운 일이 아니다. 바로 이것이 말하고 싶었던 바다. 내 온갖 노력을 다하여 거기에 이르려는 까닭이 이것이다! 내 어깨에 달려 내 문학적 깁스를 음울하게 깨부수는 데 사용되는 긴 두 팔의 환상적인 메마름을 죽음이 정지시킨다면, 나는 최소한 독자가 상복을 입고 이렇게 마음속으로 말할 수 있기를 바란다: "그를 정당하게 평가해야 한다. 그는 나를 아주 바보로 만들었다. 그가 더 오래 살 수 있었다면, 무슨 짓인들 하지 않았으랴! 그는 내가 아는 한 가장 훌륭한 최면술 교사였다!" 이 몇 마디 말이 내 무덤의 대리석 위에 새겨질 것이며, 내 망령은 만족할 것이다! ─계속하자! 뒷굽이 망가진 장화 옆에, 구멍 밑바닥에서 움직이는 물고기 꼬리 하나가 있다. 이렇게 자문하는 것은 자연스럽지 않았다: "물고기가 어디 있지? 움직이는 꼬리밖에 보이지 않는데." 정확히 말해서, 물고기가 보이지 않았다고 암묵적으로 고백한 이상, 사실상 물고기는 없었기 때문이다. 비가 모래에 파인 깔때기형 구덩이 바닥에 물을 몇 방울 남겨둔 것이다. 뒷굽이 망가진 장화에 관해 말한다면, 어떤 사람들은 그때 이후로 그것이 고의적인 유기의 탓이라고 생각해왔다. 갈색 대게는 신력神力에 의해서 분해된 원자로부터 재생하게 되어 있었다. 대게는 우물에서 물고기 꼬리를 끌어내어, 만일 창조주에게 그 수임자가 말도로르 바다의 성난 파도를 진압할 수 없게 되었다고 전갈해준다면, 잃어버린 몸뚱이를 붙여주겠다고 약속했다. 대게가 알바트로스의 날개 두 개를 빌려주자 꼬리는 날아올랐다. 그러나 꼬리는 배교자의 처소 쪽으로 날아갔으니 무슨 일이 일어나고 있는지 그에게 고자질을 하여 갈색 대게를 배신할 판이었다. 대게는 스파이의 의도를 알아차리고, 세번째 날이 끝을 맞기 전에, 독화살로 물고기 꼬리를 꿰뚫었다. 스파이의 목구멍은 약한 외마디소리를 내질렀으며, 그것이 땅에 떨어지기 전에 내쉰 그의 마지막 숨결이었다. 그때에, 성관城館의 지붕 꼭대기에 놓였던 백 년 묵은 대들보가 그 자리에서 뛰어올라 신장을 다해 우뚝 서서, 큰 소리로 복수를 요구했다. 그러나 코뿔소로 둔갑한 전능한 자는 그 죽음이 마땅한 죽음임을 코뿔소에게 가르쳤다. 대들보는 마음을 가라앉히고 성관 깊은 자리로 다시 돌아가 본래의 수평 자세로 눕더니, 놀란 거미들을 불러 옛날처럼 구석구석에 계속해서 줄을 치게 했다. 유황빛 입술을 가진 남자는 제 동맹자의 허약함을 알았으니, 이것이 바로 관을 쓴 광인에게 대들보를 불태워 재로 만들어버리라고 명령한 까닭이다. 아곤은 이 엄명을 수행했다. 그는 외쳤다: "그대의 말에 따르면, 그때가 왔으니, 나는 돌 밑에 묻어두었던 반지를 다시 꺼내려 여기에 왔으며, 그것을 밧줄의 한 끝에 묶었다. 그것이 그 꾸러미다." 그리고 그는 서리서리 감은 육십 미터 길이의 굵은 밧줄을 내보였다. 그의 주인은 열네 자루 단검이 무슨 일을 했는지 그에게 물었다. 그는 단검들이 여전히 충성스러우며, 필요할 시 모든 사태에 대처할 준비가 되어 있다고 대답했다. 도형수는 만족감의 표시로 고개를 끄덕였다. 그는 아곤이 덧붙이는 말에 놀라운, 불안하기까지 한 기색을 보였는데, 그 말인즉 수탉 한 마리가 부리로 샹들리에를 두 쪽으로 가르고 그 부분 하나하나에 차례차례 시선을 담그더니, 열광적인 몸짓으로 날개를 치며 이렇게 소리지르는 것을 보았다는 것이다: "패가街에서 팡테옹 광장까지는 생각하는 만큼 멀지 않다. 머지않아, 그에 대한 비통한 증거를 보게 될 것이다." 갈색 대게는 사나운 말 위에 올라타고, 문신한 팔에 의한 곤봉 투척의 목격자이자 뭍에 상륙한 첫날의 은신처인 암초를 향하여 전속력으로 달렸다. 순례자들의 단체가 그날 이후 고결한 죽음으로 성지가 된 이 장소를 방문하려고 행진중이었다. 대게는 그들을 따라잡아, 준비중에 있는 음모, 자신이 잘 알고 있는 음모에 맞서 긴급한 조력을 요청할 생각이었다. 그대는 몇 줄 뒤에서 내 얼음 같은 침묵의 도움을 받아, 대게가 시간 맞춰 도달하지 못할 것이며, 따라서 밤의 축축한 이슬로 여전히 젖어 있는 카루젤 다리가 아침 일찍 갑자기 나타나 제 석회질 난간에 부딪친 이십면체 자루의 리드미컬한 반죽 이기기에 놀라 동심원을 겹겹이 그리며 어지럽게 넓어지는 제 생각의 지평선을 보며 공포를 느끼던 날, 건축중인 가옥 옆의 비계 뒤에 숨어 있던 한 넝마주이가 보고했던 것을 그들에게 이야기하지 못할 것임을 알게 되리라! 대개가 이 에피소드의 추억으로 그들의 동정심을 선동하기 전에, 그들은 자신들 안에서 희망의 싹을 잘라버리는 편이 잘한 일일 터…… 그대의 게으름을 깨뜨리려면, 선한 의지의 자원을 활용하시고, 나와 나란히 걸으며, 그 미치광이를 시야에서 놓치지 마시라, 머리에 요강을 쓰고, 내가 수고롭게 주의를 촉구하며 머빈이라고 발음되는 낱말을 그대의 귀에 불러주지 않으면 그대가 알아보는 데 고생깨나 해야 할 그 소년을 곤봉으로 무장한 손으로 앞으로 밀고 나가는 그자를. 소년은 얼마나 변했는가! 양손이 등뒤로 묶인 채, 앞으로 걸어가는 모습이 교수대로 가는 꼬락서니지만, 그러나 그는 어떤 중죄도 저지른 적이 없다. 그들은 방돔 광장의 원형 내부에 도착했다. 육중한 원주의 전망대 위, 지상 오십 미터도 넘는 높이에서, 정방형 난간에 기대어, 한 사내가 밧줄을 던져 굴리니, 그 끝이 아곤에게서 몇 걸음 떨어진 땅바닥까지 늘어진다. 습관이 붙으면 일을 재빨리 처리한다. 그런데 나는 아곤이 밧줄 끝으로 머빈의 두 발을 묶는 데 많은 시간을 쓰지 않았다고 말할 수 있다. 코뿔소는 무슨 일이 일어날지 알고 있었다. 땀을 뒤집어쓰고, 그는 카스틸리온가 모퉁이에 헐떡이며 나타났다. 그는 싸움을 거는 만족감조차 없었다. 원주 꼭대기에서 주변을 살펴보는 인간은 리볼버에 탄환을 장전하고 신중하게 조준해서 방아쇠를 당겼다. 아들의 광기라고 생각되는 것이 시작된 날 이래로 거리에서 구걸을 하던 함대사령관과 극도로 창백한 얼굴빛 탓에 백설소녀라 불렸던 어머

278

니는 코뿔소를 지키기 위해 자기들의 가슴을 앞으로 내밀었다. 헛
수고. 총알은 나사송곳처럼 피부를 뚫었다. 논리의 겉보기를 따른
다면, 죽음이 착오 없이 나타날 수밖에 없다고 확신할 수 있었으
리라. 그러나 우리는 그 후피동물厚皮動物 속에 주의 실체가 들어가
있음을 모르지 않았다. 그는 슬픈 마음으로 물러났다. 그가 제 피
조물 하나에게 지나치게 호의적인 것은 아니라는 것이 증명되지
않았더라면, 나는 원주 위의 사내를 동정했으리라! 사내는 손목을
거칠게 움직여 그렇게 짐이 실린 밧줄을 자기 앞으로 끌어당긴
다. 밧줄이 수직선을 벗어난 탓에, 그 진동은 머리가 아래쪽을 향
한 머빈을 흔들어댄다. 소년은 제 이마가 부딪치는 좌대의 두 인
접각을 연결시키는 에델바이스의 긴 꽃줄을 급하게 움켜잡는다.
그는 고정상태가 아닌 그것을 제 몸과 함께 공중으로 가져간다.
머빈이 청동 오벨리스크의 중간 높이에 걸려 있도록, 밧줄 대부분
을 중첩된 타원형으로 제 발끝에 쌓은 다음, 그 탈옥 도형수는 오
른손으로 소년에게 원주의 축과 평행한 면에서 회전하는 등가속
운동을 하게 하고, 왼손으로는 밧줄을 뱀처럼 감아올려 제 발끝에
눕힌다. 투석기가 공중에서 휘파람을 분다, 머빈의 몸은 어디에나
그걸 따라가며, 언제나 구심력에 의해 중심에서 멀어지고, 언제나
물질에서 독립된 공중 원주의 형태로 이동하면서도 등거리를 벗
어나지 않는 제 위치를 유지한다. 문명화된 야만인은 자칫 강철봉
으로 착각할 것을, 굳센 장골로 붙들고 있는 다른 쪽 끝에 이르기
까지 조금씩 조금씩 풀어놓는다. 그는 한쪽 손으로 난간에 달라붙
어서, 그 주위를 달리기 시작한다. 이 작전은 밧줄의 최초 회전면
을 바꾸어, 벌써 괄목할 만한 그 장력을 한층 높이는 효과가 있다.
이제부터, 그는 감지할 수 없는 발걸음으로 여러 경사면을 가로질
러 차례차례 통과한 뒤, 밧줄을 위엄 있게 수평면으로 돌린다. 원

주와 식물성 섬유로 만들어진 직각은 두 변의 길이가 동일하다! 배교자의 팔과 살인 도구는 암실을 투과하는 빛살의 원자 요소처럼 단일 직선으로 용해된다. 역학의 정리는 나에게 이렇게 말할 수 있게 한다. 아아! 하나의 힘이 또하나의 힘에 첨가되면 최초 두 힘으로 이루어진 합력을 낳는다는 것은 누구나 아는 사실! 직선의 밧줄은 격투기 장사의 완력이 없었어도, 질 좋은 대마가 없었어도, 벌써 끊어지지는 않았을 것이라고 감히 누가 주장하는가? 금빛 머리칼의 해적은 갑작스럽게 그리고 동시에 확보된 속력을 멈추고 손을 펴 밧줄을 놓아버린다. 앞의 조작과 완전히 반대되는 이 조작의 반동은 난간의 연결부를 삐걱거리게 했다. 머빈은 뒤에 줄이 달려, 불타는 꼬리를 뒤에 끌고 가는 혜성을 닮는다. 조여지기매듭의 쇠고리는 햇살에 번쩍거리며 저 자신에게 환각을 완성하라고 촉구한다. 포물선을 그리는 행로에서, 사형수는 대기를 가르고 강의 좌안까지 이르러, 내가 무한하다고 가정하는 추진력의 도움으로 강변을 넘어서고, 그의 몸이 팡테옹의 돔을 때리려는데, 밧줄 일부가 그 꿈틀거림으로 거대한 원형 천장의 상부 벽을 휘감는다. 모양만 오렌지를 닮은 그 볼록꼴 구형의 표면에는 하루 내내 말라빠진 해골 하나가 걸려 있는 것이 보인다. 바람이 해골을 흔들 때, 라탱 지구의 학생들은 그와 같은 운명이 두려워 짧은 기도를 올린다고들 이야기한다. 믿을 필요가 없는 무의미한 소리지만, 오직 어린애들을 겁주기에는 그만이다. 해골은 그 오그라진 손에 오래된 노란 꽃으로 엮인 커다란 리본 같은 것을 쥐고 있다. 거리를 고려해야 하나, 어느 누구도, 시력이 좋다는 보증에도 불구하고, 그것이 정말로 내가 말했던, 그리고 새 오페라좌 옆에서 벌어진 불평등한 싸움이 거대한 좌대에서 떨어져나가는 것을 목도했던 그 에델바이스인지는 확인할 길이 없다. 그렇지만 초승

달 모양의 모직물들이 이제 더이상 4배수에서 그 결정적 대칭성의 표현을 인정하지 않는 것은 사실이다. 내 말을 믿기 싫으면, 직접 가서 보시라.

여섯번째 노래 끝

해설
동시에 또는 끝없이 다 말하기

황현산

1

이지도르 뒤카스, 일명 로트레아몽은 1846년 4월 4일 몬테비데오에서 태어났다. 원래 타르브 출신인 그의 아버지가 프랑스 영사관 일등서기관으로 이 남미의 도시에 파견되었던 것이다. 어머니는 시인이 태어난 지 20개월 만에 세상을 떴다. 뒤카스는 1859년에 프랑스에 들어와서 1862년까지 타르브와 포의 리세에서 기숙생으로 수학했다. 그는 1865년에 포를 떠났다. 우루과이로 되돌아간 것일까? 그러나 그는 1868년 파리에 다시 모습을 드러냈다. 그가 보르도의 시 경연대회에 참여하게 된 정황은 알 수 없지만, 그는 이 대회에 『말도로르의 노래』의 「첫번째 노래」를 제출했다. 이 「노래」는, 1869년 초, 당시 대회를 주관했던 에바리스트 카랑스의 잡지 『영혼의 향기』에 수록되었다. 그의 아버지는 아들의 문학적 재능을 눈치채고 있었을까. 아니면 뒤카스의 건강상태가 정규교육을 따라가기 어렵다는 것을 알고, 생활비를 대주며 비교적 자유롭게 살 수 있는 터전을 마련해준 것일까. 말도로르의 「첫번째 노래」는 1868년 파리에서 저자의 이름 대신 '★★★'로 표시되어 출판되었다. 여섯 개 『노래』 전체를 인쇄한 것은 브뤼셀의 라크루아 출판사이며, 책은 로트레아몽이란 이름으로 서명되었다. 그러나 라크루아는 검열을 두려워하여 감히 책을 판매하지는 못했다. 이지도르 뒤카스는 이듬해인 1870년 그의 『시법*Poésies*』의 원고를 파리의 한 출판사에 맡겼으며, 출판사는 이 원고로 5월과 6월에 소책자 두 권을 인쇄했다. 로트레아몽은 1870년 11월 24일 파리에서 죽었으며, 그 죽음의 정황에 대해서는 아직까지 어떤 증언도 확보되지 않았다. 당시 파리는 프로이센군에 포위된 상태였다.

알려진 것이 별로 없는 생애, 기발하고 미완성 상태의 작품, 이 두 사실, 또는 사실 없음은 온갖 종류의 추측과 가정을 불러내고, 1930년대에 그린 살바도르 달리의 '편집증 비평' 삽화에 이르기까지 그것들 사이에 온갖 병합을 가능하게 한다. 『말도로르의 노래』는 끊임없이 독자들을 의아하게 하고, 당황하게 하고, 상이한 열정들을 퍼붓게 했다. 천재인가 광기인가, 아니면 그 둘의 동시발생이거나 논리적 교체발생인가, 착란의 낭만주의인가 극한의 명석함인가, 비범하고 예외적인 즉흥의 산물인가 준비되고 계산된 작품인가, 재능의 조숙한 폭발인가, 아이로니컬한 의식의 조건 없는 극단화인가, 비의주의의 고백인가. 모든 주장이 제시되었고 방어논리를 만들어내기에 성공했지만, 이들 논의에는 진정한 발전이 없었다. 한 논의가 다른 논의보다 앞설 수도, 서로 간에 이해의 깊이를 줄 수도 없었으며, 종합적 발전이 시도될 수도 없었다. 오직 『노래』만이 어떤 심리적이거나 전기적 지침이 없이 여전히 덩그렇게 그러나 요란하게 우리 앞에 놓여 있다.

부인할 수 없는 것이라면, 로트레아몽은 낭만주의의 모든 유산을 그 두뇌 속에 끌어안고 그것들을 즉각적인 방식으로 이용하며 한편으로는 재검토했다는 점이다. 우선 로망 누아르의 작가들, 바이런, 미츠키에비치, 보들레르 등이 그에게 각기 다른 방식의 영감을 주었다. 그는 외젠 쉬의 작품에서 '로트레아몽'이라는 필명의 착상을 얻었으며, 동시대 작가인 퐁송 뒤 테라유를 읽었으며, 1870년에 발간된 이폴리트 텐의 『지성론』을 읽고 인용하였다. 장샤를 슈뇌 박사의 『박물지 백과사전』에서 몇 개의 문단을 문자 그대로 인용하였으며, 당연히 미슐레를 읽고 『노래』에 그 흔적을 남겼다. 로망 누아르는 그에게 주제나 이미지보다 그 시대의 문학에 유례가 없는 어떤 개성적인 작품, 문학의 개념 자체를 문제삼는 새로운 착상의 문학을 창조할 수 있는 기회였다. 그는 『노래』에서 19세기 말은 그에 합당한 시인을 갖게 될 것이라고 예고했다. 잔인성, 패륜, 유혈 취향, 꿈과 강박관념의 악용 등이 때로는 과학적 근거를 바탕으로, 때로는 서투르고 황당하게 작품 속에 끼어들어 와 독자들을 어리둥절하게 한다. 『말도로르의 노래』의 중심에는 하나의 드라마, 심리적이기보다는 윤리적이고, 윤리적이기보다는 형이상학적인 드라마가 들어 있어서, 인간 존재를 신에게 연결시키고, 창조물들을 창조주에게 연결시키는 관계 하나를 만들어낸다. 특히 로트레아몽은 창조주의 본질 속에서 악을 발견하며, 고통과 타락에 빠진 세계의 부조리와 공포에 저항하지만, 선과 정의의 미명으로 고통을 생산해내는 자에 대항하는 이 싸움이 무기력할 뿐임을 매번 의식한다. 로트레아몽이라는 이 신비로운 인물은 파우스트, 맨프레드, 카인 같은 낭만주의적 반항자들의 형상을 따라 창조된 것이다. 그러나 전지전능한 신에 의해 창설된 "질서"에 저항하여 그가 일으키는 반란은 논리적인 토론의 말로 번역되지 않는다. 강력한 분노는 과장과 비논리로 치닫고, 급기야는 창조된 인간 존재들의 태생적 결함을 드러내기까지 한다.

뒤카스가 사납고 악취나고 점액질에 덮인 동물 군상들을 자신의 동류로 삼으려 할 때, 그 정신은 변신 그 자체가 반역의 한 방식인 세계의 초상을 강조한다. 변신하는 자는 신의 형상을 따라 만들어진 인간 집단으로부터 탈퇴를 선언하는 자이다. 그는 이렇게 변신으로 반역자의 이미지를 만들고 그 내부 성향 변질을 시도한다. 이지도르 뒤카스는 로트레아몽의 얼굴을 둘러쓰고, 로트레아몽은 말도로르의 인격을 자신의 인격으로 확보한다. 이 과정은 두번째 변혁으로 이어진다. 말도로르는 냉소적이고 용납하기 어려운 주의력을 사용하여 지속적인 관찰을 할 때 그 자신이 동물이나 사물의 모습을 둘러쓰고, 그 모습의 동물이나 사물로 변화한다. 이 몸과 의식의 대체는 뒤카스의 동급생이었던 다제가 첫 버전에서 명백하게 그 이름으로 불리다가 결정본에서 문어로 바뀔 때 매우 명백하게 드러난다. 바로 여기서부터, 모든 것이 서로 교환될 수는 없다 하더라도, 변신이 가장 중요한 서사가 되는 한 세계가 구축된다. 이 『노래』의 끝에서 머빈은 팡테옹의 돔 위에 내던져지나 마침내 시체 이상의 어떤 것이 된다.

바슐라르는 『노래』의 이미지들이 운동과 속도와 직접성을 특징으로 삼는다는 점을 통찰했다. 이 점에서 랭보의 시적 운동감과 전혀 다른 로트레아몽의 시적 박자는 그렇다고 해서 밀도를 목표로 삼지 않는다. 그의 박자는 자주 웅변에 이르고, 웅변은 학술용어의 나열과 반복을 이용한다. 그것은 마치 강박증이 어떤 간결성을 요구하고, 고정관념이 그 반대급부로 풍요로운 지각으로 완화된 표현을 요구하기 때문일 것이다. 특히 완화된 표현은 정열의 거침없는 분출에서 생겨난 것이어서 어떤 단일한 형식으로 요약되지 않는다.

창조주에게 던지는 분노는 신비논리와 양면감정을 요구한다. 악은 선과 분리될 수 없으며, 미와 그 세련의 개념은 추악함과 혐오의 현실과 균형을 맞추며, 불면의 강박증은 명철성에의 예찬과 짝을 이룬다. 의식은 날카로워야 하지만 예민한 의식은 당연히 고통을 빚어내기에 의식 자체를 잃어버릴 수 있어야 한다. 여기서부터 거의 지속적인 긴장이 생겨나고, 폭력과 자주 냉소적인 위로의 교차운동이 성립하여, 우아함과 미에 대한 무서운 관상으로 연결된다.

로트레아몽은 시 본래의 기능이 말하거나 설명하는 것이 아니라 이미지들을 감염시키는 것이라는 점을 이해하고 있었다. 그가 퇴고한 흔적들을 살펴보면 너무 명백한 것들을 지우고, 한층 내적인 드라마를 지향했다는 것을 알 수 있다. 종교적 도덕적 가치의 코드가 무너지는 것을 느끼는 한 청년의 비극이 드러나는 이들 문단은 독서의 잔영들을 담고 있으며, 모든 시적 인습을 완전히 청산하고 언어를 통해 스스로를 드러내려는 모든 갈등 가운데 가장 강력한 문단들이다.

로트레아몽은 『노래』 이후 『시법』을 쓰면서 그 어조와 의도에 믿기 어려운 변화를 드러냈다. 깊고 광범위한 사디즘은 냉정하고 계산된 유희에 자리를 넘겨주었다. 어떤 연구자들은 시적 혈맥의 고갈되는 기미를 보고, 또다른 연구자들은 정신병의 영향이 커진 탓이라고 생각한다. 아니, 그보다는 하나의 시 형식이 다른 형식으로 전환된 것일 뿐일까. 뒤카스는 『시법』에서 잠언의 형식을 빌려 말한다.

나는 우울을 용기로, 의혹을 확신으로, 절망을 희망으로, 악의를 선으로, 한탄을 의무로, 회의주의를 신념으로, 궤변을 차분하고 냉정한 마음으로, 오만을 겸손으로 대체했다.

그는 모든 불안과 저항의 시를 거부하고, 장자크 루소, 보들레르, 앨런 포를 배척했다. 그는 자기 시대의 "위대한 물렁머리들

Grandes-Têtes-Molles"을 탄핵하고, 새로운 사상의 지도에 자리를 잡는다. "감정은 상상할 수 있는 한 가장 불완전한 추론의 형식이다." 그는 1870년 2월 한 출판업자에게 보내는 편지에 이렇게 썼다. "저는 제 과거를 부인합니다. 저는 이제 희망만을 노래합니다."

이 모든 것이 유희나 연출에 불과한 것은 아니었을까. 『시법』의 두번째 책자는 정확한 계산에 전념하면서, 단테, 보브나르그, 라로슈푸코, 파스칼 등의 명구에 손질을 하고 이를 적당히 변형하고 꿰어 맞춘다. 그렇더라도 수수께끼는 여전히 남아 있다. 로트레아몽은 자신의 "저주받은" 시를 넘어섰을 뿐만 아니라 부인하는 것이 아닐까. 그는 마침내 과학적 정신이 승리하는 성숙과 절제의 시에 도달한 것이 아닐까. 그러나 이제 그가 신앙과 선과 겸손에서 착상을 얻고 있다는 것이 사실일까. 『시법』이라는 명명 자체가 냉소인 것은 아닐까. 미래의 책에 붙일 프롤로그로서 『시법』은 깊은 모호성을 지키고 있다. 『시법』의 아포리즘은 유명해진 저자들의 텍스트를 은밀하고 성상파괴적인 기쁨으로 다시 손질하는 어떤 재치처럼 거꾸로 읽혀야 하는 것이 아닐까. 어떤 경우건 『시법』은 냉정하고 지성적인 말도로르의 출현을 말한다고 해야 할 것이다.

『노래』 자체는 문학에 절대적으로 새로운 어조를 가져왔다. 신비의 인물 뒤카스-로트레아몽-말도로르는 그 유혈 낭자한 독신瀆神의 말과 함께, 낭만주의를 과장하고 새롭게 하는 방식에 의해서만이 아니라, 시적 사고의 양식 하나를 빚어내고 그 비전들을 세분하여 그 하나하나에 자율성과 고유의 힘을 남겨둠으로써 낭만주의를 위기에 몰아넣었거나 그 위기에서 구출했다. 그는 낭만주의가 낳은 가장 피상적인 마스크 아래에서까지 그 깊이를 측장했던 것이다.

2

로트레아몽의 글쓰기 방식에 관해 특별히 말해야 한다. 『말도로르의 노래』는 여섯 편의 노래로 이루어져 있으며, 이 노래들은 다시 산문시 혹은 '절'로 나뉜다. 각각의 절은 독립적인 '산문시'로서, 즉 시가 지닐 법한 치밀함과 풍부함을 보여주지만 시가 지니는 형식상 특징은 전혀 없다. 게다가, 시적 기법 역시 다양하다. 첫번째 노래부터 세번째 노래까지, 개개의 절은 각기 개별적인 서사를 이루지만, 따라갈 수 있는 '이야기'와 반복되는 테마를 갖추고 있다. 이와는 달리, 네번째 노래와 다섯번째 노래는 일견 의미에 닿지 않는 헛소리, 중간에서 잘린 이야기들, 의사擬似 과학적인 여담들, 시에 대한 견해들로 점철되어, 요컨대 횡설수설로 빠져든다. 마지막 여섯번째 노래는 앞의 다섯 노래들과의 단절을 선언하는 것으로 시작하여, "삼십 쪽짜리 짧은 소설"이 이어질 것을 약속한다. 그런 다음 사악한 인물이 한 사춘기 소년을 유혹하는 이야기가 신문 연재소설, 특히 외젠 쉬가 유행시킨 스타일로 펼쳐진다(사실 뒤카스는 자신의 가명을 외젠 쉬의 한 인물, 라트레오몽Latréaumont에게서 빌려왔다). 그러나 얼마 안 가, 서사는 또 무너지면서 일견 종잡을 수 없는 여담들이 들어서고, 다시금 이야기가 개시될 때에는 거기 광적인 속도가 붙어 마치 초안용 개요처럼 읽힌다. 결말부에서 말도로르의 마지막 희생자인 청년 머빈은 손에 화환을 부여잡은 채, 프랑스의 저명한 인사들이 묻혀 있는 팡테옹의 돔에 매달려 죽는다. 로트레아몽은 이렇게 자신의 창조물인 머빈을 불멸의 존재로 만들어 프랑스 문학의 거장들 사이에 올려두는 것이다.

그럼에도 몇몇 요소가 여섯 편의 노래 전체에 걸쳐 일관되게 나타난다. 그중 하나는 말도로르로서, 화자와 종종 동일시되는 이 기이한 주인공은 신과 인간에 대항하는 전투를 이어가면서, 신 혹은 신의 사자들과 일련의 유혈 낭자한 시합을 벌인다. 한계가 없어 보이는 그의 잔인성에 필적할 만한 것은 창조자의 잔인성뿐일 것이다(가령 그는 신이 인간의 몸으로 배를 채우는 것을 발각한다). 잡종 생물들 간의 기이한 싸움이, 마찬가지로 기이한 짝짓기(말도로르와 암컷 상어, 불독과 소녀)와 갈마든다. 인물들은 동물로, 심지어 괴물로 변신하고, 이 변신들이 서사를 구획짓는다.

그러나 보다 중요한 통일적 요소는 이 노래들이 자체의 문학적 상황을 끊임없이 돌아본다는 점이다. 『말도로르의 노래』는 문학의 역사 및 전통 수사학에 대한 성찰이 된다. 작품 첫 절부터 그 형세가 잡힌다.

하늘의 뜻이 다르지 않아, 독자는 부디 제가 읽는 글처럼 대담해지고 별안간 사나워져서, 방향을 잃지 말고, 이 음울하고 독이 가득한 페이지들의 황량한 늪을 가로질러, 가파르고 황무한 제 길을 찾아내야 할지니, 이는 그가 제 독서에 엄혹한 논리와 적어도 제 의혹에 비견할 정신의 긴장을 바치지 않는 한, 마치 물이 설탕에 젖어들듯이 책이 뿜어내는 치명적인 독기가 그 영혼에 젖어들 것이기 때문이다.(본문 11쪽)

시의 고전적 토포스(하늘에 대한 기원)로 말문을 열면서, 『말도로르의 노래』는 스스로를 '시'로 규정한다. 마치 독자의 옷깃을 당기며 "이봐, 나도 시다!"라고 말하는 듯하다. 이 절의 나머지 부분 역시 두 차원에서 작동하여, '이야기' 혹은 '시'를 구성하는 동시에 이야기와 시에 대해, 특히 당대에 쓰인 시들에 대해 논평한다. 예를 들어, 서두용 기원문은 이미 그 자체로 시다. 그와 동시에, 이 기원문은 그 시적 속성을 독자에게 알리고("사납고" "음울하고" "독이 가득한" 지도 없는 영역으로서, 요컨대 위험하다), 독자에게 요구되는 자질의 목록을 작성하는 한편("대담"해질 것, "제가 읽는 글처럼 대담해지고 별안간 사나워"질 것, "엄혹한 논리"와 "정신의 긴장"을 지닐 것), 우회 및 위반의 능력이 없는 "소심한 영혼"을 독자 대열로부터 제외시킨다("뒤이어지는 페이지들을 모든 사람이 다 읽는 것은 좋지 않다"). 게다가, 이 기원문은 읽는다는 것이 무엇인지를 규정하는 강령을 세운다. 읽기에 착수한다는 것은 황무하고 위험한 지대에서 길을 찾는 일에 가깝다. 소심한 독자를 이동중인 철새에, 즉 폭풍이 다가오는 것을 감지하고 경로를 벗어나 "철학적이며 더욱 확실한 또하나의 길"로 접어드는 저 "추위 타는 두루미"에 빗대는 긴 비유는, 텍스트와 독자 사이의 관계에서 필수적인 우회 및 방향전환 작전의 중요성을 확인하고, 『말도로르의 노래』의 메타시학적 의미를 보여준다. (두루미가 폭풍을 피하는 식으로 불길한 텍스트를 피하지 않고) 읽기의 위험한 속성에 대한 경고를 실제로 읽음으로써, 우리는 스스로를 "소심한 영혼"(읽지 않는 자)에 반대되는 존재로, 즉 독자로 규정한다. 한 줄 한 줄 읽어나가면서, 독자는 자신이 "읽는 글만큼 대담해지고 또 별안간 사나워"지는데, 그러한 성질이 텍스트 특유의 것이어서라기보다는 '읽기'가 텍스트와의 관계로 이해되었기 때문이다. 이 관계가 마음을 녹이는 시의 힘에 수동적으로 굴복하지 않는 대담함과 사나움을 만들어낸다(그렇지 않으면 "마치 물이 설탕에 젖어들듯이 책이 뿜어내는 치명적인 독기가 그 영혼에 젖어들 것이기 때문이다").

이 도입절은 '텍스트'와 '독자'만을 언급하며, 이때 시인 자신,

서정적 자아의 부재가 눈에 띈다. 『말도로르의 노래』에서 시의 소통은 '저자'를 거치지 않고 텍스트와 읽기 행위의 독특한 마주침으로 이루어진다. 읽기 행위는 그토록 사납고 대담해져 전통적으로 시인에게 속해 있다고 간주되던 힘을 찬탈한 것이다. 낭만주의 전통에서 시를 읽는 독자는 영감을 받은 '나'의 행로를 따르게 되어 있었던 반면, 로트레아몽은 이 시적 자아의 우선권 및 지배권을 무너뜨린다. 이러한 태도는 특히 『시법』에서 명시적으로 드러나는바, 여기에서 뒤카스는 "이 세기의 시적 신음소리들은 궤변에 지나지 않는다"고 선언하면서, 맹렬한 비판에 착수한다.

간단히 말해, 로트레아몽은 낭만주의 명사 인명록에 폭탄을 던진다. 그뿐만 아니라, 고전주의와 결별한 낭만주의가 시인 개인의 영감, 달리 말하면 독창성을 떠받들었던 반면, 『말도로르의 노래』는 뻔뻔스럽게 다른 작가들에 의해 전범이 되다시피 한 테마, 상황 설정, 문체 등을 차용한다. 보들레르, 단테, 괴테, 위고, 라마르틴, 사드, 스콧, 셰익스피어, 쉬 등의 텍스트가 누가 봐도 빤할 정도로 비쳐 있다. 게다가 로트레아몽이 제공하는 상호텍스트의 풍경은 엄밀한 의미의 문학 바깥까지 뻗어나간다. 그는 과학 텍스트들에서―특히 장샤를 슈뉘의 『박물지 백과사전』(1850~1861)에서―단락 전체를 그대로 옮겨온다. 현대문학의 절묘한 묘기 중 하나로 인정되는 단락을 예로 들자면, 로트레아몽은 슈뉘 박사에게서 '빌려온' 찌르레기떼에 대한 긴 묘사로 다섯번째 노래를 시작하는데, 이들의 복잡한 비행 방식이 교묘하게도 『말도로르의 노래』의 작법에 대한 훌륭한 설명이 되어, 시적 음성의 고유성 및 권위를 무너뜨린다.

찌르레기 군단은 그들 나름의 비행 방식이 있어서, 일사분란하고 규칙적인 어떤 전술을 따르기라도 하는 것 같은데, 오직 대장한 사람의 목소리에 정확하게 복종하는 훈련된 군대의 전술이 그럴 터이다. 찌르레기들이 복종하는 것은 본능의 목소리인바, 이 본능이 줄곧 새들을 무리의 중심으로 다가가도록 떠밀고, 비행 속도는 끊임없이 새들을 바깥쪽으로 끌어가는 나머지, 자성磁性을 띤 동일한 한 점을 향하려는 공통된 경향으로 결속된 이 새들의 집단은 쉴새없이 오고가고 온갖 방향으로 순환하고 교차하는 가운데, 일종의 매우 격렬한 소용돌이를 형성하니, 그 덩어리의 총체는 명확한 방향을 따르지 않으면서도 전체적으로 그 자리를 돌며 자전운동을 하는 것처럼 보이는데, 이는 그 각 부분이 저마다 순환운동을 하는 결과인지라, 그 중심은 끝없이 확산되려는 경향을 지니면서도, 그 주변을 둘러싸고 옥죄는 대열의 반동에 의해 끊임없이 압박받고 제한되어, 이들 대열 가운데 어떤 대열보다 밀도가 높으며, 주변 대열들도 중심에 가까울수록 그만큼 더 밀도가 높다. 이런 소용돌이치기의 기이한 방법에도 불구하고, 찌르레기들은 보기 드문 속력으로 주변 공기를 찢고, 그들 피로의 종점과 그들 순례의 목적지를 향해 매초마다 한 뼘씩 소중한 비행공간을 뚜렷하게 정복한다. 그대도, 마찬가지로, 이 장절들 하나하나를 노래하는 나의 기이한 방법에 마음쓰지 말라.(본문 201~202쪽)

찌르레기의 비행도, 로트레아몽의 글쓰기도 얼핏 방향이 없는 것처럼 보인다. 찌르레기들도, 그의 문장들도 각기 제가 날아가고 싶은 곳으로 날아가고, 제가 하고 싶은 말을 한다. 이제 글쓰기에 무엇을 어떻게 말해야 한다는 강령은 없다. 찌르레기 한 마리 한 마리가 동시에 제가 원하는 방향으로 날아가듯이, 뒤카스의 글쓰기는 그의 모든 욕망이 동시에 제가 원하는 말을 한다. 그러나 찌르레기에게도 로트레아몽에게도 비행과 글쓰기에는 그들이 원하는 방향이 있다. 글의 목표를 위해 순간을, 그 순간의 욕망을 희생시키지 않는 것이다. 브르통이 특히 『초현실주의 제2선언』에서 '무결점의 선배'라고 말했던 뒤카스의 초현실주의적 글쓰기가 이렇게 시작하는 것이다. 『말도로르의 노래』에서는 한 인간의 모든 기억과 모든 욕망이 모든 방향에서 한꺼번에 말한다.

이 번역은 Lautréamont, "Les Chants de Maldoror" in *Œuvres complètes*, édition établie, présentée et annotée par Jean-Luc Steimetz, Paris: Édition Gallimard, collection "Bibliothèque de la Pléiade", 2009년판을 저본으로 삼았다.

지은이 로트레아몽(Le comte de Lautréamont, 1846~1870)

본명은 이지도르 뒤카스Isidore L. Ducasse. 우루과이 몬테비데오에서 태어나 1859년에 프랑스로 넘어와 타르브와 포의 리세에서 기숙생으로 수학했다. 『말도로르의 노래』(1869)와 『시법Poésies』(1870)이란 글 이외에 전기에 관해 알려진 바가 거의 없는 이 시인은 무명으로 살다 스물넷에 요절했다. 1868년 「첫번째 노래」가 이름 대신 별 세 개로 표시되어 먼저 발표되었고, 이듬해 1869년에 총 여섯 편의 노래가 담긴 『말도로르의 노래』가 '로트레아몽 백작'이라는 이름으로 출간되었다. 작가는 당시 바이런, 미츠키에비치, 보들레르 등의 시인들을 비롯해 로망 누아르 작가들한테 영향을 받았으며, '로트레아몽'이라는 필명은 외젠 쉬의 『라트레아몽』이란 소설에서 가져왔다. 파우스트, 맨프레드, 카인 같은 낭만주의적 반항아들의 형상을 따라 창조된 로트레아몽은 현대 시문학사에서 기념비적인 이름이 되었다.

『말도로르의 노래』는 작가 사후에 초현실주의자들에 의해 저주받은 천재의 광기와 독창성이 빚어낸 걸작으로 재평가되면서 유명해졌다. 185가지의 동물로 역동적으로 변신하면서 손발톱, 흡반, 부리, 턱으로 이 세상의 창조주와 인간을 공격하는 이 잔악무도한 반항아의 전무후무한 노래는, 여러 문인과 예술가를 경악과 충격에 빠뜨렸다. 바슐라르, 블랑쇼, 브르통, 엘뤼아르, 발레리, 아르토, 카뮈, 솔레르스, 크리스테바 등 작가들은 물론 달리, 마그리트, 모딜리아니, 미로 등 미술가들의 상상력을 자극했고, 오늘날 현대 무용가들과 음악가들에게까지 독창적인 영감의 샘이 되고 있다.

옮긴이 황현산

고려대학교 불어불문학과를 졸업하고 같은 대학 대학원에서 기욤 아폴리네르 연구로 문학박사 학위를 받았다. 고려대학교 불문학과 교수로 재직했으며, 프랑스 현대시에서 상징주의와 초현실주의를 연구한 불문학자로서 여러 기념비적인 시집을 수려한 한국말로 옮겨 높이 평가받았다. 2018년 작고할 때까지, 빼어난 통찰이 담긴 산문과 시 비평으로 문단과 대중의 폭넓은 지지를 얻은 한국의 대표적인 문인이다. 지은 책으로 『황현산의 사소한 부탁』 『우물에서 하늘 보기』 『밤이 선생이다』 『말과 시간의 깊이』 『잘 표현된 불행』 등이 있으며, 옮긴 책으로 앙드레 브르통의 『초현실주의 선언』, 생텍쥐페리의 『어린 왕자』, 아폴리네르의 『알코올』 『사랑받지 못한 사내의 노래』 『동물시집』, 말라르메의 『시집』, 보들레르의 『악의 꽃』 『파리의 우울』, 디드로의 『라모의 조카』 등이 있다. 팔봉비평문학상, 대산문학상, 아름다운작가상 등을 수상하였다. 한국번역비평학회를 창립, 초대 회장을 맡았다.

말도로르의 노래

1판 1쇄 2018년 6월 20일
1판 2쇄 2018년 8월 23일

지은이 로트레아몽
옮긴이 황현산
펴낸이 염현숙

책임편집 송지선
편집 허정은 김영옥 고원효
디자인 김마리 최미영
저작권 한문숙 김지영
마케팅 정민호 이숙재 정현민 김도윤 안남영
홍보 김희숙 김상만 이천희
제작 강신은 김동욱 임현식
제작처 영신사

펴낸곳 (주)문학동네
출판등록 1993년 10월 22일 제406-2003-000045호
주소 10881 경기도 파주시 회동길 210
전자우편 editor@munhak.com
대표전화 031) 955-8888 | 팩스 031) 955-8855
문의전화 031) 955-3578(마케팅) 031) 955-2686(편집)
문학동네카페 http://cafe.naver.com/mhdn
문학동네트위터 @munhakdongne
북클럽문학동네 http://bookclubmunhak.com

ISBN 978-89-546-5181-3 03860

www.munhak.com